BASTEI
LÜBBE
TASCHENBUCH

Weitere Titel der Autorin:

Die Stille zwischen Himmel und Meer

Titel der Autorin unter dem Namen Katharina Seck:

Die silberne Königin
Tochter des dunklen Waldes

Über die Autorin:

Kati Seck wurde am 8. Juni 1987 in Hachenburg geboren. Dort lebt und arbeitet sie auch heute noch, wenn es sie nicht mit Hund und wenig Gepäck ans Meer zieht. Als Katharina Seck veröffentlicht sie bereits Bücher in anderen Genres, mit *Dein fremdes Herz* nähert sie sich sensibel und einfühlsam dem Thema Herztransplantation an.

KATI SECK

Dein fremdes Herz

Roman

BASTEI LÜBBE
TASCHENBUCH

BASTEI LÜBBE TASCHENBUCH
Band 17752

Dieser Titel ist auch als E-Book erschienen

MIX
Papier aus verantwortungsvollen Quellen
FSC® C019821

Originalausgabe

Umschlaggestaltung: U1berlin / Patrizia Di Stefano
Unter Verwendung von Motiven von © Remy Perthuisot / Trevillion Images
und © getty-images: Zcenerio | Zied Mnif | EyeEm
Satz: Dörlemann Satz, Lemförde
Gesetzt aus der Minion Pro Regular
Druck und Verarbeitung: Druckerei C. H. Beck, Nördlingen
Printed in Germany
ISBN 978-3-404-17752-3

5 4 3 2 1

Sie finden uns im Internet unter www.luebbe.de
Bitte beachten Sie auch: www.lesejury.de

Für meine Eltern Heike und Volker,
die für mich Vorbilder in vielen großen
und kleinen Dingen sind.

Denn an diesem Morgen war die Stille da. Nach all den unendlich langen Tagen des Wartens war sie da. Und sie war so endgültig, dass ich wusste: Ich würde sie nie wieder brechen können.

I.

Ellen, 8. Februar 2003

Kollidierende Welten oder auch: Unser Kennenlernen. August 2001.

Hannes,

ich schreibe dir, damit ich dich und mich nicht vergesse. Ich gehe in Gedanken unsere Zeit durch, damit auch in zehn Jahren oder in fünfzig kein Detail verblasst. Kein einziges, noch so winziges. Ich will alles festhalten.

Als ich dir das erste Mal begegnet bin, dachte ich, keinen Mann auf dieser Welt könnte ich wohl weniger leiden als dich. Ich war nicht jung, das waren wir beide nicht, aber dafür ausgelassen und voller Vorfreude auf einen Abend mit Freunden, auf eine Sommernacht, auf ein Feuer nach Sonnenuntergang. Du hast in dieser Ecke des Gartens gesessen, die Sonne im Nacken, deine Miene war so mürrisch, als würde der Schatten nicht nur dein Gesicht, sondern gleich dein ganzes Wesen einnehmen.

Meine Freundin Marie sagte mir damals, du seist gar nicht so, das sei alles nur Fassade, nur eine Maske, unter der du zart und zerbrechlich bist, ein fragiles Stück Gegenwart, das sich ständig in der Vergangenheit verirrt, als wäre diese ein Labyrinth ohne Zukunft.

Und obwohl ich dich nicht mochte, war ich neugierig. Ich fragte mich: Was für eine Vergangenheit hast du, dass du dich in ihr verlieren musst, dass sie dich umschlingt wie ein Stück Seide? Kann man die Schicht von deiner Haut lösen?

Manchmal, wenn ich mein Glas Wein hob, um durch seine Oberfläche zu dir zu schauen, bemerkte ich deine Blicke, und ich wusste, dass die Antipathie gegenseitig war. Ich war dir zu laut, zu hektisch, zu fröhlich. Meine Hände waren dir zu schmutzig, zu bekleckst von den Farben meiner Malerei, meine schwarzen Haare dir zu wild und mein Kleid zu bauschig. Nichts an mir war geordnet, und genau das verabscheutest du. Ich konnte all das sehen, während dein Gesicht vollkommen regungslos war, gezeichnet von der Anstrengung, welche die Anwesenheit von vielen Menschen dir bereitete. So viele Worte, so viele Gedanken auf einem Raum, selbst wenn er keine Wände hatte …

Doch der Abend nahm seinen Lauf, und ich vergaß dich. Ich trank Wein, die Nacht brach über uns herein, und in der Dunkelheit wurdest du eins mit dem Schatten, der dich abschirmte. Die Nacht endete erst mit brechenden Klaviertönen, die mit jedem Klingen leiser wurden und im Korpus des eigenen Entstehens verhallten. Mit nackten Füßen saß ich an der Haltestelle, der letzte Bus war längst fort, aber du warst noch da und wartetest. Warum auch hätte der Bus auf mich warten sollen, wenn du es tatest?

Ich weiß noch, dass wir uns anstarrten, du, der schweigsame Mann, und ich, die Frau, um die sich die Welt ein wenig drehte und die trotzdem glücklich war.

Also dann, hast du gesagt und mir deine Autoschlüssel gezeigt, bevor mich noch ein Bus über den Haufen fahren würde. Das könne nicht angehen, du könntest mich unmöglich hier sitzen lassen.

Und ich hatte genau gewusst, dass dieser Augenblick das Ende sein konnte.

Aber er war viel mehr.

Er war der Anfang.

2.

Nela, November 2018.

Ich ließ meinen Regenschirm neben der Eingangstür des Wohnkomplexes in den Schirmständer gleiten, bevor das tropfende Wasser den ganzen Flur unter Wasser setzen konnte. Draußen regnete und stürmte es, als wollten die Wolken die Stadt vom Erdboden tilgen und sie unter einer grauen Decke aus Wasser und Nebel ersticken. Das Wetter drang einem bis in die Knochen und ins Herz, um es ganz novemberhaft klamm zu machen. Das Licht der Straßenlaternen glomm matt in der trüben Dunkelheit des Abends. Der Herbst hatte seine schönsten Tage allmählich hinter sich gebracht, nun trug er die Nächte jeden Abend etwas früher heran, bis ich das Gefühl hatte, das Tageslicht nur noch durch das Fenster des Büros der Kanzlei zu erleben. Woanders würde möglicherweise bald der Winter Einzug halten und etwas Gemütlichkeit mit sich bringen, nicht aber hier, in Nürnberg, wo der Schnee immer etwas verspätet kam.

Als ich den Korridor zu meiner Wohnung durchschritt, hallten meine Schuhabsätze laut auf dem Marmorboden wider. Aus dem Briefkasten neben dem Eingang fischte ich die Post. Dann suchte ich den richtigen Schlüssel aus dem Bund heraus und schloss damit die Wohnungstür auf. Mit dem Ellenbogen schob ich die Tür einen Spaltbreit auf, dann ging ich in die Knie, um ein Päckchen vom Boden aufzuheben. Einer der Nachbarn musste es angenommen und hierhin gelegt haben. Dennoch war ich irritiert. Ich erwartete kein Paket, ich hatte keine Bestellung aufgegeben.

Oder war es vielleicht … Mein Herz zog sich kurz zusammen. War es von Ben? Hatte er doch noch Sachen gefunden, die er mir nun zuschickte? Ich dachte, wir hätten alle Habseligkeiten, die wir in den Wohnungen, in den Leben und in den Herzen des anderen verborgen hatten, aufgespürt und daraus verbannt, sie in Kisten geschnürt und zum Besitzer zurückgeschickt. Doch auf dem Paket war ein anderer Absender angegeben. Den Namen konnte ich auf den ersten Blick nicht entziffern, auch der Ort sagte mir nichts.

Schnell huschte ich in meine Wohnung und knipste das Licht im Flur an, der beinahe nahtlos in eine riesige Wohnküche führte, die altbautypisch von hohen, gestuckten und blütenweißen Wänden gerahmt war. Meine Wohnung war nicht groß, aber sie war mein Zuhause, mein Rückzugsort, wenn die Welt sich um mich herum zu schnell drehte, wenn sie hastig und in Eile war, oder auch dann, wenn sie einmal in Splitterteile zerbrach. Helle Möbel standen im offenen Wohnraum, einige dunkle Accessoires befanden sich auf den Kommoden oder in den Vitrinen. Die Pflanzen und Blumen, die in breiten Töpfen auf den Fensterbänken oder auf dem Boden standen, waren warme Farbtupfer. An den Wänden hingen Bilder in allen Stilrichtungen, von bunt und abstrakt bis zu impressionistischen Landschaftsmalereien, und dazwischen waren einige Fotos von der Familie, von Freunden und anderen Menschen, die auf diese oder jene Weise mein Leben gekreuzt und geprägt hatten und die heute noch da waren. Sehr viele waren es nicht mehr, denn Verlust auf dem Weg gab es immer.

Ich legte Schlüssel, Handtasche und Päckchen auf ihren Platz auf der Kommode und schlüpfte dann aus meinem Mantel, den ich fein säuberlich an einen Garderobenhaken hing. Dann suchte ich mein Smartphone aus der Handtasche und nahm es zusammen mit dem Paket in die Küche. Meine Lippen fühlten sich vor Anspannung spröde an, daher holte ich mir zunächst ein Glas Wasser und trank es halbleer. Mein Magen knurrte vernehmlich, als die Flüssigkeit wohltuend durch meine Kehle rann. Ich hatte schon wieder vergessen, genügend zu essen. Das Einzige, was ich heute zu mir genommen hatte, war ein Apfel zum Frühstück. Und das war mittlerweile zwölf Stunden her.

Seit fünf Jahren arbeitete ich als Rechtsanwaltsgehilfin in einer großen Kanzlei, und mittlerweile kam es mir so vor, als bestünde mein Leben nur noch aus den weißen Wänden des sterilen Bürogebäudes, aus gehetzten Menschen, engen Terminkalendern und Aktenbergen, hinter denen ich mich für gewöhnlich versteckte.

Sieh mal aus dem Fenster, Nela, hatte Ben gesagt, *da ist ein verdammtes Leben.* Recht gehabt hatte er. Und dann war er gegangen, weil ich dieses Leben nicht sofort hatte sehen können, sondern nur die Arbeit und Herrn Gustav, meinen Chef und Senioranwalt der Kanzlei, der immer mehr Arbeit auf mich abwälzte, bis ich vor lauter Fristberechnungen, Klageeinreichungen, Widersprüchen und organisatorischen Ablaufplänen nicht mehr wusste, wie ich noch Zeit für ein Privatleben schaffen sollte. Aber all jene Leute, die mir sagten, dass die Arbeit zu viel Raum in meinem Leben einnahm, hatten leicht reden. Natürlich hatten sie recht, aber ich hatte auch monatlich einen hohen Betrag an das Pflegeheim zu überweisen, in dem meine Mutter untergebracht war, seit sie mit Mitte fünfzig viel zu früh an Alzheimer und zuvor schon an Depressionen erkrankt war. Diese Mischung machte den Umgang mit ihr unsäglich schwierig, dass es manchmal nicht einmal die Pflegekräfte und Ärzte schafften, sie zu händeln. Es gab niemanden, mit dem ich diese finanzielle Belastung hätte teilen können, also musste ich eben in den sauren Apfel beißen. Allein konnte ich meine Mutter unmöglich betreuen. Und wenn ich ehrlich war, wollte ich es auch nicht. Das Verhältnis zu meiner Mutter war von schwieriger Natur. Sie war kein einfacher Mensch, und irgendwann war ich es auch nicht mehr gewesen, denn wir wurden geprägt von jenen, die uns großzogen.

Ich schaltete den Backofen an und schob eine Tiefkühlpizza hinein, die ich aus der Gefriertruhe herausgekramt hatte. Ich wusste, dass es nicht gesund war, aber ich war heute zu müde, zu kochen. Außerdem herrschte im Kühlschrank gähnende Leere, da ich auch zum Einkaufen noch nicht gekommen war. Das nächste Mal, nahm ich mir fest vor, würde ich pünktlich gehen. Aber jetzt war endlich Wochenende, und ich konnte all die Dinge nachholen, die ich unter der Woche vernachlässigte oder nicht mehr geschafft hatte.

Während die Pizza im Ofen backte, warf ich einen schnellen Blick auf meine Büro-E-Mails, die ich auf dem Smartphone empfangen konnte, und ging im Kopf die Termine durch, die ich am Montag hatte oder noch ausmachen musste. Dann öffnete ich nach und nach die Post, die ich auf dem Esstisch abgelegt hatte. Werbung für einen mobilen Smartphone-Tarif, Werbung für einen neuen Stromanbieter, Versicherungsrechnungen und … Ich stutzte. Ein Schreiben von meinem Vermieter?

Zögerlich legte ich den Daumen an den Klebestreifen des Umschlags, um mit dem Fingernagel vorsichtig das Papier abzulösen. Ich erkannte sofort, dass der Brief per Einschreiben versandt worden war, und das beunruhigte mich. Ich fragte mich, was er wohl von mir wollte. Normalerweise rief er mich an, wenn es in der Wohnung etwas zu erneuern oder reparieren gab. Ich lebte in dieser Wohnung, seit ich vom Norden ans andere Ende des Landes in diese Stadt gezogen war und meine Ausbildung in der Kanzlei begonnen hatte. Sie war mein Zuhause, meine geschützten vier Wände, die mich wie die Mauern einer Festung vom Rest der Welt abschotteten. Die letzte Renovierung hatte erst vor zwei Jahren stattgefunden, seitdem strahlte die Altbauwohnung in noch schönerem Glanz als zuvor.

Ich öffnete den Umschlag und zog den gefalteten Brief heraus. Bereits auf den ersten Blick erkannte ich, dass es ein förmliches Schreiben war, was das flaue Gefühl in meiner Magengegend nur noch verstärkte. Rasch überflog ich die Betreffzeile, und mir rutschte das Herz in die Hose.

Kündigung wegen Eigenbedarf

Sehr geehrte Frau Harolds,
ich bedaure, Ihnen mitteilen zu müssen, dass ich Ihre Wohnung (Gartenstraße 56a, Apartment 3) unter Einhaltung der gesetzlichen Kündigungsfrist zum 30.06.2019 kündigen muss. Die Kündigung erfolgt wegen Eigenbedarf. Die Wohnung soll künftig wie folgt genutzt werden: […]

Es folgten Begründungen, Widerspruchsbelehrungen und Worte des Bedauerns. Fassungslos starrte ich auf das Schreiben, während meine Hände langsam auf die Tischplatte sanken. Das. Konnte. Unmöglich. Sein. Ernst. Sein.

Sofort kamen mir tausend Gedanken in den Sinn, tausend Ideen, tausend Möglichkeiten. Eine Kündigung wegen Eigenbedarf bedeutete nicht, dass die Aussicht auf erfolgreichen Widerspruch völlig hoffnungslos war. Die Begründung musste hieb- und stichfest sein, und ich wusste, dass manche Vermieter den Eigenbedarf nur vortäuschten. Ich könnte einen Anwalt einschalten, ich könnte einen Mieterbund kontaktieren, ich könnte …

Ich könnte. Aber *wollte* ich auch? Wollte ich den Kampf eines Verfahrens, das sich möglicherweise lange hinzog und das ich am Ende ebenso gut verlieren konnte, wenn der Vermieter die Wohnung wirklich für sich selbst oder seine Familie brauchte? Wollte ich Geld und Zeit und Kraft investieren, die ich besser in die Suche nach einer neuen Wohnung stecken sollte?

Die Pizza war fertig, und ich mühte mich damit ab, sie vollständig zu essen, denn der Appetit war mir eigentlich vergangen. Nebenbei durchforstete ich das Internet nach Mietanzeigen und machte mir eine Liste an Dingen, die ich organisieren musste. Ein Umzugsunternehmen buchen, Ummeldungen bei Ämtern und Versicherungen, Postnachsendeauftrag und vor allem ein gründliches Ausmisten, bevor ich alles zusammenpacken musste. Theoretisch hatte ich für all das noch genügend Zeit, aber hier eine gute Wohnung zu finden würde schwierig werden, also fing ich besser früh genug an. Außerdem versetzte mich die Aussicht auf eine Frist, so fern sie auch noch lag, in Panik. Ich ging Probleme am liebsten sofort an, bevor sie mich irgendwann verschluckten.

Das unbekannte Päckchen aber blieb an diesem Abend vergessen.

3.

Am nächsten Tag strahlte die Sonne so hell, als hätte der triste Novembertag nie existiert, als hätte er nie seine schlechten Nachrichten verbreitet. Ich war früh aufgestanden, um einkaufen zu gehen und einige Zettel mit Wohnungsgesuchen in der Stadt aufzuhängen. Ich klapperte Supermärkte, die Universität, die Bibliothek und Geschäfte ab. Es wurde immer schwerer, im Internet eine passende Wohnung zu finden, denn entweder gab es unzählige Interessenten, wenn ich einmal über eine schöne stolperte, oder es waren nur Wohnungen, die längst renoviert werden müssten und dennoch für viel Geld angeboten wurden. Mir war es wichtig, in einer Wohnung zu leben, in der ich mich direkt wohlfühlte. Meine jetzige Wohnung war mir das sprichwörtliche Schloss, und das zu ersetzen würde sich ohnehin als unsäglich schwierig gestalten.

Ich zog den Schal enger um meinen Hals, um den Reißverschluss des Mantels noch etwas höher ziehen zu können. Obwohl die Sonne schien, war es kalt, und jeder noch so sanfte Windhauch brachte eisige Luft. Trotzdem liebte ich diese trockene Kälte. Sie lud dazu ein, sich in mehreren, schützenden Schichten aus Kleidung zu vergraben oder sich den ganzen Tag in der Wohnung einzuigeln, nur in Gesellschaft einer spannenden Serie oder eines Buches, in dessen Welten man ertrinken konnte. Doch heute musste ich einige

Punkte auf meiner To-do-Liste abarbeiten. Jetzt aber stand eine kurze Pause auf dem Plan.

Ich bog in die Fußgängerzone ein, in der es von Menschen nur so wimmelte. Man spürte, dass die Vorweihnachtszeit nicht mehr fern war, die ersten Geschäfte hatten bereits Lichterketten und winterliche Dekoration in den Schaufenstern drapiert. Alles leuchtete in den Scheiben und spiegelte auf dem Glas ein fröhliches Leben wider. Ich mochte so viele Menschen auf einem Haufen nicht, also ließ ich mich an den Rand der Straße drängen und eilte zügig über das Kopfsteinpflaster, darauf achtend, keinen der Passanten anzurempeln, die mit riesigen Tüten aus den sich automatisch öffnenden Türen der großen Kaufhäuser liefen.

Zehn Minuten später hatte ich die lange Passage durchquert und steuerte auf ein kleines Eckcafé zu, das vor der Tür wegen des guten Wetters Tische und Stühle und zwei Heizstrahler aufgebaut hatte. Auf den Lehnen der Stühle lagen Wolldecken bereit. An einem dieser Tische saß meine Freundin Sina, mit der ich vor acht Jahren gemeinsam meine Ausbildung begonnen hatte.

Sina hatte schon einen Kaffee bestellt, wie sie es immer tat, denn sie war ganz und gar kaffeesüchtig. Das hatte sich in all den Jahren nicht geändert. Früher waren es die Gesetzestexte gewesen, die sie vom Schlafen abgehalten hatten, jetzt waren es ihre beiden kleinen Kinder.

Ich beugte mich zu Sina hinunter und umarmte sie. Die kinnlangen Locken meiner Freundin kitzelten an meinen Wangen. Früher waren sie einmal so lang wie mein eigenes dunkelblondes Haar gewesen, aber kurz vor der Geburt des ersten Kindes hatte sie sie – ganz pragmatisch wie sie war – abgeschnitten.

»Sina«, sagte ich lächelnd. »Ich bin so froh, dich zu sehen.«

»Und ich erst«, erwiderte Sina und bedeutete mir, mich neben sie in die Nähe des Heizstrahlers zu setzen, der angenehme Hitze ausstrahlte. Hier würde ich nicht frieren, das wusste meine Freundin.

»Das ist doch echter Mist«, begann Sina empört, bevor ich auch nur einen Ton sagen konnte, und ich wusste sogleich, worauf sie anspielte. Ich hatte ihr gestern Abend noch eine Nachricht mit einem Foto der Kündigung geschickt. Und Sina war nicht nur eine langjährige Freundin, sondern auch eine loyale dazu. Sie war parteiisch und stand zu ihren Freunden, weswegen sie eine wütende Schimpftirade über meinen Vermieter begann.

Ich musste lächeln. Auch wenn mein Vermieter gute Gründe dafür hatte und die Wohnung, *seine* Wohnung, für seine Familie brauchte … Es tat gut, dass jemand mit mir mitfühlte.

»Ziemlicher Mist«, stimmte ich ihr zu. »Aber wenigstens habe ich noch genug Zeit, mir etwas Neues zu suchen. Ich hoffe, dass es mir bis März gelingt, etwas zu finden, das nicht gerade einer Bruchbude ähnelt.«

»Ach je«, seufzte Sina. »Das wird nicht einfach. Und du weißt, dass ich dir am liebsten eine Bleibe anbieten würde, aber mit zwei Kindern … Bei uns ist immer Trubel.«

Ich nickte und lächelte dankbar. Ich wusste, dass ich, wenn es hart auf hart käme, bei Sina und ihrer Familie Unterschlupf finden würde, aber wir wussten beide auch, dass das nur eine Lösung für einige Tage sein konnte. Auf Dauer würde ich bei all dem Leben und der Hektik, die es im Familienleben der Martins gab, durchdrehen. Ich war nicht für Lärm und Durcheinander geboren, das war einfach nicht meine Welt, sosehr ich die beiden Kinder auch mochte.

Ich bedeutete Sina, einen Augenblick zu warten, dann huschte ich in das Innere des Cafés und bestellte mir einen

Tee mit einem Stück Butterkuchen, den ich seit meinem ersten Tag hier vergötterte und den es sonst nirgends in der Stadt gab. Sina spendierte ich ein Stück Apfelkuchen. Auf einem Tablett trug ich vorsichtig alles nach draußen, stellte es auf dem Tisch ab und nahm dann wieder Platz. Die Wolldecke legte ich über meine Knie, denn trotz des Heizstrahlers blies der Wind kalt um meine Beine.

Sina zog ihren Teller näher zu sich, während sie die Stirn runzelte. »Hast du dir denn Gedanken gemacht, ob es dich überhaupt hier hält? Vielleicht ist das jetzt auch ein Wink des Schicksals.«

»Wie meinst du das?«, fragte ich und rührte ein Stück Kandiszucker in den dampfenden Tee.

»Ich meine, dass die Kündigung möglicherweise auch eine Chance für dich ist. Die Chance, dein Leben noch einmal zu überdenken. Du bist so sehr in deinem Trott drin, dass du gar nicht mehr merkst, dass du am Leben gar nicht richtig teilnimmst.«

Dass ich nicht richtig am Leben teilnahm. Genau das hatte auch Ben gesagt. Aber so war es doch überhaupt nicht, ich nahm am Leben teil, ständig und überall.

Oder nicht?

Ich wusste nicht recht, was ich darauf erwidern sollte. Auf der einen Seite hatte Sina recht. Ich verbrachte mein Leben in der Kanzlei, da gab es nichts schönzureden. Ich war so sehr in Staub und Akten vertieft, dass Ben gegangen war und bis auf Sina auch all die Freunde, die ich früher einmal gehabt hatte.

Dennoch. Man krempelte nicht von heute auf morgen sein Leben um. Vor allem nicht, wenn man – wie ich – ein Mensch war, der vollkommen auf Sicherheit angewiesen war, auf Struktur und Ordnung, auf einen völlig durchorganisierten Alltag. Das war meine Stärke, aufgrund derer ich meinen

Job beherrschte, aber es war auch zugleich meine Schwäche, denn sobald etwas meine Planung durchkreuzte und das Leben mit seinen Menschen darin aus der Reihe tanzte, war ich heillos überfordert.

So zuckte ich nur vage mit den Schultern. »Aber was soll ich tun? Umziehen? Ganz woandershin? Mir einen neuen Job suchen? Ich habe mich all die Jahre mühsam hochgearbeitet …« Und ich brauchte das Geld.

Sina machte eine wegwerfende Handbewegung. »Neuer Job? Das wäre auf jeden Fall die allererste Maßnahme. Einen, bei dem du mal wieder Luft zum Atmen bekommst.« Sie schob sich einen Bissen Kuchen in den Mund und runzelte die Stirn. »Was ist mit deiner alten Heimat? Mit deiner Familie? Mit deiner Mutter?«

Ich stockte. Selbst mit Sina sprach ich kaum über meine Familie, was nicht daran lag, dass es sie nicht interessierte, sondern dass ich jedes Mal vom Thema ablenkte. Doch ich ahnte bereits, dass sie heute nicht lockerlassen würde.

»Meiner Mutter geht es eher schlechter als besser«, murmelte ich und nippte am Tee. Ich konnte Sina nicht in die Augen sehen. Der Anblick meiner kranken Mutter saß mir immer wie ein Stein im Magen, wenn ich daran dachte. Jedes Mal, wenn ich sie besuchte, wurden wir einander fremder. Die Krankheit riss auseinander, wovon ich nie gedacht hätte, dass man es noch mehr zerstören konnte. Unsere Bindung schien sich mit jedem Tag und jeder Woche mehr in die Vergangenheit zu verlagern, in Erinnerungen und Fotoalben, wo wir uns noch vertrauter gewesen waren. Nie vertraut genug, nie so, wie Mutter und Tochter es einander sein sollten, aber dennoch vertraut. Die Augenblicke, in denen Mathildes Verstand klar war, wurden im Laufe der Zeit selten und kostbar. Sie waren noch da, doch sie kamen und gingen, wie der Besucher eines Hauses, in dem er nicht zuhause war.

»Oh nein«, murmelte Sina mitfühlend. »Das wusste ich nicht. Tut mir echt leid, Nela. Jetzt verstehe ich auch mehr, warum du dich so abrackerst.«

Ich schob mir eine Gabel mit Butterkuchen in den Mund und ließ mir den süßen Geschmack nach unverdorbener Kindheit auf der Zunge zergehen.

»Du zahlst immer noch allein für das Heim, oder?«

Ich nickte. »Sonst fühlt sich niemand verantwortlich.« Meine Großeltern waren über die Jahre alle verstorben, außer einer Tante väterlicherseits und dem Bruder meiner Mutter, der irgendwo in Australien in einem Nationalpark arbeitete und selten von sich hören ließ, war nichts mehr von meiner Familie übrig.

Sina schob den mittlerweile leeren Teller von sich. Sie rümpfte unbewusst die Nase, um ihre Brille zurechtzurücken, eine ihrer Macken, über die ich lächeln musste.

»Und dein Vater?«, fragte sie dann leise, obwohl niemand sonst sie hören konnte. »Hat er dir damals so gar nichts hinterlassen?«

Ich zwang mich, meinen Blick auf die Tasse zu richten. Ich beschäftigte meine Hände damit, ein Zuckerpäckchen aufzureißen und seinen Inhalt in den Tee zu schütten, bevor ich Milch hinzugab und sie verrührte, bis sich alles zu einer cremefarbenen Flüssigkeit vermischte.

Mein Vater war mein größter Schwachpunkt. Nun, vielleicht nicht er selbst, vielmehr der Schaden, den er hinterlassen hatte. Das, was ich seinetwegen geworden war.

Er hatte meine Mutter und mich vor neunzehn Jahren verlassen, als ich gerade einmal zehn Jahre alt gewesen war. Er war heimlich und still gegangen, ganz überraschend und plötzlich, sodass ich den Grund nicht verstanden hatte, egal wie oft ich meine Mutter gefragt hatte. Für mich hatte es nie ein Anzeichen gegeben, keine Vorwarnung auf den Sturm, der mein Leben völlig umkrempeln und auf den Kopf stellen würde. Mein Vater war mein Ein und Alles gewesen. Wir teilten ein Wesen, wir teilten unsere Liebe zur Natur und unternahmen oft Ausflüge ans Meer, wo wir durch das Watt marschierten und die Lebewesen inspizierten. Er hatte mir gezeigt, wie sehr man das Meer lieben konnte. In diese Liebe schien sogar meine Mutter nie recht zu passen, der Wellen und Wasser zu nass, zu wild und zu dreckig gewesen waren. Diese Liebe gehörte nur uns beiden allein, so wie das Meer ebenfalls.

Manchmal fragte ich mich, ob meine Mutter Schuld daran hatte, dass mein Vater gegangen war. Aber sie hatte nie darüber reden wollen und sich, so kam es mir vor, irgendwann in ihre Alzheimererkrankung gestürzt: Weil sie ihr all die schmerzlichen Erinnerungen nahm. Weil sie es ihr unmöglich machte, sich mir gegenüber erklären zu müssen. Das hatte sie all die Jahre nie getan, erst, weil sie es nicht wollte, und dann, weil sie es nicht konnte. Und obwohl es fast zwanzig Jahre her war, dass meine Familie auf diese Weise so drastisch geschrumpft war, schwelten Trauer, Enttäuschung und Wut noch immer unterschwellig unter einer Schicht aus Struktur und Perfektionismus, unter Ehrgeiz und dem verbissenen Willen, alles allein stemmen zu können. Ich wollte mir und der Welt beweisen, dass ich auch ohne einen Vater klarkam.

Ich schüttelte den Kopf. »Nicht sehr viel. Es gab einen kleinen Geldbetrag, den mir der Notar überwiesen hat. Einen Pflichtanteil, da es kein Testament gab. Den Rest hat seine neue Ehefrau bekommen, obwohl sie wohl recht frisch verheiratet waren. Zwischen seinem Abhauen und seinem Tod lagen schließlich gerade einmal vier Jahre.«

Es kostete mich große Mühe, bei diesen Worten nicht das Gesicht zu verziehen, denn obwohl ich diese Frau nicht kannte, fokussierte ich einen Teil des langjährigen Zorns auf sie. Sie schien der Inbegriff allen Übels zu sein. Der Grund dafür, dass Hannes verschwunden und nie zurückgekehrt war, nicht zu meinem Geburtstag, nicht zu Weihnachten, nie mehr. Und mit seinem Tod war dann auch die letzte Hoffnung gestorben, dass alles nur ein schrecklicher Irrtum gewesen war.

»Also nicht genug, um die Heimkosten zu decken?«, hakte Sina nach.

Ich lachte kurz. »Ich habe das Geld damals schon aufgebraucht, als ich für die Ausbildung hierhergezogen bin. Meine Mutter konnte mich nicht unterstützen, und wegen des Erbes habe ich keine Zuschüsse bekommen.«

Der wahre Grund war allerdings gewesen, dass ich es nach dem Abitur kaum hatte erwarten können, endlich flügge zu werden und mein eigenes Leben zu beginnen, ohne das Haus, in dem ich aufgewachsen war und in dem mich noch immer alles daran erinnerte, dass wir einst zu dritt gewesen waren. Denn am Ende war es doch so: War man einmal verlassen, blieb das Gefühl an einem haften wie Pech, und so richtig wurde man es auch nie wieder los, selbst wenn man in größter Liebe alle Mauern niederriss.

Sina neigte nachdenklich den Kopf. »Ich würde es mir dennoch überlegen. Du kannst dich doch nicht entzweireißen, um dich und deine Mutter über Wasser zu halten. Du und dein Leben, ihr zählt auch.«

Ja, dachte ich, wir zählen auch. Doch sicher war ich mir da schon längst nicht mehr.

Mit zwei schweren Einkaufstüten kam ich schließlich am Mittag wieder zuhause an. Als ich die Tür zu meiner Wohnung aufschloss und die beiden unhandlichen Beutel in den Flur zur Küche wuchtete, war ich erleichtert, alles auf meiner To-do-Liste abgehakt zu haben. Nun konnte das eigentliche

Wochenende beginnen, vor allem hatte ich Zeit, mich intensiver um die Wohnungssuche zu kümmern und auch die sozialen Kanäle nach Anzeigen zu durchforsten. Sina hatte versprochen, sich umzuhören, vielleicht fand sie auf diesem Wege etwas Passendes.

Ich holte die Lebensmittel aus den Beuteln und trug einen Teil davon dann in die Abstellkammer. Auch hier war alles, wie überall in meiner Wohnung, ordentlich sortiert. Lebensmittel und Vorräte reihten sich gerade und fein säuberlich geordnet nebeneinander, dann folgten Kosmetik- und Haushaltsartikel, daneben standen zwei Wasserkisten und Putzutensilien auf dem Boden. Wie es sich gehörte, war es in der Vorratskammer makellos sauber, nicht ein Körnchen Staub lag auf den Regalen.

Ich räumte die restlichen Einkäufe weg und schaltete dann den Fernseher ein, während ich die notwendigen Hausarbeiten erledigte. Dabei genoss ich die Hintergrundgeräusche, die mir das Gefühl vermittelten, nicht allein zu sein. Ich bügelte die getrocknete Wäsche, bezog das Bett wie jede Woche neu, räumte die Spülmaschine aus, die jeden Tag zweimal lief, putzte die komplette Wohnung, richtete Vasen und Bilder an den Wänden gerade, und als ich schließlich trotz meiner peniblen Argusaugen nichts mehr fand, was ich säubern oder aufräumen konnte, und nicht mehr wusste, womit ich meine ruhelosen Hände beschäftigten sollte, kochte ich mir einen Tee. Ich holte meinen Laptop und kauerte mich damit auf das Sofa. Im Fernseher lief irgendeine Musik-Casting-Show, und eine Frau mit Glatze sang so herzzerreißend schön vom Schmerz, wie man es nur konnte, wenn man ihn selbst erlebt hatte. Der Laptop brummte leise. Mein Verlauf war voll mit Suchanfragen über Wohnungsanzeigen und irgendwann … irgendwann auch Stellenangeboten. Ich bemerkte das Verstreichen der Zeit gar nicht, saß ewig über meinem Laptop gebeugt da und recherchierte. Ich scrollte durch die Ergebnisliste, klickte durch Angebote und Fotos und schrieb mir drei Telefonnummern von Anbietern auf, deren Wohnungen vielversprechend klangen. Diese würde ich später anrufen, um einige Fragen zu stellen und mir einen Besichtigungstermin geben zu lassen.

Ich spürte, wie ich endlich müde wurde, und war im Begriff, den Browser zu schließen und den Laptop auszuschalten, als mir ein Gedanke kam.

Warum hier?, hatte Sina sinngemäß gefragt.

Warum suchte ich hier nach einem neuen Zuhause, in einer Stadt, in der es nur noch meine beste Freundin gab und sonst niemanden? Warum vergrößerte ich meinen Radius nicht, gab ihm keine Grenzen vor? Warum suchte ich nicht an Orten, zu denen es mich viel mehr zog?

Unruhig wippte ich mit dem Fußballen auf dem Boden. So viele Warums, so viele Fragen, so viele Gedanken. Mein Blick wanderte ziellos durch das Wohnzimmer, bis er an dem Päckchen hängenblieb, das noch immer ungeöffnet in der Ecke lag, wo ich es gestern vergessen hatte.

Ich neigte den Kopf und schob den Laptop von meinem Schoß. Der Rest des Tees war mittlerweile erkaltet, trotzdem nippte ich daran, ehe ich auf dicken Socken über das Parkett lief und das Päckchen von der Kommode zum Sofa zurücktrug. Unterwegs versuchte ich noch einmal, den Absender zu entziffern, aber sosehr ich mich auch bemühte, ich konnte den Namen nicht lesen. Vielleicht war er auch bewusst unleserlich geschrieben worden. Ich griff mir eine Schere und schnitt die Klebestreifen auf, damit ich das Paket auseinanderfalten konnte. Es war mit mehreren Klebestreifen fest zugeschnürt, als wäre der Inhalt besonders schützenswert, sodass es einen Augenblick dauerte, bis ich es endlich öffnen konnte.

Bevor ich auch nur irgendetwas sehen konnte, nahm ich den Geruch wahr, der mir aus dem Päckchen entgegenströmte: der Geruch nach altem Papier, nach einer leichten Schicht aus Staub und vergangenen Zeiten, und die ganz feine Duftnote eines leichten, blumigen Parfums, das für meinen Geschmack zu lieblich roch.

Ich hob die oberste Lage aus zusammengeknülltem Zeitungspapier heraus, das den Inhalt, der darunter verborgen lag, während seiner Reise hatte schützen sollen. Auf einer Titelseite erhaschte ich den Namen der Regionalzeitung. Von dem Ort hatte ich noch nie gehört, und ich kannte niemanden, der aus dieser Region kam. Ich warf das Zeitungspapier neben mich und zog dann an der Folie, in welcher der schwere Inhalt eingebunden war, um ihn vor Nässe zu schützen. Behutsam schlug ich die Folie auseinander. Mir stockte der Atem. Vor mir lag ein Stapel Briefe, die allesamt jeweils in beschriftete Umschläge eingelegt, aber nicht zugeklebt waren. Meiner ersten Schätzung nach musste es sich um etwa zehn Briefe handeln. Ich fühlte über die Kanten der Umschläge, manche davon bestanden aus mehreren Seiten.

Wer nur schickte mir einen ganzen Karton voller Briefe, und vor allem *warum?*

Der oberste Umschlag unterschied sich von den übrigen, er war neu und blütenweiß. Mit schwungvoller, fast schon ungeduldiger Schrift stand etwas darauf:

Für Nela

Ob das vielleicht vom Absender war? Würde der Brief das Geheimnis lüften? Vorsichtig öffnete ich die Lasche und zog den gefalteten Brief heraus. Das Papier war einem einfachen Linienblock entnommen. Die Schrift war dieselbe wie auf dem Umschlag, war genauso charaktervoll, doch etwas sanfter, als hätte die Hand, die den Stift geführt hatte, mit mehr Bedacht über die Worte nachgedacht, die auf diesem Blatt Papier verewigt werden sollten. Als könnten allein diese Worte der Anfang oder das Ende von etwas sein, je nachdem, wie behutsam oder wie wild sie waren.

Und Worte, das hatte ich über all die Jahre gelernt, waren etwas so Machtvolles. Sie erschufen Kinderfantasien, sie ließen Erwachsene fliegen, wenn sie längst kein Kind mehr waren, sie formten Gesetze und Ordnung, sie brachten Träume und ganze Leben zu Papier, und manchmal auch Menschen zusammen.

Liebe Nela,
heute schreibe ich dir, weil ich endlich etwas zu Ende bringen will. Weil ich deine Anschrift nicht habe, lasse ich dir dieses Paket über den Nachlassnotar zukommen, und ich hoffe, es ist in Ordnung, dass ich ihn danach gefragt habe. Ich bin mir sicher, dass du kaum noch weißt, wer ich bin. Auch ich kann mich nur noch unscharf erinnern, doch aus Erzählungen weiß ich, wie du als Kind gelacht hast, wie deine Augen blitzten, wenn du wütend warst oder dich gefreut hast, und wie du still in einer Ecke saßest, ganz andächtig in ein Buch vertieft, wie du den Wind am wilden Meer genossen hast. Ich weiß das alles, weil es mir jemand erzählt hast, den wir auf ganz unterschiedliche Weise gekannt und geliebt haben, und der sich von dir und mir verabschiedet hat, auf ebenso unterschiedliche Weise.

Und doch ist er unsere Gemeinsamkeit: Er, dein Vater. Er, Hannes.

Ich hielt den Atem an, während meine Hände unwillkürlich zu zittern begannen, und zwar so heftig, dass ich den Brief kurz ablegen musste. Jetzt erst hatte ich eine vage Ahnung, von wem diese Worte wohl stammen mochten. Und ich hatte keinen Schimmer, ob ich auch nur eine einzige, weitere Silbe lesen wollte. Ein Kloß saß in meinem Hals, und ich spürte, wie er meine Kehle zuzog. Aber ich würde nicht weinen. Ich würde diesen Brief in den nächsten Papierkorb werfen, oder gleich in ein Flammenmeer.

Und dennoch ... Der Sog war stark, der Sog, in die Vergangenheit zu fallen, von der ich mir immer vormachte, sie längst unter dem Mantel eines neuen Lebens begraben zu haben.

Ich weiß, dass diese Briefe vielleicht dein Leben durcheinanderwirbeln werden, dass du sie vielleicht gar nicht lesen willst, dass du dich fragst »Warum ausgerechnet jetzt?«.

Ich habe diese Briefe lange gehütet, weil sie meine Erinnerungen waren, mein Tagebuch, die Sammlung aller schönen und traurigen Momente. Sie waren mein Anker, von dem ich erst jetzt, viele Jahre später, lassen kann. Vielleicht können sie auch dir ein Anker sein. Vielleicht können sie ein klarer See sein, dem du auf den Grund schauen und in dem du Antworten finden kannst. Vielleicht können sie Worte sein, die nie ausgesprochen wurden, weil sie nun in einem Grab ruhen.

Ich schreibe dir aber nicht nur der Vergangenheit wegen. Ich schreibe dir, weil ich einen Menschen finden möchte. Ich wollte ihn schon all die Jahre finden, aber die Bürokratie macht es – sicherlich aus guten Gründen – schwer bis unmöglich. Aber ich glaube, ich habe Glück, ich glaube, ich weiß, wo er sein könnte. Und weil es mir gerade unmöglich ist, möchte ich, dass du dich auf die Reise machst. Auf eine Reise ans Meer, zu einem Mann, der dir und mir ein Fremder und zugleich ein Vertrauter sein könnte.

Der Mann, der vielleicht das Herz deines Vaters in sich trägt.

Ich hielt den Atem an. Ich überflog die letzten Zeilen mehrmals, fuhr sogar mit den Fingerspitzen darüber, als wären sie eine Täuschung, aber die Buchstaben blieben gleich und die Schrift gestochen scharf. Ich hatte mich nicht verlesen.

Sein Name ist Maximilian van Dorff, und er lebt hoch oben an der Ostsee, offenbar sehr zurückgezogen. Mit seiner Familie betreibt er ein Naturschutzgebiet mit Wildpferden und einer sehr alten Mühle und einem nicht minder alten Gutshaus.

Du findest alles, was du brauchst, in dieser Schachtel. Alle Briefe, die ich geschrieben habe, um die viel zu kurze Zeit mit Hannes irgendwie festzuhalten, außerdem meine Recherchen. Mach' dir selbst ein Bild. Außerdem ist da noch ein weiterer Brief. Für danach. Wenn du die Reise in die Vergangenheit hinter dich gebracht hast.

Und wenn du diese Reise antreten möchtest … wenn du es wirklich tust, dann tue es für dich.

Ellen

4.

Da war er, der Name, der Gewissheit brachte.

Ellen.

Nur die Ahnung einer Erinnerung glomm vor meinem inneren Auge auf, die vagen Umrisse eines Gesichts, an das ich lange nicht mehr gedacht hatte. Schwarze Locken unter einem seltsamen Hut gebändigt, der aus einem anderen Jahrhundert gestammt haben musste. Wildbunte, völlig unpassende Kleidung auf einem Friedhof unter unzähligen schwarzvermummten Menschen.

Ich weigerte mich, in meiner Erinnerung eine Zeitreise zu machen, zurück an jenen verregneten Tag auf einem Friedhof im hintersten Land. Aber wie so oft ließ sich das Gedächtnis nicht diktieren, in welchen Erinnerungen man schwelgen und welche man lieber mit dem Sarg begraben sehen wollte.

Ellen. Sie war die zweite Ehefrau meines Vaters gewesen, hatte ihn kurz vor seinem Tod geheiratet, und sie hatte natürlich auch damals Hannes' Beerdigung beigewohnt, an die ich mich nur verschwommen erinnerte. Ellen hatte mich telefonisch über den Tod meines Vaters informiert, obwohl ich nicht einmal gewusst hatte, wo er überhaupt lebte. Oder mit *wem*. Eigentlich hatte sie mit meiner Mutter sprechen wollen, aber sie hatte sich geweigert, den Telefonhörer anzunehmen, den ich ihr in die Hand hatte drücken wollen.

Eigentlich hatte ich damals auch nicht einmal hingewollt. Wieso auch? Ich hatte seit vier Jahren nichts mehr von ihm gehört, seit dem Tag, an dem er mit einem riesigen Rucksack gegangen war, kurz nachdem ich einen Unfall gehabt hatte und im Krankenhaus liegen musste. Vage erinnerte ich mich daran, dass meine Mutter mir noch im Krankenhaus erbost von seiner Weigerung, mir Blut zu spenden, erzählte. Ihm wäre das alles zu viel, hatte er gesagt, und er müsste sich eine Auszeit nehmen. Zelten gehen würde er. Doch aufgeschlagen hatte er dieses Zelt weit entfernt. Dieser Umstand hatte den Verlust meines Vaters noch verschlimmert. Er war nicht nur gegangen. Er war gegangen, als ich ihn so dringend gebraucht hatte, und gerade da hatte er mir den Rücken zugekehrt. Trotzdem war ich Miterbin seiner Hinterlassenschaft, und so war ich mit meinem Onkel doch zu seiner Beerdigung gefahren.

Ich las den Brief ein zweites Mal durch, ehe ich ihn zur Seite legte und mir den Rest des Stapels ansah. Da waren die alten Briefe, von denen sie gesprochen hatte, außerdem noch – in eine extra Folie gesteckt – ein Zeitungsausschnitt und ein kleinerer Brief, der nur aus wenigen Zeilen bestand. Zögernd zog ich beides aus der Klarsichthülle. Zuerst nahm ich mir das Handgeschriebene vor.

Juli 2003
Worte können nicht ausdrücken, was wir empfinden, denn mit einfacher Dankbarkeit ist es nicht getan. Wo Leben geschenkt wurde, ist zuvor Leben vergangen, das ist uns bewusst. Doch wir sind unendlich dankbar, dass unser siebzehnjähriger Junge dank Ihres Mannes eine Chance auf mehr Leben hat, auf mehr Jahre, auf mehr Glücklichsein, auf mehr Zeit am Meer und bei seinen Pferden, die er zuletzt nicht mehr sehen konnte. In den letzten Wochen war jede einzelne Sekunde mit ihm kostbar für

uns. Sie haben uns noch so viele weitere Sekunden, Jahre, vielleicht sogar Jahrzehnte geschenkt.

Familie […]

Der Name der Familie war geschwärzt. Und obwohl ich diese Familie nicht kannte, war die tiefe Dankbarkeit in jeder Zeile greifbar. Ich griff nach dem Zeitungsausschnitt, den Ellen dazugelegt hatte. Es war ein kleiner Text aus einer regionalen Tageszeitung, der vor etwa zwei Wochen erschienen war.

Das Wunder von Hofe

Fünfzehneinhalb Jahre ist es nun her, dass der damals siebzehnjährige Maximilian v. D. sein ganz eigenes Wunder erlebte. Maximilian litt bereits von Geburt an an einem seltenen Herzfehler, der eine teure Behandlung vonnöten machte. Die gesamte regionale Bevölkerung engagierte sich seinerzeit, um der Familie mit Spenden zu einer lebenserleichternden Ausstattung, Ausflügen und Reisen zu den Orten, die Maximilian noch sehen wollte, und mehr Zeit mit ihrem Sohn zu verhelfen. Als dann endlich die rettende Nachricht kam, dass ein Spenderherz verfügbar war, atmete nicht nur die Familie, sondern ein ganzes Dorf auf. Die lebensrettende Operation erfolgte am 18. Februar 2003.

Maximilian war nicht nur damals ein Kämpfer, er ist es heute noch. Seit bereits fünfzehn Jahren trägt er das Spenderherz, das dank moderner Medikamente keine Anzeichen einer möglichen Abstoßung zeigt. Mit seiner Familie zusammen bewirtschaftet er nach wie vor das Naturschutzgebiet, in dem viele Touristen tagtäglich ein und aus gehen, um unsere raue Küstenlandschaft mit ihrer traumhaften Mühle und der wilden Pferdeherde zu bewundern. In vier Monaten feiert Maximilian wieder seinen »zweiten« Geburtstag, und wir wünschen ihm und seiner Familie noch unzählige weitere.

Mein Blick glitt mehrmals über den letzten Satz und dann zum Seitenrand, wo die Ausgabe der Zeitung und ihr Datum vermerkt waren. In vier Monaten feierte Maximilian also seinen »zweiten« Geburtstag. Ich las den Artikel noch einmal und stolperte über das Datum der Transplantation. Ich musste erst darüber nachdenken, doch dann fiel mir ein, dass das der Todestag meines Vaters gewesen war. Das war doch nur ein Zufall, oder? Mein Herz begann heftig zu klopfen, als ich den Brief mit dem Artikel verglich. All diese Hinweise. Das Datum. Die Pferde. Die Gegend. Das Meer.

Das Meer.

Der Lieblingsort von Hannes und mir, immer gewesen und seit seinem Tod nie mehr besucht. Neben dem Text befand sich ein kleines Bild, eigentlich zu klein, um wirklich Details darin erkennen zu können, aber dennoch berührte es etwas in mir. Dieses Bild war das völlige Gegenteil zu meinem jetzigen Leben, das Gegenteil von klaren Linien, Papierbergen und einem von A bis Z durchgeplanten Tagesablauf. Es zeigte eine raue Küstenlandschaft mit hohen Gräsern, die sich im Wind beugten. Etwas weiter vom Fotografen entfernt stand ein Mann, der nicht direkt in die Kamera, sondern seitlich daran vorbeiblickte, vor einer Herde stehender Pferde, welche die Köpfe aufmerksam in die Höhe streckten und lauschten. Sie schienen abzuwarten, ob der Mann sich regte, ob er nur eine einzige Bewegung vollführte, wegen der sie sich abwenden und in die Ferne davongaloppieren konnten, denn sie waren wilde Fluchttiere. Mann und Tiere ruhten in sich, jeweils auf den anderen bedacht und sich dessen bewusst. Dabei wehte eine starke Brise dem Mann die unordentlichen Haare aus dem Gesicht und entblößte sonnengebräunte Haut und dunkle Augen, die verbargen, was wohl in ihm vorging. Der Zug um seinen Mund war verschlossen und in sich gekehrt, als wolle er nicht, dass die Welt an seinen Gedanken teilnahm.

Aber die Welt, dachte ich, wollte sowieso nicht teilhaben. Das wollten höchstens ein paar splittrige Bruchstücke, ein paar wenige Menschen, die an den Grenzen der eigenen kleinen Welt lebten.

Ich las den Zeitungsausschnitt sowie den dazugehörigen Brief noch einmal, ehe ich beides unschlüssig auf meine Knie sinken ließ. Was sollte ich nun damit anfangen? Dieses Paket, das neben mir auf dem Sofa lag, enthielt so viele Fragezeichen, so viele alte Erinnerungen, die nur Wut und Enttäuschung wieder aufleben ließen, so viele unbekannte Faktoren, dass ich keine Ahnung hatte, was ich nun tun sollte. Ellen wollte, dass ich diesen Maximilian aufsuchte, dass ich … ja, was? Was sollte ich mit ihm tun? Was sollte ich ihm sagen? Dass eine Frau, die ich so gut wie gar nicht kannte und auch nicht kennen wollte, glaubte, dass er das transplantierte Herz meines Vaters in sich trug, der mich so sehr verletzt hatte? Dass mir somit eigentlich ganz gleich war, ob dessen Herz in seiner Brust schlug oder das eines Fremden, weil das eigentlich für mich ein und dasselbe war?

Eigentlich wäre es das Beste, all diese Briefe wieder in das Päckchen zu packen, es luft- und gefühlsdicht zu verpacken, damit ja keine einzige Pore der Vergangenheit mehr aus ihm entweichen konnte, und es dann wieder dorthin zurückzuschicken, woher es gekommen war. In der Hoffnung, dass Ellen es damit auf sich beruhen ließ und mich nicht noch einmal kontaktierte. Aus welchem Grund sie auch immer verhindert war, diese Reise selbst anzutreten: Dann musste sie es eben doch irgendwie selbst versuchen oder zum Telefonhörer greifen.

Entschlossen griff ich nach dem Brief der Familie und dem Zeitungsausschnitt und stopfte sie zu den anderen Briefen in den Karton zurück. Ich sprang vom Sofa auf und ging nach nebenan in mein kleines Büro, um in der Schublade meines Schreibtisches hastig nach braunem Klebeband und einer Schere zu suchen, mit denen ich das Päckchen verschließen konnte. Damit kehrte ich ins Wohnzimmer zurück und riss am Klebeband, bis ich den ersten Streifen abreißen konnte. Als der Klebstoff die Pappe des Pakets berührte, hielt ich inne.

Was hast du schon zu verlieren?, fragte eine leise Stimme in meinem Kopf.

Ich hatte so viel zu verlieren, gefühlt alles. Den Plan meines Lebens, der eigentlich keiner war, weil er nur aus Struktur, aber nicht aus Inhalt bestand, nur aus vergangenen, bitteren Erinnerungen, aber keine Aussicht auf neue, aufregende bot.

Was, wenn ich etwas tat, mit dem ich nicht einmal selbst rechnete? Wenn ich einmal aus dem Käfig ausbrach, den ich mir selbst auferlegt hatte? Wenn ich einmal den Schmerz des Verlassenwerdens, den man auch als Erwachsener nicht überwand, als Waffe nutzte, wenn ich den Zorn als Antrieb verwendete und das bisschen Mut zusammenkratzte, den ich als Kind noch besessen hatte?

Unschlüssig hielt ich den Klebestreifen zwischen den Fingern, ehe ich ihn zu einem Knäuel zusammenknüllte, das an meiner Hand hängenblieb. Vielleicht sollte ich diese Briefe erst lesen, ehe ich eine Entscheidung traf. Vielleicht sollte ich mir ein vollständiges Bild machen.

Ich schnippte den Streifen von meiner Hand. Er landete auf dem Boden; dort, wo er nicht hingehörte und er mich so lange stören würde, bis ich ihn in einen Mülleimer warf. Mühsam widerstand ich dem Drang und klappte stattdessen das Päckchen ein weiteres Mal auf. Ich holte wieder heraus, was ich eben noch hineingestopft hatte, und legte Ellens Brief sowie den der Familie zur Seite. Die nächsten Briefe wurden mit dünnen Gummibändern zusammengehalten, immer drei oder vier auf einmal. Ich löste das erste Gummiband und legte alle Briefe bis auf den obersten auf die gläserne Platte des Wohnzimmertisches. Plötzlich zitterten meine Hände wieder. Weit über neunzehn Jahre lagen zwischen der letzten Begegnung mit meinem Vater und dem jetzigen Augenblick, denn den Moment am Grab wollte ich nicht gelten lassen. Diese Briefe waren eine Möglichkeit, wieder Nähe zu ihm aufzubauen, vielleicht sogar ein paar Antworten zu finden.

Was würde ich erfahren? Wie hatten Hannes' letzte Jahre wohl ausgesehen? Spielte ich überhaupt noch eine Rolle in seinem Leben, wenigstens eine winzige, irgendwo am Rande der Bühne, oder war ich nur ein Statist, der sich für das Große und Ganze nicht vermeiden ließ?

Auch wenn ich es nicht zugeben wollte, hatte ich Angst vor der Antwort auf diese Fragen. Und etwas anderes wollte ich mir ebenfalls nicht eingestehen: dass diese Briefe vielleicht die Macht besaßen, mich noch mehr zu zerstören, mich noch verwundbarer zu machen, sodass der Panzer aus papiernem Mauerwerk nicht mehr ausreichte, mich zu schützen.

Statt also den ersten Brief zu öffnen, zog ich den Laptop wieder zu mir heran und legte ihn auf meinen Beinen ab. Die angestaute Wärme des Geräts wanderte durch den Stoff meiner schwarzen Jeans. Zögernd öffnete ich eine Suchmaschine und gab die Anschrift ein, an der laut Ellens Brief dieser Mann mit dem transplantierten Herz wohnen sollte.

Das Erste, was ich auf der Karte sah, waren weite blaue Flächen.

Das Meer.

An meinem Herz zupfte etwas schmerzhaft. Zuletzt war ich mit meinem Vater dort gewesen, aber es war eine Ewigkeit her. Ich erinnerte mich an den klaren Wind, der meine

Haare zerzaust hatte, an den Duft von Salz und Frische, an Wellen im Sturm, an Lichter, die sich im Nachtozean spiegelten. Vielleicht waren es auch nur die Sterne gewesen.

Ich war seitdem nicht mehr am Meer gewesen, obwohl es mich immer dorthin gezogen hatte, obwohl es immer wie ein Sog war, der an meinem Herzen zerrte und zerrte und zerrte, bis ich die Fersen kaum noch in den Boden stemmen konnte, um dagegenzuhalten. Obwohl meine Heimat in der Nähe des Meeres gewesen war. Aber ich wusste, der vertraute und geliebte Anblick würde zu viel Erinnerung sein.

Trotzdem war das Pochen, mit dem mein Herz nun wild zu schlagen begann, das bekannte Anzeichen der aufwallenden Vorfreude. Als wüsste mein Herz bereits, was der Kopf noch nicht wusste. Und vielleicht, dachte ich, wäre das eine passende Gelegenheit, mit der Vergangenheit ins Reine zu kommen, und zwar im wahrsten Sinne des Wortes. Vielleicht könnte ich die Wut und die Trauer und alles Schlechte, das noch in mir brodelte, im Meer ertränken.

Um meine Gedanken in eine andere Richtung zu lenken, öffnete ich mein E-Mail-Programm und aktualisierte die Verbindung. Eine Mail nach der anderen kam in den Posteingang, eine ebenso unpersönlich wie die nächste. Ich klickte die Mails wieder weg. In meinen Ohren klang Wellenrauschen.

Beinahe achthundert Kilometer müsste ich reisen, sagte der Routenplaner. Achthundert Kilometer, das war für mich mittlerweile fast eine Weltreise, war ich doch seit Ewigkeiten nicht mehr aus der Stadt rausgekommen. Natürlich besuchte ich meine Mutter hin und wieder, aber die Besuche wurden seltener, weil wir einander ohnehin nicht mehr nahe waren.

Außerdem war das Naturschutzgebiet, in dem dieser Maximilian lebte, gefühlt der einsamste Ort auf dieser Welt. Es gab den Hof samt Herrenhaus, eine Mühle, die offenbar sogar bewohnbar war, und eine einzige Pension im Umkreis von mehreren Kilometern. Da ich kein Auto besaß, würde sich ein Urlaub dort als wenig praktikabel erweisen.

Überhaupt sprachen hundert Gründe gegen eine solche Reise. Sie wäre spontan, viel zu spontan, zu teuer, zu unpassend, zu nahe dran an meinem Vater, das ging einfach nicht, das war alles nicht geplant.

Und dieses eine Mal warf ich all das in den Wind.

5.

Die Welt rauschte an mir vorbei, als wäre sie nur ein Fixpunkt und ich in ihrer Umlaufbahn gefangen, in der ich raste, bis alles zu einer milchigen Farbmasse verschwamm. Ich war bereits seit einigen Stunden unterwegs, war mit einem ICE nach Hamburg gefahren und dort umgestiegen. Mit jeder Minute wuchs meine Aufregung.

Ich blinzelte. Die Fensterscheibe des Regionalzugs war trüb und ungeputzt, vom Atem all der Passagiere leicht beschlagen. Draußen prasselten Wassertropfen gegen die Fensterscheibe, und obwohl der Regen in der Außenwelt gefangen war, hatte ich das Gefühl, die Schwere der Luftfeuchtigkeit beinahe hier drinnen schmecken zu können.

Ich konnte es noch gar nicht glauben. Ich saß hier, inmitten fremder Menschen, die es an fremde Orte zog, und fuhr ans Meer, während mein Herz sich allein bei dem Gedanken daran überschlug. So viele Wenns standen im Raum, so viele Abers und Neins. Aber ich hatte all das beiseitegedrängt, zumindest bis ich meinen Koffer gepackt und die Zugtickets für den nächsten Morgen gebucht hatte. Mein Chef würde am Montag ausflippen, wenn er den viel zu kurzfristigen Urlaubsantrag in seinem E-Mail-Postfach vorfand, aber ich hatte in den letzten Jahren kaum Urlaub gemacht, also versuchte ich, das schlechte Gewissen in die hinterste Ecke meiner Gedanken zu drängen.

Eine Weile hatte ich versucht, ein Buch zu lesen, doch meine Konzentration war zu leicht abzulenken, daher hatte ich es irgendwann aufgegeben und eine Weile meine Mitreisenden angesehen. Die alte Frau, die mir gegenübersaß und ebenfalls in ein altes, abgegriffenes Buch vertieft war. Es sah so mitgenommen aus, dass ich dachte, dass es vielleicht das Lieblingsbuch der Dame war, dass es sie seit Jahrzehnten begleitete und sie es so oft gelesen hatte, dass sie es gar nicht mehr zählen konnte; dass diese Geschichte ihr bereits in Fleisch und Blut übergegangen und ihr wie ein treuer, alter Freund war, der einen niemals verließ, dass sich seine Geschichte vielleicht gar nicht mehr so sehr von ihrer eigenen unterschied, weil Bücher uns irgendwie alle prägten, auf die ein oder andere Weise.

Auf der gegenüberliegenden Seite des Gangs saß ein Pärchen, das sich tuschelnd unterhielt, die Köpfe über eine Karte gebeugt, die sie auf ihren Beinen ausgebreitet hatten. Zu ihren Füßen standen beinahe mannshohe, vollgepackte Rucksäcke, und alles an ihnen strahlte Abenteuerlust aus. Ich beneidete sie um ihre Unbeschwertheit, um die Last, die sie offenbar noch nicht auf ihren Schultern trugen. Vielleicht hatten sie sie aber auch nur abgeworfen, hatten alles hinter sich gelassen und trieben nun in die weite Welt hinaus.

Ich tat in gewisser Weise dasselbe, nur dass ich mich bereits jetzt vor den Trümmern fürchtete, die mich erwarteten, wenn ich nach Hause zurückkehrte. Job, Wohnung, die Vergangenheit, die mich am Meer womöglich einholen würde. Dieses ganze Vorhaben war dermaßen unüberlegt, dass ich mich vermutlich in den Zug nach Hause setzen würde, noch ehe der Tag vorbei wäre.

So leise wie möglich holte ich den Laptop aus meiner Umhängetasche. Ich wollte die alte Dame beim Lesen ihrer Lektüre nicht stören. Ich legte den Laptop auf den Tisch und klappte ihn auf. Als er hochgefahren war, verband ich ihn mit dem WiFi des Zuges. Ich wollte die letzten Stunden vor der Ankunft nutzen und ein wenig Recherche über die Gegend betreiben, zu der ich mich aufgemacht hatte. Am Vortag hatte ich bereits herausgefunden, dass Maximilian sehr abgelegen lebte. Es gab ein paar kleinere Orte und auch Kleinstädte in der Nähe des Naturschutzgebietes, das seine Familie verwaltete. Es lag einige Kilometer außerhalb des Dorfes, dem es zugeordnet war, und war – wie ich auf der dazugehörigen Homepage las – für seine touristischen Sehenswürdigkeiten bekannt. Das Naturschutzgebiet in Schleswig-Holstein galt als ein wildes, naturbelassenes Stück Landenge und war auf einer Halbinsel angesiedelt, auf der seltene Vogelarten sowie eine Herde Wildpferde und Schafe zuhause waren. Die Landschaft schien abwechslungsreich zu sein: Kleine Wasserflächen, Sümpfe, Strandseen, Waldstücke, Salzwiesen, Dünen und noch einiges mehr sollten die Touristen zu spannenden Wanderungen verführen. Auf dem weitläufigen Gelände der Bucht gab es ein Gutshaus aus dem 19. Jahrhundert, in dem die Familie van Dorff selbst lebte und die Verwaltung des gesamten Gebietes steuerte. Mehrere Rundwanderwege führten durch das Gebiet, am Meer und an den Tieren vorbei, und boten zudem die Besichtigung einer Wassermühle, die noch bewohnt und instand gehalten wurde. Direkt am Meer selbst, nur wenige Meter von der Küste entfernt, gab es die Pension »Zum alten Mauerwerk«, die einzige in der Nähe des Naturschutzgebietes. Ich hatte die Inhaberin am Vorabend telefonisch nicht mehr erreichen können, daher hoffte ich nun, dass es noch ein freies Zimmer gab, wenn ich im Norden des Landes ankommen würde. Ein anderer Teil von mir, der ängstliche und misstrauische, pochte allerdings darauf, dass es keinen Platz für mich dort oder sonst wo gab und ich so wieder nach Hause reisen *musste*.

»Wann bist du so ein Angsthase geworden?«, murmelte ich und schüttelte den Kopf. Die alte Dame, die mir gegenübersaß, hob den Kopf von ihrer Lektüre und warf mir einen fragenden Blick zu. »Was haben Sie gesagt, mein Kind?« Ihre Stimme klang brüchig vom Alter.

»Nichts«, erwiderte ich entschuldigend. »Ich wollte Sie nicht stören, ich habe nur mit mir selbst gesprochen.«

Die Frau lächelte fein. »Gewöhnen Sie sich schon einmal daran. Je älter man wird, desto mehr lernt man sich selbst als Gesprächspartner zu schätzen.« Sie rückte ihre Brille zurecht und wandte sich wieder ihrem Buch zu. Die Finger strichen dabei liebevoll über den rissigen Einband.

Der Schleier aus grauem Nebel draußen lichtete sich ein wenig, je weiter der Zug in den Norden vorrückte. Irgendwann hatte ich alles recherchiert, was ich finden konnte, und ich steckte den Laptop in die Tasche zurück. Zögernd holte ich stattdessen etwas anderes heraus. Den ersten Brief aus dem Stapel, den Ellen mir überlassen hatte, den ältesten ihrer Sammlung. Die anderen Briefe lagen im Koffer, weil ich mir nicht einmal vorstellte, diesen einen lesen zu können. Aber wenigstens einen, dachte ich, musste ich lesen. Einen würde ich schaffen.

Denn das Meer war nahe, und vielleicht würde es auffangen, was unterwegs zu Boden fiel.

6.

Ellen, 8. Februar 2003

Unser erstes Treffen. September 2001.

Hannes,

ich war schon immer ein Stadtmensch, von klein auf. Und dann kamst du und fandest all das überflüssig. Die unzähligen Häuser, die manchmal verdreckten Straßen, die Menschen in ihnen, die Anonymität, die ich immer als befreiend empfand. Ich mochte die Hektik, die manchmal einem Ameisenhaufen glich, das geordnete Durcheinander, Reklamemasten mit Kultur und Unsinn darauf, bunte Regenschirme im Regen, und dem Gefühl der emsigen Geschäftigkeit, zu fast jeder Stunde, die einem nie das Gefühl gab, allein zu sein.

Du wohntest am Rande dieser Stadt, und das war dir immer noch viel zu dicht am Kern dran. Am liebsten wärst du aufs Land geflüchtet, und damals fragte ich mich oft, warum du nicht genau das tatest, denn es war offensichtlich, dass du hier nicht glücklich warst. Ich wusste damals noch nicht, dass du von genau da herkamst, vom Land, ganz in der Nähe des Meeres, immer bereit, dich ins Auto zu setzen, wenn die Freiheit nach dir rief. Ich wusste nicht, dass du dich hier eingesperrt fühltest und genau das deine selbstauferlegte Strafe war. So vieles wusste ich nicht, nur eins: Ich musste dich wiedersehen. Ich wollte deinen Geheimnissen auf den Grund gehen, obwohl ich bereits eine dunkle Ahnung hatte, dass diese Geheimnisse nichts Gutes verheißen würden, dass sie nicht wie jene Geheimnisse aus Büchern waren, die etwas Großartiges offenbaren würden. Es waren die Geheimnisse des Lebens, die wir alle hüteten, jeder für sich.

Den Ort für unser erstes Treffen hast du vorgeschlagen. Ein Park sollte es sein, der zumindest die Illusion von Natur schuf und in dem du dich nicht wie ein gefangenes Tier in einer Falle fühlen würdest. Eigentlich war es schon fast zu kalt für ein Treffen im Freien, der Sommer war schon längst zur Neige gegangen, und die Blätter färbten sich rotgolden, vor allem wenn das Abendlicht sie berührte. Der September war beinahe vorbei, und ein goldener Oktober stand vor der Tür, ich konnte ihn förmlich riechen und es kaum erwarten, ihn mit Pinsel und Farben auf meiner Leinwand einzufangen. Ich hatte mich in eine dicke Jacke gepackt und mir einen Schal um den Hals gewickelt, der mich selbst bei dem kühlen Wind, der durch die Straßen blies, warm halten würde. Ich widerstand dem Drang, meine Hände in Handschuhe zu stopfen, dafür war es noch zu früh. Stattdessen ging ich zügig durch die Straßen und merkte, wie die Kälte dank der Bewegung bald wich. Über meinem Kopf war der Himmel grau und bedeckt, als könnte jeden Augenblick ein seichter Nieselregen zu Boden fallen. Viele Menschen hätten den Anblick dieses Himmels als bedrückend bezeichnet, aber ich mochte jede Facette des Himmels, der so wandelbar war wie ein Spiegel des Planeten selbst. Ich konnte dem Sommer ebenso viel abgewinnen wie dem schlimmsten Unwetter. Jede Jahreszeit hatte ihre Eigenarten, darin unterschieden sie sich gar nicht so sehr von den Menschen.

Ich erreichte den Eingang des Parks, an dem du und ich verabredet waren. Obwohl ich einige Minuten zu spät war – ich konnte einfach nicht pünktlich sein, nie –, war niemand da. Ich nahm auf einer Bank Platz und ließ den Blick über die Bäume schweifen, die allmählich ihr Blattgewand verloren, während ich auf dich wartete. Insgeheim fragte ich mich, ob du einen Rückzieher machen und gar nicht erst auftauchen würdest. Ob ich umsonst warten würde. Dabei bist du die Ursache dieses Treffens gewesen, du hast mich einige Wochen nach der Feier, auf der wir uns kennenlernten, angerufen. Deinen Namen hatte ich beinahe vergessen, nicht aber den Klang deiner Stimme, der etwas in mir berührte. Ich konnte die Traurigkeit in den tiefen Nuancen deiner wenigen Worte durch die Leitung hören, und sie rührte mein Künstlerherz. Wir Künstler sind seltsame Menschen. Wir sehen das Zerbrochene, sehen die scharfen Kanten, an denen wir uns verletzen können, an denen wir uns ganz sicher verletzen werden, und doch greifen wir beherzt danach, weil unser Künstlerherz nach dem tiefgründigen Schmerz unter der Oberfläche giert, so als könnte es daraus etwas Großartiges zaubern, auf die Leinwand, auf das Notenblatt oder die Tastatur. Als könnten wir es vielleicht sogar in etwas Schönes verwandeln, in etwas melancholisch Schönes ohne Kanten, dabei war das fast immer eine Unmöglichkeit.

Ich warf einen Blick auf die Uhr. Fünfzehn Minuten warst du bereits zu spät. Was sollte ich tun? Sollte ich weiter warten und hoffen, dass du kommst? Sollte ich gehen, weil du aufgegeben hattest, bevor du es überhaupt versucht hattest? Ich war unentschlossen, beobachtete stattdessen die Menschen, die an mir vorbeizogen, jeder in seinem eigenen Kopf gefangen. Ich konnte die Gedanken förmlich durch ihre Köpfe rasen sehen, und es zuckte in meinen Fingern, die instinktiv nach einem Pinsel oder wenigstens nach einem Bleistift suchten, um festzuhalten, was ich sah.

Dann bog jemand in den Park ein, eine große, dunkle Statur in einen dunkelbraunen Mantel gehüllt. Ich sah, dass der Wind dein Haar zerzaust hatte. Es war dunkelblond, hier und da bereits von grauen Strähnen durchzogen, wo Alter und Gram sich allmählich bemerkbar machten. Der meiste Gram zeichnete sich aber in deinem Gesicht ab; in den tiefen Falten an Augen und Stirn, die für deine Lebensjahre nicht ungewöhnlich, aber auch nicht zwingend waren, an dem verschlossenen Zug um deinen Mund, der sich selten in ein Lächeln befreien konnte, an den Bartstoppeln, die deinen Ausdruck immer ein wenig wild und abweisend aussehen ließen. Die schwarze, kantige Brille verstärkte den Eindruck.

Worüber ich nur mit dir reden sollte, fragte ich mich, als du direkt auf mich zukamst, der Schritt fest und zugleich so zögerlich, als wärst du kurz davor, umzukehren und zu fliehen.

Ich stand auf. Fragte mich, ob das ein Fehler war, ob wir nicht zu verschieden waren, um auch nur ein gemeinsames Gesprächsthema zu finden. Ich liebte Reden und Worte und Austauschen, und wenn ich an unsere Autofahrt zurückdachte, erinnerte ich mich hauptsächlich an Schweigen. Seltsamerweise war es kein unangenehmes Schweigen gewesen, das man verzweifelt zu brechen versuchte, sondern ein behagliches, in dem ich die Augen schließen und der leisen Musik aus dem Radio hatte lauschen können. Ich hatte die Geräusche der Autoreifen auf dem Asphalt gehört, und irgendwo darin deinen ruhigen Atem.

Nun standest du also vor mir, und wir öffneten gleichzeitig den Mund, um uns zu begrüßen. Gerade noch rechtzeitig schloss ich ihn wieder, damit wir nicht durcheinanderredeten. Du sprachst meinen Namen leise aus, und er fühlte sich vertraut auf deinen Lippen an, mein Name auf deinen Lippen. Du entschuldigtest dich für deine Verspätung und schobst es auf die Parkplatzsuche, diese verdammte Parkplatzsuche, die beinahe ein Ding der Unmöglichkeit war.

Diese vermaledeite Stadt, lachte ich, denn du mochtest sie ja ohnehin nicht. Und doch standen wir nun hier, in diesem Fleckchen Grün in dieser Stadt, wir beide zusammen, getrennt durch so unterschiedliche Leben und Eigenarten.

Aber wir standen zusammen hier, nur Zentimeter und Worte voneinander getrennt.

Damals war mir die Barriere zwischen uns so groß erschienen, dabei war sie nichts, war ganz einfach mit einem einzigen kräftigen Windhauch umzupusten.

Wir gingen ein paar unbeholfene Schritte und mussten uns dabei erst auf eine Richtung einigen. Unsere Schritte passten sich dann aneinander an, wir gingen im Gleichtakt und atmeten die kühle Luft ein. Erst dachte ich fieberhaft darüber nach, was ich sagen sollte. Irgendetwas Kluges musste mir doch einfallen, mit dem ich dich beeindrucken konnte, denn du wirktest so schwer zu beeindrucken oder zu berühren. Wie ein Felsen, der selbst im heißesten Sommer unter dem Schein der Sonne noch kühl und grau und zerklüftet blieb.

Aber dann erinnerte ich mich an das Schweigen im Auto zurück, und dass es in Ordnung war, wenn wir kein Wasserfall waren, sondern ein stiller See.

Irgendwann begannst du zu erzählen. Dass du noch nicht sehr lange hier lebtest und in einer Firma arbeitetest, die im Baugewerbe tätig war. Du machtest Zeichnungen für sie, hantiertest mit Zahlen und Rechnungen und Formeln, bis mir nur vom Zuhören der Kopf rauchte und meine Gedanken schummrig waren vor so viel Geradlinigkeit. Oft bliebst du bis spät am Abend im Büro, um nur zum Essen und Schlafen nach Hause in dein Apartment kommen zu müssen.

Ich hörte zu, nickte hin und wieder an den passenden Stellen, fragte nach, wenn ich etwas nicht verstand, und erzählte dann von meiner Arbeit; dieser unsicheren, mittellosen Arbeit, bei der ich manchmal nicht wusste, wie ich im nächsten Monat meine Miete bezahlen sollte, die ich aber so sehr liebte, dass ich mit jeder Faser meines Körpers dafür brannte, dass ich lieber unter einer Brücke nächtigen als sie aufgeben würde.

Ich sah dir an deinen Augen an, dass du das nicht verstehen konntest, dass dir das alles viel zu unplanmäßig und unsicher war, aber von meiner Leidenschaft warst du angezogen, fasziniert. Obwohl du es nicht wolltest, war es genau das, wonach du dich verzehrtest: Feuer.

Und das, Hannes, war etwas, das du damals längst verloren glaubtest.

7.

Nela

Ich hob das Kinn, mein Blick löste sich von dem Papier, das bereits so viele Jahre überdauert und Erinnerung getragen hatte. Ich fühlte mich atemlos. Mein Brustkorb fühlte sich zu eng an, als wäre jeder Atemzug zu wenig, um ausreichend Luft in meine Lungen zu transportieren.

Einatmen. Ausatmen. Weiterlesen. Einatmen. Ausatmen. Einatmen nicht vergessen, im immer gleichen Takt.

Die Zeilen verschwammen irgendwann vor meinen Augen. Ellens Handschrift, an die ich mich unweigerlich mit jeder Zeile mehr gewöhnte, die mir vertraut wurde, wurde undeutlich. Am Anfang hatte ich mich gefühlt, als würde ich den Brief einer Fremden lesen, die von einem anderen Fremden erzählte. Zwei Fremde in einer fremden Stadt, die ein fremdes Leben lebten, das meines in keinster Weise berührte. Aber irgendwann, da war die Erkenntnis mit einer Gewalt über mich hinweggerauscht, dass ich nach Luft ringen musste. Dieser Brief handelte wirklich von meinem Vater. Er beschrieb eine Zeit, zu der er kein Teil meines Lebens mehr gewesen war, oder ich vielmehr nicht mehr Teil seines Lebens, und ich hatte keine Ahnung, wie ich diese Briefe überstehen sollte. Ob ich es überhaupt wollte oder konnte. Ich begegnete hier einem Mann, der mir schrecklich vertraut vorkam und gleichzeitig noch fremder, als es jeder andere Mensch hätte sein können. Und ich hatte furchtbare

Angst davor, wen ich in diesen Briefen nun kennenlernen würde.

Ich ließ den Brief auf den Tisch fallen, als hätte er plötzlich Feuer gefangen. Ich konnte ihn keine einzige Sekunde länger mehr in meinen Fingern halten. Die alte Dame gegenüber war kurz abgelenkt von ihrer Lektüre und warf mir einen fragenden Blick zu. Ich lächelte beruhigend, aber meine Gedanken waren abwesend. Mein Herz pochte aufgeregt. Am liebsten hätte ich den Brief gewaltsam in meine Tasche zurückgestopft und ihn zuvor zerknüllt oder in Fetzen gerissen, bis die Buchstaben auseinanderfielen und seine Geschichte nicht mehr lesbar war. Am liebsten hätte ich den Zug gestoppt und ihn dazu gezwungen, in die andere Richtung zu fahren. Zurück nach Hause, wo ich mich in meiner Wohnung verbarrikadieren konnte, solange sie noch mir gehörte und Zuflucht gewährte. Aber nichts davon war möglich, ich war auf dem Weg ans Meer, und ich konnte daran nichts ändern.

Ein Blick auf die Uhr beruhigte meine flatternden Nerven. In dreizehn Minuten würde der Zug sein Ziel erreichen und in den Bahnhof einfahren. Die Landschaft draußen hatte sich während der Fahrt verändert. Hügel und Berge war einer ebenen Küstenlandschaft gewichen, die nur von einzelnen Bäumen oder kleinen Waldgruppen besiedelt war. Hohe Gräser beugten sich unter dem Druck des zunehmenden Windes, und die Wiesen waren karg. Die Felder zeugten vom Herbst, waren leergeerntet und kahl.

Zehn Minuten, dann erreichten wir den Bahnhof. Dort hatte ich dann zwanzig Minuten Zeit, mich zu sammeln und vielleicht eine Kleinigkeit zu essen, bevor ich den Bus erreichen musste. Fahrig räumte ich den Brief, das Smartphone und die Wasserflasche in meine Tasche und zog den Reißverschluss zu. Der Schaffner nannte die nächsten Haltestationen, die ersten Passagiere standen bereits an den Schiebetüren, um in der nächsten Ortschaft auszusteigen. Türen öffneten und schlossen sich, Menschen wechselten ihre Plätze oder andere nahmen die ihrer Vorgänger ein.

Acht Minuten.

Wieder öffneten sich die Türen. Der Wind brachte eine frische Brise ins Innere des geheizten Zuges und verdrängte die verbrauchte, abgestandene Luft. Ich roch Salz. Es roch so intensiv, dass sich der Geruch auf meine Zunge legte und ich es schmecken konnte. Das Meer war nicht mehr fern. Mein Körper lechzte nach mehr, nach Wellen und Sturm, nach peitschenden Fluten, nach kaltem, schwerem, meergetränktem Sand an den bloßen Füßen. Es war, als wäre ein längst vergessener Instinkt wieder erwacht und begrabene Erinnerungen vom Mantel des Vergessens befreit. Sie überfielen mich mit einer Wucht, die mich hätten taumeln lassen, würde ich nur stehen. Aber ich saß und konnte mich an der Kante des Tisches festkrallen.

Niemals hätte ich gedacht, dass nur ein Geruch und ein paar Zeilen eines uralten Briefes ausreichen könnten, die sorgfältig um meine Kindheit erbauten Mauern zum Bröckeln zu bringen. Was würde dann erst geschehen, wenn ich im Wind selbst stand und die Wellen losbrachen und mich verschluckten und wieder ausspien? Oder ich tiefer in Ellens Welt eintauchte?

Der Zug hielt an. Mein Herz raste. Eine dünne Schweißschicht lag auf meinen Händen, als ich mich von meinem Platz erhob und nach Tasche und Koffer griff. Beides umklammerte ich so fest, dass meine Fingerknöchel weiß heraustraten.

Was für eine verrückte Idee, dachte ich etwas verzweifelt. Wie war ich bloß darauf gekommen? Warum hatte ich mich von den Briefen einer fremden Frau dazu verleiten lassen, mein geordnetes Leben über den Haufen zu werfen, zumindest für eine Weile? Ich hatte doch nichts mehr tun wollen, das mich an meinen Vater und den Schmerz des Verlassenwerdens erinnerte. Bisher war ich so erfolgreich darin gewesen.

Ich stellte mich in den Gang, als die Schiebetüren sich automatisch öffneten. Die Menschenschlange setzte sich langsam in Bewegung, hier und da wurde gedrängelt und geschoben, als hätte niemand mehr Zeit. Ich hielt mein Gepäck noch fester, denn am Ende war es alles, was ich hier hatte, der einzige Fleck Heimat.

Dann stand ich im Türrahmen und tat den letzten Schritt, der mich auf den Bahnsteig führte und somit unwiederbringlich an einen Ort am Meer, das ich nie mehr hatte besuchen wollen.

Aber *nie mehr* war nun nur noch Vergangenheit.

8.

Der Taxifahrer Herbert lenkte das Fahrzeug aus der beschaulichen Stadt heraus und fuhr über eine Landstraße. Ich saß auf der Rückbank und starrte aus dem Fenster, während ich die Landschaft beobachtete und meine Hände auf dem Schoß zu Fäusten ballte, die der Taxifahrer nicht sehen konnte. Wir fuhren eine ganze Weile, und irgendwann erreichten wir ein winziges Dörfchen, das hauptsächlich aus alten Fachwerkhäusern, Bauernhöfen und Reetdachhäusern bestand. Unter dem wolkenverhangenen Himmel erstreckten sich zu beiden Seiten der Straße Wiesen und kleine, vereinzelte Häuseransammlungen. Irgendwo in der Ferne glaubte ich einen blauen Streifen auszumachen. War es der Himmel? Oder war es bereits das Meer?

Eigentlich, dachte ich, entsprang die Kulisse einem Küstenkalender. Wäre da nicht die leise Panik in meinem Nacken, die bei jedem Kilometer, den wir uns dem Zielort näherten, ihre Stimme lauter erhob und Fluchtgedanken in meinen Kopf schrie.

Na los, lauf schon, nimm die Beine in die Hand!

»Wir sind gleich da!«, sagte Herbert laut und warf einen Blick in den Rückspiegel.

»Wie weit ist es denn noch?«, fragte ich.

»1,3 Kilometer«, brummte Herbert gutmütig. »Schauen Se doch selbst, mit den Augen ist noch alles gut, ja?«

Ich starrte auf das Navigationsgerät und bemerkte, wie sich der fahrende Punkt einer riesigen, blauen Fläche hinter braunen und grünen Streifen am oberen Rand des Displays näherte.

Wir waren wirklich beinahe da.

Der Wagen bog nun nach links von der Hauptstraße ab und folgte einem Schild, welches das Naturschutzgebiet auswies, in dem die Pension lag. Obwohl die Straße breit und eben gepflastert war, fuhr Herbert langsam und bedächtig, als erwartete er, nach der nächsten Kurve im Wasser zu landen. Immer wieder musste er abbremsen oder um Radfahrer herumfahren, die sich gemeinsam mit gut ausgerüsteten Wanderern die Strecke teilten.

Wir näherten uns einem langgezogenen, niedrigen Haus, in dem ich aus der Ferne die viel beworbene Pension »Zum alten Mauerwerk« erkannte. Das Haus war weiß getüncht und mit dicken, dunklen Balken durchzogen, was ein wenig an den Stil von Fachwerkhäusern erinnerte. Die Pension hatte verschiedene Eingänge und schien neben den normalen Zimmern einige Apartments zu bewirtschaften. Hinter der Pension lag, auf der linken Seite und damit parallel zur Straße, unmittelbar das Meer. Man brauchte nur einen Fuß zur Tür hinauszusetzen und stand mit den Zehen schon beinahe im kalten Wasser, wenn der Wind es nur stark genug aufpeitschte.

Ich richtete den Blick wieder nach vorne und lächelte scheu, als ein Ehepaar, an dem wir vorbeifuhren, fröhlich winkend grüßte. Die Mentalität der Menschen hier war oft rau, aber umso herzlicher. Herbert drosselte das Tempo noch weiter, bis wir im Schritttempo über die Straße glitten.

»Ach guck«, sagte Herbert dann, und er klang ganz ehrfürchtig dabei. »Sieh mal einer an.«

Ich folgte seinem Blick und sah eine Herde von etwa

zwanzig Wildpferden drei- oder vierhundert Meter von uns entfernt über die Wiese galoppieren. Ihre Mähnen flogen im Wind, ihre Leiber drängten sich dicht aneinander, ohne dabei aus dem Takt zu kommen, und ich hörte das Donnern der unbeschlagenen Hufe auf dem Erdboden und das Wiehern durch die geschlossenen Fensterscheiben. Eine Gänsehaut breitete sich auf meinen Armen aus. Ich hatte noch nie einen solch zufriedenen Ausdruck von Freiheit mit eigenen Augen gesehen.

Herbert manövrierte das Auto um eine Kurve, die von hohen Hecken gerahmt war, um die Pension vor den neugierigen Blicken der wandernden Touristen zu schützen. Hinter der Kurve stieg in fünf Minuten Fußweg die Mühle zur rechten Seite der Straße auf. Die Mühle sah genauso aus, wie ich sie auf den zahlreichen Fotos der Homepage gesehen hatte. Erhaben und in sich ruhend stand sie da und war von einem Holzzaun umgegeben, damit sich niemand unbefugten Zutritt auf das Gelände verschaffen konnte. Wenige Meter hinter dem Eingang fügte sich die Straße in eine Brücke, unter der ein winziger Bach zur Mühle führte und neben ihr in einen kleinen Fluss mündete. Hinter der Mühle befand sich offenbar ein kleines Stück Wiese, ebenfalls mit Hecken vor fremden Blicken geschützt. Ein Stück gepflasterter Asphalt ermöglichte Platz für ein Auto.

Herbert drückte auf die Bremse, als wir auf Höhe der Pension angekommen waren. Ich öffnete die Tür und ließ mich von dem Polstersitz gleiten. Der Taxifahrer stieg ebenfalls aus und holte meinen riesigen Koffer und meine Umhängetasche aus dem Kofferraum. Ich gab ihm das Geld und ließ mir vorsichtshalber die Telefonnummer des Taxiunternehmens geben. Wer wusste schon, ob ich nicht heute schon wieder die Heimreise antrat, je nachdem, ob ich hier eine Übernachtungsmöglichkeit fand oder nicht. Ob ich es hier aushielt oder nicht. Vielleicht wäre es klug, ihn direkt bei mir zu behalten, nur für den Fall, dass …

Nein. Ich schüttelte den Kopf und reckte das Kinn.

Ich würde an der Eingangstür der Pension klingeln, und außerdem würde ich das Meer besuchen und den Mann mit dem fremden, vertrauten Herz, und wenn alles furchtbar schieflief, dann würde ich einfach fliehen. Vielleicht hatte ich wenigstens diese Fähigkeit von meinem Vater geerbt.

Ich sah dem Taxi nach, bis es um die Kurve verschwunden war und ich auch die Motorgeräusche nicht mehr hören konnte. Dann rollte ich mit meinem Gepäck über den Kiesweg, der zum Eingang führte und zu beiden Seiten mit gewaltigen Blumentöpfen gesäumt war. Bunte Pflanzen blühten in ihren letzten Zügen. Man konnte ihnen ansehen, dass sie ums Überleben kämpften, dass der Einzug des Herbstes ihnen zu schaffen machte und sie diesen Kampf nicht lange durchhalten würden. Aber jetzt gerade, in diesem Augenblick, war ihre Schönheit noch gegenwärtig.

Ich warf einen Blick auf die Uhr. Es war fast 16 Uhr 30, der Himmel kündigte bereits die ersten Anzeichen der Dämmerung an, die bald ein Flammenmeer über den Horizont werfen würde.

Ich atmete tief ein und aus, mehrmals, bis ich das Gefühl hatte, genug Kraft in den Armen zu haben, um einen davon anzuheben und mit dem Finger auf die Klingel zu drücken. Was für andere vielleicht eine Banalität war, erwies sich als Kraftakt, als Anstrengung sondergleichen. Dieser winzige Knopf aus Edelstahl war das metaphorische Tor in eine andere Welt; in eine Welt, in der ich mich dem stellen musste, was ich seit neunzehn Jahren vergraben hatte.

Ich betätigte die Klingel. Der leise Laut war auch draußen zu hören, und ich verlagerte nervös das Gewicht von einem Bein aufs andere, während ich lauschte, was sich wohl im Inneren des Hauses regte. Nach einer gefühlten Ewigkeit bewegte sich jemand auf die Türe zu und riss sie schwungvoll von innen auf.

Eine ältere Dame stand vor mir und musterte mich neugierig.

»Guten Abend«, sagte ich und räusperte mich.

»Hallo«, sagte die Frau und neigte den Kopf. Sie war schick angezogen und wirkte sehr adrett in ihrem dunkelblauen, knielangen Rock, der in seinem Leben noch keine Bügelfalte gesehen zu haben schien. Darüber trug sie eine blütenweiße Bluse. Ihre Haare waren zu einem modischen Bob geschnitten und hellgrau. Die Lippen leuchteten rot, und auch ihre Wangen waren mit einer zarten Puderschicht belegt.

Doch trotz der strengen Kleidung strahlte die Dame keine Kälte aus, im Gegenteil. Sie sprühte nur so vor Lebenslust und Tatendrang, und ihre Miene war offen und zugänglich.

»Wie kann ich Ihnen helfen?«, fragte die Frau, als ich nichts sagte, sondern sie nur bewundernd anstarren konnte. Dann wurde ich rot. Tagtäglich arbeitete ich mit Mandanten und Kunden und war sicher nicht auf den Mund gefallen, aber gerade fühlte ich mich furchtbar unsicher.

»Entschuldigen Sie«, murmelte ich und strich mir fahrig eine Haarsträhne aus dem Gesicht. Der Wind riss an mir. »Ich bin im Internet auf Ihre Pension aufmerksam geworden und möchte nach einem freien Zimmer fragen.«

Die Dame zog die Augenbrauen hoch. »Wie heißen Sie, wenn ich fragen darf?«

»Nela«, antwortete ich. »Nela Harolds.«

»In Ordnung, Nela – ich darf Sie doch so nennen, richtig?« Sie wartete meine Antwort erst gar nicht ab. »Sie sind aber sehr spontan, nicht wahr? Ich kann mich gerade nicht erinnern, von Ihnen eine Reservierung vorliegen zu haben.«

Ich nickte. Etwas schnürte mir die Kehle zu. Ich war zu

spontan gewesen, ich ahnte es bereits. »Eigentlich nicht. Überhaupt nicht, wenn man es streng nimmt. Das heute … war eine Ausnahme. Normalerweise hätte ich natürlich vorher reserviert.«

»Okay, also dann erst einmal: Ich bin Henrietta.« Sie streckte mir ihre Hand hin, die ich sofort ergriff. Der Händedruck der Dame war sanft, aber fest. »Normalerweise müsste ich Sie jetzt enttäuschen. Ich bin in der Regel immer Monate im Voraus ausgebucht, Lücken gibt es dann höchstens zur Winterzeit hin und wieder. Aber Sie haben Glück. Ich habe heute ein kleines Apartment sauber gemacht und frisch bezogen, da die Familie krankheitsbedingt früher abreisen musste. Eigentlich ist das wirklich sehr spontan, aber … Jetzt stehen Sie ja nun mal hier.« Sie zögerte kurz. »Das Apartment wäre allerdings nur für drei Wochen verfügbar.«

Zarte Hoffnung glomm in mir auf. Es wurde allmählich dunkel draußen, und obwohl ich denselben Fluchtinstinkt in mir spürte, der vermutlich auch in den Wildpferden lauerte, wollte ich jetzt nicht mehr die Nacht mit der Suche nach einem Hotel oder einem Zug nach Hause verbringen.

»Das wäre überhaupt kein Problem. Ich danke Ihnen«, sagte ich.

»Wie schön! Die Formalien regeln wir gleich, ich helfe Ihnen erst mal mit dem Gepäck. Sie sind ja ganz blass um die Nase«, sagte Henrietta energisch und griff nach dem Griff des Koffers, um ihn beherzt die beiden Stufen zum Eingang hochzuziehen.

»Vielen Dank«, sagte ich noch einmal und folgte ihr ins warme Innere des Hauses.

Drinnen war es behaglich. Der Flur war mit dicken Teppichen ausgelegt, in denen man beinahe versank. An den Wänden hingen Gemälde und Fotografien; sie schienen die Geschichte der Pension und der Umgebung zu porträtieren. Ich erkannte auf ihnen auch das alte Gutshaus und die Mühle, teils waren die Fotos noch in Schwarzweiß belichtet. Der ein oder andere Künstler hatte sich auch an den Anblicken der Landschaft versucht, und so hingen die Resultate in den verschiedensten Stilrichtungen an den Wänden. Und obwohl so viele unterschiedliche Arten von Kunst hier präsent waren, passte es irgendwie. Als wären sie die verschiedenen Seiten eines großen Ganzen.

Henrietta öffnete eine Tür und bedeutete mir, näher zu kommen. Darin befand sich ein kleiner Essraum mit sechs Tischen und jeweils vier Holzstühlen. An der langen Wand gegenüber stand eine Anrichte, auf der morgens das Frühstücksbuffet serviert wurde, erklärte Henrietta. Sie war meist schon früh auf den Beinen, sodass man schon ab halb sieben zum Essen kommen konnte, um dann umso mehr vom Tag zu haben. Sie sagte, dass sich hier jeder sein Frühstück nach eigenem Geschmack aussuchen könne. Entsprechende Zettel für Bestellungen lägen jeden Tag im Apartment.

Dann führte Henrietta mich zu meinem kleinen Apartment, das ein Schlafzimmer, einen kleinen Wohnraum und ein altes Bad beherbergte. Im Wohnraum gab es zudem noch eine Kochnische, aber für größere Mahlzeiten konnte ich abends die Küche im Erdgeschoss mitbenutzen.

Das Apartment war übersichtlich und zwar nicht so geräumig wie meine Wohnung, aber es war so gemütlich, dass ich mir sicher war, mich in den nächsten Tagen eingewöhnen und heimisch fühlen zu können. Im Wohnzimmer gab es sogar einen Kamin, dazu ein paar Holzscheite für gemütliche Stunden an klirrend kalten Wintertagen. Unwillkürlich fragte ich mich, ob das aber nicht erst den Reiz dieses Hauses ausmachte. Den Hauch der Vergangenheit, die Vorstellung, welche Menschen vor hundertfünfzig Jahren vielleicht hier gelebt hatten? Das bei jedem Schritt knarzende

Holz der Bodendielen erzählte so viele Geschichten wie der Wind, der durch die Ritzen pfiff. Natürlich hatten Henrietta und ihre Familie zuvor einige Erneuerungsarbeiten an der Pension durchgeführt. Es gab Strom, heißes Wasser, Elektrik und Heizkörper in jedem Raum. Jedes Apartment und jedes Zimmer war mit einem Fernseher und WLAN ausgestattet. Aber unter dem Modernen lag noch der Zeitgeist von früher verborgen, lauerte noch das tröstliche Gefühl, dass man in einem Haus, das so vielen Schicksalen begegnet war, nie allein sein konnte.

Ich war froh, dass es hier auch Internet gab, denn ich hatte meinen Laptop samt Arbeit mitgebracht, falls ich Ablenkung von all dem Meer und seinen Erinnerungen brauchte. An der Wand war außerdem ein Flachbildfernseher befestigt. Über dem ozeanblau bezogenen Bett hing ein weiteres Gemälde. Es zeigte das Meer in seiner Höchstform: Wilde Wellen stießen gegen einen Felsenriss, unzählige Wassertropfen stoben dabei in die Luft und spiegelten den Himmel wider. Auf dem Schreibtisch lagen mehrere Prospekte, Wanderkarten und Hinweise über die Pension. Henrietta verschwand kurz, ehe sie mit einigen Papieren zurückkam. Für die Buchung musste ich meine Anschrift und Daten hinterlegen, außerdem besprachen wir den Preis und die Zahlungsmodalitäten.

»Ich lasse Sie dann mal allein«, sagte Henrietta. »Es ist schon spät. Ab 20 Uhr, also nach dem Aufräumen des Abendessens, fahre ich in der Regel auch nach Hause, aber falls etwas sein sollte, finden Sie meine Nummer in der Mappe mit den Informationen.«

»Wie wunderbar, dass Sie so kurzfristig etwas frei hatten«, sagte ich. Henrietta lächelte fein und nickte.

»Schlafen Sie gut in Ihrer ersten Nacht am Meer. Und merken Sie sich Ihre Träume, Nela. Vielleicht kann das Meer sie erfüllen.«

Henrietta verließ das Zimmer und ließ mich allein zurück. Unschlüssig sah ich mich im Zimmer um, das sich noch fremd anfühlte und ich mir erst zu eigen machen musste. Ich begann damit, im Schlafzimmer Koffer und Tasche auszupacken und meine Kleidung fein säuberlich in die Schubladen zu räumen, die ich zuvor auf Staubfreiheit überprüfte. Aber alles war makellos sauber, es gab keine Notwendigkeit, meine Staubtücher und mein Desinfektionsspray, das ich immer dabeihatte, auszupacken. Henrietta machte nicht den Eindruck, als würde sie irgendetwas – und sei es nur ein Möbelstück – sich selbst überlassen.

Ich räumte meine Klamotten in die dafür vorgesehenen Kommoden. Ich musste ein wenig pressen und schieben, damit alles hineinpasste, denn Stauraum war hier Rarität. Die Wände des Bauwerks waren, der damaligen Zeit entsprechend, so niedrig, dass Henrietta spezielle Kleiderschränke hätte anfertigen müssen. Aber auch das machte den Reiz des Hauses aus, ebenso wie die dunklen Stützbalken, die sich durch die ganze Pension zogen, oder die vielen, ungleichen Stufen, die man beinahe bei jedem Raumübergang passieren musste. Die Kiste mit den Briefen schob ich zunächst rüde unter das Bett, fort aus meinem Blickfeld, fort nur aus meinem Kopf. Dabei verwendete ich so viel Schwung, dass das kleine Päckchen umfiel und die Briefe aus dem Karton fielen. Hastig griff ich danach und sortierte sie fein säuberlich wieder ein.

Nachdem ich mein Gepäck eingeräumt hatte, stellte ich meine Kosmetikartikel auf den Spiegelvorsprung im Bad, das ebenfalls sauber und glänzend war. Anthrazitfarbene Fliesen schmückten den Boden und den Bereich um das Waschbecken, eine geräumige, ebenerdige Dusche verriet, dass das Badezimmer vor nicht allzu langer Zeit vollkommen renoviert worden war.

Weil ich fror, drehte ich die Heizkörper im Zimmer höher und ging dann unter die Dusche, um meinen Körper und meine verkrampften Muskeln vom heißen Wasser wärmen zu lassen. Mit den bereitliegenden frischen Handtüchern trocknete ich mich ab. Dann packte ich mich in eine weiche Trainingshose und einen dicken Wollpullover. Immer wieder wanderte mein Blick nach draußen, denn das Wichtigste hatte Henrietta nicht erwähnt, als sie mich durchs Haus geführt hatte: dass mein kleines Apartment Meerblick besaß.

Und nun ging die Sonne über den Wellen unter, nahm den Tag und vielleicht auch seine Sorgen mit sich, wenn man es zuließ. Ich schlang die Arme um meinen Oberkörper, während ich langsam näher zum Fenster trat, Schritt für Schritt für Schritt. Irgendwann berührte ich mit den Ellenbogen den Fensterrahmen. Vorsichtig schob ich die Gardine ein wenig zur Seite und langte nach dem Fenstergriff. Mit angehaltenem Atem öffnete ich es. Sofort drang ein kalter Windzug ins Zimmer, aber er brachte auch noch mehr mit sich, etwas, das ich am Bahnhof und vor der Tür eben schon erahnt hatte: den unverwechselbaren Geruch nach dem weiten Meer.

Irgendetwas in mir, das die ganze Zeit vor wilder Angst geflattert hatte, war es nun mein Herz oder meine Gedanken oder meine Erinnerungen, kam zur Ruhe. Ich genoss den kurzen Augenblick der Stille, in dem ich zum ersten Mal das Rauschen des Meeres hören konnte. Ich lehnte mich ein wenig nach vorne, um besser sehen zu können, und drehte den Kopf nach rechts zum ländlichen Streifen. Weit hinter der Bucht graste die Herde, die ich zuvor schon gesehen hatte, friedlich in der Sonne. Hin und wieder hob eines der Pferde den Kopf und lauschte dem Wind. Die Luft war so rein, dass es mir vorkam, als wäre der Stadtsumpf, in dem ich so lange gelebt hatte, nur noch eine dumpfe Erinnerung. Die kristallklare Brise schien alles in mir zu beleben, meine Sinne neu zu erwecken.

Als ich genauer hinsah, entdeckte ich zwischen der Herde und mir noch etwas anderes in den Dünen, etwas, das sich von der unbehandelten Wiese auf die asphaltierte Straße zubewegte.

Nicht etwas. *Jemanden.*

Ein hochgewachsener Mann kam von dem schmalen Sandstreifen, der sich direkt hinter der Mühle befand. Ich erkannte seine Umrisse sofort: Ich hatte sie bereits in dem Zeitungsartikel gesehen, den Ellen mir geschickt hatte.

Oberkörper und Füße des Mannes waren trotz der kühleren Temperaturen nackt. Offenbar war er gerade im Meer geschwommen, trotz der eisigen Kälte. Seine dunklen, halblangen Haare waren nass und wirkten im Sonnenlicht beinahe schwarz, obwohl ich sie auf einen warmen Braunton schätzte. Seine Haut war so sonnengebräunt, als würde er sich den ganzen Tag, ganz gleich, welches Wetter tobte, im Freien aufhalten, und sie glänzte vom Meerwasser. Sein Gesicht war, vielleicht wegen des Bartes, hart und ernst, beinahe verschlossen, und er wirkte, als wäre er mit seinen Gedanken an einem Ort, den niemand sonst erreichen konnte. Er war da, präsent, fassbar, und doch unendlich weit entfernt, als könnte er sich nur mit der Kraft seines Willens an einen anderen Ort katapultieren.

Dieses Gefühl kannte ich nur zu gut, und es trieb mir einen Stich direkt in die Brust, in dieses Loch im Herzen, um es neu aufzuwühlen und den Schmerz wieder gegenwärtig zu machen. Dieser Stich machte die kurzweilige Ruhe, die Zufriedenheit, die ich eben noch empfunden hatte, zu einer zerbrechlichen Illusion, die manchmal nur ein Wort, ein Geruch, eine Erinnerung zerstören konnte.

Ein leiser Laut entwich meinen Lippen, und obwohl der

Mann eine gefühlte Meile von mir entfernt war, drehte er den Kopf in meine Richtung, als hätte er mich gehört. Wir erstarrten beide. Einige Sekunden musterten wir einander, der Wind übertönte jeden Gedanken.

Dann wandte der Mann sich ab. Der Stich in meinem Herzen verebbte.

9.

Am nächsten Morgen dampfte der Kaffee aus dem Becher in meinen Händen noch, als ich mich, in eine Decke gehüllt, auf eine der polsterlosen Liegen setzte, die auf dem dünnen Wiesenstreifen direkt hinter dem Haus standen. Es war ein ruhiger, geschützter Ort, von der Straße aus nicht einsehbar, und genau das mochte ich an ihm. Keine fünf Meter von mir entfernt schlugen die Wellen in einem steten Rhythmus kaum merklich gegen das Ufer aus Sand, dünnen Steinchen und Grasbüscheln. Das Meer lag direkt vor der Pension, die kaum hätte besser gelegen sein können. Einzig und allein die Mühle war in Sichtweite, ansonsten war das Haus allein mit dem Wasser, und ich fühlte mich wieder, als sei ich das junge Mädchen, das mit seinem Vater am Ufer entlanggewandert war.

Es war kalt, so kalt, dass der Himmel glasklar war. Die Sterne waren nur noch ein blasses Abbild ihrer selbst, winzige Flecke am Himmel einer aufgehenden Sonne, die das Licht der Nacht verdrängte. Das rote Morgenlicht spiegelte sich weit hinten auf der Meeresoberfläche und ließ das Wasser aussehen, als stünde es in Flammen, die sich langsam über die wabernde Fläche ausbreiteten. Ich war so lange nicht mehr am Meer gewesen, dass ich erst jetzt bemerkte, wie sehr ich es vermisst hatte. Das Gefühl von Freiheit im Anblick des endlos scheinenden Wassers war mir im täglichen Trubel der Großstadt verloren gegangen. Am liebsten hätte ich Schuhe und Socken ausgezogen und wäre über die Steine und den feinen Sand ins Wasser gelaufen, aber ich wusste, dass es schon viel zu kalt dafür war. Das machte mir allerdings nichts. Allein den salzigen Geruch in der Nase zu haben, dem vertrauten Klang des Wellenrauschens zu lauschen, das doch überall gleich klang, und das glitzernde Spiegeln auf der Meeresoberfläche zu bewundern war jede Reise wert gewesen.

Am schönsten war die Stille, die keine Stille war. Das Rauschen der Wellen, der Wind, der durch die Dünen streifte, das Wiehern der Pferde, das nur als zerbrochenes Echo zu hören war, das leise Klappern aus dem Haus, in dem die ersten Gäste aufwachten, alles fügte sich so leise und unaufdringlich in den Morgen ein, dass es meine Nervosität vor diesem Tag eindämmte. Ich atmete die kühle, salzige Brise ein, die meinen Kopf von den sich immer wieder im Kreis drehenden Gedanken befreite und Raum für diese Stille schaffte.

Ich beobachtete den Sonnenaufgang und das verwirrende Farbenspiel, das sich auf dem Meer ausbreitete und es bald in das Spiegelbild des Horizonts verwandelte.

Dieses Schauspiel hatte ich an meinem ersten Morgen hier sehen wollen. Dafür war ich in aller Herrgottsfrühe aufgestanden. Dafür war ich überhaupt hergekommen, um zu sehen, wozu das Meer in der Lage war. Ob es etwas verändern konnte, Menschen oder die Vergangenheit oder ganz vielleicht auch die Zukunft.

Ich trank den Kaffee leer, dann stellte ich den leeren Becher mit den braunen Flecken auf den Boden und ließ die Hand in die Jackentasche gleiten. Schwer wog das Papier, das sich dort versteckte und seinen Inhalt mit leisem Knistern bei jeder Bewegung in die Welt hinausposaunen wollte.

Wie jedes Mal, wenn ich die Briefe, oder auch nur einen einzigen von ihnen, in die Hände nahm, machte mein Herz einen nervösen Satz. Der ständige Zwiespalt kehrte dann mit einem Schlag zurück; das Hin- und Herschwanken zwischen dem Wunsch, lesen zu wollen, was meinen Vater in seinem späteren Leben bewegt hatte, und dem dringenden Bedürfnis, all das gleichzeitig zu verbrennen. Wenn jeder einzelne Brief solch eine Qual wurde, dann würde ich so lange hier am Meer sitzen müssen, bis ich mich in Stein verwandelt hatte.

Ellen, 8. Februar 2003

Dein Eintritt in meine kleine, riesige Welt. Oktober 2001.

Heute war es also so weit. Heute war der Tag.
Was für dich keine große Sache war, war für mich alles. Dir bedeutete dein Heim nichts, denn wenn wir ehrlich waren, hattest du damals keins. Du hattest eine Wohnung, in der du irgendwie lebtest, aber irgendwie auch nicht, und zuhause warst du in ihr erst recht nicht.

Meine Wohnung aber war mein Zuhause. Sie war die Quelle meiner Kunst, sie floss über vor Farben und Bildern und Pinseln und unzähligen, angesammelten, durcheinandergewürfelten Dingen, die ich auf Reisen gesammelt oder von geliebten Menschen bekommen hatte. Meine Wohnung war mein Refugium, war ich nach außen gekehrt, war so offensichtlich ich, als hätte ich mich selbst auf eine Leinwand gepresst. Nichts passte hier zusammen, und eben das traf auch auf mich zu.

Genau deswegen war ich nervös. Ich lud selten andere Menschen zu mir ein, nur meine Familie und enge Freunde kannten meine vier Wände. Ich hatte den ganzen Tag schon damit verbracht, zu staubsaugen, aufzuräumen und zu wischen, aber hinterher hatte ich das Gefühl, mehr Chaos als Ordnung angerichtet zu haben. Es fühlte sich falsch an, Dinge im rechten Winkel oder parallel nebeneinander anzuordnen, als läge es ebenso wenig in ihrer Natur wie in meiner.

Irgendwann stand ich also vor dem Fenster und starrte immer wieder unauffällig zur Straße. Meine Finger klopften aufgeregt auf das Fenstersims. In Gedanken konnte ich dich schon über die Parkplatzsituation fluchen hören, die hier nicht besser war als beim Park. Aber eher würdest du zwei Kilometer laufen, als mit der U-Bahn zu fahren. Das war eines der Dinge, die ich an dir nicht verstanden hatte. Eines der vielen, vielen Dinge, und trotzdem stand ich hier am Fenster und wartete auf dich.

Verrückt, oder? Du warst eines jener seltenen Ereignisse in meinem Leben, in dem Kopf und Herz sich einfach nicht einig werden wollten.

Dann sah ich dich um die Ecke kommen. Du gingst zügig wie immer, aber auch leicht gebeugt, als säße dir eine unsichtbare Last im Nacken. Immer weckte das in mir den Drang, dich mit meinen Händen berühren und aufrichten zu wollen, die Last mit einem Fingerschnipsen wegzuschieben. Ich wollte dir mit diesen Händen, die Kunst erschufen, auch ein neues Leben erschaffen, in dem du leichter sein konntest.

Aber wir alle waren nur das Produkt unserer Entscheidungen, und du ganz besonders.

Es klingelte, und ich betätigte den Automatismus, der die Haustür unten aufschwingen ließ. Obwohl uns zwei Stockwerke trennten und du eine Minute brauchen würdest, bis du bei mir oben angelangt wärst, stand ich bereits im Rahmen meiner Tür und wartete. Mein Herz schlug mir dabei bis zum Hals. Ich kann mich noch so genau an den Anblick erinnern, in dem du bei mir ankamst, als wäre es gestern gewesen. In deinem immer grimmigen Gesicht war ein leises Leuchten, ganz dämmrig nur, und man konnte es nur erkennen, wenn man dich schon ein wenig kannte.

… wenn man vielleicht die Ursache für dieses Leuchten war?

Ich musste lächeln. All meine Nervosität verschwand, als du dich etwas aufrichtetest, als hättest du meine Gedanken gelesen, und die Arme öffnetest, um mich zu umarmen.

Körperkontakt war zwischen uns am Anfang eine Rarität gewesen. Du schienst eine zweite Haut um dich herum zu tragen, eine Haut aus Eisen und Stahl, beides unsichtbar. Aber sie war da und schirmte Berührungen ab, den Atem, wenn man sich zu nahe kam, und manchmal sogar Blicke. Aber langsam bröckelte diese Schicht, dabei wusste ich nicht, warum. War es die Zeit, die deinen Schutz nachlässiger machte? War es Gewohnheit? War es Hoffnung? Ich wusste es nicht. Ich würde es erst mit den Monaten herausfinden, würde deine Wände einreißen und dein Geheimnis, dein schreckliches, dich selbst zerfressendes Geheimnis erfahren.

Ich zeigte dir meine Wohnung. Du sprachst nicht viel. Genau genommen sagtest du zunächst kein einziges Wort, wie so oft. Du gingst durch jeden einzelnen Raum, durch den ich dich führte, du schätztest ab, nahmst Maß an meinen Dingen, setztest sie zu dem Bild hinzu, das du dir bereits von mir erschaffen hattest.

Mein Wohnzimmer war auch zugleich mein Atelier. Es hatte hohe, weiße Wände und besaß oben noch eine kleine Galerie, die man über eine steile Wendeltreppe erreichen konnte. Während ich hier unten arbeitete und Farben, Töpfe und trocknende Bilder aufbewahrte, hütete ich oben meine Favoriten. Jene Bilder, die irgendwie aus meinem Inneren geflossen waren, ohne dass ich den Pinsel bewusst geführt hatte. Die ich gar nicht verkaufte, oder nur an Menschen, die mir wichtig waren.

Du wolltest mein Atelier sehen. Ich weiß noch, dass ich im ersten Augenblick einen Stich verspürt hatte. Ich fragte mich, ob ich dich wirklich dort hinaufführen sollte, ob du es wert warst, meinen heiligen Schrein zu sehen, den ich vielen anderen verwehrte.

Du bemerktest meine innere Zerrissenheit und nahmst meine Hand. Ich weiß auch noch, wie warm sich deine Haut anfühlte, gar nicht so sehr wie eine Haut aus Eisen und Stahl, die doch kalt und hart sein müsste. Sie war warm und lebendig, und sie beruhigte mich.

Dann nahmst du mit deiner anderen Hand mein Kinn und hobst es höher, bis wir uns ansahen. Die Worte, die du sprachst, vergesse ich nicht. Sie haben sich in mir eingebrannt, waren eine Gravur, die sich unauslöschbar in mir verewigen würde.

Du, sagtest du, kannst mir nichts mehr zeigen, was mich noch zum Abwenden bewegen würde. Zeig mir deine Geheimnisse oder verbirg sie. Aber du und ich … Das ist nun festgeschrieben.

Wir gingen nach oben, ich vor dir, und da lehnten an den Wänden meine Meisterwerke.

Und in diesem Moment wusste ich, dass ich branden und toben und wüten konnte, du würdest von nun an der ruhende Fels sein, an den ich stranden konnte, ohne jemals auch nur einen einzigen Riss zu erhalten.

Ich wusste, alles würde besser werden. Mit dir würde die Welt aufhören, sich rückwärts zu drehen.

Nela

Die Sonne war aufgegangen, ohne dass ich es bemerkt hatte. Plötzlich schien sie am blauen Himmel, und nichts deutete mehr darauf hin, dass sich die Erde gedreht und einen riesigen Stern an den Horizont befördert hatte.

In meiner Brust schmerzte es. Ich wünschte, die Tasse wäre noch voller warmem Kaffee, an den ich mich hätte klammern können. Auch dieser Brief, den ich las, ließ mich tiefer fallen. Ließ mich mehr daran zweifeln, dass der Mann, in den Ellen sich Hals über Kopf verliebt hatte, mit dem zu vereinen war, den ich kannte. Es schienen unterschiedliche Menschen gewesen zu sein, jener aufgeschlossene Familienmensch von damals und dieser in sich gekehrte Mann, der offenbar nur eine einzige Person an sich herangelassen hatte.

Hinter mir näherten sich Schritte aus der nur ein kleines Stück weit geöffneten Terrassentür. Henrietta erschien und hielt zwei dampfende Tassen in den Händen.

»Sie sitzen schon so lange hier draußen in der Kälte, dass ich Ihnen etwas zum Warmwerden rausbringen wollte«, sagte sie zur Begrüßung und blieb neben meiner Liege stehen.

»Danke, Henrietta. Sie können offenbar Gedanken lesen«, sagte ich dankbar und nahm die Tasse entgegen. »Das kann ich gerade gut gebrauchen.«

Henrietta deutete auf die freie Liege neben mir, und ich nickte. Die ältere Dame zog das ausgeblichene Möbelstück zu sich und setzte sich dann auf den Rand.

»Ein Sonnenaufgang hier ist immer etwas Besonderes, nicht wahr?«, fragte sie und blickte auf das Wasser, das nur wenige Meter von uns entfernt gegen das steinige Ufer stieß. »Selbst nach all den Jahrzehnten ist es das immer noch: einzigartig und atemberaubend.«

»Wie lange leben Sie schon hier?«, fragte ich.

Henrietta warf mir einen kurzen Blick zu. »Schon immer. Ich bin hier aufgewachsen.« Sie machte eine Pause, ehe sie lächelte. »Ich bin sogar hier geboren.«

»Genau hier?«, fragte ich erstaunt.

»Genau hier.« Henrietta nickte. »In diesem Haus. Als meine Eltern und Großeltern hier lebten, war es noch keine Pension. Das Haus wurde weitervererbt und erst für seinen jetzigen Zweck genutzt, als die Verwaltung dieses Gebietes damit begonnen hat, den Tourismus für sich zu entdecken. Vor allem in den letzten zwanzig, dreißig Jahren hat sich in der Richtung einiges getan.«

»Ja, ich habe mir die Homepage angeschaut. Es scheint tatsächlich ein paar interessante Sehenswürdigkeiten zu geben.«

»Natürlich haben Sie sich die Homepage angesehen,

Nela«, lachte Henrietta. »Sonst wären Sie kaum hier, um Urlaub zu machen. Einen sehr spontanen Urlaub.«

Urlaub. Wenn die Dame nur wüsste. Ich lächelte. »Da haben Sie wohl recht. Können Sie mir etwas empfehlen?«

Henrietta trank einen Schluck Tee, sodass auch ich meinen Becher hob, um an ihm zu riechen. Es war ein roter Früchtetee, dessen Geruch köstlich war.

»Wir haben viel zu bieten. Wenn Sie gern wandern, stehen Ihnen einige Wege offen. Auf dem Gelände stehen überall große Übersichtskarten, auf denen die verschiedensten Routen eingezeichnet sind, je nachdem, was Sie gern sehen wollen. Es gibt Wege, die eher an der Küste entlanggehen, andere gehen tiefer ins Land und sind spannend, wenn man sich für die Natur interessiert. Wir haben auch einen Weg, der geeignet ist, wenn Sie gern Vögel und Wildpferde beobachten.«

»Gibt es auch geführte Wanderungen?«, wollte ich wissen. Es konnte nicht schaden, sich ein wenig auszukennen, bevor ich das suchte, was ich wirklich finden wollte. Denn das waren keine Vögel und keine Pferde, sondern ein Mann mit einem fremden Herz. Kurz überlegte ich, Henrietta nach Maximilian zu fragen, dann aber verwarf ich den Gedanken wieder. Es war zu früh.

»Ja, es gibt eine, die die Hauptsehenswürdigkeiten abklappert, also die Mühle, das Gutshaus und einen Teil des Hauptwanderweges. Der wäre sicherlich etwas für Sie. Sie müssten auch terminlich noch Glück haben …« Henrietta runzelte die Stirn, als sie nachdachte. »Bis Oktober müsste die Wanderung jeden Morgen um elf Uhr stattfinden. Sammelpunkt ist der Kiosk, den Sie finden, wenn Sie kurz vor der Mühle über den Besucherparkplatz gehen.«

Ich horchte auf. Das klang interessant. Vor allem, dass dabei das Gutshaus besichtigt wurde. Maximilian lebte schließlich mit seiner Familie dort. Vielleicht hatte ich so also die Möglichkeit, ihn kennenzulernen und mit ihm zu sprechen, ohne direkt mit der Tür ins Haus zu fallen.

»Oh, ich glaube, das wäre wirklich etwas für mich«, sagte ich dann.

Henrietta sah auf ihre Uhr. »Soweit ich weiß, gibt die Familie van Dorff die Führungen selbst.« Ich lauschte gespannt, während Henrietta fortfuhr. Würde Maximilian van Dorff die Führung also möglicherweise selbst leiten? »... Sie haben noch etwas Zeit. Ich rate Ihnen, sich vielleicht aus der Küche eine Kleinigkeit zu essen mitzunehmen. Obst haben wir auch immer da, also wenn Sie Hunger haben, bedienen Sie sich. Neben der Anrichte steht zudem ein Kasten Wasser.«

»Ich danke Ihnen, Henrietta. Wirklich.« Einen Augenblick suchte ich nach Worten. Obwohl ich erst seit zwölf Stunden hier war, fühlte ich mich auf eine seltsame Weise heimisch. Ich hatte keine Ahnung, wie Henrietta es anstellte, dass man gar nicht anders konnte, als den Alltag loszulassen und zumindest für eine Weile zu vergessen, was einen wirklich hergetrieben hatte. Sie schaffte es, dass man sich nicht fühlte wie in einem Hotel, sondern in einem fast schon familiären Umfeld.

Henrietta winkte ab. »Das ist mein Job, Nela. Mich um Menschen zu kümmern. Ihnen eine Zeit zu schenken, an die sie sich immer wieder gern zurückerinnern. Das ist für mich nicht nur irgendeine Durchgangsstation, auf der die Besucher ein Bett brauchen. Ich möchte, dass sich hier jeder wie zuhause fühlt.«

»Das tue ich bereits«, versicherte ich. »Ich kann Ihnen gar nicht sagen, wie sehr.«

Und plötzlich wusste ich, dass es erst einmal nicht wichtig war, ob ich es schaffte, die Briefe zu lesen und Maximilian zu finden, denn am Ende war ich an dem Ort, zu dem es mich gezogen hatte. Ich war am Meer, ich war angekommen, und hier würde ich den Reset-Knopf drücken, würde den alten Dreck und die Dämonen fortspülen und die Trauer an den Klippen zerschellen lassen, zumindest manchmal, wenn es ganz schlimm wurde und man es anders nicht mehr aushielt.

Und vielleicht war es am Ende besser, dabei nicht allein zu sein, sondern mit anderen Menschen unter einem Dach zu leben, anstatt in einer Wohnung inmitten einer unendlich großen Stadt zu leben, in der hunderttausende Menschen wohnten und niemand einen wirklich kannte.

Auf meinem Gesicht breitete sich ein Lächeln aus, das nicht nur gespielt, nicht nur falsch und aufgesetzt und höflich war, sondern so echt, dass meine Mundwinkel weh taten, weil sie es nicht mehr gewohnt waren, auf diese Weise zu lachen.

10.

Ich hatte mir Turnschuhe und eine Regenjacke angezogen, denn der Himmel verdunkelte sich mehr und mehr. Dicke Wolken waren aufgezogen und verbargen die Sonne hinter einem milchigen Schleier. Ohne den Sonnenschein war es spürbar kälter, daher hatte ich mir noch einen Wollschal um den Hals gewickelt, damit der Wind nicht durch jede Pore dringen konnte.

Dann hatte ich mich an Henriettas Vorschlag gehalten und war der asphaltierten Straße am Meer entlang gefolgt, bis ich nach kurzer Zeit den Parkplatz zu meiner rechten Hand erreichte. Direkt dahinter befand sich der Kiosk, von dem Henrietta gesprochen hatte. Ein paar Touristen hatten sich dort bereits versammelt, die meisten mit Stöcken und Rucksäcken ausgestattet. Langsam gesellte ich mich zu ihnen, während hinter mir auf dem Parkplatz einige weitere Autos einfuhren. Ich studierte die große Übersichtstafel, auf der die unterschiedlichen Routen eingezeichnet waren und zudem mit einem roten Punkt markiert war, an welcher Stelle man sich gerade befand. Dann schlenderte ich weiter zu den Plakaten, die am Kiosk befestigt waren. Darauf war Werbung für Veranstaltungen in der Region zu sehen. Der Kiosk selbst war ein kleines Hüttchen aus Holz mit einem breiten Fenster, hinter dem eine Küche war, die gerade von zwei Frauen betrieben wurde. Man konnte kleinere Mahlzeiten, Kuchen und

Getränke kaufen. Außerdem gab es eine Toilette und einen gepflasterten Vorderbereich, auf dem Tische und Stühle aufgebaut waren, an denen man sein Essen zu sich nehmen konnte. Hier konnte man auch die Wanderung bezahlen, also stellte ich mich in der kurzen Schlange an und bezahlte sechs Euro für die Tour, die vollständig als Spende an den Wildpferdeverein weitergereicht wurde.

Obwohl eine Wanderung eines der normalsten Dinge der Welt war, war ich seltsamerweise aufgeregt. Diese Wanderung war für mich ein Vorstoß, ein erster Versuch, Fuß zu fassen, und wenn ich Glück hatte … dann würde ich Maximilian treffen. Ich würde möglicherweise auf das schlagende Herz meines Vaters treffen. Allein der bloße Gedanke daran ließ meine Hände vor Nervosität zittrig werden. Aber war nicht genau das total albern? Immerhin traf ich nicht auf Hannes selbst. Er war längst tot, und es auf eine andere Weise auch schon vorher für mich gewesen.

Aber etwas von ihm existierte in dieser Welt noch. Und dieses *Etwas*, dieses unerklärliche, sinnbildhafte Etwas zog mich magisch an.

Die letzten Ankömmlinge kamen vom Parkplatz auf die Gruppe zu und schlossen sich uns an. Die ersten verwickelten einander in ein Gespräch. Sie erzählten, von welchen Flecken des Landes sie herkamen, wohin sie wollten oder was sie schon alles gesehen hatten. Ich hingegen hielt mich am Rande auf, denn ich wollte Ruhe mit meinen Gedanken haben, wollte ungestört sein mit dem Fluss, der durch meinen Kopf rauschte.

Plötzlich verstummten die Menschen nach und nach. Ich wandte den Kopf nach rechts und spürte Enttäuschung. Das war nicht der Mann auf dem Zeitungsfoto. Nicht der Mann in den Dünen, der selbst bei diesem Wetter noch barfuß über das Küstenland lief.

Er war es nicht, aber er sah ihm ähnlich. Die gleichen, markanten Gesichtszüge, ähnlich dunkle Augen, doch das Haar war kürzer und blond, die Miene offen und zugänglich, ein wenig professionell vielleicht, aber wenn man mit so vielen Leuten zu tun hatte, eignete man sich das wohl an.

Der Mann bedeutete uns, näher an ihn heranzutreten, als er auf dem gepflasterten Bereich vor dem Kiosk stehen blieb. Ich ließ die anderen an mir vorbeigehen. Ich wollte nicht in der ersten Reihe stehen. Ich wollte überhaupt nicht auf irgendeine Weise auffallen.

»Guten Morgen, liebe Gäste!«, sagte der Mann, der nicht so laut reden musste, damit man ihn gut verstand. Seine Stimme war kräftig und souverän, als wüsste er ganz genau, wie er sie einsetzen musste. Er schien Erfahrungen mit Touristen zu haben. »Ich freue mich, Sie heute Morgen hier begrüßen zu dürfen. Dass Sie früh aufgestanden sind, um diese Wanderung mitzumachen, war die beste Entscheidung, die Sie heute treffen konnten.« Er lächelte, und einige Wanderer lachten. »Die Tour wird etwa zweieinhalb Stunden dauern. Wir werden allerdings immer wieder Pausen machen, damit Sie Fotos machen und sich ein wenig umsehen können. Natürlich könnte man auch viel mehr in der Zeit abklappern, aber wir finden es schöner, uns Zeit zu lassen. Sinn und Zweck einer Wanderung ist es ja nicht, möglichst viel in möglichst kurzer Zeit zu sehen, sondern auch alles in sich aufzunehmen und vielleicht das ein oder andere Tier zu beobachten. Wenn Sie noch mehr sehen wollen, können Sie gern die anderen Routen auf eigene Faust erkunden. Wanderkarten und genügend Material finden Sie bei Gerta, unserer Kiosk-Leitung.« Er deutete mit der Hand auf das Fenster, hinter dem Gerta gerade Kaffee ausschenkte und der Gruppe fröhlich zuwinkte.

»... und bevor ich es vergesse: Mein Name ist Alexander. Mit meiner Familie zusammen lebe ich auf dem Gut, das wir ebenfalls passieren werden, und kümmere mich um die Verwaltung des Naturschutzgebietes.« Er grinste leicht schelmisch. »Sie hätten also keinen besseren Führer finden können als mich.«

»Ist das so?«, platzte es aus mir heraus, und alle Blicke wandten sich mir zu. Ich zog fragend die Augenbrauen hoch und lächelte dann, als ich errötete.

Alexander ließ seinen Blick zu mir gleiten und deutete eine Verbeugung an. »Sie haben mein Ehrenwort. Und ich versichere Ihnen: Das ist etwas wert.« Sein Lächeln verlor etwas von seiner maskenhaften Professionalität und wurde weicher. So, dachte ich, war er gleich viel sympathischer.

»Also«, sagte er dann. »Lassen Sie uns loslegen. Für den Nachmittag ist Regen vorausgesagt, daher möchte ich pünktlich mit Ihnen wieder hier sein, damit Sie noch Zeit haben, sich einen Kaffee zu gönnen oder noch etwas anderes zu besichtigen. Die ganz Erfahrenen haben ansonsten vielleicht auch Lust auf eine Regenwanderung.«

Ich sah in zweifelnde Gesichter, die zum Himmel hinaufblickten, und auch ich konnte mir Besseres vorstellen, als im strömenden Regen durch ein fremdes Gebiet zu waten.

Alexander ging also voran, und wir folgten ihm. Er steuerte auf die Straße zurück, wandte sich dann nach rechts, weg von der Pension, Richtung Mühle, die nicht mehr weit entfernt war. Sie war die erste Station der Wanderung. Ich versuchte, aufmerksam zuzuhören, als er von der Geschichte des Naturschutzgebietes erzählte, aber meine Gedanken drifteten immer wieder in eine andere Richtung. Ich hatte das meiste ohnehin schon auf der Homepage gelesen, und die Mühle, der wir uns nun näherten, hatte etwas so Atemberaubendes, dass ich mich nicht ihrer Theorie widmen wollte, sondern ganz und gar ihrer majestätischen Erscheinung unter dem grauen Himmel.

Sie war weiß und blau und mit einem kleinen Gärtchen umgeben, das mit einem Zaun von der Straße abgetrennt war. Unter ihr verlief ein Fluss, der die Mühle vor vielen, vielen Jahren vermutlich in Gang gehalten hatte, aber sie war schon lange stillgelegt. Erst mit der Zunahme des Tourismus hatte man die Mühle restauriert und zum Schmuckstück der Gegend gemacht.

Ich konnte mich kaum an ihr sattsehen. Am liebsten hätte ich das winzige, hölzerne Tor aufgeschwungen und wäre hineingelaufen, um jeden Winkel auf eigene Faust zu erkunden.

»Sie ist wunderschön, nicht wahr?«, sagte Alexander leise. Ich hatte nicht mitbekommen, dass er neben mich getreten war. Die anderen Touristen fotografierten die Mühle von allen Seiten, während ich nicht einmal im Traum daran dachte, mein Smartphone zu zücken, um Fotos in allen Netzwerken zu posten und meinen Anblick mit der Welt zu teilen. Er gehörte nur mir allein. Fast.

Ich nickte langsam und konnte meine Augen nicht davon abwenden. Wie es wohl sein mochte, in ihr zu wohnen, in ihr sein Leben zu leben und das Meer jeden Morgen von ihrem höchsten Punkt aus betrachten zu können? Konnte man dem Himmel und dem Meer zugleich überhaupt näher sein?

»Wunderschön«, bestätigte ich, und meine Stimme war belegt. »Klingt es seltsam, wenn ich sage, dass ich sie so gern berühren würde?«

Alexander lachte. »Die Frage habe ich so in der Form noch nie gehört. Eher, ob man sie von innen sehen darf, was ich leider verneinen muss. Aber …« Er warf einen Blick auf die anderen, die alle noch beschäftigt waren. Manche waren auch an die andere Seite der Straße getreten und blickten auf die Meerenge hinaus.

»Kommen Sie.« Er stieß das Gartentörchen auf und ließ mir dann den Vortritt. »In der Mühle lebt mein Bruder, daher ist die Mühle von innen zwar unheimlich belebt und behaglich, aber für die Öffentlichkeit eben nicht zugänglich. Aber ich denke, es ist in Ordnung, wenn Sie sich Ihre Berührung abholen. Ich habe es ja erlaubt.« Er grinste.

Nebeneinander traten wir über die kleine Brücke, die über den winzigen Fluss führte, zu der Eingangsstufe der Mühle. Beinahe ehrfürchtig starrte ich das Gebäude aus nächster Nähe an.

»Wie alt ist sie?«, fragte ich nach. Irgendwo hatte ich es gelesen, das wusste ich, aber es wollte mir nicht mehr einfallen.

»Sie ist Anfang des 19. Jahrhunderts erbaut worden«, antwortete Alexander. Er stand ruhig neben mir und drängelte mich nicht. Vorsichtig berührte ich mit den Fingerspitzen das weiß gestrichene Mauerwerk unterhalb des blauen Fenstersimses. »Ist es eine Windmühle oder eine Wassermühle?«

Alexander neigte zweifelnd den Kopf. »So gesehen beides, da stecken aber viele technische Details drin, die ich Ihnen auf die Schnelle nicht erklären kann.«

»So viel Geschichte«, murmelte ich. »So viele Leben, so viele Erinnerungen in einem einzigen Gebäude. Was hier wohl alles geschehen ist? Haben Sie auch nur eine leise Ahnung?«

Alexander musterte mich einen Moment. »Die Menschen haben vermutlich gelebt wie Sie und ich. Ist es nicht so, dass uns Menschen am Ende immer das Gleiche beschäftigt, egal in welchem Jahrhundert wir leben?«

Ich legte den Kopf in den Nacken, um nach oben sehen zu können, bis an die Spitze der Mühle. »Vielleicht«, gab ich zu. »Aber dennoch finde ich den Gedanken so faszinierend. So viele Schicksale, die man sich nur ausmalen kann.«

»Manchmal reichen mir schon die Lebenden«, erwiderte Alexander, und ich glaubte, dass er kurz das Gesicht verzog, aber als ich genauer hinsah, hatte er wieder den professionellen Gesichtsausdruck eines Wanderführers drauf, der tagein und tagaus ihm unbekannte Menschen durch dieses Gebiet lotste.

Fast ruckartig zog ich meine Hand zurück. Ich wollte die Gruppe nicht länger aufhalten. »Vielen Dank«, sagte ich, »aber wir müssen weiter, nicht wahr?«

Alexander schenkte der Gruppe einen Blick. Niemand wirkte ungeduldig, doch man konnte sehen, dass sie bereits auf uns warteten und sich fragten, was zum Teufel wir hier taten. Ich berührte eine Mühle, verflixt nochmal! Das sollte jeder in seinem Leben mal getan haben!

Wir überquerten die Brücke und traten wieder auf die Straße. Alexander nahm seinen Platz an der Spitze der Gruppe ein, und ich ließ mich etwas zurückfallen, während ich seiner Stimme lauschte, die weiter von der Historie dieses Ortes erzählte. Wir folgten einer Weile der geteerten Straße, denn sie führte geradewegs zum Gutshaus. In den Scheunen lagerten alle möglichen Gerätschaften und Vorräte, die benötigt wurden, um das Naturschutzgebiet in seiner ursprünglichen Form zu erhalten.

Die Strecke zum Gutshaus schlängelte sich noch eine Weile am Meeresufer entlang, das direkt zur Linken der Straße entlangführte, und bog dann nach rechts in einen weiteren, gut erhaltenen Weg ein, der zum Anwesen führte. Ich hatte ein paar winzige Fotos auf dem Prospekt und im Internet gesehen, sodass ich eine grobe Ahnung hatte, was mich erwarten würde. Mit der Imposanz des Anwesens hatte ich dennoch nicht gerechnet. Die Straße führte zu einem Innenhof, der von zwei langen, niedrigen Nebengebäuden, früher vielleicht den Ställen, umgeben wurde. Die Mitte des Innenhofs schmückte eine akkurat geschnittene Wiese mit mir weitestgehend unbekannten Pflanzen und Kieswegen, die zu den verschiedenen Gebäuden führten. Hinter der Wiese stand das Haupthaus, dessen Grundriss dem eines Renaissance-Gebäudes ähnelte, das hatte ich auf der Homepage gelesen. Zwei hohe Säulen säumten den ansteigenden Weg bis zum Eingang, der an einen antiken Tempel erinnerte. Vor dem Haus parkten drei Autos, die zur Familie oder den Mitarbeitern gehören mussten.

Ich fühlte mich angesichts des Gutshauses irgendwie deplatziert. Allein das Anwesen strahlte eine leise, fast schon königliche Arroganz aus, dass ich am liebsten auf dem Absatz kehrtgemacht hätte. Wer auch immer hier früher gelebt haben musste, musste vom niederen Landadel gewesen sein. Über die Jahrhunderte war der ursprüngliche Glanz zwar abgeblättert, aber nicht ganz verschwunden. Eine Ahnung konnte man in dem dunklen Mauerwerk immer noch erkennen.

Noch mehr Geschichte, dachte ich. So viel Geschichte an diesem Ort, von dem ich dachte, nur das Meer zu treffen. Oder meine eigene Geschichte.

Die Gruppe zerstreute sich, jeder machte sich in eine andere Richtung auf. Wieder hatten wir ein paar Minuten für uns, in denen wir Fotos machen und uns in Ruhe umsehen durften, solange wir einen gewissen Abstand einhielten. In dem Gutshaus lebten schließlich ebenfalls Menschen, das galt es zu respektieren.

Ich schlenderte etwas unschlüssig über den Hof an den Ställen vorbei. Ich hörte Geräusche aus den vergitterten Fenstern, ein blechernes Klappern, dann ein leises Fluchen, ehe das Klappern erneut begann. Ich blieb stehen und lauschte. Das Fluchen fuhr fort, nur etwas gedämpfter, als wäre der Person eingefallen, dass sich hier draußen ahnungslose Touristen aufhielten. Ob da wohl jemand Hilfe benötigte?

Ich überlege kurz, dann machte ich einige Schritte vorwärts, bis ich in der geöffneten Stalltür stand. Wider Erwarten roch es nicht nach Tieren. Vielleicht gab es auch gar keine hier, und der Stall wurde nur als Unterstand für Geräte und solche Dinge benutzt.

Ich legte eine Hand an den Holzrahmen. Es war dämmrig im Inneren, und im ersten Augenblick konnte ich nicht viel erkennen. Staubkörner tanzten im milchigen Licht des Tages, das in einem steilen Winkel in den Stall fiel.

Da, wieder dieses unterdrückte Fluchen. Dann ein resignierter Laut. Etwas fiel zu Boden und schepperte. Stille.

»Hallo?«, rief ich. »Brauchen Sie Hilfe?«

Immer noch Stille.

Ich wagte mich zwei, drei Schritte tiefer hinein, bis das dunstige Licht mich ebenfalls verschluckte. Zu meinen Seiten waren leere Boxen, in denen man Pferde halten konnte, doch ich sah nur Heu und Säcke mit Futter in ihnen.

»Hallo?«, rief ich nochmal. Mir wurde mulmig zumute. Ich sollte mich besser umdrehen und wieder zu meiner Gruppe zurückkehren. Hatte Alexander nicht sogar gesagt, wir sollten Abstand halten? Warum tat ich nicht genau das?

Schritte näherten sich mir vom anderen Ende der Gasse. Schwere Stiefelschritte, die – wie auch der Klang der Stimme zuvor – definitiv zu einem Mann gehörten.

Ich hielt abwartend inne, bis der Mann nur noch wenige Meter von mir entfernt zum Stehen kam und mich stirnrunzelnd musterte. Der Mann trug Arbeitskleidung und verdreckte Stiefel, sein dunkelbraunes Haar hing ihm in vom Wind zerzausten Strähnen in der Stirn. Seine Miene war angespannt, beinahe wütend, vielleicht, weil ich seine Ruhe gestört hatte. Aber ich erkannte ihn wieder. Das war der Mann, den ich in der Zeitung gesehen und neulich am Ufer vor meinem Fenster gesehen hatte.

Maximilian.

Nun, da ich ihn genauer unter die Lupe nahm und auch Alexander kennengelernt hatte, erkannte ich wieder eine deutliche Ähnlichkeit zu seinem Bruder, aber alles an Maximilian wirkte verhärmter, in sich zurückgezogener, und doch auf eine beruhigende Weise unsäglich sanft.

Da war er also, der Mann mit dem Herz meines Vaters. Nun stand er vor mir, und alles in mir schrie danach, die letzten Meter zu überbrücken, die Hand auszustrecken und gegen seinen Brustkorb zu pressen, nur um zu sehen, ob darin wirklich ein Herz schlug. Ob irgendetwas geschah, wenn ich es berührte, ob die Welt in Flammen aufging oder stillstand oder die Vergangenheit vom Tode auferstand. *Irgendetwas* nur.

Doch nichts davon passierte. Die Welt blieb unerklärlicherweise, wie sie eben war. Wir standen beide einfach nur da, starrten uns an, ohne genau zu wissen, was wir mit dem anderen anfangen sollten. Wie nur sollte ich die Stille brechen? Ich war nicht gut mit Worten. Ich konnte nicht über Gefühle sprechen, nicht über das, was mich bewegte. Ich konnte nur Gesetze und Paragraphen und steife, völlig verdrehte, unnatürliche Sätze aussprechen. Ich konnte mit Kunden reden, aber keinen Smalltalk. Im Büro verlangte das niemand von mir. Ich musste nicht herzlich sein, sondern mechanisch und blechern und paragraphenkonform.

»Haben Sie sich verlaufen?«, fragte er dann irgendwann, und ich hörte den Klang seiner Stimme nun zum ersten Mal. Es war, als läge irgendetwas auf seinen Stimmbändern, das seine Stimme vibrieren, sie heiser werden ließ. Dennoch war sie sanft. Oder: Sie *konnte* sanft sein, glaubte ich.

Seine Körperhaltung war abweisender als seine Miene. Alles daran vermittelte mir den Eindruck, dass ich hier überhaupt nichts verloren hatte und am besten sofort aus dieser Stallgasse zu verschwinden hatte. Trotzdem schien er zu versuchen, höflich zu bleiben. Immerhin war ich eine Touristin.

»Ja«, erwiderte ich schließlich, als ich meine Fassung zurückgewonnen hatte. »Also, nein, eigentlich nein …« Ich wollte so vieles sagen, und kein einziger Ton kam über meine Lippen. So oft hatte ich dieses Gespräch in meinen Gedanken geübt, war jede Zeile durchgegangen, damit ich im richtigen Augenblick auch das Richtige sagen würde.

Und jetzt war alles davon weg. Mein Kopf war ein schwarzes Loch, das meine Worte verschluckte. Nichts blieb mehr übrig.

»Ich habe Sie nur fluchen gehört«, schob ich lahm hinterher und strich mir fahrig über die Stirn. Ich war nervös. Warum nur war ich so nervös?

Hatten Sie vor fünfzehn Jahren eine Herztransplantation? Ist der Brief, den ich in der Pension so sorgsam unter dem Bett aufbewahre, der Ihrer Familie? Ist es die Handschrift Ihrer Eltern? Schlägt das Herz meines Vaters in Ihrer Brust? Können Sie mir sagen, warum zur Hölle er mich verlassen hat? Können Sie vielleicht einfach alles erklären, so auf ganz wundersame Weise?

Meine Gedanken schwirrten wie Schmetterlinge, flogen unruhig und in nicht kontrollierbaren Bahnen hin und her, ohne sich fassen lassen zu wollen.

»Und?«, fragte er und zog die Augenbrauen hoch. Er schien genervt zu sein. Genervt von mir?

»Ich dachte, Sie brauchen Hilfe.«

»Hilfe?«, wiederholte er und lachte. Es war kein fröhliches Lachen. Überhaupt nicht. Es bereitete mir eine Gänsehaut, weil es so freudlos klang. Sein Atem klang außerdem etwas kurz und abgehackt.

Ich nickte. Gleichzeitig fragte ich mich wirklich, ob es ihm gut ging. Er sah blass um die Nase aus, das erkannte ich sogar hier im Dämmerlicht der Scheune.

»Ich brauche keine Hilfe«, sagte er nun weicher. »Gehen Sie zu Ihrer Gruppe zurück, bevor sie weitergezogen ist und Sie vollends die Orientierung verlieren.«

Ich senkte kurz den Blick, hob ihn dann wieder und blickte ihn direkt an. Ich tat einen Schritt nach vorne, einen einzigen nur. »Würden Sie mir nicht dabei helfen, die Orientierung wiederzufinden?«, wollte ich wissen.

Maximilian starrte mich einen Augenblick lang an, als befänden wir uns auf einem anderen Planeten. »Die Orientierung?«, fragte er barsch. »Die habe ich längst verloren.« Er verzog kurz das Gesicht, als verspürte er einen Schmerz, und legte die Hand an seine Seite. Dann wollte er sich umdrehen, um wieder in die Stallgasse zu verschwinden, aber ich gab einen leisen Laut von mir. Er war hier. Jetzt. Das war meine Gelegenheit, die ich nicht einfach so verstreichen lassen konnte.

»Sie …«, setzte ich an. Meine Finger glitten beinahe automatisch in die Tasche meiner Jacke, als erwarteten sie, dort den Zeitungsartikel zu finden, der Ellen erst auf seine Spur gebracht hatte. Aber natürlich war der Bericht nicht in meiner Tasche. Er lag sicher verstaut bei den anderen Briefen im Apartment. Warum hatte ich ihn, zusammen mit dem Brief der Familie, nicht mitgenommen? Ich hätte schwarz auf weiß gehabt, wofür mir nun die Worte fehlten.

»Ich was?«, fragte er. Vermutlich dachte er, ich wäre geistig irgendwie zurückgeblieben, so wie ich fortwährend stotterte.

»Ich habe Sie in der Zeitung gesehen«, setzte ich erneut an. »Ich habe Ihr Bild darin entdeckt und gelesen, was Ihnen widerfahren ist, und ich …«

»Ach herrje«, unterbrach er mich. In seinen dunklen Augen blitzte etwas auf. Abwehr, Wut und … Hilflosigkeit. Meine Bemerkung schien etwas in ihm ausgelöst zu haben.

»Kann mich die Welt nicht mit diesem verdammten Artikel in Ruhe lassen?«

Ich hielt den Atem an. Offenbar hatte ich einen wunden Punkt getroffen. Wenn er nur wüsste, dass sein wunder Punkt auch meiner war.

»Entschuldigen Sie«, sagte ich dann vorsichtig. »Ich dachte nur … Wenn Sie damit einverstanden waren, dass man über Sie berichtet … Dass Sie dann auch ein paar Fragen beantworten könnten.«

»Fragen?«, wiederholte er langsam. »Ich bin kein Wunder, wie Sie das vielleicht gelesen haben. Welche Fragen Sie auch immer haben, die Antwort ist ganz einfach und immer gleich. Jemand ist gestorben. Ich habe deswegen überlebt. So simpel ist das. Sehen Sie darin irgendwo ein Wunder? Ich nicht.«

»Ich sehe kein Wunder *darin*«, entgegnete ich leise. »Aber ich sehe Leben. Ich sehe, dass *Sie* leben. Und Leben *an sich* ist Wunder. Meinen Sie nicht?«

Maximilian neigte den Kopf. Das Dämmerlicht beleuchtete sein Gesicht, füllte die Schatten darin aus. Er musterte mich wortlos und doch auf eine eindringliche Weise aufmerksam. »Sie haben eine merkwürdige Ansicht über Wunder. Wenn ich Ihnen einen Rat geben darf: Sie sollten wirklich zurückgehen«, sagte er mit gesenkter Stimme. »Sonst stehen Sie am Ende alleine da.«

Dann stapfte er an mir vorbei hinaus ins neblige Tageslicht.

Es war, wie er gesagt hatte. Als ich zum Innenhof zurückspazierte, sah ich die Gruppe in weiter Ferne. Sie war wieder zur Straße zurückgekehrt und folgte ihrem Verlauf, der sich bald verlieren und in einzelne Wanderwege aufteilen würde. Ich hätte losrennen können, bis ich außer Puste, aber wieder bei ihnen angekommen war. Ich hätte rufen und mit den Armen wedeln können, um auf mich aufmerksam zu machen. Aber nichts davon wollte ich. Ich wollte einfach nur in die Pension zurück, zurück zu den Briefen, zu dem alten Foto und dem Artikel. Und vielleicht wollte ich alles davon wieder in meinen Koffer stopfen und schnellstmöglich die Heimreise antreten.

Denn obwohl Maximilian so ganz anders aussah als mein Vater, obwohl die beiden nicht die geringste Ähnlichkeit miteinander hatten, obwohl ihre Stimmen und ihre Gestik und ihre Sprache so anders waren, hatte ich das Gefühl, einem Spiegel entgegengetreten zu sein.

Das Meer und sein Herz … beides auf einem Fleck war zu viel. In mir wuchs dieser Drang, der immer dann zum Vorschein kam, wenn ich mit meiner Vergangenheit konfrontiert war: der Drang, zu fliehen.

II.

Ellen, 8. Februar 2003

Du und ich vor der Unendlichkeit. Januar 2002.

Hannes,

ich weiß noch, wie furchtbar ich deine Idee fand. Dabei war ich die Spontane und du der Grimmige, und dann wolltest ausgerechnet du fort, und ich wollte bleiben. War das nicht paradox? Waren wir auf einmal zwei sich ineinander spiegelnde Menschen? War aus uns mehr … gemeinsam geworden?

Du wolltest, dass ich die Koffer packte, während draußen die ersten, zarten Schneeflocken vom Himmel fielen. Sie wurden vom Wind aufgestoben, bis es mir vorkam wie in den alten Geschichten meiner Großmutter. Frau Holle schüttelt ihre Kissen aus, hatte sie immer gesagt. Frau Holle aus den guten, alten Märchen.

Du kanntest die Märchen auch, das hatte ich irgendwann gemerkt, als ich dir davon erzählte, und es hatte mich auch stutzig gemacht, denn du wolltest nicht weiter darüber reden. Märchen sind etwas für Kinder, sagtest du, und damit war das Thema vom Tisch. Allmählich bemerkte ich immer mehr Dinge, über die du nicht sprechen wolltest, die du einfach übergingst. Du warst der Mann ohne Vergangenheit, ohne Familie, ohne Fotos, ohne alte Kassetten und Schallplatten. Das hatte ich irgendwann akzeptiert, denn vielleicht war deine Vergangenheit zu schmerzhaft, um darüber zu reden. Ich wollte nicht bohren und dich drängen, ich wusste darum, dass wir alle unsere Geheimnisse hatten, der eine mehr als der andere. Das, was wir teilten, basierte nicht darauf, dass wir unser Selbst dem anderen vor die Füße legten.

Eines Tages, wenn die Zeit reif war, würdest du es mir erzählen. Das wusste ich immer. Unerschütterlich.

Du hast mich also darum gebeten, die Koffer zu packen, und nach viel Murren und Bohren tat ich es, aber du hast mir nicht verraten, wohin du mit mir fahren wolltest. Du sagtest nur, ich solle an Mütze und Handschuhe und Schal denken, denn dort, wohin wir fahren würden, wäre es eiskalt. Der Wind ginge uns bis unter die Haut, bis auf die Knochen, bis ins Herz vielleicht. Vielleicht war es das, was du jetzt brauchtest. Wind, der abschabte, was man sich an Lasten auferlegt hatte und wie ein Bußgewand trug.

Unterwegs sprachst du nicht viel. Dein Blick war konzentriert auf die Strecke gerichtet, und doch schien er weit fort zu sein. Dein Körper war bei mir, deine Hand von Zeit zu Zeit auf meinem Knie, doch deine Gedanken waren fern und wollten nicht so recht zu mir gehören. Du warst so in dich gekehrt, die Haut aus Eisen war wieder da und deine Haut kühl, wenn ich sie berührte. Ich lauschte der Musik im Radio und beobachtete die Gegend, die sich langsam veränderte, und manchmal las ich in den Zeitschriften, die ich mitgenommen hatte. Vor allem ließ ich dich in Ruhe, obwohl ich innerlich unruhig war. Ich saß nicht gern lange Zeit starr und unbeweglich.

Wie weit noch?, hatte ich ein paar Mal gefragt, und du sagtest dann immer geduldig, es wäre nicht mehr weit. Irgendwann wurde ich müde vom monotonen Geräusch der Reifen auf dem Asphalt, und ich schlief ein. Selbst in meinen Träumen rätselte ich; über unser Ziel, über dich, über dein Geheimnis.

Ich ahnte nicht, dass ich es an diesem Tag erfahren würde, an diesem Ort, an dem du deine Mauern nicht mehr aufrechterhalten konntest. Hätte ich es gewusst, hätte ich dann Angst bekommen? Wäre ich vielleicht nicht in dein Auto gestiegen? Hätte ich lieber gewollt, dass dein Geheimnis dein Geheimnis blieb, und unsere kleine, intime Welt eben unsere kleine, intime Welt?

Ich würde manchmal gern sagen, dass ich dein Geheimnis am liebsten nie erfahren hätte. Aber Liebe, glaube ich, muss auch aushalten, wenn die Masken fallen und offenbaren, was darunterliegt.

Selbst wenn es etwas Hässliches ist.

Nela

Meine Hände hielten den Brief umklammert. In meinen Ohren rauschte das Blut oder vielleicht das Meer. Was auch immer es war, es übertönte alles andere.

Nachdem ich mich am Abend zuvor mit Mühe und Not davon hatte abhalten können, fluchtartig die Pension zu verlassen, hatte ich heute Morgen beschlossen weiterzulesen. Nun flog mein Blick immer wieder über die letzten Zeilen, als wollten sie das Geheimnis aus dem Papier, aus den Zeilen selbst herauszwingen. Doch der Brief endete hier. Der Brief, den ich gar nicht hatte lesen wollen. Ich hatte die Kiste doch nur unter dem Bett hervorholen wollen, um sie dann in den Koffer zu legen, denn an diesem Morgen hatte ich flüchten wollen, nachdem die Begegnung mit Maximilian so katastrophal verlaufen war und ich nicht wusste, wie ich ihm noch einmal gegenübertreten oder was ich überhaupt an diesem Ort tun sollte. Ich war doch völlig fehl am Platz, Antworten gab es hier keine. Aber irgendwie hatten sich meine Finger verselbstständigt und waren unter die Decken geglitten. Sie hatten den nächsten Brief ergriffen.

Und sein Ende ließ mich nun mit einer Unruhe zurück, die mich am Fenster auf und ab gehen ließ. Ich riss das Fenster auf, um frische Luft einzulassen, sie zu inhalieren. Aber die Brise von draußen half nicht. Ich *musste* weiterlesen.

Ich kehrte zur Kiste zurück und griff nach dem nächsten Brief. Ich zog ihn fast schon grob aus dem Umschlag, ehe ich zu lesen begann. Ich überflog die ersten Zeilen, dann stockte ich. Das war nicht der richtige. Das Datum stimmte nicht. Der Kontext passte nicht, und er ließ mich schlucken.

Hannes,

hier sitze ich nun und beobachte dein Atmen. Es ist da, dein Atmen, aber so still wie alles andere von dir. Wie still nur alles an dir war. Atmest du wirklich noch oder ist es nur mein Hoffen, das dich noch leben lässt? Hörst du mich?

Schnell faltete ich den Brief zusammen. Ich ahnte, welchen Zeitraum ich erwischt hatte, und dafür war ich noch längst nicht bereit. Dafür war ich noch viel zu weit von meinem Vater entfernt, um ihm schon Lebewohl zu sagen, ohne ihn erst richtig verstanden zu haben.

Fahrig suchte ich nach dem richtigen Brief, dem nächsten in der chronologischen Reihenfolge. Aber Ellens vorsortierte Ordnung hatte ich am Vortag zerstört, und nun würde ich jeden Umschlag öffnen müssen, um sie wieder nach Datum sortieren zu können. Ich stellte das Päckchen auf dem Nachttisch ab und erhob mich. Mir war heiß, und ich fühlte mich seltsam fiebrig, als ginge so viel in mir vor, dass mein Körper die Gedankenflut nicht verarbeiten konnte. Seit gestern wuchs in mir die Erkenntnis, dass ich mit dieser Reise einen Fehler begangen hatte. Ich hätte niemals herkommen sollen. Deswegen hatte ich gestern all meine Klamotten in den offenstehenden Koffer geworfen und einen Brief verfasst, den ich Ellen schicken würde.

Dass alles nur ein großer Irrtum war. Hier gab es nichts zu finden, erst recht kein Herz.

In meinem Kopf pochte es. Ich musste raus, wo ich Luft holen konnte, wo das Salz des Meeres meine Bronchien weiten und mich atmen lassen würde. Ich musste laufen und laufen, vielleicht bis zur nächsten Stadt und zum nächsten Briefkasten, egal wie weit das auch sein mochte. Über der Rückenlehne des Schreibtischstuhls hing meine Jacke. Ich griff nach ihr und schlüpfte hinein, band mir einen Schal um den Hals und fühlte mich noch eingeengter denn zuvor. Ich steckte den Brief an Ellen in die Seitentasche. Ich würde ihn abschicken, und dann hatte der Spuk ein Ende.

Wie still nur alles an dir war.

Ich ging zur Tür, legte die Hand an die Klinke und drückte sie runter, ehe ich die Tür aufdrückte. Der Geruch von Putzmittel und frisch gewaschener Bettwäsche drang mir im Flur entgegen. An den Wänden war eine altertümliche Blumenmustertapete angebracht. Der Gang leuchtete wie eine Wiese aus Pastell. Ich trat in den Flur und zog die Tür hinter mir zu, bevor ich sie mit dem Schlüssel verschloss.

Atmest du wirklich noch oder ist es nur mein Hoffen, das dich noch leben lässt?

Der Bund mit Haus- und Zimmerschlüssel sowie einem kleinen Silberplättchen, auf dem die Nummer meines Apartments eingraviert war, klapperte leise in meiner Hand, sodass ich ihn fester umschloss. Ich durchquerte den Gang, bis ich das Treppenhaus erreichte. Es gab nur zwei Stockwerke in der Pension, das Erdgeschoss mit der Küche, dem Speisezimmer, einem Gemeinschaftsraum mit Zugang zur Terrasse und einem größeren Apartment. Im ersten Stock befanden sich die restlichen Zimmer und Apartments sowie ein Hauswirtschaftsraum.

Ich erreichte den Treppenabsatz und legte die Hand auf das Geländer. Es fühlte sich kühl und glatt unter meinen Fingerspitzen an, wie vom kalten Flutwasser umspülter Stein, dessen raue Oberfläche über die Jahrzehnte vom Meer weichgeformt worden war.

Hörst du mich?

Ich setzte einen Schritt vor den anderen, stieg die Stufen hinab, mechanisch wie ein Roboter aus Fleisch und Blut. Unten auf dem Treppenabsatz hielt ich inne, denn mich erwartete keine Ruhe. Da waren Stimmen, die irgendwo aus einem der Räume zu mir hinüberdrangen. Stimmen, beide vage vertraut und doch noch so fremd.

»Lass mich dir doch helfen.«

»Meinst du, ich schaffe das in meinem Alter nicht mehr? Da beweise ich dir doch glatt das Gegenteil!«

»Ich weiß, dass du mit anpacken kannst, Henrietta. Ich habe es so oft schon mit eigenen Augen gesehen. Aber lass mich die Arbeit machen, wenn ich schon mal da bin.«

»Du tust mir doch schon einen Gefallen, indem du all das hierherbringst. Weißt du, wie oft ich dafür in die Stadt laufen würde?«

»Hundert Mal. Mindestens.« Ein Lachen ertönte, das fast, aber nur fast, fröhlich klang. Ich schloss die Augen. Ich wollte nicht lauschen, weil es unhöflich war, aber ich tat es doch.

»Jetzt übertreibst du aber.« Henrietta fiel in das Lachen ein, es klang hell und unbeschwert. »Ich danke dir dafür, dass du einer alten Frau Lebensmittel für eine ganze Armee vorbeifährst.«

»Da ich oft genug in den Genuss komme, selbst miterleben zu dürfen, wie du diese Armee verköstigst, mache ich das gern. Ganz uneigennützig versteht sich.«

Ich konnte förmlich hören, wie Maximilian schmunzelte. Ich hatte seine Stimme nicht sofort erkannt, dafür war sie mir längst nicht bekannt genug, aber nach einigen Silben war der Groschen gefallen. Ich fragte mich, was er hier machte und ob er Henrietta bei der Bewirtschaftung der Pension half. Vielleicht waren sie so eine Art Geschäftspartner?

Plötzlich fiel mir siedend heiß ein, dass die Küche auf der

anderen Seite des Flures war. Wenn die Einkäufe also dort verstaut werden sollten, mussten die beiden an mir vorbei. Und ich wollte nicht beim heimlichen Lauschen erwischt werden. Dann würde ich vor Scham im Erdboden versinken.

Ich zupfte am Reißverschluss meiner Jacke herum, während ich nachdachte. Dann schlich ich die letzten Stufen geräuschlos wieder hoch, nur um sie dann mit lautem Gepolter wieder hinabzusteigen. Ich versteckte meine Hände in den Taschen, um ihr nervöses Zittern zu verbergen.

Vor der geöffneten Haustür standen Maximilian und Henrietta. Es war frostig, der kühle Morgenwind blies stetig ins Innere des Hauses und vertrieb die Wärme der Heizkörper. Maximilian trug einen dicken, schwarzen Parka und einen grauen Schal, der ihm bis ans Kinn reichte. Sein Haar glänzte vom Nieselregen, der draußen wie glitzernder Tau in der Luft schwebte. Es war so neblig, dass ich kaum etwas außer dem Geländewagen direkt vor dem Gartentor erkennen konnte.

»Guten Morgen«, sagte ich und lächelte verkrampft. Seit ich hier war, fragte ich mich, wo mein professionelles Auftreten war, hinter dem ich mich auf der Arbeit immer verstecken konnte. Es war, als hätten der Wind und die unmittelbare Nähe des Meeres diese Schicht aus rettender Souveränität einfach weggespült, und nun war ich nur noch ich, unverstellt.

Henrietta strahlte mich an. Sie sah wieder umwerfend aus, trug ein knielanges, fliederfarbenes Kleid und eine weiße Schürze mit einem grauen Karomuster. Ihr hellgrauer Bob schien frisch geschnitten zu sein, und Lippen und Wangen leuchteten in einem dezenten, roséfarbenen Ton. Aus dem Speisezimmer hörte ich Lachen. Die ersten Gäste waren bereits beim Frühstück.

»Guten Morgen, Nela! Haben Sie Hunger? Der Herr und

ich räumen nur noch schnell die Einkäufe in die Küche, dann bin ich für Sie da! Wollen Sie Kaffee oder Tee?«

Eigentlich wollte ich nichts von beidem, aber ich brachte es nicht übers Herz, das auszusprechen. »Ebenfalls einen guten Morgen. Und Kaffee bitte«, antwortete ich und lächelte dankbar.

Sie nickte, dann wies sie auf Maximilian, der fast regungslos neben ihr stand und mich kaum eines Blickes würdigte. »Das ist Maximilian van Dorff, einer der beiden Verwalter des Gebietes hier.«

Ich wartete darauf, dass Maximilian darauf einging. »Ich weiß«, erwiderte ich, als Maximilian nichts sagte. »Wir haben uns bereits kennengelernt.«

»Oh, das ist ja toll!« Henrietta legte eine Hand auf Maximilians Arm. »Wie habt ihr euch denn kennengelernt?« Man konnte ihr die Neugierde von der Nasespitze ablesen. Ich konnte nicht anders, ich musste innerlich schmunzeln.

»Sie hat sich verirrt«, erklärte Maximilian. »In meine Stallgasse.«

»Was?«, fragte Henrietta. »Wie kamen Sie denn dort hinein, Nela? Da gibt es doch gar nichts zu sehen.«

»Na ja, offenbar doch«, platzte es aus mir heraus.

Beide starrten mich an, dann brach Henrietta in Gelächter aus. Sie konnte sich gar nicht mehr beruhigen, und ihr Lachen war so ansteckend, dass ich mich mehr und mehr entspannte. Selbst Maximilians Mundwinkel zuckten kurz, zumindest bildete ich mir das ein.

Wieder blickte ich hinaus. »Haben Sie eine Thermoskanne?«, fragte ich Henrietta, als sie sich beruhigt hatte.

Sie nickte. »Natürlich. Warum fragen Sie?«

»Ich würde Kaffee und Frühstück gern mitnehmen. Ich wollte eine kleine Wanderung allein machen. In die nächste Stadt oder ins Dorf vielleicht. Ich muss einen Brief abgeben.«

»Bei dem Wetter?« Henrietta schaute mich entgeistert an. »Haben Sie mal aus dem Fenster gesehen? Man sieht vor lauter Nebel doch gar nichts. Das macht es schwierig, wenn man sich nicht auskennt.«

Ich folgte ihrem Blick nach draußen. Zugegeben. Ein *bisschen* Nebel war da.

»Aber wenn ich eine Karte mitnehme …«, begann ich, doch Henrietta schüttelte entschieden den Kopf und gestikulierte wild.

»Das kann ich nicht erlauben, meine Liebe. Nachher gehen Sie uns noch verloren. Das kann ich nicht verantworten, während Sie in meiner Obhut sind.« Sie stemmte die Hände in die Seiten und kniff die Augen zusammen. Dann wandte sie sich an Maximilian. »Mein Lieber, du fährst noch einmal in die Stadt, hast du eben gesagt? Dann nimm unsere Nela doch einfach mit, damit sie ihre Besorgung erledigen kann.«

Maximilians Gesichtszüge entgleisten, und ich konnte förmlich hören, was in seinem Kopf vorging: Diese seltsame, überneugierige Touristin sollte *er* mitnehmen? Hatte er nicht schon genug an der Backe? Seine Miene wurde grimmig, und er öffnete und schloss den Mund mehrmals, als wüsste er nicht, wie er widersprechen konnte, ohne Henrietta gegenüber unhöflich zu werden. Er schien sie zu mögen, was ich gut nachvollziehen konnte. Mir wuchs sie bereits ans Herz, dabei kannte ich sie erst seit zwei Tagen.

»Ich möchte keine Umstände bereiten«, sagte ich, bevor die Situation unangenehm werden konnte. Oder vielmehr: noch unangenehmer, als sie es bereits war.

»Das tun Sie nicht«, sagte Henrietta ausdrücklich. »Nicht wahr, Maximilian?«

Beinahe hätte er mit den Zähnen geknirscht, da war ich mir sicher. Trotzdem nickte er im Zeitlupentempo. Er lächelte sogar ein wenig. »Natürlich. Aber ich möchte mich nur kurz in der Stadt aufhalten.«

Ich trat von einem Bein aufs andere und versuchte mich in einem Lächeln, das nicht hysterisch aussah. »Ich muss wirklich nur eine Briefmarke in der Post kaufen und den Brief dann einwerfen. Das war's auch schon.«

»Gut. Dann warten Sie einen Moment«, sagte er und machte auf dem Absatz kehrt. Die Klappe seines Kofferraumes stand noch offen, und Maximilian schleppte drei Tüten voller Lebensmittel und einige Kästen mit verschiedenen Getränken in die Küche. Kurz überlegte ich, ob ich meine Hilfe anbieten sollte, aber so wie ich mich kannte, zerbrach am Ende noch etwas. Also wartete ich. Als er schließlich alles in der Küche verstaut hatte, ihr die Belege übergeben und sie ihm das Geld gegeben hatte, beugte er sich zu Henrietta hinunter und gab ihr einen flüchtigen Kuss auf die Wange.

»Bis später dann«, sagte er zu ihr und lächelte, und ich dachte, dass er gleich viel leichter wirkte, wenn er nur lächelte und nicht so finster dreinschaute wie die Rückseite des Mondes.

Dann ging er an mir vorbei und deutete mit dem Kinn nach draußen zum Geländewagen, der allmählich vollständig vom Nebel verschluckt wurde, dabei war er nur etwa zehn Meter vom Haus entfernt.

»Dann kommen Sie«, sagte er und ging zum Wagen, ohne zu mir zurückzublicken.

Ich folgte ihm, und die Angst saß plötzlich wie ein unförmiger Klumpen in meiner Magengegend.

12.

Ich hätte nie gedacht, dass sich wenige Kilometer anfühlen können, als würde man eine wochenlange Reise durch die Wüste antreten. Jede Sekunde, in der wir schwiegen, war wie ein Sandsturm, der sich erst in Augen, Ohren und Nase festsetzte und sich dann durch die zusammengepressten Lippen ins Innere stahl, um dort weiter zu wüten, bis es sich anfühlte, als würden die groben Sandkörner über jeden einzelnen Knochen schaben.

Das war die Art von Schweigen, die wir teilten. Eine Art von Schweigen, mit der man alles anstellen konnte, außer es zu genießen.

Ich starrte aus dem Fenster, die Hände auf dem Schoß unwillkürlich zu Fäusten geballt. Doch draußen gab es kaum etwas zu sehen außer Nebel und in unregelmäßigen Abständen aufflackernde Scheinwerfer, die mehr ein verschlucktes Flimmerlicht waren, viel zu kalt, um innerlich zu wärmen. Irgendwann löste ich meinen starren Blick aus dem Beifahrerfenster und richtete ihn nach vorne. Maximilian hatte kein Radio eingeschaltet, was das Schweigen noch unerträglicher machte. Wenn wir schon nicht sprachen, dann wenigstens ein mir unbekannter Radiomoderator.

Ich zupfte an den dünnen Falten meiner Jeanshose, dann strich ich sie glatt, weil ich Falten und Unregelmäßigkeiten doch eigentlich überhaupt nicht ausstehen konnte.

Irgendwann hielt ich es nicht mehr aus. Ich warf einen verstohlenen Blick zur Seite und beobachtete Maximilian. Er fuhr konzentriert, den Blick auf die Straße gerichtet, die vom Nebel verschlungen wurde. Entsprechend langsam fuhren wir über den Asphalt. Bei dem Nebel war Vorsicht geboten. Ich kniff die Augen zusammen, um draußen besser alles erkennen zu können, dann blinzelte ich. Überrascht stellte ich fest, dass sich in den grauen Schleier etwas anderes mischte: dünne Flocken, kaum als Schnee zu erkennen, und so zart, dass sie noch in der Luft schmolzen.

»Es schneit«, rief ich erstaunt aus, ohne zu begreifen, dass ich damit dieses Schweigen brach, das mich verrückt machen wollte. Ich brach es, und wir bemerkten es nicht.

»Das hat der Wetterbericht doch auch vorhergesagt«, erwiderte Maximilian und schenkte mir einen kurzen Seitenblick. Er schien genauso überrascht wie ich, aber nicht so sehr vom Schnee, sondern viel mehr von der Tatsache, dass ich so verblüfft über das Wetter war.

»Ja? Das muss an mir vorbeigegangen sein. Bei uns daheim war es vor einigen Tagen noch recht warm, da hat noch niemand an Schnee gedacht.« Fasziniert verfolgte ich das feine Treiben vor der Tür. Als Kind hatte ich Schneegestöber geliebt, später nicht mehr so sehr. Das weiße, wilde Durcheinander in meiner Stadt erzeugte nur Schneematsch, schmutzige Gehwege und unschöne Salzflecken auf dem heimischen Fußboden.

»Woher kommen Sie denn?«

Da, eine Frage. Noch mehr Erstaunen. Wollte er nun doch reden? Ich konnte nicht verhindern, dass Freude in mir aufkam.

»Aus dem Süden«, sagte ich. »Aus Nürnberg.«

»Ah«, sagte er. Sein Kontingent an Smalltalk war offenbar aufgebraucht.

Aber ich wollte nicht, dass wir wieder schwiegen. Der Brief an Ellen, das Ende der kurzen Reise, wog wie ein Felsen in meiner Tasche, obwohl ich auf dem weichen Autositz saß. Ich wollte nicht unentwegt daran denken, dass der Brief auch eine andere Konsequenz hatte. Ich musste in mein Leben zurück, und wenn ich zurückkehrte, hatte sich nichts, aber auch gar nichts daran geändert.

Und war das nicht das Hauptziel gewesen? Zu neuen Ufern aufzubrechen, Geheimnisse herauszufinden, in der Vergangenheit zu stochern, sie vielleicht auseinanderzusezieren oder sie zu begraben, um auf dem Fundament dessen das zu beginnen, was Ben und Sina Leben genannt hatten, fernab von Bürokratismus, Ordnung und fanatischer Struktur?

»Ich war als Kind oft am Meer«, sagte ich. Ich wusste, dass ich völlig zusammenhanglos sprach, aber Maximilian hielt mich ohnehin schon für merkwürdig. Also war es egal.

»Waren Sie das?«, fragte er. Klang er gelangweilt? Oder interessiert? Wieso nur konnte ich ihn so schlecht einschätzen?

»Ja«, sagte ich nachdrücklich. »Und Sie wissen gar nicht, was für ein Glück Sie haben.«

»Wie meinen Sie das?« Er löste den Blick nicht von der Straße, aber nun schien er mir etwas aufmerksamer zu sein.

»Ich meine, dass Sie sich wirklich glücklich schätzen können.«

»Weil ich hier wohne?«

»Leben«, korrigierte ich. »Nicht wohnen.«

»Ist das nicht dasselbe?«

»Nein«, erklärte ich entschieden. »Auf keinen Fall. Ich kenne den Unterschied.«

»Tun Sie das?« Seine Wimpern flatterten, als er kurz blinzelte. »Mir scheint da nicht immer einer vorhanden zu sein.«

Nicht immer. Ich dachte darüber nach. Wenn er *nicht immer* sagte, schien er den Unterschied sehr wohl zu kennen.

»Leben Sie denn nicht gern hier?«, fragte ich. Nun sah ich ihn offen an, und auch wenn er den Blick nicht erwidern konnte, spürte ich, dass seine Abwehrhaltung etwas nachlässiger wurde.

»Ja«, antwortete er. »Ich liebe meine Heimat. Sonst würde ich nicht Tag für Tag für sie schuften.«

Hannes liebte das Meer auch. Wie ich. Da hatten wir drei noch mehr gemeinsam als nur ein Herz.

»Was genau arbeiten Sie denn?«, wollte ich wissen. Das interessierte mich wirklich.

»Das haben Sie doch schon gesehen«, murmelte er. Die Schneeflocken schlugen mittlerweile fester gegen die Windschutzscheibe, sodass Maximilian die Scheibenwischer anstellte. In einem regelmäßigen Takt wischten sie die Flocken fort, die dann zu Boden fielen und Nichts wurden.

»Ist Ihr Job, sich in dunklen Stallgassen herumzutreiben?«, fragte ich. Ich spürte sogar ein Lächeln, das an meinen Mundwinkeln zupfen wollte.

»Sozusagen«, antwortete Maximilian, und ich hätte schwören können, dass es bei ihm ebenso war. »Mein Bruder kümmert sich um alles, was mit Verwaltung, Bürokratie, Organisation und Buchhaltung zu tun hat. Ich hingegen bin der Mann fürs Grobe.«

»Das heißt, Sie sind viel draußen?«, mutmaßte ich.

Maximilian nickte. »Ich kümmere mich mit unserem Landschaftsgärtner und einigen Aushilfen um die landschaftliche Pflege. Außerdem muss ich ein Auge auf die Tiere, vor allem auf die Schafe und Pferde, haben.«

»Ich dachte, das sind Wildpferde? Kümmern die sich nicht um sich selbst?«

Nun lachte Maximilian. »Das sind Konik-Pferde, also keine richtigen Wildpferde, wie man sie aus Westernfilmen kennt. Einige von ihnen sind sogar recht zahm, wenn sie einen etwas kennen. Gras fressen können sie natürlich selbst, aber ein Auge muss man dennoch auf sie haben, gerade zur kalten Jahreszeit oder wenn sie krank werden.«

Das fand ich spannend. Ich hatte noch nie viel Berührung mit Pferden, aber ich hatte Interesse daran, das zu ändern.

»Sind sie denn bei Ihnen zahm?«

»Manchmal. Es hängt von ihrer Tagesform ab. Oder von meiner.«

Mittlerweile hatten wir die Kleinstadt erreicht. Der Name auf dem Ortseingangsschild kam mir vage vertraut vor, ich hatte ihn vermutlich auf der Homepage des Naturschutzgebietes gelesen, das von hier aus amtlich verwaltet wurde. Bald würden wir die Poststelle erreichen. Ich würde den Brief abgeben und auf dem Rückweg noch ein paar Worte mit Maximilian wechseln, ehe ich abreiste. Der Gedanke versetzte mir einen Stich. Hatte meine Mission so enden sollen?

»Kennen Sie Henrietta von Ihrer Arbeit?«, fragte ich schließlich.

Maximilian neigte den Kopf. »Ich kenne sie schon, seit ich denken kann. Ihre Pension ist ebenso ein Familienunternehmen wie die Verwaltung des Gutshauses.«

Ich starrte Maximilian fragend an. So genau hatte ich nicht recherchiert, dass ich gewusst hätte, wie lange das Gutshaus schon im Besitz seiner Familie war. Aber ich wollte auch nicht so neugierig sein und fragen.

»Sie ist sehr freundlich«, sagte ich. »Ich glaube, sie brennt für ihre Arbeit.«

»Sie kann gut mit Menschen umgehen«, sagte Maximilian. »Das kann nicht jeder. Aber es kommt gut bei den Gästen an, das ist wichtig.«

Wir steuerten auf die Post zu, ich erkannte den Schriftzug bereits am gelben Untergrund. Maximilian fuhr auf den kleinen Parkplatz und hielt an. Er ließ den Motor laufen, vermutlich um ihn und das Innere des Wagens warm zu halten.

»Brauchen Sie länger?«, fragte er, als ich keine Anstalten machte, die Tür zu öffnen und auszusteigen.

Ich zögerte. Ich wusste nicht einmal, warum genau ich zögerte. Weil es sich nach Aufgeben anfühlte? Weil ich den fremden Griff anfassen musste und keine Desinfektionstücher dabeihatte?

Ich drehte mich auf dem Sitz halb um, bis ich Maximilian ansehen konnte. »Kann ich die Pferde sehen?«, fragte ich fest.

»Bitte?«

Ich konnte sehen, wie es hinter Maximilians Stirn arbeitete. Aber dann nickte er einfach, und ich lehnte mich zurück.

»Wann?«, fragte ich.

»Morgen«, antwortete er. »Von mir aus direkt morgen früh, wenn es Ihnen passt.«

»Dann kann der Brief warten«, sagte ich. »Er kann noch warten.«

Ich war voller Aufregung. Vielleicht war der Schritt in die Dünen hinaus auch der erste Schritt in seine Richtung.

13.

Es war nicht leicht, Maximilian zu finden, das lernte ich am nächsten Tag schnell. Mehr und mehr hatte ich das Gefühl, er sei ein Schattenbild dieser Landschaft, mit dem er sich in ihr tarnen und verbergen konnte, mit der er verschmolz, bis kein Atemzug und kein Fußschritt mehr zu hören war.

Ich suchte also; hinter der Mühle die Küste circa einen Kilometer entlang, dann rechts auf einen Weg, welcher erst der ausgeschilderten Wanderstrecke zu den Wildpferden folgte, dann aber noch ein paar Mal abbog, weil Maximilian abseits der Routen unterwegs war. Das war gestern seine Erklärung gewesen, bevor er mich bei Henrietta abgesetzt hatte. Nachdem wir den Plan geschmiedet hatten, die Wildpferde gemeinsam zu besuchen, war die Heimfahrt deutlich angenehmer gewesen, und wir hatten uns angeregt über Tiere und die Gegend und das Meer unterhalten.

Umso mehr verfluchte ich mich jetzt dafür, das Offensichtlichste nicht erfragt zu haben. Warum hatte ich mir keine Handynummer geben lassen, um ihn anrufen zu können? Ich kannte mich doch kaum in dem Naturschutzgebiet aus und wusste nicht, wo dieser Mann sich normalerweise aufhielt. Auf einige Touristen war ich zwar bereits gestoßen, aber von Maximilian war weit und breit keine Spur zu sehen. Dabei wollte er mir heute ein bisschen über die Wildpferde und seine Arbeit mit ihnen erzählen, bevor wir in den nächsten Tagen bei hoffentlich besserem Wetter nach ihnen suchen wollten.

Schließlich gab ich auf, als meine Waden zu schmerzen begannen. Ich war schon lange kein Fahrrad mehr gefahren, und dementsprechend miserabel war meine Kondition. Ich ließ mich aus dem Sattel gleiten und setzte mich auf eine der vielen Holzbänke, die auf dem gesamten Gelände verteilt waren, damit die Wanderer Pausen einlegen konnten. Ich fühlte mich wie eine Hundertjährige. Das kam davon, wenn man nie aus dem Büro rauskam, wenn man Sonne und Wind nicht an sich heranließ, wenn man sich nur mit Akten und Ordnern und Krawattenmenschen umgab. Man wurde selbst papieren.

Ich legte den Kopf in den Nacken und schloss die Augen, als die Sonne durch die graue Wolkendecke brach und mein Gesicht wärmte. Nun, in der Mittagszeit war es so angenehm, dass ich nicht so erbärmlich fror wie am Vortag, als bereits die ersten Schneeflöckchen gefallen waren.

»Haben Sie es bequem oder brauchen Sie noch ein Kissen?«, fragte eine tiefe, erheiterte Stimme hinter mir. Sie war so erschreckend nahe, dass ich aufsprang und mein Herz wie wild gegen meinen Brustkorb hämmerte. Warum musste sich Maximilian so anschleichen?

»Himmel!«, rief ich empört aus.

»Nicht ganz, aber fast«, erwiderte Maximilian trocken, ehe er entschuldigend lächelte. Er hatte mich nicht erschrecken wollen.

Er trug wieder Arbeitskleidung, also Jeans und eine dicke Weste und verdreckte Stiefel. Die Ärmel seines schwarzen Pullovers waren bis zum Ellenbogen hochgeschoben und entblößten kräftige, mit Erde überzogene Hände. Seine Miene war … Sie war noch zugänglicher als gestern, nicht so sehr mit sich selbst und seiner Umgebung hadernd.

»Bereit für das große Abenteuer, Nela?«, fragte er dann und zog eine Augenbraue hoch. »Ist es in Ordnung, wenn wir uns duzen?«

Ich nickte als Antwort auf beide Fragen. Am liebsten wäre ich ein bisschen auf und ab gesprungen, um meiner Aufregung Ausdruck zu verleihen. Aber ich beherrschte mich gerade noch rechtzeitig.

Maximilian deutete mit der Hand auf die Straße.

»Komm mit, ich zeige dir, was dich erwartet. Ich erkläre dir aber mehr das Organisatorische. Die Pferde sind recht weit von der Küste entfernt, und den Weg kann ich bei meinem Tagespensum nicht in Kauf nehmen. So viel Zeit haben wir heute leider nicht. Nimm dein Fahrrad mit. Wir haben in etwa fünfhundert Metern eine Hütte, in der wir Gerätschaften, Futter und so weiter aufbewahren. Dort muss ich sowieso vorbei.«

Ich folgte Maximilian und versuchte, mir den Weg einzuprägen, den er über einen nur mit Kies und Schotter bedeckten Pfad nahm. Hohe Hecken und Büsche versperrten die Sicht auf die weiten Wiesen. Ich wartete insgeheim darauf, dass sich irgendwo zwischen dem Gestrüpp ein weißes Kaninchen zeigte und uns hastig den Weg wies.

»Das ist einer der Wanderwege«, klärte Maximilian. »Eigentlich ist die Beschilderung wirklich idiotensicher, damit sich niemand verirrt.«

»Ist das schon vorgekommen? Dass sich jemand verirrt hat?«, wollte ich wissen.

Maximilian verneinte. »Zumindest nicht, dass ich mich daran erinnern könnte. Aber früher vielleicht … Wer weiß, was damals geschehen ist. Wer weiß, wessen Seelen hier noch spuken?«

Ich starrte ihn entgeistert an, bis ich an seinen zuckenden Mundwinkeln erkannte, dass er mich auf den Arm nahm.

»Du bist unmöglich«, murmelte ich, musste aber doch lächeln. »Wann fängst du morgens an?«

Maximilian starrte kurz zum Himmel und neigte dann den Kopf zu mir. »Hm, es wird jetzt später hell, deshalb erst um neun Uhr. Die Dunkelheit nützt mir nichts.« Er zog einen Schlüssel aus seiner Jeanstasche, als sich vor uns die erwähnte Hütte auftat.

Maximilian schloss die Hütte auf. Er schaltete das Licht an, und ein großer Raum mit vielen Werkzeugen für Landschaftspflege breitete sich vor mir aus.

»Die größeren Maschinen stehen auf dem Gutshof, dafür wäre hier nicht genug Platz, aber ich möchte nicht jedes Mal, wenn ich etwas brauche, dorthin fahren«, erklärte Maximilian, und ich hatte den Eindruck, dass er dabei erleichtert klang. Als wollte er gar nicht nach Hause.

Auf einer Bank befanden sich verschiedene Boxen mit Futter und anderen Dingen.

»Noch füttern wir den Pferden nicht zu, aber bald«, erklärte er. »Sie können von den Wiesen draußen überleben. Im Winter sieht das anders aus, je nachdem wie hart er ist. Aber wir versuchen, das Futter dann an ihren natürlichen Futterstellen zu verteilen, und füttern sie natürlich nicht direkt von Menschenhand.«

»Damit sie nicht mit den Touristen in Berührung kommen?«

»Genau. Wir möchten keine zahmen Hauspferde, sondern freie Tiere. Trotz allem sind die Pferde mich zumindest gut genug gewöhnt, dass ich mich ihnen im Notfall nähern kann. Wenn man sich Mühe gibt und sich in Geduld übt, lernen die Tiere, dich zu respektieren. Deine Art, dich zu bewegen, deine Gestik, deinen Geruch, alles. Setz dich ins Gras. Höre ihnen zu. Sei gegenwärtig. Du musst sie respektieren, ohne dass du Teil der Herde sein darfst. Anwesend, aber außen vor.«

Maximilian bewegte sich an meiner Seite, um eine der Boxen zu öffnen, und mir wurde bewusst, wie nahe wir beieinanderstanden. Diese Nähe ängstigte mich. Seit der Trennung von Ben war ich keinem Menschen mehr nahe gewesen. Nähe machte mich rasend vor Angst. Allein die Wärme eines anderen Menschen zu spüren schürte Panik. Panik, sich fallen lassen zu wollen, die Mauern einzureißen und dann völlig schutzlos und nackt dazustehen.

»Sind das Vitamine?«, fragte ich, um mich abzulenken.

»Ja, wir haben zwei Jungtiere dabei, die meiner Einschätzung nach in ihrer Entwicklung hinterherhinken.«

Ich schaute mir genau an, was er da zusammenmischte.

»Außerdem«, fuhr Maximilian unbeirrt fort. »müssen die Tiere regelmäßig auf Krankheiten oder andere Ungewöhnlichkeiten untersucht werden. Die Distanz macht daraus natürlich eine Herausforderung, aber wenn man die einzelnen Tiere erst einmal besser kennt, weiß man, wenn sich eines ungewöhnlich verhält. Dann können weitere Maßnahmen ergriffen werden.«

Er klopfte sich den Staub von der Hose und lehnte sich dann gegen die Werkbank, wobei er mich schweigend musterte, fast, als prüfe er, ob ich ihm mit der nötigen Ernsthaftigkeit lauschte. Ihm lagen die Tiere wirklich am Herzen, dachte ich. Alles hier. Es war seine Heimat. Und das konnte meine Brücke zu ihm sein.

Denn eins hatte ich mittlerweile begriffen: Bevor ich ihn mit der Wahrheit konfrontierte, musste ich ihn besser kennenlernen. Viel besser. Aber das war eine verdammte Herausforderung. Ich wusste, wie schnell er und auch ich die Flucht ergriffen. Da waren wir wie diese scheuen Wildtiere, auf deren Spuren wir uns begeben wollten.

Und ganz vielleicht hatte ich auch einfach nur Angst, die Wahrheit auszusprechen, und schob sie vor mir her, versteckte mich hinter dem Gedanken, dass es so schonender für ihn war.

Maximilian musste mir meine innere Zerrissenheit an dem Gesicht abgelesen haben, denn er stellte die Box, die er noch in der Hand hielt, zurück und wandte sich mir zu.

»Alles okay?«, fragte er leise.

Alles okay?

Diese Frage konnten einem hundert Menschen stellen, und jedes Mal hatte sie eine andere Bedeutung. Sie konnte höflich oder banal sein, auf Smalltalk ausgerichtet oder beiläufig dahergesagt sein. Wenn man sie aber ernst meinte, wenn man den tieferen Sinn dieser Frage tatsächlich nach außen stülpte, wenn man die Antwort wirklich hören wollte, konnte diese simple Frage einen Damm brechen.

Ich wusste nicht, woher dieser plötzliche Drang kam, diesen Damm tatsächlich brechen zu lassen, ihn einfach aufzureißen und der Flut dabei zuzusehen, wie sie den angesammelten Schmutz wegwusch. Ich wusste nicht, ob es an Maximilian lag, der diese Frage auf die richtige Weise, in dieser ganz bestimmten Tonlage, gestellt hatte, oder ob ich einfach allmählich den Punkt erreichte, an dem es allein nicht mehr ging. Irgendwann erreichten diesen Punkt alle, hatte meine Therapeutin immer gesagt und auf diesen Augenblick gewartet. Irgendwann war die Zeit vorbei, in der man sich und seine Gefühle von der Welt wegsperren konnte.

Die Stimme der Vernunft war aber noch präsent, und sie verbot mir, die Lippen zu öffnen und auf diese Frage zu antworten. Dieser Mann mit den verletzten, zerbrechlichen Augen war nicht nur ein Fremder, er war auch die Verbindung zu meinem Vater. Es gab Grenzen, die man in einer Beziehung zueinander, wie auch immer sie geartet war, nicht überschreiten durfte, wenn sie halten sollte.

Daher nickte ich nur, weil ich meiner Stimme nicht traute.

Maximilian erwiderte das Nicken knapp. Ich war froh, als der Blickkontakt abbrach und er mir seinen Schlüssel entgegenhielt. »Kannst du hinter mir abschließen?«

Er ließ ihn in meine geöffnete Handfläche fallen, wobei sich unsere Finger hauchzart berührten. Dann nahm er die mit Futter gefüllte Box für die Jungtiere und trug sie aus der Hütte. Ich folgte ihm und verschloss dann die Holztür sorgsam.

Maximilian wartete, bis ich zu ihm aufgeschlossen hatte und den Schlüssel in seine Jackentasche gleiten ließ. »Ich hoffe, dir gefällt, was du bislang von dem Gebiet hier gesehen hast«, sagte er.

»Du hast das Meer auf deiner Seite«, erwiderte ich und lachte. »Da hättest du schon ein ziemlicher Miesepeter sein müssen, um mich in die Flucht zu schlagen. Wirklich, ich liebe es hier. Ich bin vorgestern erst angekommen, also kaum ein paar Tage hier, und fühle mich schon, als wäre ich … als wäre ich leichter. Es ist wie Magie.«

Ein Lächeln zupfte an Maximilians Lippen, und es erhellte diese ständige Düsternis in seinen Augen, erhellte die Bitterkeit, die man am ständigen Zug um seinen Mund und an der Art, wie er sich manchmal abrupt bewegte, erkennen konnte.

»Ja, das Meer hat seinen eigenen Zauber«, sagte er leise. »Es ist wild und schön und schrecklich zugleich. Es kann Kummer und Sorgen nehmen und einen mit einer Ruhe füllen, die man nirgendwo sonst finden wird. Aber manchmal, manchmal kann das Meer sich auch gegen einen wenden.«

Seine Stimme war zu einem Flüstern gesunken, dass ich mir nicht einmal sicher war, ob ich alles verstanden hatte. Aber ich konnte nicht mehr fragen, nicht um Wiederholung bitten.

Maximilian streifte meine Schulter, als er an mir vorbeiging und mir das Fahrrad in die Hand drückte. Die Berührung war flüchtig, und doch verursachte sie ein angenehmes Kribbeln in meiner Magengegend.

»Bis morgen in der Früh. Dann suchen wir die Herde«, sagte er und ging den Weg zurück, auf dem wir gekommen waren.

Ich blieb zwei, drei Minuten auf der Stelle stehen, bis ich glaubte, dass er längst weg war, ehe ich ihm zu Fuß folgte, dann mein Fahrrad am Weg einsammelte und die Abbiegung zur Pension zurück nahm.

Unterwegs starrte ich auf die stille Wasseroberfläche des Meeres, und ich konnte nicht anders, als diesen Mann darin zu sehen, der auf eine ähnliche Weise verwundbar wirkte wie ich selbst.

14.

Ich verbrachte den nächsten Tag damit, auf eigene Faust nach der Wildpferd-Herde zu suchen. Ich wollte nicht darauf warten, dass Maximilian etwas Zeit erübrigen konnte. Ich wollte jetzt schon *gegenwärtig* sein.

Es dauerte, bis ich die Herde gefunden hatte, dann folgte ich ihr und verbrachte Zeit in ihrer unmittelbaren Nähe. Ich hatte ein Buch und eine dicke Wolldecke mitgenommen, sodass ich im morgendlichen Sonnenschein las. Nach einer Weile aber saß ich einfach nur da, beobachtete die Natur und dachte, dass ich auf dem richtigen Weg war. Die Luft war so klar, dass ich das erste Mal seit Langem das Gefühl hatte, nicht von Dreck und Staub umgeben zu sein. Daran änderten auch der Geruch von frischer Erde und den Tieren in der Ferne nichts. Die Kälte kroch von unten nach oben, fraß sich durch den Stoff meiner Kleidung, durch Haut und Knochen und Mark. Sie wirkte seltsam einschläfernd wie ein Narkotikum.

Irgendwann gesellte sich Maximilian zu mir, und wir sprachen ein wenig über den Alltag, banale Dinge, die Pferde und einige geplante Erweiterungen der touristischen Attraktionen in diesem Gebiet, denen Maximilian kritisch gegenüberstand. Er wollte den Trubel nicht. Wenn wir nicht sprachen, schwiegen wir, bis dieses Schweigen bald schon vertraut wurde. Dabei bewegten wir uns mit der Herde, wenn sie weiterzog.

Seit einer Stunde kauerten wir nun auf einer Holzbank und beobachteten die ruhig grasende Herde, die sich an uns nicht zu stören schien, solange wir einen gewissen Abstand nicht unterschritten. Der Untergrund der Bank war hart, und die unebenen Holzplanken bohrten sich in mein Gesäß. Innerlich aber war ich ruhig und in mich gekehrt. Meine Gliedmaßen waren steif und schmerzten, aber ich hatte mich schon lange nicht mehr so beruhigt gefühlt wie in dieser einen Stunde. All die Gedanken, wie ich mein Leben in den Griff kriegen und was ich verändern könnte und wie nur ich die Vergangenheit neu aufzog, wurden von etwas ... Grundlegendem in den Hintergrund gedrängt, wo sie eine Weile schweigen konnten, ohne mich in Panik und zwanghafte Muster zu versetzen. Irgendwann flüsterte Maximilian etwas und entfernte sich, ohne dass ich verstanden hatte, was er von sich gegeben hatte.

Eines der Pferde, ein wunderschönes, schwarzes Tier, hob den Kopf und spitzte die Ohren. Seine Nüstern blähten sich auf, und das Tier atmete in kurzen, abgehackten Abständen, um die Gerüche seiner Umgebung in sich aufzunehmen, um sie zu analysieren. Pferde waren Fluchttiere, die in dem einen Augenblick die Ruhe vor dem Sturm und im nächsten Augenblick das Donnern dieses Sturms selbst sein konnten, wenn sie aufgeschreckt wurden. Ich konnte mit ihnen fühlen. Ich selbst fühlte mich nicht anders.

Der Rappe drehte den Kopf, bis er mich beobachten konnte. Ich hielt den Atem an, obwohl uns so viele Meter voneinander trennten, und doch fühlte sich der Blickkontakt für den Bruchteil einer Sekunde unvorstellbar intensiv an. Der Rappe schnaubte und senkte den Kopf, um weiterzugrasen.

Ein leises Rascheln erklang neben mir, und Maximilian setzte sich ebenso lautlos ins Gras, wie er zurückgekommen war. In der Hand hielt er zwei Pappbecher mit dampfendem Kaffee vom Kiosk in der Nähe, von denen er mir einen in die Hand drückte. Seine Finger waren warm und lebendig, während meine eigenen eiskalt waren. Sein welliges Haar hatte er heute mit einem strengen Knoten gebändigt, was seinem Gesicht eine unerwartete Schärfe verlieh. Ich wärmte meine kalten Finger dankbar an dem Becher. Meine Handschuhe hatte ich in der Pension vergessen.

»Du hast noch nie woanders gelebt als hier, nicht wahr?«, fragte ich irgendwann ganz leise. Wir saßen dicht nebeneinander. Zum einen schenkte das mehr Wärme, zum anderen wollten wir die Pferde nicht durch einen unbedachten Laut vertreiben.

Maximilian bedachte mich mit einem kurzen Seitenblick. »Doch, ich habe mal für eine kurze Weile in Kiel gelebt. Ich wollte studieren, habe es aber sehr schnell abgebrochen, weil ich das Stadtleben und die Universität grauenhaft fand. Ich bin lieber hier draußen. Da gibt es niemanden, nach dem ich mich richten muss.«

Ich lächelte zaghaft. »Deswegen arbeitest du also hier draußen in der Einsamkeit.«

Kapitulierend hob Maximilian die freie Hand. »Ich fürchte, du hast mich ertappt.« Dann musterte er mich ernster. »Du bist die erste Touristin, die ein wirkliches Interesse an allem zu haben scheint. Nicht nur daran, alles möglichst schnell zu fotografieren und im Internet zu teilen, sondern wirklich an der Gegend.«

»Es ist ja auch schön hier.« Ich war verlegen. Und ich wollte es nicht zugeben, aber ich freute mich über diese simple Bemerkung. Sie implizierte, dass Maximilian mich nicht mehr nur als einfache Touristin sah, die eben kam und auch wieder ging, ohne dazwischen eine Spur zu hinterlassen. Er zeigte mir das Hier, das Draußen, und vielleicht spürte er, wie dankbar ich ihm dafür war. Doch gleichzeitig wuchs damit auch das schlechte Gewissen, weil ich ihm den wahren Grund für meine Anwesenheit immer noch nicht verraten hatte und auch keine Ahnung hatte, wann dafür jemals der richtige Zeitpunkt kommen würde.

»Aber ein paar Fotos habe ich trotzdem gemacht«, brach es aus mir heraus. Dann musste ich lachen. Er lachte ebenfalls. Es tat gut, zusammen zu lachen, hier, in dieser klirrenden Kälte des anbrechenden Winters. Konnte das Leben nicht immer so einfach und gewöhnlich sein? Man war am Meer, man lachte zusammen, trank Kaffee und beobachtete wilde Tiere, wie sie ihr Leben lebten, ohne sich jemals an Banalitäten zu stören. War das nicht genug?

»Danke«, sagte ich schließlich. »Dass du diesen Moment mit mir geteilt hast, obwohl wir einen holprigen Start hatten. Das bedeutet mir viel.«

Maximilians Finger strichen über den Rand des Pappbechers. »Mein Großvater hat immer gesagt, dass viel frische Luft und das Rauschen des Meeres unsere Gedanken daran hindern, eingesperrt zu sein und sich immer wieder nutzlos im Kreis zu drehen.«

Da hatte sein Großvater vermutlich recht, dachte ich. Wir tranken den Kaffee aus und stellten die Pappbecher dann ins Gras. Eine Weile beobachteten wir die Herde, wie sie langsam Richtung Osten weiterzog und irgendwann hinter dem Hügel nicht mehr zu sehen war.

Maximilian stand auf, sammelte die Becher ein und reichte mir die Hand, um mir auf die Beine zu helfen. Ohne nachzudenken, ohne einen Gedanken daran zu verschwenden, dass ich Fremde nur ungern berührte, ergriff ich sie und ließ mir von ihm aufhelfen. Seine Finger berührten meine, und ich spürte eine feine Gänsehaut auf meinen Armen, die nicht von dem kühlen Wind kam.

Meine Füße waren taub vor Kälte, und ich musste mich einige Sekunden an Maximilians Händen festhalten, bis das Gefühl in meine Füße zurückkehrte. Maximilian hielt still. Seine Augen ruhten schweigend auf mir, und doch … seine Augen schienen etwas sagen zu wollen, etwas, das seine Lippen noch nicht erreicht hatte. Dann bemerkte ich, was unsere Hände taten, dass sie einander nicht losließen, obwohl sie es längst hätten tun sollen, und ich erschrak. Ich ließ ihn los, als hätte ich mich an ihm verbrannt, ehe ich auch nur einen klaren Gedanken fassen konnte. Ehe ich erkennen konnte, wie unhöflich das auf einen anderen Menschen wirken musste, ihn einfach so abrupt loszulassen.

»Entschuldigung«, brachte ich heraus, bevor ich überhaupt wusste, was davon mir leidtat: ihn berührt oder ihn losgelassen zu haben.

»Alles okay?«, fragte er, und da war sie wieder, diese Frage, die doch sowieso niemand ernst nahm.

»Ja, wie oft denn noch?!«, antwortete ich schroffer als beabsichtigt. Es rutschte mir einfach so raus, weil meine Hände kribbelten, wo wir uns berührt hatten, und ich keine Ahnung hatte, ob es ein wohliges Kribbeln war oder eines, das aus Panik resultierte. Ich wollte in mich hineinhorchen und nach dem altbekannten Schutzmechanismus suchen, der mich von anderen Menschen abschnitt, aber dann sah ich die Veränderung in Maximilians Gesicht, als er auf meine zurückgezuckten Hände blickte.

Manchmal, besonders in heißen Sommermonaten, gibt es diese Momente, in denen das Wetter blitzartig und völlig unberechenbar umschlägt. Man ist draußen, rennt durch den Wald, unter den weiten Schatten der Bäume entlang, und innerhalb von Minuten verwandelt sich der endlos blaue Himmel in das Schlachtfeld eines Unwetters. Donner und Regen fallen vom Himmel, wo eben nur Sonnenschein gewesen ist.

Die kurze Spanne zwischen diesen beiden Momenten macht eine Flucht beinahe immer unmöglich. Vielleicht hätte man die Vorboten sehen sollen, die dicke, schwer zu atmende Luft oder die dünnen Wolkenfäden, die sich zu einem grauen Knäuel zusammenfinden.

Ich hatte das Gewitter nicht kommen sehen. Ich war erschrocken darüber, wie schnell diese stille, ausgeglichene Zufriedenheit des Augenblicks aus Maximilians Gesicht geschlagen wurde und sein Ausdruck jenem glich, den ich vor einer Woche auf den Dünen kennengelernt hatte. Es war der Ausdruck eines Mannes, der gefährlich nah am Abgrund wandelte.

»Verzeih meine Frage«, sagte er rau.

Ich schüttelte heftig den Kopf, weil ich meinen Ton sofort bereute. Ich hatte ihn nicht so anfahren wollen, das war ungerecht gewesen. Er konnte ja nicht wissen, wie bizarr ich tickte. Er konnte ja nicht wissen, warum ich wirklich hier war und welches Anliegen mich umtrieb. Ich traute mich nicht, etwas zu sagen, denn wenn ich damit anfing, platzte vielleicht die ganze Wahrheit aus mir heraus. Die plötzliche Distanz fühlte sich an wie die Entfernung zweier Galaxien, ohne dass ich die Ursache erklären konnte.

»Ich muss um Verzeihung bitten. Wollen wir zurückgehen? Du hast sicher noch viel Arbeit zu erledigen, und ich möchte dich nicht davon abhalten.«

»Die habe ich in der Tat noch zu erledigen.« Kein Du-hältst-mich-nicht-ab, im Gegenteil. Seine Miene wurde hart.

»Können wir die Pferde noch einmal zusammen besuchen?«, fragte ich hoffnungsvoll. Die Natur, die Dünen und die Pferde vor der Kulisse des Meeres halfen mir mit ihrem ganz eigenen Zauber der Stille. Und mit ihm zusammen war es noch ein wenig schöner gewesen als allein. Ich wollte an diesem Zauber noch festhalten, solange es ging.

»Wir werden sehen«, sagte er unverfänglich, und mir wollte das Herz langsam in die Hose rutschen. *Bitte nimm mir das nicht weg*, wollte ich sagen, *noch nicht jetzt, wenn ich langsam einen Zugang zu dir und deinem Herz suche*, aber nichts davon kam über meine Lippen. Es war, als hätte sein Gesichtsausdruck meine Lippen versiegelt und kein Wort des Bittens konnte ihnen entweichen.

Er ging schnell Richtung Straße, und ich hatte Schwierigkeiten, mit ihm Schritt zu halten. Als wir den Asphalt und mein Fahrrad am Wegesrand erreicht hatten, blieb ich stehen.

Und er, er ging einfach weiter, Richtung Meer, als wolle er darin verschwinden.

15.

Ganz allmählich fand ich meine Liebe zum Meer wieder. Sie war nie fort gewesen, sondern nur versteckt unter Schichten von Angst und Abwehr, aber das Meer konnte nichts dafür, was ich mit ihm verband. Ich liebte das Wellenrauschen, das wilde Toben der Brandung, die schwarzen Klippen, wenn das Wasser tonnenschwer dagegenschlug, wenn es stürmte. Ich liebte das sanfte Treiben, wenn das Meer gezähmt war, das ebenmäßige Abbild des Himmels auf seiner Oberfläche.

Und zugleich fürchtete ich seine Unkontrollierbarkeit, die Tücke, die in der Tiefe lauern konnte, die Strömungen, die zerbrochenen Flaschen, deren Briefinhalt sich im Salzwasser aufgelöst hatte, die Geheimnisse am Grund.

Als Kind war ich einmal mit meinen Eltern in Ägypten gewesen, weil meine Mutter sich einige historische Sehenswürdigkeiten in Kairo ansehen wollte. Unser Hotel hatte einen riesigen Pool besessen, den ich gleich am ersten Tag ausprobiert hatte. Eine der Pumpen am unteren Beckenrand hatte nicht richtig funktioniert und mich damals an die Beckenwand gesaugt. Nur mit letzter Kraftanstrengung hatte ich mich lösen können, und die Erinnerung an die Hilflosigkeit, an die Stille unter Wasser, in der ich wild mit den Armen gerudert hatte, verfolgten mich manchmal noch heute, obwohl ich das Trauma längst überwunden hatte.

Nun war ich über den weichen Sand zum Ufer gegangen.

Zwischen den Sandhügeln ragten vereinzelte, hohe Grashalme heraus, und ich fragte mich, wie sie es geschafft hatten, aus eigener Kraft tausende Sandkörner zur Seite zu schieben, um sich entfalten zu können.

Ich kniete mich hin und las einige Muscheln vom Boden auf. Von Zeit zu Zeit sammelte ich welche, wenn sie besonders schön waren. Ich wollte sie später in meiner neuen Wohnung zur Dekoration nutzen, um der Inneneinrichtung etwas von der hiesigen, rauen Außenwelt mitzugeben. Im Wasser spülte ich den Sand von den Muscheln und trocknete sie grob mit dem Ärmel ab. Dann steckte ich die Muscheln vorsichtig in meine Jackentasche. Mit meinem Vater hatte ich früher auch Muscheln gesammelt. Es hatte sich irgendwann als Tradition eingeschlichen, dass wir zusammen auf die Suche gingen, wann immer wir ans Meer fuhren. Die schönsten Exemplare hatten wir uns mühsam am Strand herausgesucht und uns gegenseitig mit unserem Fund übertrumpfen wollen. Meine Mutter war irgendwann der ganzen Muscheln überdrüssig geworden, die wir nach Hause gebracht hatten, aber ich hatte mein ganzes Zimmer damit geschmückt.

In meiner Tasche knisterte noch etwas anderes. Es wurde Zeit für den nächsten Brief. In mühevoller Kleinarbeit hatte ich heute Morgen alle Briefe auf meinem Bett ausgebreitet und sie chronologisch sortiert. Auch wenn ich Maximilian seit der Auseinandersetzung, die in meinen Augen doch eigentlich gar keine gewesen war, nicht mehr gesehen und ich keine Ahnung hatte, wie wir nun zueinander standen, hatten mir die paar Tage draußen geholfen. Ich fühlte mich etwas ruhiger, meine ständige Anspannung hatte sich mehr und mehr gelegt.

Trotzdem war ich nervös, als ich den nächsten Brief aus der Tasche zog. Bisher waren Ellens Worte mit einer Leichtigkeit versehen gewesen, die mich immer wieder vergessen ließen, dass der Mann, von und zu dem sie sprach, mein Vater gewesen war. Es klang für mich viel eher wie der Beginn einer Liebesgeschichte zwischen zwei einzigartigen Menschen. Doch ich ahnte bereits, dass sie jetzt in tiefere Gefilde vordringen und sie bald Hannes' Geheimnis erfahren würde. Ich hatte Angst davor, was sie erfahren würde, weil es möglicherweise auch etwas war, das mir nicht gefallen würde und den Fortschritt zerstören würde, den ich hier erzielt hatte. Aber Fortschritt bedeutete manchmal auch, rückwärts zu gehen.

Ich atmete tief ein.

Ellen, 9. Februar 2003

Du und ich vor dem Meer. Januar 2002.

Wir kamen schließlich an, auch wenn ich das Gefühl hatte, die Fahrt dauerte eine Ewigkeit. Ich war müde, obwohl ich unterwegs geschlafen hatte, aber Autofahren war etwas, das ich unglaublich selten tat und das mich dementsprechend sehr anstrengte.

Im Hotel angekommen nahmen wir unsere Sachen und checkten ein. Ich hatte immer noch keine Ahnung, wo wir uns überhaupt befanden, denn du hattest beim Aussteigen keinen Ton gesagt. Du warst irgendwo in dir selbst versunken, und selbst das Einchecken ging wortkarg und schnell über die Bühne. Sosehr ich mich mittlerweile an deine stille Art gewöhnt hatte, so hoffte ich doch, dass du mich nicht das ganze Wochenende anschweigen würdest. Denn was ich mittlerweile an dir zu lieben gelernt hatte, war, dass du die richtigen Momente, in denen du etwas sagen musstest, doch immer erkanntest.

Unser Zimmer war schlicht, aber sauber und ordentlich. Ein Bett, ein Kleiderschrank, ein Fernseher auf einer Kommode, zwei Stühle.

Alles aus Holz, die Bettdecken mit einem hellblauen Stoffmuster bezogen. Kein Staub, kein Schmutz, keine Flecken an den Spiegeln. Die Fenster zeigten in einen Hinterhof mit einer Terrasse und Cafémöblierung. Ich war zufrieden.

Aber du warst es nicht. Du warst unruhig, liefst umher, während ich unseren Koffer auspackte und die Kleidung in den Schrank legte. Irgendetwas trieb dich um, und ich wusste zum ersten Mal nicht, was ich tun sollte. Was brauchtest du? Deine Ruhe? Eine Umarmung? Festhalten oder loslassen? Worte oder Schweigen?

Doch du nahmst mir die Entscheidung, mit der ich noch rang, ab. Du strecktest deine Hand nach meiner aus, nahmst sie in deine und sagtest, dass das hier alles warten könne, weil bald die Sonne untergehe und wir vorher etwas sehen müssten. Wir zogen uns dick an, denn draußen blies und wehte es bitterkalt.

Ich hatte keinen Schimmer, was du meintest, aber ich folgte dir dennoch. Die Treppen nach unten, nach draußen, einen Weg entlang, der von hohen Gräsern gesäumt war. Es war sehr windig, obwohl der Pfad geschützt war, und leichter Regen hing in der Luft. Nun erst roch ich, wo wir waren.

Du hattest mich aus Meer gebracht, und mein Herz klopfte vor Aufregung, mein sich weit öffnendes Künstlerherz, das die Seeluft inhalierte, als wäre es sein letzter Atemzug. Ich weiß noch, wie sich mein Schritt beschleunigte, wie ich nun diejenige war, die dich mitzog, und nicht andersherum.

Bald offenbarte sich das Meer um uns herum, und es wehte uns beiden von den Füßen. Ich war froh, mich dick angezogen zu haben. Der Wind grub sich direkt unter all die Schichten aus Kleidung und unter die Haut selbst.

Mindestens eine Stunde folgten wir einfach nur dem Ufer, während es beinahe sturmartig um uns herumtobte. Immer wieder setzte Regen ein und peitschte uns trotz Mützen und Kapuzen ins Gesicht, bis wir irgendwann völlig durchnässt waren. Mehrmals wollte ich dich fragen, ob wir nicht besser umkehren sollten, das Unwetter war doch viel zu heftig für uns zwei winzige Menschen hier am offenen Meer, aber dein Gesichtsausdruck war so wild entschlossen, wie ich ihn noch nie zuvor gesehen hatte. Mir war, als kämpftest du nicht gegen den Sturm, sondern gegen etwas viel Elementareres: gegen dich selbst.

Unsere Hände waren in Handschuhen und ineinander verschlungen, und so verloren wir uns wenigstens nicht, während die Wellen gegen das Ufer brandeten und Klüfte in den Sand rissen, der dunkel vor Nässe war. Das Wasser spritzte hoch auf, und man musste sich viele Meter davon entfernt halten, um nicht noch mehr durchnässt zu werden. Der Himmel war dunkelgrau, eine Vorahnung der Nacht und eine Nacherzählung des Sturms, der über das Land zog, um irgendwann auf dem offenen Meer zu verschwinden. Irgendwann fanden wir auf dem ewig langen Strand ein kleines Café, das noch geöffnet hatte. Nur wenige Besucher saßen an den Tischen und beobachteten das Naturschauspiel durch die Glasfront. Ob sie, wie ich, spüren konnten, dass etwas Gewaltiges in der Luft lag?

Mittlerweile zuckten Blitze über den Himmel und spiegelten sich in der sich wogenden Wasseroberfläche, verzerrten sie zu seltsamen Lichtern, die im Meer glommen. Wir kauerten uns ans Fenster und erhielten von der netten Kellnerin zwei Decken. Wir schälten uns aus den tropfenden Jacken, du noch immer wortlos, und wickelten uns in die Decken, während ich Kaffee für mich und Tee für dich bestellte. Deine Augen hingen am Draußen fest, an Blitz und Donner, an dem Meer, das sich teilte.

Ich atmete auf und war froh, in Sicherheit zu sein. Nur langsam beruhigte sich das Gewässer und mit ihm auch du. Dein Atem ging ruhiger, leichter, und als der Tee vor dir abgestellt wurde, konntest du zwei Löffel Zucker hineingeben, ohne dass deine Hand dabei zitterte. Am liebsten hätte ich meine auf deine gelegt, aber ich wagte es nicht. Mir schien es, als wäre der Sturm noch nicht ganz vorüber.

Ich lauschte den Gesprächen der anderen Gäste, die nur gedämpft zu mir herüberdrangen, während ich versuchte, den Marsch zu verarbeiten. Ich spürte, wie sich bereits ein Kribbeln in meinen Fingerspitzen breitmachte; das wohlbekannte Sehnen meiner Finger nach einem Pinsel, der die Bilder vor meinem inneren Auge auf eine Leinwand arbeitete, der Inneres nach außen kehrte, damit Erinnerungen nicht nur Erinnerungen blieben. Aber ich hatte keinen Pinsel zur Hand, und es ging jetzt gerade ohnehin nicht um mich. Es ging um dich, um deine Ängste, um das, was deine Seele zerfraß, seit ich dich kennenlernte und vermutlich schon lange davor.

Also wartete ich. Mit untrüglicher Sicherheit wusste ich, dass du heute sprechen würdest. Was immer es war, hatte erst durch den Sturm, durch diese Kulisse hier, entfesselt werden müssen. Ich sah deinen Augen an, dass etwas in dir arbeitete, dass du aber deine Sprache noch nicht gefunden hattest.

Denn jedes Geheimnis brauchte die passenden Worte, mit denen man es offenbaren konnte.

Ich trank meinen Kaffee, während er noch heiß war. Er wärmte mich von innen und schenkte mir Sicherheit. Ich wappnete mich innerlich für das, was wohl an diesem Abend noch folgen mochte.

Ich wusste, hier, in einem gewöhnlichen Café am Ende der Welt, vor dem wilden Ozean selbst, würdest du dich preisgeben. Und im selben Augenblick sahst du mich an und öffnetest den Mund.

Du hattest die Worte gefunden.

Ich wappnete mich, hielt den Atem an, damit mir kein einziges davon verloren ging, dass es sich nicht in dem Gemurmel der anderen oder dem Wind, der heulend um das klapprige Strandcafé blies, verschwand.

Du sprachst. Erzähltest von dem Leben, das ich nicht kannte. Von deinem ersten Leben, dem vor mir, vor uns. Das gefüllt war mit anderen Menschen. Mit mir fremden Menschen, die dir einst alles bedeutet hatten. Es erschien mir eigenartig, dass ich diese Menschen, die doch so viel Platz in deinen Gedanken hatten, nicht einmal vom Erzählen kannte, dass ich nie ein Foto oder nur den Abglanz eines Wortes von ihnen gesehen oder gehört hatte, dass ihre Namen zum allerersten Mal zwischen uns auftauchten, als habe man sie gerade erst erschaften. Sie waren Namen, die mit Tinte auf ein weißes, sauberes Blatt niedergeschrieben und dann unleserlich verwischt worden waren.

Ein Name stach am hellsten aus dieser Liste an fremden Menschen heraus.

Nela.

Du erzähltest von deiner ersten Frau, Mathilde, wie ihr vor siebzehn Jahren geheiratet hattet, nachdem ihr euch bereits von Kindesbeinen an kanntet. Wie Gewohnheit und Vertrautheit ein Band webten, das selbstverständlich wurde, das Haus und Kind bescherte und dann die ersten Risse aufwies, als sie an Depressionen erkrankte. Die Risse wurden mit jedem Jahr tiefer, die Gräben offensichtlicher, die Abgründe schwärzer. Wie ihre Welt dunkler wurde, und deine Welt mit ihrer, weil sie miteinander verknüpft waren. Wie diese dunkle Welt Lichtblicke hatte, weil es dieses kleine Mädchen gab, das war wie du. Ruhig und in sich gekehrt, aber neugierig, aufmerksam und wissbegierig und so naturliebend wie du. Mit ihr, so sagtest du, konntest du draußen sein und die dunkle, schwere Welt für eine Weile verlassen. Sie war dein Sonnenschein, dein Meteorit, der immer an deiner Welt vorbeisauste, wenn sie schwarz zu werden drohte. Sie war dein Anker, dein Ein und Alles, und du wolltest sie behüten, bevor die Welt auch ihre dunkel werden lassen konnte.

Das Meer wurde euer Fixpunkt, euer Klebstoff, der sie und dich aneinanderhielt, der eure Flucht nach vorne war. Ihr beide zusammen am Meer, in den Wellen, im Watt, mit Gummistiefeln und Forscherausrüstung, mit Boot und Surfbrett, egal was, Hauptsache zusammen. Hauptsache zusammen war euer Mantra.

Ich beobachtete dein Gesicht, während du erzähltest, ohne mich direkt anzusehen. Es war, als wären deine Worte gar nicht für mich bestimmt, sondern für den Ozean, der hinter dem Glas weggesperrt war, und ich, ich wäre nur zufällig dabei.

Du und der Ozean. Es war ein Anziehen und ein Abstoßen, wie zwei Magnete, und deine Worte dazwischen wurden aufgerieben.

Irgendwann bemerkte ich, dass ich immer wieder den Atem anhielt, je weiter du in der Zeit vorandrängtest, je mehr Jahre verstrichen.

Dann war jener Tag angebrochen, an dem alles anders wurde. Der Tag, den du bis heute bereutest, den du am liebsten ungeschehen machen würdest, wenn es nur irgendwie in deiner Macht läge. Dass du dich selbst nicht mehr im Spiegel ansehen konntest, aber auch nicht die Kraft hattest, den Spieß noch einmal umzudrehen.

Es war der Tag, an dem du herausfandest, dass dein kleines Meermädchen nicht deine Tochter war. Nicht dein leibliches Kind. Dass ihre Grübchen gar nicht deine waren, ihr braunes Haar nicht dein Ton. Es war der Tag, als sie einen Unfall hatte und Blut brauchte und du deines spenden wolltest. Aber es ging nicht, weil die Kombination, die du und Mathilde aufwiesen, nicht auf das Mädchen im Krankenbett passte. Selbst da wolltest du es nicht glauben. Du hast einen Test machen lassen, der das Unmögliche schwarz auf weiß bewies; so, dass selbst du es glauben musstest, obwohl dein Herz eine völlig andere Sprache sprach.

Von jetzt auf gleich brach deine Welt zusammen. Du hast keine Erklärung auf deine Fragen erhalten, und dann ... dann hast du den Gedanken nicht mehr ausgehalten, dass dein Meermädchen zu jemand anderem gehörte. Du hast Nela verlassen, ohne noch einmal zurückzublicken, weil du wusstest, dass es dein Herz brechen würde.

Und dabei ... dabei hast du vergessen, dass du ihres in tausend Stücke zerreißen würdest.

Wir saßen eine Weile da, als dein Wortstrom verebbte. Deine Hände waren zu Fäusten geballt, die auf der blank polierten Tischplatte lagen. Dein Tee war kalt. Mein Kaffee auch. Ich hätte deine Hände gern berührt, sie entkrampft, deine Finger einen nach dem anderen geöffnet. Aber ich traute mich nicht. Zu sehr warst du noch in der Vergangenheit gefangen, und die Gegenwart lag wie ein Schleier zwischen uns.

Irgendwann löste sich dein Blick vom Meer und wanderte zu mir. Ich weiß noch, wie du mich fragtest, ob jetzt alles anders wäre, ob es nicht vorbei wäre, ob ich jetzt davonlaufen würde wie der vorbeigezogene Sturm, weil du so ein grässlicher, kaltherziger Mann wärst, der jemanden wie mich doch sowieso nicht verdient hatte. Das hättest du dir nur eine Weile eingeredet, und dieser Spuk wäre jetzt vorbei.

Erst wusste ich nicht, was ich darauf antworten sollte. Gab es auf so ein Bekenntnis überhaupt eine angemessene Reaktion? Deine Wortflut hatte mich von den Füßen gerissen, sie hatte mich erschreckt und mich bekümmert und mich mit dem kleinen Meermädchen mitfühlen lassen, das es nicht verdient hatte, an Land zurückgelassen zu werden. Sie hatte meine Augen geöffnet, sodass ich mein Bild von dir nun erst auf eine andere Weise zusammensetzen musste, Stück für Stück, bis sie ein neues ergaben. Aber geändert hatte das alles zwischen dir und mir nichts.

Ich wusste nun endlich, wer du wirklich warst, wenn die Maske fiel.

Und auch wenn mein Kopf sagte, dass man Zeit brauchte, um solche Worte und Erkenntnisse zu verarbeiten, war mein Herz wie immer, wenn es um dich ging, anderer Meinung. Ich nahm deine Hand, weil ich wusste, dass du mir nicht glauben würdest, wenn ich dir antwortete, ohne dich dabei zu berühren. Erst durch eine Berührung würden meine Worte bei dir ankommen und sie echt werden lassen.

Was du getan hast, ändert nichts zwischen uns. Wir bleiben immer noch ein Wir, ein du und ich, das nicht mehr auseinandergerissen werden konnte.

Das war meine Antwort. Später dachte ich manchmal, dass sie vielleicht naiv gewesen war, weltfremd und von wenig Rückgrat zeugend. Wer konnte schon einen Mann lieben, der ein Kind verlassen hatte, das er zehn Jahre als sein eigenes großgezogen hatte, nur weil sie vielleicht nicht dasselbe Erbgut teilten?

Und vielleicht war ich all das sogar, ich weiß es nicht. Ich wusste damals nur eins: dass man Liebe nicht aufgab und sie wie eine Einwegflasche in den nächsten Abfalleimer warf, nur weil sie plötzlich nicht mehr strahlend und neu und aufregend war, sondern fleckig, verkantet, verschmutzt, wo die Vergangenheit sich wie Staub auf ihr absetzte. Dass man um sie kämpfen musste, wenn sie Dellen und abgeschliffene Ecken bekam, wenn sie nicht mehr hübsch und ansehnlich war. Vor allem aber wusste ich instinktiv, dass du mir das alles nicht erzählt hattest, weil du alles offenlegen wolltest, sondern dass du Hilfe brauchtest. Hilfe, alles wieder geradezubiegen.

Aber wie bog man so etwas wieder gerade, wenn so viel Zeit vergangen war?

Wir bezahlten unsere Getränke, und ich schenkte der Kellnerin viel zu viel Trinkgeld, weil ich das Gefühl hatte, ihr etwas zu schulden. Das kleine Café hatte an diesem Abend die Lasten eines ganzen Lebens zu tragen gehabt.

Das Wetter hatte sich beruhigt und das Meer mit ihm. Es war nicht minder dunkel wie bei unserem Aufbruch, aber die schwarzen Sturmwolken waren dem natürlichen samtschwarzen Nachthimmel gewichen, an dem hier und da sogar ein paar Sterne leuchteten. Wir gingen Hand in Hand, fest aneinandergeklammert, da der Sand von den heftigen Wellen noch auseinanderklaffte oder hügelige Hindernisse vor uns ausbreitete. Außerdem lagen Steine und Algen über dem Strand verteilt und verwandelten seine sonst so glatte Oberfläche in einen unebenen, rauen Untergrund.

Je näher die Lichter des Hotels kamen, desto unruhiger wurde ich. Ich konnte mir noch nicht vorstellen, wieder in die Normalität einzutreten. Du spürtest das, und so gingen wir ganz langsam, Schritt für Schritt, sodass wir für den Weg am Ende dreimal so lange brauchten. Der Halbmond leuchtete über unseren Köpfen fragil und verschwand immer wieder hinter schemenhaften Wolkenfetzen. Deine Hand war so fest um meine geschlungen, dass es manchmal schmerzte. Ich ahnte, dass du noch immer glaubtest, dass ich gehen würde, sobald wir nur wieder einen Fuß auf den Boden der Zivilisation setzen würden.

Hätte ich damals gewusst, wie kurz unsere Zeit bemessen war, wäre ich mit dir dort stehen geblieben. Ich hätte die dunklen Gedanken fortgeblasen, aus deinem Kopf heraus, hätte dir über die Stirn gestrichen und dich umarmt. Ich hätte den Wind uns umwehen und enger aneinanderpressen lassen, hätte uns gegenseitig in die Wärme des anderen gehüllt.

Ich hätte selbst diesen schwärzesten Augenblick mit dir bis zur letzten Sekunde ausgekostet.

16.

Nela

Ich ließ den Brief sinken und spürte, dass ich den Atem angehalten hatte, als wäre nicht Ellen in diesem tosenden Sturm gefangen gewesen, sondern ich, und zwar jetzt, in diesem Augenblick. Um mich herum war es ruhig, und doch fühlte es sich an, als schwankte der Boden unter mir, als wandelte ich auf dem peitschenden Meer selbst. Mein Herz raste so sehr, dass ich am liebsten die Hände auf meinen Brustkorb gepresst hätte, um es irgendwie zu beruhigen. Es zählte nicht länger, dass jemand anderes diesen Brief vor mir berührt hatte, darauf konnte ich jetzt keine Rücksicht nehmen. Alles, was ich wollte, war, ihm seine Buchstaben zu entreißen, zwischen die Zeilen zu springen und mich in seinem Inhalt zu suhlen, bevor der Sturm ihn mir entreißen konnte.

Ich war geschockt. Ich konnte nicht glauben, was ich da eben gelesen hatte. Hannes war nicht mein Vater.

Hannes war nicht mein Vater.

Sooft ich diese Worte auch wiederholte, sie erschienen keinen Sinn zu ergeben. Aber irgendwie auch doch wieder, denn sie zeigten mir endlich den Grund dafür, warum er damals gegangen war. Offenbar hatte sich die Nacht meines Unfalls anders abgespielt als die Geschichte, die Mathilde mir aufgetischt hatte. Mein Vater hatte gar kein Blut spenden können, weil seine Blutgruppe nicht zu meiner passte. Das musste den Stein ins Rollen gebracht haben. Wahrscheinlich war mein Vater genauso geschockt gewesen wie ich jetzt gerade.

Doch gleichzeitig und trotz allem warf diese Erkenntnis eine neue Frage auf:

Warum?

Dieses Warum erfüllte meinen Kopf bis in seinen hintersten Winkel. Warum hatte er mich verlassen, obwohl er mich doch liebte? Warum war ein bloßes Stück Papier, ein Stück Papier mit DNA nur wichtiger gewesen? Warum war er so lange nicht zurückgekehrt? Warum hatte es für ihn einen Unterschied gemacht, ob ich seine leibliche Tochter war oder nicht?

Aber vor allem: Machte es für *mich* auch einen Unterschied? Brachte dieser Brief nicht alles ins Rollen, warf er nicht alles vollkommen durcheinander, selbst das Ziel meiner Reise, nämlich meinen Vater und irgendwie auch Maximilian kennenzulernen?

War das jetzt überhaupt noch wichtig?

Meine Wangen brannten, meine Hände zitterten, und mein Kopf war vollkommen überfüllt. Aufstehen, rausgehen, bloß nicht stehen bleiben und diese Frage die Kontrolle über mich erlangen lassen. Und neben diesen Fragen gab es noch unzählige andere: Warum hatte Mathilde das alles zugelassen? Warum hatte sie mir nie die Wahrheit gesagt? Wer war mein biologischer Vater? Gab es überhaupt eine Möglichkeit, das herauszufinden, wo meine Mutter sich kaum noch an ihr Frühstück erinnern konnte?

Oh Mutter, dachte ich, *du warst schon immer kalt wie Eis. Aber ich dachte, selbst du hast einen Kern aus Mitgefühl, irgendwo in dir versteckt.*

Wie viel hatte sich in meinem Leben abgespielt, ohne dass ich es mitbekommen hatte? Wie viel hätte mich berühren müssen und war stattdessen an mir vorbeigezogen?

Dass Hannes nicht einmal mein biologischer Vater war, all das hatte sie mir verschwiegen, selbst als ich auf seine Beerdigung gegangen war.

Am liebsten hätte ich einen Stein durch die Fensterscheibe geworfen. Ich wollte, dass etwas laut und scheppernd zerbrach, damit wenigstens die Welt da draußen Zeuge meines Zorns wurde, den ich nicht richtig in Worte packen konnte.

Mein Kopf schmerzte, weil so viele Gedanken in ihm kreisten, sie stoben auf und ab. Irgendwann glaubte ich, er würde vor Schmerz darüber, keine Antworten zu finden, platzen. Ich suchte mir mit zittrigen Fingern eine Kopfschmerztablette aus meiner Handtasche und spülte sie mit Wasser herunter. Ich brauchte eine Pause von dem Gedankenkreislauf, der kein Ende zu nehmen schien. Doch es dauerte lange, bis ich schließlich in einen unruhigen Schlaf fiel.

Als ich am Morgen hochschreckte, war ich schweißgebadet. Im ersten Augenblick war ich orientierungslos und wusste nicht, wo ich war. Erst langsam begannen die Konturen des Raums Form anzunehmen, und ich erinnerte mich daran, wo ich mich befand. In der Pension, in der ich nun schon seit einer Woche lebte. Aber in meinen Träumen war ich wieder daheim gewesen, zu Zeiten, als ich noch ein junges Mädchen gewesen war und mit meinem Vater im Garten hinter dem Haus gespielt hatte, wo sich plötzlich ein Loch im Boden aufgetan und ihn unter Erdmassen verschlungen hatte.

Die Bettdecke war feucht, und als ich sie zurückschlug und die kühle Luft meine verschwitzte Haut berührte, fror ich. Die Uhr zeigte 5.27 Uhr an. Ich setzte beide Füße auf dem Boden auf und ging ins angrenzende Bad. Trotz meiner Bemühungen, leise zu sein, knarzten die Holzdielen unter meinem Gewicht.

Im Bad ließ ich heißes Wasser und Badeschaum in eine

alte Badewanne ein, die auf geschwungenen Sockeln stand, und band mir die Haare hoch. All der Schweiß und all die Träume an mir … Ich ekelte mich vor mich selbst. Ich ging wieder ins Schlafzimmer zurück, um frische Wäsche aus dem Schrank zu holen. Alles musste sauber sein, damit ich mich auch nur ansatzweise wieder wohlfühlen konnte. Dann ging ich ins Bad, stieg in das dampfende, nach winterlichem Zimt riechende Wasser und lehnte mich zurück, bis ich bis zum Hals in die wohlige Wärme eingehüllt war. Einige der Haarsträhnen, die aus dem Dutt fielen, begannen sich bei der aufsteigenden Feuchtigkeit zu kringeln. Die Hitze durchströmte meinen Körper und lockerte die verkrampften Muskeln, bis der Schmerz in ihnen nachließ und meine immer und ständig rotierenden Gedanken sich beruhigten. Was mich in der Nacht wach gehalten hatte, war nach dem Aufstehen sofort wieder gegenwärtig gewesen. Ich zweifelte an mir und meinem Entschluss, diese Reise angetreten zu haben. Ich wusste nicht, ob es nicht besser war, sie abzubrechen und wieder nach Hause zu fahren, denn alles hatte sich verändert. Doch mein Verstand befahl mir, mich zu beruhigen, meine Gedanken zu sortieren und ganz vielleicht den Briefen, die ich noch nicht gelesen hatte, eine Chance zu geben.

Aber wollte ich das? Ich war hin- und hergerissen. Ich wartete, bis die Wassertemperatur erst lauwarm wurde und schließlich erkaltete. Meine Haut fühlte sich aufgeweicht an, als ich aus der Wanne kletterte und mich mit einem rauen Handtuch, das ich von zuhause mitgebracht hatte, so kräftig abrubbelte, dass der Dreck der Nacht zu Boden fiel. Meine Haut kribbelte, als ich mich in Unterwäsche, Jeans und einen dicken Pullover hüllte, die ich alle griffbereit neben der Wanne liegen hatte. Draußen war es noch immer dunkel, aber ich verspürte nicht die geringste Lust, wieder ins Bett zurückzukrabbeln, daher stieg ich die Treppe ins Erdgeschoss hinab und kochte mir in der Küche einen Kaffee aus Instantpulver, den ich mit einer Wolldecke für einen Augenblick mit nach draußen nahm. Die Tasse, die ich mir aus dem Schrank nahm, hatte ich zuvor mit Spülmittel und kochendem Wasser mehrmals abgeschrubbt.

Es war immer noch ein atemberaubender Augenblick, dem Sonnenaufgang dabei zuzusehen, wie er die Landschaft in ein völlig neues Licht tauchte. In den letzten Tagen war ich unterwegs gewesen oder hatte noch geschlafen, sodass ich nicht in den Genuss gekommen war, den Sonnenaufgang zu beobachten, aber an diesem Morgen war der Himmel sternenklar. Winzige Punkte aus Licht und Schatten klammerten sich an die Himmelsdecke und warfen Spiegelbilder wie weiße Perlen ins Meer.

Die polsterlose Liege war von der aufsteigenden Nässe des Morgentaus feucht, sodass ich die vorderste Ecke mit dem Ärmel abwischte und mich dann darauf kauerte, den heißen Becher fest an meine Hände gedrückt. Ich wusste, dass es nicht mehr lange dauern würde, bis die ersten Anzeichen der Dämmerung sich am Horizont zeigen würden, und ich verharrte in der Dunkelheit. Das Licht des Mondes und der Sterne war genug, um weit übers Meer blicken zu können. Die Stille war einerseits friedlich, aber andererseits auch so laut, dass ich mir am liebsten die Hände auf die Ohren gepresst hätte, um sie auszublenden. Am Anfang hatte ich die Stille hier genossen. Sie war friedlich und sauber gewesen, und sie hatte mich mit meinen Gedanken nicht allein gelassen. Aber ganz langsam hatte die Stille sich zu etwas Heimtückischem entwickelt; zu etwas, das mir vor Augen führte, dass es in meinem Leben niemanden mehr gab, der die Stille mit Bedeutung füllte, mit Geschichten, mit Worten der Liebe zu mir. Das Einzige, das die Stille durchkreuzte, war das Rauschen der Wellen, wenn der Wind stark genug war. Und manchmal war selbst der wildeste Sturm noch zu leise, um die Stille, mit der mir eine Familie fehlte, zu übertönen.

Es wurde zu kalt, um länger hier draußen zu verharren. Außerdem war ich unruhig. Am liebsten wäre ich losgestiefelt und gelaufen, Meile um Meile, Kilometer um Kilometer, nur um diese Unruhe irgendwie aus meinem Körper zu bekommen. Besser laufen, als zu sortieren, besser bewegen, als mein Apartment immer und immer wieder aufzuräumen, alles pedantisch parallel anzuordnen, nur um meine Hände beschäftigt zu halten, damit mein Kopf es nicht zu sehr war. Aber all die Gedanken der Nacht gingen nicht fort, nicht aufgrund des Bades, nicht aufgrund der Dämmerung oder des Meeres.

Hannes war nicht mein leiblicher Vater gewesen. Er war gegangen, weil ich eine Lüge für ihn gewesen war, nicht mehr. Er hatte Ellen die Wahrheit gesagt, die sowohl Mathilde als auch mein Vater mir verschwiegen hatten, all die Jahre, bis meine Mutter sie nun vermutlich selbst vergessen hatte oder vergessen wollte. Das machte mich so furchtbar wütend, dass ich kurz überlegte, die restlichen Briefe zu verbrennen. Aber würde ich das später bereuen? Würde ich irgendwann traurig sein, die letzten Antworten zerstört zu haben, die es noch gab? Ich musste mir klar darüber werden, ob ich gehen oder ob ich versuchen sollte, die Antworten auf meine Fragen zu finden. Ich ging rein in den völlig dunklen Gemeinschaftsraum mit der Sofaecke und dem großen Fernseher und den unzähligen Kissen und Decken überall und verschloss die Terrassentür. Dann wärmte ich mich an der Heizung. Heute Nacht war ich kurz davor gewesen, im Pflegeheim meiner Mutter anzurufen, um sie zur Rede zu stellen. Sie darauf festzunageln, was in den Briefen geschrieben stand, sie anzubrüllen, warum zur Hölle sie in all der Zeit nie den Mund aufgemacht hatte, warum sie zugelassen hatte, dass ich mir

Nacht um Nacht die Augen ausgeweint hatte, weil ich meinen Vater so sehr vermisste, dass es schmerzte, dass ich irgendwann angefangen hatte, ein zwanghafter Freak zu werden, der Dinge sortierte und von einem Ort zum nächsten trug, nur um die Kontrolle über mein Leben zu haben.

Aber dann hatte ich mein Smartphone zur Seite gelegt. Ich hatte mir die Antwort selbst geben können.

Meine Familie war so zerrüttet und zerstört, jeder in sich so kaputt, dass die Tragödie ihren Lauf nehmen konnte. Ich wollte mich weigern, meiner Mutter bösen Willen zu unterstellen, aber ich fand keine befriedigende Antwort darauf, warum sie ihren Teil zu meinem Unglück beigetragen hatte. Ich fragte mich, ob alles anders verlaufen wäre, wenn meine Mutter nicht, seit ich mich erinnern konnte, mit Depressionen zu kämpfen gehabt hätte. Sie hatten meine Mutter zuweilen in eine Person verwandelt, die ich kaum wiedererkannt hatte. Es hatte lange gedauert, bis sie sich Hilfe holte, und da war die spätere Diagnose des Alzheimers nicht mehr fern gewesen. Aber ich war nur ein kleines Mädchen gewesen. Irgendjemand hätte mich beschützen müssen. Irgendjemand nur.

Trotzdem war da dieser Drang in mir, den ganzen Schlamassel irgendwie zu bereinigen. Und ich beschloss, mich hinzusetzen und meiner Mutter einen Brief zu schreiben. Darin würde ich alles formulieren, was mir durch den Kopf ging: all die Fragen, auf die ich keine Antwort hatte, all die Warums, all die Enttäuschung, die sich in meinem Inneren verbissen hatte. Ich würde sie fragen, was damals wirklich geschehen war und warum sie mir verschwiegen hatte, dass Hannes und ich nicht blutsverwandt waren. Und ich wollte unbedingt wissen, wer mein biologischer Vater war und wo er war. Ich konnte vielleicht nicht mit ihr telefonieren, aber vielleicht war ein Brief das Richtige. Vielleicht konnte sie auf die Fragen antworten, wenn sie gerade einen klaren Augenblick hatte. Vielleicht hatte ich so noch die Chance auf Antworten.

Ich starrte aus dem Fenster. Dabei hielt ich nur wenige Millimeter Abstand von der Scheibe, sodass mein Atem dagegenstieß und das Glas beschlug. Obwohl ich eben erst gebadet hatte, kribbelte meine Haut, als würde sich der Staub des ganzen Hauses in diesem Zimmer bündeln und sich auf mir ablegen wollen, damit ich außen genauso schmutzig war, wie ich mich innen fühlte. Und kein Schrubben der Welt würde dagegen etwas ausrichten können, das wusste ich. Den Dreck musste ich von innen reinwaschen. Aber wie sollte das jetzt noch gehen? Wie sollte ich die unterdrückte Trauer und den Verlust wegwaschen, wenn sie seit Jahrzehnten an mir klebten wie eine zweite Haut, die man nicht einmal mehr mit einem Spachtel abschaben konnte?

Die Tür des Gemeinschaftsraumes öffnete sich einen Spaltbreit. Das Licht aus dem Flur fiel schräg hinein. Ich zuckte kaum merklich zusammen. Wer war schon so früh auf den Beinen? Die anderen Gäste waren fast ausnahmslos Familien, die ich oft nur zum Frühstück und Abendessen sah, weil sie tagsüber unterwegs waren und Ausflüge unternahmen, von denen sie abends ausgelassen berichteten, vor allem die Kinder.

»Ist jemand hier?«, hörte ich eine weibliche Person fragen. Es dauerte einen Moment, bis ich die Stimme zuordnen konnte. Ich war so durcheinander.

»Ja«, entgegnete ich. Ich wollte mehr sagen. Zumindest meinen Namen. Aber ich brachte keinen weiteren Ton heraus. Das Licht ging an. Ich blinzelte. Mehrmals. Und doch dauerte es ewig, bis sich meine Augen an die Helligkeit gewöhnt hatten.

»Nela?« Henrietta stand im Türrahmen, den Kopf leicht geneigt.

Erwartete sie eine Antwort? Ich blinzelte wieder. Warum nur war das Licht so hell?

»Nela?« Henriettas Stimme war leise, fragend. Sie ging ein paar Schritte in den Raum hinein, bis sie in dessen Mitte stand. »Was machen Sie so früh hier? Haben Sie schon Hunger? Kann ich Ihnen einen Tee kochen?«

Ihr Blick fiel auf meinen Kaffeebecher, den ich in der Hand hielt. »Oh, Sie haben sich schon selbst bedient, das ist gut.«

Ich nickte und wünschte mir, sie würde das Licht ausschalten und den Raum wieder verlassen.

Henrietta strich sich die Hände an der Schürze ab. Offenbar war sie zuvor mit Wasser in Berührung gekommen. Dann machte sie noch einen Schritt auf mich zu.

»Ist alles in Ordnung?«, wollte sie wissen. »Sie sehen aus, als hätten Sie ein Gespenst gesehen.« Sie lächelte, doch ich bemerkte die unterschwellige Sorge in ihrem Blick.

Ja, wollte ich sagen.

»Nein«, antwortete ich dann tatsächlich, ohne wirklich darüber nachzudenken. Ich spürte, wie ich am ganzen Körper zu schlottern begann, als hätte mich jemand am Nacken gepackt und ins Meerwasser der Antarktis getaucht, bis die furchtbare Kälte mich durchdrungen hatte, nur um mich danach allein auf einer Eisscholle zurück und über den einsamen Ozean treiben zu lassen. Und das Einzige, worauf ich wartete, war, dass sie im Licht der aufgehenden Sonne schmolz und ich in den Fluten des eisigen Wassers ertrank.

»Um Himmels willen, Sie sehen wirklich nicht gut aus, meine Liebe«, rief Henrietta auf und eilte auf mich zu. Panik wallte in mir auf. Instinktiv wich ich einen Schritt zurück.

Henrietta blieb sofort stehen, als wäre ich ein wildes Reh, das über eine viel befahrene Straße sprang. Mittlerweile zitterten sogar meine Knie. In meinem Kopf raste alles, Gedanken, Erinnerungen, Ausschnitte aus den Briefen.

Nicht deine leibliche Tochter.

Mein Ursprung war mit diesem einen so winzigen Satz weggebrochen. Meine Wurzeln schienen sich aus dem Erdboden zu lösen, weil sie nie dort hineingehört hatten.

»Bitte«, flüsterte ich. »Bitte nicht berühren. Das ertrage ich gerade nicht.«

Henrietta hob ihre Hände, um mir zu zeigen, dass sie mich nicht anfassen würde, wenn ich es nicht wollte. »Komm, meine Liebe«, sagte sie ganz sanft. »Lassen wir die Formalitäten einmal weg, die sind doch sowieso nur eine Hürde, und setzen uns ganz gemütlich in die Küche, in Ordnung? Ich mache uns beiden etwas ganz Besonderes. Etwas, das die Kälte aus den Knochen vertreibt. Du frierst ja ganz erbärmlich.«

Ich setzte mich mechanisch in Bewegung. Wie ein Roboter schlich ich hinter Henrietta durch den Flur in die Küche, die auf der anderen Seite des Gangs lag. Ich lauschte auf Stimmen, die darauf hindeuteten, dass andere Gäste wach waren, doch es blieb still. Ich war die Einzige, die schon auf den Beinen war.

In der Küche, die direkt an den Speiseraum angrenzte, gab es bereits eine erste Unordnung. Henrietta schien voller Elan mit ihren morgendlichen Arbeiten begonnen zu haben, als sie mich durch die Terrassentür hatte reinkommen hören. Ob sie wohl gedacht hatte, ich wäre ein Einbrecher? Plötzlich plagte mich ein schlechtes Gewissen. Erst jagte ich ihr vermutlich einen Heidenschrecken ein, und dann bekam ich noch nicht einmal einen geraden Satz heraus, sondern zitterte stattdessen wie Espenlaub.

Henrietta dirigierte mich zu einem erhöhten Hocker, der vor einer Arbeitsplatte inmitten des Raumes stand. Die Arbeitsplatte schien neu zu sein, jedenfalls glänzte sie, als wäre sie noch nie benutzt worden. Dazu gab es noch einen Herd, ebenfalls in der Mitte des Raumes angeordnet. Es kam mir so vor, als wäre alles um diesen Bereich herum aufgebaut worden: die übrigen Küchengeräte, die Schränke, die offenen Regale, in denen es nach frischen Kräutern duftete. Und tatsächlich: Als ich genauer hinsah, erkannte ich, wie sich Topf an Topf reihte und aus jedem grüne und unterschiedlich geformte Blätter herauslugten. Henrietta besaß ein ganzes Repertoire an Kräutern und Gewürzen. Das lenkte mich von meinen zehrenden Gedanken ab. Ich war neugierig geworden und ließ meinen Blick weiter durch die Küche schweifen. So viele Einmachgläser, die mit Zetteln beschriftet waren. Sie waren gefüllt mit allem, was ich mir nur vorstellen konnte: mit Kraut und Gemüse, mit Zwiebeln und Knoblauch, mit Senf und Honig und Marmelade. Mit Kaffee und Kakaopulver, und unzählige dazu mit den verschiedensten Teesorten.

Ich lehnte mich auf dem Barhocker zurück und stellte meine Füße vorsichtig auf den Streben ab. Ich fühlte mich immer noch unbehaglich. Wie eine Last, die zu viel Aufmerksamkeit auf sich gezogen hatte. Ich wollte keine Umstände bereiten, und vor allem wollte ich vor anderen Menschen nicht einknicken. Das tat ich sonst nie, und ich wusste nicht, warum es mir gerade in diesem Augenblick passierte.

Ich war drauf und dran, vom Hocker zu rutschen und unauffällig zu verschwinden. Vielleicht, wenn ich mich ganz leise zur Tür hinausstahl …

»Sitzen bleiben!«, rief Henrietta energisch, als sie meine unruhigen Bewegungen bemerkte. Gehorsam hielt ich inne und lehnte mich wieder zurück. Ich wagte es nicht, mir ihren Unmut zuzuziehen. Stattdessen beobachtete ich sie. Wie sie konzentriert von Regal zu Regal huschte, wie sie sich auf die Zehenspitzen stellen musste, um zwei Tassen aus einer

Vitrine zu holen; hellgrüne mit fliederfarbenen Punkten. Sie stellte sie auf die Arbeitsplatte und holte dann Mandelmilch aus dem Kühlschrank. Sie erhitzte die Mandelmilch langsam in einem Topf auf dem Herd und suchte währenddessen eine spezielle Flasche aus den Regalen. Ich konnte die Schrift darauf erst entziffern, als Henrietta sie zur Arbeitsplatte trug, den Deckel abschraubte und wenig von dem dickflüssigen Zimt-Sirup in die beiden Becher goss. Henrietta stellte die Flasche an ihren Platz zurück und rührte dann langsam die Milch um, die inzwischen leicht dampfte. Dann zerrte sie ein Glas Kakao aus den Regalen und maß sorgsam jeweils drei Löffel fein gesiebtes Pulver ab, die sie erst in die erste und dann in die zweite Tasse kippte. Das Glas wanderte sofort auf seinen Platz zurück. Alles hatte seine Ordnung, und so musste es auch bleiben. Das verstand niemand besser als ich.

Seltsamerweise beruhigte mich Henriettas Geschäftigkeit. Vielleicht genau aus dem Grund, weil ich einfach nur dasaß und nichts tat. *Nichts* hatte ich schon seit Ewigkeiten nicht mehr getan. Nichts tat ich nicht zuhause und auf der Arbeit erst recht nicht. Es gab immer etwas zu tun, immer etwas sauber zu machen oder gerade zu rücken. Doch jetzt hier zu sitzen, die Hände im Schoß vergraben zu haben und einfach nur zu beobachten, zu lauschen, zu atmen, holte mich von der Kante des Panikanfalls, auf den ich mich zubewegt hatte.

Schließlich schaltete Henrietta den Herd aus und zog den Topf von der Platte. Sie goss die Mandelmilch in die Becher, wobei sie die Milch gerecht zwischen uns aufteilte. In jede Tasse steckte sie einen sauberen Löffel. Ich dachte, das war's nun, jetzt wäre sie fertig, aber das war sie noch nicht. Ein letzter Griff ins Regal, und sie schüttete eine sanfte Brise dunkles Pulver auf die dünne Schaumschicht der Milch. Es duftete, zwischen Kakao und Zimt, nun auch ganz hauchzart nach Amaretto.

Doch als Henrietta die Tasse einladend vor mir abstellte und ich meine Hände darum schloss, erstarrte ich. Sie war noch zu heiß, um trinken zu können.

Bevor ich wusste, wie mir geschah, schob sich mehr in mein Blickfeld. Henrietta hatte einen Teller im selben Grünton auf den Tisch gestellt. Darauf lag eine Handvoll riesiger Cookies in dunklem Schokoladenbraun. Mir lief das Wasser im Munde zusammen.

Ich presste die Lippen aufeinander, und wir schwiegen einen Moment einvernehmlich. Henrietta ließ mir alle Zeit der Welt. Ich wollte nicht denken. Ich wollte nicht sehen. All das würde nur die immer gleiche Gedankenkette in Gang setzen. Ich wollte einfach nur schmecken, mit all den mir gegebenen Sinnen.

Also kostete ich. Ich nippte vorsichtig, und ich genoss jede Sekunde, jedes Detail davon. Mein Bauch wurde warm, und diese wohlige Wärme breitete sich in meinem ganzen Körper aus und verdrängte die Kälte der Angst Schritt für Schritt. Was kein Medikament der Welt geschafft hätte, schaffte diese einfache, heiße Schokolade, die gar nicht einfach war, sondern unsäglich köstlich.

Irgendwann setzte ich die Tasse ab. Ich hatte geglaubt, erst ein paar Schlucke zu mir genommen zu haben, aber der Inhalt war schon zur Hälfte geleert. Um nicht alles auf einmal zu trinken, nahm ich mir einen Keks und knabberte langsam daran, tunkte ihn zwischendurch in die Schokolade.

Irgendwann wagte ich es, Henrietta anzusehen. Ihr Lächeln schlug mir entgegen.

»Geht's wieder?«, fragte sie sanft, und ich war ihr unglaublich dankbar dafür, dass sie genau das fragte statt nach dem Grund für mein Verhalten. Sie nahm auf diese Weise den Druck von mir, mich erklären zu müssen. Ich konnte es tun, aber ich musste es nicht.

Ich nickte, und dachte im selben Moment, dass so viel rührendes Kümmern nicht mit einem Nicken abzutun war. Also räusperte ich mich.

»Es ist schon viel besser«, sagte ich vorsichtig. Meine Stimme funktionierte. Sie klang etwas heiser, aber sie funktionierte.

Henriettas Augen ruhten noch immer wortlos auf mir. Ich wärmte meine Finger an meiner Tasse. Mit jedem Atemzug nahm ich den Geruch von süßer Schokolade auf.

»Es tut mir leid«, sagte ich. »Diese Umstände am Morgen, wo Sie … wo du sicherlich viel wichtigere Dinge zu tun hast. Ich wollte dich nicht davon abhalten. Soll ich irgendwas abräumen? Oder gleich die Becher spülen?«

Doch Henrietta schüttelte heftig den Kopf. »Liebes, bitte!«, rief sie beinahe empört, als hätte ich sie beleidigt. »Ich sagte dir doch schon, dass es mein Beruf ist, Menschen hier ein Zuhause zu geben. Und in einem Zuhause darf man auch mal traurig sein, nicht wahr? Man darf wütend und enttäuscht sein, wenn einem danach ist.«

Ihre Worte klangen schön in meinen Ohren. Wirklich. Aber eine Pension konnte wohl kaum ein Zuhause sein, nicht wahr? Sie war vielmehr alles andere; ein Ort zur Durchreise, um für ein paar Nächte innezuhalten und zu verschnaufen, um für ein paar Wochen vielleicht ein anderes Leben zu führen, um neue Dinge zu erleben und die Gegend zu erkunden.

Aber ein Zuhause?

Ich wusste nicht, was ich darauf erwidern sollte, daher nippte ich weiter an meinem Kakao, der allmählich abkühlte, und knabberte am Rest des Kekses, ehe ich den letzten Bissen herunterschluckte.

»Hast du heute was vor?«, fragte Henrietta schließlich und lächelte. Meine Dankbarkeit kehrte mit einem Schlag zurück.

Kein *Was war denn nun los?* Kein *Was zur Hölle stimmt mit dir nicht?* Nichts davon. Mir wurde leichter ums Herz.

»Ich weiß es noch nicht«, sagte ich. »Ich habe mir noch keine Gedanken darüber gemacht.«

Henrietta trank ihre heiße Schokolade aus, dann erhob sie sich. Auf ihrem Gesicht lag ein Lächeln, das ich fast als spitzbübisch bezeichnet hätte. Als würde sie etwas aushecken.

»Es stört dich nicht, wenn ich nebenbei das Frühstück für die anderen Gäste vorbereite, oder?«, fragte sie nach einem Blick auf die große Wanduhr.

Ich schüttelte den Kopf. »Natürlich nicht.« Einen Augenblick zögerte ich. »Kann ich denn wenigstens dabei helfen?«

Henrietta überlegte kurz, ehe sie nickte. »Wenn du möchtest, kannst du die Obstplatte vorbereiten.«

»Ja, klar, gern.«

Sie holte flache Schalen hervor, die sie vor mir auf der Arbeitsplatte abstellte. Dann besorgte sie einige Äpfel, Bananen, Birnen, Kiwis und ein paar Orangen aus der angrenzenden Vorratskammer. Als Letztes erhielt ich ein Holzbrett und ein scharfes Messer, mit dem ich alles in Scheiben und Stücke schneiden sollte. Während ich das Obst vorbereitete und schälte, huschte Henrietta geschäftig durch die Küche, kochte Kaffee und Tee, trug Geschirr, geschnittenes Brot und frische Brötchen, Käse, Wurst, Marmelade, Butter und Joghurt auf einem Tablett in den Speiseraum.

Ich schnippelte alles still vor mich hin und drapierte das Obst in den Schalen, bis ich fand, dass alles ordentlich angerichtet war. Henrietta hatte derweil alles andere erledigt, und von Treppenhaus und Flur hörte ich die ersten Frühstücksgäste. Ich stand auf, trug die Schalen in den Speiseraum und kehrte dann in die Küche zurück. Die Sachen, die ich benutzt hatte, spülte ich über dem Becken ab und räumte sie dann in die Spülmaschine. Dann wusch ich mir wieder die Hände, die allmählich rau und rissig wurden, wenn ich sie nicht regelmäßig eincremte, vor allem jetzt, wo der Winter mit seinen kalten Temperaturen nicht mehr fern war.

Die Stimmen waren jetzt im Speisezimmer angekommen und dröhnten von dort aus lachend und fröhlich in jede übrige Ecke des Hauses. Ich fühlte mich deplatziert. Die kurze Behaglichkeit und Sicherheit des Hauses, die Henrietta mir mit ihrer heißen Schokolade geschenkt hatte, drohte, sich zu verflüchtigen und wieder Raum für die Kälte zu machen.

Bevor ich mich in den Gang davonstehlen konnte, stellte Henrietta sich mir in den Weg. Sie musterte mich mit zusammengekniffenen Augen, dann schnipste sie laut mit den Fingern. Sie lehnte sich ein wenig zu mir nach vorne.

»Möchtest du ein Geheimnis erfahren?«, wisperte sie, und etwas in ihren Augen funkelte.

Am liebsten hätte ich ihr gesagt, dass ich von Geheimnissen erst einmal die Nase voll hatte, dass sie mir die Nacht und meine Erinnerungen zerstört hatten, dass ich … dass ich doch selbst noch eins hütete, das ich für mich behielt. Aber Henrietta sprach nicht von *dieser* Art Geheimnis.

»Welches?«, fragte ich. Irgendwie war ich ja doch neugierig. Unwillkürlich beugte auch ich mich weiter zu ihr.

»Ich möchte, dass du nachher jemanden kennenlernst.«

»Wen?«, wollte ich gespannt wissen.

»Herrn Louie.«

»Wer ist Herr Louie?«, fragte ich. Ich hatte den Namen noch nie gehört.

Doch Henrietta lächelte nur geheimnisvoll. Ihre Lippen waren versiegelt.

17.

Das Leben läuft manchmal auf Autopilot. Und wir Menschen waren perfekt darauf programmiert. Es konnten die schlimmsten Dinge im Leben geschehen, Dramen, Unfälle, Tragödien, wir funktionierten dennoch. Irgendwie und oft ohne Erinnerung oder Gefühl, aber wir funktionierten. Es war, als gäbe es einen Knopf in uns, mit dem wir alles, was uns am Durchhalten hindern konnte, einfach ausstellen konnten.

Zumindest für eine Weile.

Genau in dieser Phase befand ich mich an diesem Tag. An diesem Tag, an dem ich irgendwie die Phase zwischen heißer Schokolade und dem späteren Ausflug mit Henrietta überbrücken musste. Ich hatte keine Ahnung, mit welchen Beschäftigungen ich die Stunden füllte, denn später erinnerte ich mich nur noch verschwommen daran. Ich ging spazieren und besuchte die Wildpferde, die davonstoben, sobald ich mich näherte. Ich las mein Buch weiter und hatte keine Ahnung, was in den letzten Kapiteln geschehen war. Ich tat all das, ohne es wirklich wahrzunehmen oder bewusst zu entscheiden.

Am Nachmittag hatte Henrietta dann endlich Zeit. Das Mittagessen war überstanden, das Abendessen vorbereitet, und so konnten wir uns zu Fuß auf den Weg ins Dorf machen. Wir unterhielten uns über das Dorf, die Gäste in der Pension und über meine Arbeit, an die ich nur mit viel schlechtem Gewissen denken konnte, während wir über Feldwege gingen. Ich dachte, dass das ein ziemlich weiter Weg für eine alte Frau war, erinnerte ich mich doch noch gut an meine Taxifahrt zur Pension, aber Henrietta kannte Abkürzungen über Felder und Wiesen, die zwar meine Schuhe völlig verdreckten, uns allerdings überraschend schnell nach etwa vierzig Minuten die ersten Häuser erreichen ließen. Im Gegensatz zu mir war Henrietta sauber und adrett, während ich mich fühlte, als hätte ich mit meinen Stiefeln den gesamten Acker der Region umgegraben.

»Na prima«, murmelte ich und betrachtete meine schlammbespritzte Jeans skeptisch.

»Du bist hier auf dem Land, Nela«, sagte Henrietta gut gelaunt, »da sieht tagsüber fast jeder so aus. Abends schütteln wir dann den Dreck aus unserer Kleidung und gehen tanzen.«

Sie führte mich zu einer Hauptstraße, der wir ein paar Minuten lang folgten, dann erreichten wir eine überschaubare Fußgängerzone.

»Sie verdient den Namen Fußgängerzone eigentlich nicht mehr«, erklärte Henrietta. »Es gibt kaum noch Geschäfte, das Industriegebiet ist in der nächsten Stadt, und die Internetshops haben auch hier den Einzelhandel vertrieben.«

Mein Blick folgte ihren Ausführungen, und ich musste ihr recht geben. Die kleine Gasse wirkte verlassen, viele Schaufenster waren leer oder mit Mietanzeigen zugekleistert, manche unrenoviert und verkommen. Nur eine Handvoll Läden schien belebt zu sein, in ihnen brannten Licht und Leben, und Menschen betraten oder verließen sie.

»Wohin gehen wir denn?«, wandte ich mich an Henrietta, die bislang immer noch kein Sterbenswörtchen über unser Ziel verraten hatte.

Sie deutete auf ein kleines Fachwerkhaus am Ende des Gässchens, auf das wir zusteuerten. Auf den zweiten Blick erkannte ich, dass es sich um ein Café handelte, genauer gesagt um *Das Café der kleinen Dinge*.

Ich fand den Namen sofort interessant. Henrietta ließ mich aber nicht am Schaufenster verweilen, das würde nur den ersten Eindruck zerstören, und der war doch wichtig, also hielt ich ihr die Tür auf, und wir traten ein.

Das Läuten einer Glocke über der Tür kündigte unser Kommen an. Das ganze Café war mit alten Teppichen mit unterschiedlichen Mustern und Abbildungen ausgelegt, die glänzenden Tische und Stühle waren alle antiquarische Einzelstücke und wild durcheinandergewürfelt und dennoch seltsam harmonisch aufeinander abgestimmt. Ich fühlte mich ins 19. Jahrhundert zurückgesetzt, als wäre die Zeit hier an diesem Ort einfach für eine Weile stehengeblieben. An den Wänden hingen unzählige, einzelne Regale, auf denen die unterschiedlichsten Sammlerstücke standen. Das Café war nicht voll, aber es saßen ein paar ältere Damen an den hinteren Tischen und unterhielten sich angeregt. Sie wurden gerade von einem jungen Mädchen bedient, das die Bestellungen ganz altmodisch auf einen Zettel schrieb. Staunend blickte ich mich um, doch ich kam kaum dazu, alles in Augenschein zu nehmen, als sich hinter der Theke jemand in den Gang schob.

Ein älterer Mann mit Hut kam uns entgegen und empfing uns mit einem strahlenden Lächeln. Er hielt einen Stock in der Hand, den ich als Blindenstock identifizieren konnte.

»Herr Louie!«, rief Henrietta aus und streckte ihre Hand nach vorne, als Herr Louie ihr seine eigene tastend entgegenhielt. Er ergriff ihre Hand und hauchte einen angedeuteten Kuss darauf.

»Frau Faust, wie schön! Und wie ich höre, haben Sie heute

Begleitung mitgebracht!« Seine Augen wanderten an die Stelle, an der ich stand, ohne mich fest zu fixieren.

»Hallo«, sagte ich. »Ja, das stimmt, ich bin dann wohl ihre Begleitung. Ich bin Nela.« Ich war mir unsicher, ob ich ihm auch meine Hand entgegenhalten sollte. Würde er das überhaupt bemerken?

»Wie schön«, sagte er nach einem kurzen Moment erneut vergnügt und nahm mir damit eine weitere Entscheidung ab. »Ich geleite Sie zu Ihrem Tisch.«

Er ging zielsicher vor, ohne den Stock zu benutzen. Offenbar kannte er das Café wie seine Westentasche, kannte jeden Winkel, jede Erhebung der Holzdielen, jede Teppichkante, selbst wenn sie verrutscht war. Er führte uns zu einem Tisch für zwei Personen direkt am Fenster, sodass wir auf die Fußgängerzone schauen konnten.

Wir nahmen Platz, und Herr Louie ließ uns respektvoll in Ruhe, während ich die Karte nahm, um mir etwas auszusuchen. Ich wählte Cappuccino und ein Stück hausgemachter Schokoladentorte.

Als wir bei dem jungen Mädchen bestellt hatten, konnte ich nicht länger warten. »Wieso sind wir denn hier?«, fragte ich Henrietta. Ich hatte mit so ziemlich vielem gerechnet, aber nicht mit einem Café. Das klang für mich nicht so geheimnisvoll, wie sie es angekündigt hatte.

»Ach Nela, dies ist kein gewöhnliches Café«, erklärte Henrietta und lächelte. »Herr Louie ist ein ganz besonderer Mensch mit einem ganz besonderen Gespür für andere. Wie soll ich es erklären? Auch, oder vielleicht gerade weil er nichts sehen kann, hat er einen sehr ausgeprägten Sinn für Empathie.«

»Aber …« Ich suchte nach Worten, denn ich wollte nichts Falsches sagen, »man sitzt doch nur hier und trinkt eine Tasse Kaffee oder so.«

»Ja und nein.« Mehr erwiderte Henrietta dazu nicht, stattdessen wechselte sie das Thema und erzählte davon, dass morgen eine englische Familie anreisen würde. Sie war ein wenig nervös, weil ihr Englisch eingerostet war und sie sich nicht blamieren wollte.

Schließlich kam mein Cappuccino. Zu meiner Überraschung brachte Herr Louie ihn selbst. Ohne Stock und stattdessen mit Tasse und Kuchenteller schritt er zielsicher durch den Raum und stellte beides vor mir ab.

Staunend sah ich auf das Stück Schokoladentorte, das exakt auf dem richtigen Platz stand.

»Aber wie machen Sie das?«, platzte es aus mir heraus und hielt mir sofort die Hand vor den Mund. Es war unhöflich, so etwas zu fragen, Himmelherrgottnochmal Nela.

»So leckere Torte? Ich bin gelernter Konditor.« Herr Louie zog seinen französischen Hut zurecht, der etwas verrutscht war.

»Nein, ich meinte …« Ich verstummte.

»Sie reden vom Sehen, nicht wahr?«

»Ja«, sagte ich ehrlich. Ich war beeindruckt, wie jemand ohne die Sehkraft so … präzise sein konnte.

Herr Louie lächelte. »Aber ich sehe Sie doch. Sie sind unübersehbar.«

Jetzt war ich verwirrt. »Das verstehe ich nicht ganz.«

»Das ist ganz einfach. Ich muss Sie nicht erkennen können, um Sie zu sehen. Ich kann Sie hören, Ihre Stimme, Ihre Bewegungen, ich kann Sie somit orten, ich kann Ihr Parfum riechen, je nachdem in welche Richtung Sie es mit Ihren Bewegungen wehen lassen, ich kann Sie … Ich kann Sie einfach sehen. Und ganz genau so ist es mit allem.«

Er lächelte wieder und machte dann eine kleine Geste mit der Hand. »Übrigens, suchen Sie sich bitte etwas aus, ehe Sie gehen.«

Jetzt verstand ich noch weniger. »Etwas aussuchen?«

»Das ist das Café der kleinen Dinge«, warf Henrietta ein, und Herr Louie nickte zustimmend.

»Ganz genau«, sagte er, »jeder Gast kann sich hier etwas aussuchen, das er mitnehmen und behalten darf. Und zwar genau so lange, wie er es braucht. Dann kann er es wieder mitbringen und für jemand anderen dalassen, der es vielleicht mehr benötigt als man selbst.«

Für einen Augenblick war ich sprachlos. Weil ich so gerührt war, weil … was für eine bezaubernde Idee in einer Zeit, in der Menschen sich nicht einmal mehr anlächeln konnten, wenn sie einander nicht kannten.

Ich wollte sagen, dass ich nichts mitnehmen konnte, weil ich ja nicht lange blieb, weil ich dieses Etwas vielleicht nie mehr zurückbringen konnte. »Danke«, sagte ich stattdessen.

»Bedanken Sie sich, wenn es etwas gebracht hat«, sagte Herr Louie. »Denn erst wenn die kleinen Dinge ihren Weg zurückfinden, haben sie ihren Sinn erfüllt. Lassen Sie sich die Torte schmecken!«

Und genau das taten wir. Henrietta und ich schlemmten sogar zwei Stücke Torte, sodass wir das Gefühl hatten, platzen zu müssen, aber es war köstlich. Einmal mehr bewunderte ich Herrn Louies Talent.

Da es mittlerweile etwas ruhiger geworden war, entschied ich mich nun dazu, eine kleine Runde durch das Café zu unternehmen. Es war vollgestopft mit Dingen, wie ein seltenes Sammelsurium, das einmal quer durch die Zeit und verschiedene Länder gereist war. Es gab Bilder und Skulpturen aller Art, es gab alte Bücher mit vergoldeten Rücken, es gab Tagebücher von fremden, längst verstorbenen Menschen, es gab eine alte Kaffeemühle, blass gewordenes Geschirr und Zeitungen, die schon mehrere Jahrzehnte hinter sich gebracht hatten. Es gab Kinderspielsachen und unendlich viel

Krimskrams, bei manchen erkannte ich nicht einmal mehr ihre ursprüngliche Verwendung. Aber das musste ich auch nicht mehr, denn mein Blick hatte bereits etwas gefunden, an dem er hängenblieb. Ich quetschte mich zwischen zwei eng zusammenstehenden Tischen hindurch, bis ich zu einem Regal kam, auf dem verschiedene Federn, Tintenfässer und einige Kistchen standen. Eines davon war mir direkt ins Auge gestochen. Es hatte die Größe meiner Briefe. Wenn ich alle aufeinanderstapelte, würden sie perfekt hineinpassen.

Ich nahm das Kistchen vom Regal, um es näher in Augenschein zu nehmen. Es war alt und wunderschön, jemand musste es mit Geschick gezimmert und geschnitzt haben. Auf dem Deckel war eine Landkarte eingeritzt, was ich faszinierend fand. Sie schien die Gegend zu porträtieren, da mir einige Linien, Punkte und Wege bekannt vorkamen. Die Kiste war bereits durch einige Hände gegangen, denn andere Menschen hatten an den Seitenwänden Ergänzungen auf dem Holz vorgenommen. Ich erkannte ein von Kinderhand geritztes Pferd mit vier ungleich langen Beinen. Der Griff bestand aus einem geschwungenen, kupfernen Ring. Ich wusste nicht, woran es lag, aber ich hatte das Gefühl, es würde sich gut anfühlen, Ellens Hinterlassenschaften darin zu verwahren. Die Briefe würden so vor der Welt, und manchmal auch vor mir, geschützt sein, bis ich mich dazu aufraffen konnte, die fehlenden zu lesen; die fehlenden, die die schwersten von ihnen waren, die bittersten, die, die mir am meisten Angst einjagten.

Aber der Ausflug in das Café der kleinen Dinge hatte mir gutgetan. Ich glaubte in diesem Moment, dass ich genug Kraft gesammelt hatte, um fortzufahren. Fortzufahren mit den Briefen, die mich bereits bis in meine Grundfesten erschüttert hatten. Und ich wusste, dass mir das Schlimmste noch bevorstand.

Aber mit dieser Kiste, die vielleicht schon durch unzählige Hände gegangen war und noch mehr Schicksale sicher verschlossen hatte, mit dieser Kiste war es vielleicht möglich.

Ich kehrte zu meiner Begleiterin zurück. Henrietta betrachtete die Kiste, die ich zwischen uns auf der Tischplatte abgelegt hatte, lange Zeit. In ihren Augen schimmerten Tränen.

»Was ist los?«, fragte ich erschrocken. Hatte ich etwas Falsches ausgesucht?

»Das«, sagte sie leise, »das hat sich Maximilian vor vielen, vielen Jahren ausgesucht.«

18.

Ellen, 11. Februar 2003

Du und ich nach dem Kollaps. Januar 2002 bis zum großen Crash.

Wir blieben ein paar Tage am Meer. Wir nahmen uns die Auszeit einfach, obwohl wir sie nicht eingeplant hatten, aber du und ich, wir brauchten sie beide. Wir cancelten Termine und Arbeit und Kunden und nahmen uns Zeit für uns, für nichts anderes. Wir brauchten sie, um das zu verarbeiten, was du in den Raum geworfen, was du entlarvt hattest. Wir mussten sehen, wie wir danach noch miteinander harmonierten, ob wir zusammen noch die Gleichen waren wie zuvor.

Aber das waren wir. Natürlich waren wir das.

Oft spazierten wir nur am Meeresufer entlang, das zu dieser Jahreszeit wie ausgestorben war. Nur wenige andere Menschen tummelten sich mit uns am Strand, in den Cafés oder den kleinen Gassen der Ortschaft, in der unser Hotel lag. Und genau jene Menschen schienen ebenso verloren und auf der Suche zu sein wie wir, denn warum sonst fuhr man ans Meer, wenn es grau und trist und vernebelt war und man dessen Gewalt nur hinter einem Schleier erkennen konnte?

Ich dachte hinterher, dass wir uns in dieser Zeit des Schattens so nahe waren, wie danach, zurück im Alltag, lange nicht mehr. Nicht dass wir uns dann verloren hatten, aber die Atmosphäre des Ozeans und ausgesprochener Geheimnisse hatte etwas so Intimes, dass ich mich in den Tagen fühlte, als hätten Taue uns aneinandergebunden und nichts auf dieser Welt würde sie zum Reißen bringen.

Hätte ich doch damals gewusst, dass das nicht stimmte. Dass bald meine ganze Welt in Einzelteile zerrissen werden würde, meine kleine, bunte Welt.

Wir fuhren nach Hause, als wir uns dem Leben nicht mehr entziehen konnten, als Termine, Arbeit und Kunden auf der Warteliste standen und sich nicht länger beiseiteschieben ließen. Wir fuhren dieselbe lange Strecke wieder zurück, aber dieses Mal war ich ruhig. Ich schlief und lauschte dir, weil du von den Menschen von früher erzähltest, nun leichter, als wäre die Last des Geheimnisses endlich von deinen Schultern genommen.

Ich war noch da, und das erleichterte dich.

Obwohl uns der Alltag schnell wieder in den Klauen hatte, spürte ich, dass dich unterschwellig etwas beschäftigte. Seit unserem Aufenthalt am Meer war es, als hätte dich ein Fieber erfasst, das dich rastlos und unruhig machte und dich nie lange an einer Stelle verweilen ließ. Wir wuchsen immer mehr zusammen, konnten bald die Gedanken des anderen lesen, ehe er sie noch ausgesprochen hatte. Du warst kurze Zeit nach unserem gemeinsamen Urlaub zu mir gezogen. Viel hattest du nicht mitgebracht, denn dein erstes Leben war nur Erinnerung, und dein zweites würdest du mit mir zusammen aufbauen, ein Neustart nach einem Crash, ein vorsichtiges Wiederzusammensetzen deiner Bruchstücke. Wir kauften uns Möbel zusammen, und dein Büro befand sich mittendrin, zwischen den Farbtöpfen und Leinwänden, zwischen meiner Kunst und deiner Bürokratie. Unsere Leben waren Gegensätze, doch sie passten zusammen, ohne den anderen zu verformen.

Niemals fühlte ich mich so akzeptiert wie bei dir, ohne Wenn und Aber, ohne Abschleifen von Ecken und Kanten, ohne Kompromisse, die uns verbogen.

Der Frühling kam und ging, und dann war schon Sommer. Wir feierten Verlobung, ganz intim, du und ich, zurück am Meer, wo das wahre Wir begonnen hatte. Ich hatte niemals eine Ehe in Erwägung gezogen. Warum und mit wem auch? Aber bei dir war alles anders, es fühlte sich wie eine Selbstverständlichkeit an, nicht wie ein Bund aus Ketten, denen ich nie mehr würde entfliehen können. Im Winter feierten wir Hochzeit im Kreise unserer Freunde, denn worauf sollten wir warten? Die Feier war wunderschön, ohne Zwänge und Regeln, nur mit meinen verrückten Freunden, die mittlerweile auch deine waren, auch wenn du immer das Unikat bliebst, das ruhige, in sich gekehrte Unikat.

Der Winter war voller Kaminabende, voller Feuer um und in uns, voller Zärtlichkeit, Zweisamkeit, voller Wir-gegen-den-Rest-der-Welt, voller dämmrigem Licht und Dunkelheit, voller Sonntage im Bett, voller Gedanken, dass so der Rest unseres Lebens aussehen könnte.

Wir waren eine Weile einfach nur glücklich.

Doch selbst unter dieser unbeschwerten Schicht blieb ein Teil von dir immer schwer. Manchmal sah ich deine Gedanken abdriften, in die Ferne, zurück in der Zeit, wohin auch immer, und ich wusste, all das wäre noch viel mehr wert, wenn du diese eine Sache endlich übers Herz bringen könntest. Wenn du deine Reue überwinden und zum Telefonhörer greifen würdest. Aber sie wird nicht mit mir sprechen wollen, sagtest du dann immer. Sie wird mich hassen, sie wird mich nicht mehr wollen.

Ja, sagte ich dann, vielleicht will sie dich nicht mehr. Aber ist sie nicht einen Versuch wert? Ist sie nicht tausende und abertausende Versuche wert?

Ich wusste, dass du Angst hattest. Du starker Mann, du hattest wahnsinnige Angst, ich konnte sie in deinen Augen sehen, konnte sehen, wie sie dich verzehrte, wenn ich ihr nicht Einhalt gebot. Die Angst, dass du nicht mehr zu ihr gehörtest, wie sie einst nicht mehr zu dir gehörte. Dass sie dir einen Spiegel der Rache vorhalten würde, ein Wie-du-mir-so-ich-dir.

Ich sprach dir Mut zu, immer wieder, denn ich war fest überzeugt, dass man nicht trennen konnte, was zusammengehörte. Vielleicht war ich ein bisschen naiv, zu sehr von der Realität entfernt, wie man es als verträumter Künstler manchmal war, aber ich glaubte fest daran.

Und dann, irgendwann war es so weit. Du kamst nach Hause und hattest einen Zettel dabei. Deine Urlaubsgenehmigung. Drei Tage hattest du frei bekommen. Drei Tage, in denen du dich ins Auto setzen und in deine alte Heimat fahren würdest. Deine Hände zitterten, als du mir den Zettel zeigtest. Auf dem Weg von der Arbeit hattest du in einem Bastelladen angehalten und ein Set aus Aquarellfarben gekauft, dazu viele Bögen Papier. Nela sei schon immer ein kreatives Kind gewesen, sagtest du stolz. Ich wusste, dass du die letzten Jahre damit nicht ungeschehen machen konntest, aber vielleicht war es ein Anfang.

Mathilde hattest du nicht von deinem Besuch erzählt. Du hattest Angst, dass sie dich nicht einlassen würde, wenn sie wüsste, wer da vor der Tür stand, wenn es klingelte. Dein Gesicht verdunkelte sich, als du über sie sprachst, aber du hieltest deine Wut im Zaum. Hier ging es nicht um sie und ihr Schweigen. Nur dein Meermädchen war wichtig, niemand sonst.

Ich half dir beim Packen. Für drei Tage brauchtest du nicht viel. Alles Wichtige passte in einen Koffer. In einen winzigen Koffer. Klamotten, Hygieneartikel. Ein bisschen Geld, falls ihr was unternehmen würdet. Ein Fotoapparat, um Momente nicht nur im Kopf festzuhalten. Du wolltest ein T-Shirt von mir mitnehmen, damit nachts mein Geruch bei dir wäre. Ich lachte kurz. Waren wir nicht zu alt dafür?

Um Himmels willen, sagtest du, sind wir nicht für vieles zu alt?

An der Türschwelle gabst du mir einen Kuss, das weiß ich noch. Aber ich erinnere mich nicht mehr an die Details. Lag meine Hand an deiner Brust oder auf deiner Schulter? Hielt ich den Kopf zurückgelegt? Waren meine Augen geschlossen? War mein Gesicht ernst oder lächelte ich? Lächeltest du? War es draußen sonnig gewesen oder regnerisch? Lag noch Schnee in der Luft? War nicht für diesen Tag Schnee und Eis vorausgesagt gewesen?

Ich frage mich oft, warum ich diese Details nicht mehr weiß. Sind sie vom Schock überlagert? War die Erinnerung, die darauf folgte, so gewaltig, dass sie alles, was davor geschehen ist, einfach überdeckte? Dass sie wie schwarze Farbe war, die ein buntes Gemälde übertünchte, sodass man nicht einmal mehr gegen das Sonnenlicht erkannte, was einmal die ursprüngliche Abbildung gewesen war? Hatte ich das Schöne vergessen, weil es gegen das Schreckliche einfach keine verdammte Chance gehabt hatte?

Ich stand am Fenster, und ganz verschwommen sehe ich noch deine Umrisse, wie sie über die Straße gehen. Zum Auto, das irgendwo fernab meiner Sichtweite lag. Ich weiß, dass ich dort gestanden haben musste, weil ich später Farbabdrücke auf dem Fensterbrett gefunden hatte. Der Vorhang war ein Stück zur Seite geschoben, damit ich hatte heraussehen können.

Später war auch der Boden im Flur vor der Haustür voller Farbe gewesen. Als es geklingelt hatte, musste ich den Pinsel noch mit zur Tür genommen haben, wo er mir schließlich aus der Hand gefallen war. Rote Farbe hatte sich wie Blutspritzer auf dem grauen Parkett verteilt.

Die Miene der Polizeibeamten war ernst, todernst. Noch nie hatte ich so große Angst vor Worten, die erst noch kommen würden. Am liebsten hätte ich die Polizisten angeschrien, bloß still zu sein, denn solange sie noch nicht ausgesprochen waren, waren sie nur Vermutung und keine Wahrheit.

Aber nicht alle Wünsche konnten in Erfüllung gehen. Sie sprachen es aus, sprachen aus, was mit dir auf der vereisten Straße geschehen war. Wie du in einer Kurve von der Straße abgekommen warst und der Wagen gegen einen Baum geprallt war. Warum, das wusste noch niemand. Warst du zu schnell? Warst du zu unaufmerksam? Warst du zu aufgeregt, weil du auf dem Weg zu etwas Großem warst?

Auf all diese Fragen bekam ich keine Antwort. Ich packte rasch ein paar Dinge, ohne genau zu wissen, was ich alles in meine Tasche warf. Dann stieg ich zu den Beamten in das Polizeiauto.

Wir fuhren zu dir, und niemand wusste, ob du noch am Leben sein würdest, wenn wir angekommen waren.

Und ich, die niemals an höhere Mächte geglaubt hatte, begann zu beten.

19.

Nela

Obwohl die kleine Nachttischlampe neben mir leuchtete, hatte ich das Gefühl, in völliger Dunkelheit zu sitzen. In einem Schlund, in dem es keine Farbe und kein Leben mehr gab, über einem Abgrund, über den ich schwebte und fallen würde, wenn ich auch nur einen einzigen Atemzug tat.

Die Uhr zeigte 4.57 Uhr an. Viel zu früh. Ich hatte eine Weile schlafen können, war aber vor einer halben Stunde aufgewacht und hatte nicht mehr einschlafen können. Wach und konzentriert hatte ich dagelegen und nur einen Gedanken gehabt.

Weiterlesen, selbst wenn es mich verschlang.

Und genau das tat es: Es verschlang mich. So viele Empfindungen pulsierten durch mich, dass ich keine Ahnung hatte, wie ich sie sortieren und mit welcher ich mich zuerst beschäftigen sollte. Da war so viel in mir, dass ich das Gefühl hatte, jeden Augenblick explodieren zu müssen, denn wie sollte mein Körper all das in sich tragen können?

Zugleich konnte ich mich nicht bewegen. Ich hielt den Brief in den Händen, unfähig, ihn loszulassen, unfähig, meinen Blick von Ellens Schrift zu lösen. Ich kannte sie mittlerweile so gut, dass ich ihr Zittern in den letzten Zeilen wahrnahm, die ungelenken Schlenker, die unsicheren Pausen. Ihr Unglauben war so präsent, dass ich ihn aus dem Papier hätte lösen können. Ich konnte spüren, dass sie nicht glauben konnte oder wollte, was geschehen war, obwohl zwischen dem Unfall und dem Niederschreiben ein paar Tage, wenn nicht gar Wochen lagen. Ich hätte ihre Buchstaben aus dem Brief herausschneiden und zu seinem wahren, kurzen Inhalt neu zusammenlegen können.

Ich musste endlich aufstehen. Doch rausgehen konnte ich so nicht, nicht ohne sauber zu sein, weg mit der Nacht, runter mit ihrem Dreck, in den Abfluss, nur runter von meiner Haut.

Beinahe hysterisch sprang ich aus dem Bett und lief ins Bad. Ich riss mir die Klamotten vom Leib und stieg unter die Dusche. Das Wasser stellte ich so heiß, dass es meine Haut fast verbrannte. Sie wurde knallrot und brannte, und es tat weh, und verdammt, genau das sollte es tun: alles wegbrennen.

Ich zog mich an, dicker denn je, denn der Morgen war noch weit entfernt, es würde klirrend kalt sein. Bald würde Schnee fallen, hatten sie gesagt. Er würde fallen und vielleicht sogar bleiben.

Ich brauchte Kaffee. Koffein, um wach zu werden, um meinen Verstand zu finden, der diese ganzen sinnlosen Gefühle wegrationalisieren konnte, der sie in Schubladen sortieren würde, die ich einfach zumachen und abschließen konnte. Weg, weg, nur weg.

Ich holte mir Kaffee aus dem Vollautomaten, weil es schneller ging als der von mir favorisierte Filterkaffee. Einen riesigen Becher voll, so stark es nur ging. Ich hatte keine Absicht, so schnell zurückzukehren, also verließ ich das Haus mit einer Decke und ohne Jacke, die ich einfach vergaß, durch den Vordereingang und umrundete es dann, um eine Weile hinten im Garten auf der Terrasse zu trinken. Ich trank den Kaffee, bis er mich von innen wärmte, aber Himmel, es brachte nichts, weder der Kaffee noch die Kälte. Mein Kopf konnte immer wieder nur Ellens letzte Zeilen rezitieren, als wären sie ein Gedicht, das ich auswendig lernen musste.

Ich stellte den leeren Kaffeebecher auf einer Liege ab und wickelte die Wolldecke fest um meinen Oberkörper. Ohne genau zu wissen, wohin meine Füße mich trugen, betrat ich die Straße an der Vorderseite der Pension. Laternen, die in großem Abstand zueinander den Weg säumten, erhellten den Weg in einem künstlichen Licht. Ich folgte der Straße, passierte die Mühle, sah einen Schatten irgendwo hinter den Fensterscheiben, der mich zu beobachten schien, und erreichte die Kreuzung mit den beschilderten Wanderwegen. Erst nach einer Weile begriff ich, dass ich beinahe den Steg am Strand erreicht hatte, den ich bisher nur aus der Ferne erblickt hatte.

Abrupt blieb ich stehen, als der Steg hinter den Dünen sichtbar wurde. Erinnerungen an die Nacht und ihre Erkenntnisse wurden wach. So unendlich viele Erinnerungen tobten in mir, so viel Verlust und Angst, die, von den Briefen angestachelt, bis zur Unkontrollierbarkeit gewachsen waren, und sie mündeten in der Erkenntnis der eigenen, unbeherrschbaren Zerbrechlichkeit.

Die Stelle war nicht fern, an der ich mit Maximilian im hohen Gras gesessen und die Wildpferde beobachtet hatte, als wir Kaffee tranken und er mir irgendwann auf die Beine geholfen hatte. Ich spürte wieder den Halt, den Maximilians Hände versprochen hatten, die grimmige Entschlossenheit an der Linie seiner aufeinandergepressten Kiefer, die Ruhe, die in seinen Blick eingekehrt war, während er mich angesehen hatte. Warum dachte ich ausgerechnet jetzt daran? Weil ich mich immer ein wenig sicherer fühlte, wenn ich in seiner Nähe war? Lag es an ihm oder seinem Herzen? Lag es daran, dass ich meinem Vater Buchstabe für Buchstabe und Wort für Wort wieder näherkam?

Meinem Vater.

Ich nannte ihn noch immer so in meinen Gedanken, daran hatte sich auch seit der letzten Erkenntnis nichts geändert. Auch wenn er biologisch gesehen nicht mein Vater war, so war er es in meinem Kopf dennoch. Er hatte mich aufgezogen und mich geprägt, und auch wenn eine ganz unterschwellige Neugier vorhanden war, wer wirklich mein Erzeuger war, so war dieser andere Mann doch ohne Gesicht und ohne Bedeutung für mich.

Dennoch hatte ich die Erinnerungen an Hannes sorgsam in einen entfernten Winkel meines Herzens weggesperrt, um nichts mehr von ihnen zu wollen, um sie nicht länger und intensiver auszuweiten. Der Anblick des Steges, des alten, morschen Holzes brachte alles wieder zurück, ohne dass ich mich dagegen wehren konnte. Ich dachte an unsere gemeinsamen Tage am Meer, unsere Wattwanderungen, unsere Naturforschungen.

Ich war sein Meermädchen gewesen.

Ich spürte, wie Tränen in meine Augen schossen, obwohl ich es nicht wollte, obwohl ich seit so langer Zeit nicht mehr geweint hatte. Ich hatte tapfer und mutig sein und die Sache allein durchstehen wollen, weil ich wusste, dass ich dazu fähig war. Ich hatte meine Trauer umgeleitet und Ordnungszwänge entwickelt, die ich gegen Dinge richten konnte, die ich kontrollieren durfte. Aber heute, gerade heute, schien der Weg, den ich noch gehen musste, so lang, dass ich kein Ende sehen konnte. Ich wusste nicht, ob die Kraft dafür noch ausreichte.

Ich spürte kaum, wie meine Knie auf dem Boden aufschlugen und sich spitze Sandkörner und Steinchen durch den festen Stoff der Jeans bohrten. Die Wolldecke rutschte von meinen Schultern, als ich meine zitternden Hände hob, um die Tränenflut zu stoppen, die über meine Wangen rann.

Aber es ging nicht. Es ging einfach nicht. In die Stille mischte sich nur das stete Rauschen des Meeres, das nie ganz zum Schweigen gebracht werden konnte. Aus weiter Ferne erklang das laute Wiehern eines Wildpferdes, aber im Vergleich zu dem surrenden Piepen in meinem Kopf war es fern und unwirklich. Ich beugte mich nach vorne und presste die Hände auf die Ohren. Ich wollte nur, dass es aufhörte; die Erinnerungen an helle Strände und dunkle Meere und Glücklichsein irgendwo dazwischen, weil es so nie wieder sein konnte. Ich wollte die Schwärze abstreifen. Wann würde der wühlende Schmerz enden? Würde er überhaupt jemals enden? Würde ich nicht irgendwie damit leben müssen, dass da ein Loch in meinem Herzen war, das sich nie mehr schließen lassen würde? Dass ein Teil von mir eben fehlte und ich nie mehr ganz sein konnte?

Die Tränen, die ich all die Jahre zurückgehalten hatte, weil man eben weitermachen, weil man leben musste, rannen nun heiß über mein Gesicht, zwischen meinen Fingern hindurch, und sie vermischten sich mit dem sandigen Untergrund. All die Anspannung und Kraft, die mich zum Weitermachen bewegt hatten, schienen mich verlassen zu haben, sodass ich nicht eine Bewegung machen konnte, ohne dass es unendlich viel Energie kostete. Am liebsten hätte ich mich zu einer Kugel zusammengerollt und die Welt ausgeblendet, bis ich nichts mehr außer dem beständigen Rauschen des Meeres wahrnahm. Ich würde einfach hier liegen bleiben, bis die Sonne aufging und die lauten Dämonen und Geister aus meinem Kopf vertrieb. Vielleicht würde ich dann aufstehen und nach Hause gehen. Wo auch immer das sein mochte.

Ich ließ langsam die Hände von meinen Ohren sinken, als sich feste Schritte in das unerträgliche Piepen mischten. Jemand griff nach meinen Oberarmen und half mir vom Boden hoch, um mich dann in geöffnete Arme zu ziehen.

Meine Beine waren von der Kälte und der zusammengekauerten Haltung steif und taub, sodass ich mein Gewicht auf ihnen nicht halten konnte. Gleichzeitig spannte sich alles in mir fürchterlich an, weil da Hände auf mir waren, die da auf keinen Fall sein durften. Weg, weg nur, bloß keine Berührung, bloß kein Atemhauch auf meiner Haut, die sonst bröckeln und mich freilegen würde.

»Nela«, flüsterte Maximilian, und ich glaubte, Entsetzen in seiner Stimme zu erkennen. Warum hatte er mich auch so gefunden? Hatte er mich gesehen, als ich an der Mühle vorbeigelaufen war? Ich hatte nicht gewollt, dass jemand mich in diesem Zustand sah, in dem ich völlig zerstört und unverstellt und nicht so diszipliniert war wie sonst. Ich konnte nicht einmal den Kopf heben. Ich wollte Maximilian nicht ansehen. Ich konnte nicht. Mit den Händen drückte ich gegen seine Schultern, um Distanz zwischen uns zu bringen. Aber er war zu stark. Er ließ mich nicht los, auch nicht, als ich mich wehrte und taumelte, weil ich mich auf meinen Körper nicht verlassen konnte. Ich wollte die Kontrolle wiederhaben, über ihn, über mich, über uns, aber dann ließ mein Widerstand etwas nach. Wenigstens, dachte ich mit nur halbklarem Verstand, fühlte ich mich bei ihm merkwürdigerweise nicht so sehr … ungeordnet.

»Geh weg«, erwiderte ich. Meine Stimme war dünn und unsicher, und ich hasste diesen Klang. Ich versuchte, mein Gleichgewicht auf dem unebenen Boden wiederzufinden, um mich aus Maximilians Armen lösen zu können. Aber er hielt mich. Er hielt mich, ob ich es wollte oder nicht, ob ich aus eigener Kraft stehen konnte oder nicht, ob diese Nähe gefährlich war oder nicht. Er hielt mich einfach, brachte die Wärme zurück, die mein Körper verloren hatte, und schuf einen Anker im Sturm. Ich wusste irgendwann nicht mehr, ob meine Tränen das Ergebnis der Trauer oder der Wut, der

Ohnmacht oder der Verzweiflung waren. Ich wusste nur, dass ich plötzlich müde wurde, dass mein Körper sich ergab und ich gegen Maximilians Brustkorb sank. Er ging leicht in die Knie, um die Decke, die auf den Boden gefallen war, aufzuheben und wieder um meinen Oberkörper zu wickeln. Sie war leicht feucht, aber es war besser als nichts.

Irgendwann ließ das Zittern nach, das meinen Körper unkontrolliert beben ließ, und ich fand die Kraft, mich von Maximilian zu lösen, obwohl ein Teil von mir sich dagegen wehrte. Ich wollte verharren, bis der Sturm vorbei war. Vollständig. Ich mochte Maximilian mehr und mehr, und so mochte ich auch seine Nähe.

»Nela.« Maximilian sprach meinen Namen leise und behutsam aus, als würde allein das bloße Aussprechen zu meinem Zerbrechen führen. Eine Frage lag darin, eine drängende, verzweifelte Frage.

»Es geht mir gut«, erwiderte ich, und meine Stimme schien einer Fremden zu gehören. Maximilian hob eine Augenbraue, und ich konnte ihn kaum ansehen. Ich wusste genau, was er wohl in diesem Augenblick von mir dachte, und ich konnte es ihm nicht verübeln. Wie hatte ich mich so gehen lassen können? Wo war die Nela geblieben, die fähig war, ihre Gefühle zu beherrschen? Wie gelang es Maximilian nur, immer den richtigen Ton zu treffen und die richtige Geste zu finden?

»Sicher?«, fragte er sanft.

Diese Frage allein reichte aus, um die Tränen zurückzubringen, weil ich spürte, dass er es ernst meinte, dass er sich wirklich davon überzeugen wollte, dass es mir besser ging. Aber wie konnte ich sagen, dass ich Angst hatte, dass es nicht besser wurde … Vielleicht für Monate, für Jahre nicht? In den Nachtstunden fühlte sich das Leben nie so an, als würde es jemals wieder normal werden können, als würden sie niemals weichen und dem Licht wieder Raum schenken.

»Ich weiß es nicht«, wisperte ich und blinzelte die Tränen aus den Augenwinkeln. Maximilian sah es und hob die Hand, um mit dem Daumen über meine Wangen zu fahren.

»Kann ich irgendetwas tun?«, wollte er wissen. Ich wollte nicken und gleichzeitig mit dem Kopf schütteln. Weit hinter ihm ging die Sonne auf und hüllte sein Gesicht in Dunkelheit. Und doch konnte ich in der Dunkelheit seine Konturen erkennen, weil mir sein Gesicht mittlerweile so vertraut war.

»Es tut mir leid, dass ich neulich nicht so freundlich war«, fuhr er fort. »Ich war selbst … abwesend.«

»Eigene Dämonen, hm?«, fragte ich und lächelte kaum merklich.

Maximilian schlug die Augen nieder. Nicht schnell genug, als dass mir der kurz aufflackernde Ausdruck darin entgangen wäre. Ja. Eigene Dämonen. Der Dünenmann schien einen Haufen Dämonen zu tragen.

»Ja«, gab er dann zu meiner Überraschung zu. »Aber die sind heute nicht wichtig.«

»Ein anderes Mal?«, fragte ich hoffnungsvoll. Ich wollte gleichberechtigt sein; hinter seine bröckelige Fassade sehen, wo meine schon zerbrochen war. Es war nur fair, seine Schwächen zu kennen, wo er Zeuge meiner gewesen war. Außerdem … Ich wollte ihn kennenlernen, wollte jede Nuance seiner Stimme deuten können, wollte wissen, was es bedeutete, wenn er die Augenbraue hob oder seine Hände unruhig wurden. Ich wollte seine Geheimnisse kennen, und die dunklen Vorboten, wenn seine Dämonen zuschlugen. Vielleicht wollte ich sogar diejenige sein, die sich ihnen mit ihm gemeinsam in den Weg stellte, kampfbereit und wild. Ich wollte da sein, ihn vom Abgrund wegstoßen, wenn er so nahe daran stand wie ich. Und diese Erkenntnis erschreckte mich furchtbar. Denn genau dafür war ich nicht hier.

»Ein anderes Mal«, stimmte er halbherzig zu und ließ

mich vorsichtig los. Die rote Sonne brachte ein wenig Wärme, dennoch fror ich und schmiegte mich enger in die Wolldecke. Es nützte nichts. War Maximilian mir nicht so nah, dass er den kalten Wind mit seiner Gestalt brach und mich einfach in diese tröstliche, schützende Aura einhüllte, fror ich erbärmlich, innerlich, äußerlich, solange meine Schutzmauern so niedrig waren wie der Himmel.

Ich begann augenblicklich wieder zu zittern, obwohl ich mir alle Mühe gab, es zu unterdrücken. Maximilian bemerkte es sofort und schüttelte den Kopf.

»Komm mit, du Zitteraal«, sagte er. »Du brauchst etwas Heißes zu trinken und eine Wärmflasche.«

»Etwas Heißes ... zu trinken«, wiederholte ich und lächelte.

Maximilian hielt einen Moment inne, dann lachte er. Seine Augen funkelten herausfordernd. Ich stimmte vorsichtig in sein Lachen ein, weil es sich richtig anfühlte, mit ihm, nur mit ihm, zu lachen. Ich spürte, wie ein Stück der bleiernen Last der Nacht von mir abfiel.

Der Morgen war endlich da.

20.

Maximilian brachte mich zu meiner Überraschung nicht zur Mühle, die ich so gern einmal von innen gesehen hätte. Er wollte mich lieber mit zum Gutshaus nehmen, das war von hier aus näher, sagte er. Obwohl es bis zum Gutshaus nur etwa zehn Minuten zu Fuß waren, hatte ich das Gefühl, auf einer Pilgerreise zu sein. Mir war kalt, und ich war froh, unterwegs in der weiten, weiten Ferne endlich einen hellen Streif am Horizont ausmachen zu können. Maximilian war gesprächiger als sonst. Vielleicht versuchte er mich von dem Leid in mir, das er nicht kannte, abzulenken und mich irgendwie zum Lachen zu bringen.

Er erzählte mir von der Arbeit mit dem alten Gärtner der van Dorffs, der ein Händchen für die Natur hatte. Alles, was er auch nur anfasste, gelang ihm, sagte Maximilian. Unter seinen Fingern wuchs und gedieh die Pflanzenwelt, selbst jene Blumen, die äußerst schwierig zu handhaben waren. Aber manchmal – und dabei musste Maximilian lachen – merkte man, dass er eben eigen war, ein ganz spezieller Charakter. Im letzten Winter hatte er sich beharrlich geweigert, die Tannen, welche die van Dorffs extra für die Weihnachtssaison übers Jahr hinweg aufgezogen hatten, für begierige Touristen und Dorfanwohner abzuschneiden und sie herauszurücken.

Was für eine seltsame Tradition das doch sei, wenn man nur mal darüber nachdachte, hatte er gesagt und sie alle verscheucht. Bäume in eine überhitzte Wohnung zu stellen, bis die letzte Nadel zu Boden fiel? So viele Leben zu lassen für das Fest der Liebe? Das hatte ihm nicht mehr eingeleuchtet.

Bald kam das Gutshaus in Sicht. Hufeisenförmig lag es vor uns, als wir auf der Straße nach rechts abbogen und so direkt auf es zugingen. Geradeaus erstreckte sich das Haupthaus. Es war ein langgezogenes Gebäude mit einem dunklen Dach und weißen Fenstern, die fast mannshoch sein mussten. Rechts und links gab es im rechten Winkel dazu zwei Nebengebäude. Den Stall kannte ich bereits. Was sich in dem anderen Gebäude befand, wusste ich nicht. Auf der Homepage und in den Prospekten gab es zwar einige Informationen, aber die bezogen sich eher auf die Geschichte des Hauses, nicht auf deren Inhalt. Der war Privateigentum, und es ging niemanden an, wie die Familie darin lebte.

Wir folgten dem geteerten Weg, der uns geradewegs bis zur Haustür führte. Maximilian holte einen Haustürschlüssel aus der Hosentasche und schloss leise die Tür auf. Er bewegte sich vorsichtig, also tat ich es ihm gleich. Schließlich hatte ich keine Ahnung, wer sonst hier lebte und in diesem Augenblick noch schlief. Zu dieser Uhrzeit waren offenbar nur Menschen wach, deren Gedanken sie vom Schlaf abhielten.

Innendrin war alles mit Teppich ausgelegt. Bevor ich eintrat, putzte ich meine Schuhe am Abtreter ab, mehrmals, bis Maximilian mir einen irritierten Blick zuwarf und ich rasch weiterging. Unsere Schritte wurden abgedämpft, als Maximilian das Licht anmachte und mich dann ohne Umschweife in die Küche führte. Kurz fragte ich mich, woher der Zauber einer Küche wohl kam, dass man am liebsten in ihrer behaglichen Wärme und ihren wohltuenden Düften saß, wenn man sich schlecht fühlte.

Auf dem Weg durch den Flur in die Küche sah ich kaum

zur Seite. Ich bemühte mich um einen Scheuklappenblick, nur auf das Vorwärts, um nicht ins Stolpern zu geraten, denn meine Füße fühlten sich vollkommen taub an. Ich spürte Maximilians besorgten Blick auf mir. Ich spürte die Fragen, die er zunächst nicht aussprach, irgendwann dann aber doch: »Was war da in den Dünen los?«

Doch ich schüttelte den Kopf. Ich konnte nicht darüber reden, nicht jetzt. Und er respektierte mein Schweigen und führte mich weiter. Kurz bevor Maximilian die Küchentür aufstieß und über die Türschwelle trat, hielt ich inne. Ich bemerkte, dass der Flur mit eingerahmten Bildern versehen war. Mit Fotos, Artikeln, Malereien von Kindern, Karten mit Nachrichten. Ich wollte eigentlich nicht lange stehen bleiben und mir all das ansehen, schließlich war es ziemlich unhöflich, einfach so in das Leben anderer einzudringen, die das hier doch alles nur für sich selbst offengelegt hatten, nicht für Touristen wie mich.

Aber ich konnte nicht anders. Es war, als wären auf magische Weise Wurzeln aus dem Boden geschossen, die nun meine Füße umklammerten. Ich konnte mich nicht von der Stelle rühren, nicht einen Millimeter weit. Der ganze Flur war gepflastert mit Erinnerungen; mit Erinnerungen an schlimme Zeiten. Da waren Bilder aus Krankenzimmern, mit Pflastern, Verbänden, Infusionen, Sauerstoffmasken. Bilder von einer Familie, die stark zu sein versuchte und immer wieder gegen den Kollaps kämpfte, gegen das Reißen des fragilen Bandes, das sie noch zusammenhielt. Ich sah aber auch Fotos von glücklichen Zeiten, von der Familie am Meer, ein Mann und eine Frau mit ihren zwei Söhnen, auf einem Reiterhof, auf einer Strandpromenade, im Urlaub, überall. Und da waren noch viele andere Menschen, von denen ich keine Ahnung hatte, wer sie waren. Noch mehr Familie vielleicht? Oder die Einwohner, die ringsum wohnten und damals Spenden gesammelt hatten? Ich glaubte sogar, eine junge Version von Henrietta an einem Kuchenstand zu erkennen.

Und da, neben dem Türrahmen an der Küche, war er: der Artikel, den Ellen mir zugeschickt hatte. Der überhaupt alles erst in Gang gesetzt hatte. Mit dem Foto von Maximilian in den Dünen, mit seinem fremden Herz, mit meiner Vergangenheit und seiner Zukunft. Irgendjemand hatte mit Kugelschreiber ein Herz daraufgemalt.

Ich spürte einen Kloß im Hals. Am liebsten wäre ich wieder in Tränen ausgebrochen. Maximilian hatte sich umgedreht, nachdem ich ihm nicht weiter gefolgt war. Nun betrachtete er mich schweigend, und ich fühlte mich ertappt wie eine Späherin. War er nun wütend auf mich? Würde er mich, statt in eine behagliche, warme Küche zu bringen und mir einen Tee zu kochen, nun lieber hinauswerfen, weil ich Dinge gesehen hatte, die mich nichts angingen? Er konnte schließlich nicht wissen, dass ich seine Vergangenheit schon kannte. Ich hatte um die Fakten gewusst, und jetzt lernte ich auch, was für ein gewaltiger, emotionaler Abgrund dahintersteckte. Und obwohl all diese Fotos bewiesen, dass seine Familie und er Schlimmes, ja, ganz Furchtbares, hatten durchmachen müssen, fühlte ich auch etwas anderes: ganz sanften, leise stechenden Neid.

Sie alle waren noch am Leben. Sie waren wirklich und wahrhaft lebendig, nicht mehr nur in Fotorahmen als Erinnerungen verankert, die mit jedem Tag blasser wurden, nicht mehr nur in Pullovern, die ihren Geruch verloren, nicht mehr nur in Anrufbeantwortern, deren Stimmen irgendwann überschrieben und deren Nummern neu vergeben wurden.

Sie waren immer noch da.

»Entschuldigung«, brach es aus mir heraus, und meine

Stimme zitterte so verräterisch, dass ich die Lippen fest aufeinanderpresste.

Ich konnte Maximilians Gesichtsausdruck nicht deuten. Stand Wut in ihm geschrieben? War er zornig, weil ich mich umgesehen hatte? Doch er schüttelte nur den Kopf.

»Alles gut«, sagte er und lächelte schief. »Ich hätte dich nicht hergebracht, wenn ich nicht gewollt hätte, dass du irgendetwas siehst. Mach dir keinen Kopf. Ich vertraue dir, dass alles, was hier ist, auch hier bleibt.«

Er trat langsam neben mich und musterte mit mir gemeinsam den letzten Artikel.

Ich schwieg eine Weile, denn ich traute dem zerbrechlichen Frieden nicht so recht. Sollte ich still sein? Wollte er reden? Durfte ich ihm Fragen stellen?

»Du siehst aus, als hättest du etwas auf dem Herzen?«

Nun musste ich trotz allem lachen. »Kannst du Gedanken lesen?«

Er neigte den Kopf. Er hatte die Haare zu einem strengen Zopf, den man kaum als solchen bezeichnen konnte, zusammengebunden, was seine Gesichtszüge noch mehr betonte. Seine Wangenknochen traten so sehr hervor, dass ich mich fragte, ob er genügend aß oder das vor lauter Arbeit vergaß.

Ich deutete zögernd mit der Hand auf die Bildergalerie. »Was ist passiert?«

Maximilian schenkte mir einen kurzen Blick. Zunächst schien er nicht wirklich zu wissen, was er sagen sollte. Dann lächelte er wieder, dieses Mal freudlos. »Das hätte ich dich doch eigentlich fragen müssen, oder? Deswegen habe ich dich aus den Dünen aufgelesen.«

»Das kannst du mich immer noch fragen«, antwortete ich. »Also, gleich.« Dieses Mal lächelte ich, und er erwiderte es beinahe selbstverständlich. Trotzdem zögerte er. Eine Minute verstrich, vielleicht sogar mehr, in welcher er nacheinander die Bilder betrachtete. Sein Blick blieb dabei besonders lange an einer Zeichnung hängen, die eindeutig von Kinderhand gemalt worden war. Vier Personen waren darauf, zwei große, also vermutlich Maximilians Eltern, und zwei kleine. Eine davon lag auf einem Bett, während der andere, Alexander, mit einem riesigen, traurigen Gesicht danebenstand und nicht an seinen Bruder drankam, weil das Bett so hoch war wie ein Baum.

Komm zurück stand in ungelenken Buchstaben unter der Zeichnung.

Mein Herz zog sich aus Mitgefühl krampfhaft zusammen, und ich schämte mich für den Neid in mir. Wie konnte ich nur ein Schicksal mit dem anderen, ein Leid mit dem anderen vergleichen? Wie konnte ich es wagen, zu beurteilen, welcher Schmerz schlimmer war?

»Ja, gleich«, murmelte Maximilian, und sein Blick nahm schlussendlich widerwillig den Artikel in Augenschein, vor dem wir uns befanden. »Was passiert ist? Du siehst es ja. Ich war todkrank, sollte sterben und bin es doch nicht. Die meisten haben es ein Wunder genannt. So wie du.«

Ich biss mir auf die Unterlippe. Ich wollte vorsichtig mit ihm sein. Behutsam. »Und wie hast du es genannt?«

»Ich weiß es nicht. Nicht Wunder. Nicht einmal Glück.« Ich bemerkte, dass seine Muskulatur angespannt war. An den Kiefern, den Händen, den Unterarmen, überall.

Ich war von seiner Antwort überrascht. Hätte es nicht jeder Mensch als Glück bezeichnet, dem Tod von der Schippe gesprungen zu sein?

»Warum nicht?«

Maximilian zuckte die Schultern. »Ich hatte mich damit abgefunden, zu sterben. Glaub mir, auch als Jugendlicher sehnt man sich irgendwann danach, erlöst zu werden, wenn man die Schmerzen und die Nebenwirkungen der Medikamente und all die Behandlungen nicht mehr aushält. Ich war müde. Ich wollte nicht mehr.«

Das konnte ich verstehen. Aber war er nicht dennoch gerettet worden? »Woran hast du gelitten?«, fragte ich stattdessen.

»An einem schwachen Herzen. An sogenannter Herzinsuffizienz, die sich entwickelt hat, weil ich seit meiner Geburt an einem seltenen Herzfehler gelitten habe. So gut wie niemand erreicht damit das Erwachsenenalter, wenn er kein geeignetes Spenderherz bekommt.«

Kein geeignetes Spenderherz. Mein eigenes Herz machte einen Sprung. Mein Verstand wusste, dass die Eignung eines Organs mit vielen medizinischen Faktoren zusammenhing, wie dem Alter, der Blutgruppe und anderen Punkten. Mein Gefühl aber fragte sich, ob es nicht noch einen anderen Grund gab, dass das Herz meines Vaters ausgerechnet an diesen Mann gegangen war.

»Du warst also sehr krank«, sagte ich und wies auf die Krankenhausfotos, die schon sehr vergilbt waren. Auf einem lag Maximilian blass in einem Bett, aus seiner Nase kamen die dünnen Schläuche, die auf Sauerstoffzufuhr hindeuteten.

»Ja, zuletzt schon.«

»Wie hat sich das geäußert?«

Maximilian zog die Stirn kraus. »Das war ein schleichender Prozess. Es begann damit, dass ich bei größeren Anstrengungen schnell erschöpft war, bis ich irgendwann selbst die geringsten Alltagsbeschäftigungen nicht mehr ausüben konnte. Drei Meter gehen, duschen, essen, alles wurde zur Sisyphos-Aufgabe. Ich bekam immer mehr Atemprobleme, weil meine Lunge durch Wassereinlagerungen angegriffen wurde. Ich erstickte quasi von innen heraus.«

»Das klingt furchtbar«, sagte ich betreten. »Und du warst noch ein Kind.«

»Ein Teenager«, korrigierte Maximilian.

Ich schwieg, aber für mich machte das keinen Unterschied.

»Das Herz kam genau im richtigen Moment«, sagte Maximilian und deutete auf ein weiteres Foto, das im Krankenhaus aufgenommen worden war. Seine so viel jüngere Version lag in einem weißen Bett unter einer dünnen Decke, trotzdem sah man ihn kaum, so eingefallen war sein kleiner, dünner Körper, der sich im Teenageralter befand. Doch er sah so viel jünger aus, als hätte die Krankheit ihn am Erwachsenwerden gehindert, als hätte sie gewusst, dass er, wenn er dieses Alter nur erreichte, sowieso sterben würde.

»Im richtigen Moment«, wiederholte ich langsam. Die Worte fühlten sich paradox auf meiner Zunge an. Was für ihn der richtige Moment war, war für mich nun der schlimmste Augenblick, die ungünstigste zeitliche Konstellation, die es in diesem Universum hatte geben können. Er wurde gerettet, weil mein Vater auf dem Weg gewesen war. Auf dem Weg zu mir.

»Für mich«, korrigierte er. »Für jemand anderen natürlich nicht. Dieser Jemand musste sterben.« Ich glaubte, Bitterkeit in seiner Stimme zu hören.

Mein Herz machte einen Sprung. Ich war so nahe dran, an diesem richtigen Augenblick. JETZT musste ich es ihm sagen, unbedingt jetzt, weil ein solcher Moment sich so schnell nicht wieder ergeben würde. Doch meine Lippen waren wie versiegelt. Ich brachte keinen Ton heraus. Der Augenblick zog vorüber, ich konnte ihn förmlich an mir vorbeischweben sehen. Zwischen uns hindurch, ohne dass ich noch die Chance hatte, nach ihm zu greifen und ihn in der Luft einzufangen.

»Ist das nicht Ironie des Schicksals?«, fragte er. Ich begriff, dass ich nicht falschgelegen hatte. Die Bitterkeit war wirklich da. Und da war noch etwas anderes. War es Schuld?

»Dieser Jemand wäre auch gestorben, wenn seine Organe nicht freigegeben worden wären.«

»Wäre er das?«

Ich wusste nicht, was ich darauf erwidern sollte. Ich hatte mich nie so richtig mit Organspenden befasst. Ich besaß nicht einmal einen Ausweis. Allein die Vorstellung, dass fremde, kalte, in sterile Gummihandschuhe verpackte Hände nach mir griffen, in einem ebenso kalten Operationsraum meinen Brustkorb öffneten und alles herausschnitten, was zu mir gehörte, bereitete mir Unbehagen. Aber ich hatte auch noch nie darüber nachgedacht.

»Natürlich«, sagte ich.

Maximilian schwieg. Seine Hand wanderte offenbar ganz unterbewusst zu der Stelle, an der sein Herz schlug, und er verzog das Gesicht zu einer Grimasse.

»Menschsein ist manchmal faszinierend«, sagte er. »Wunder geschehen, und manchmal kann man sie eben nicht als solches erkennen. Man sollte glücklich sein und ist es nicht.«

»Deine Familie scheint sehr glücklich darüber zu sein, dass du wieder gesund bist«, sagte ich leise und zeigte auf die Fotos *danach*. Sie alle sahen darauf wirklich glücklich aus. Alle bis auf Maximilian. Bei ihm hatte ich mehr das Gefühl, dass er das Glück nur wie eine Maske trug, die er in einsamen Stunden endlich abnehmen konnte.

»Ja«, sagte er nur. »Das war sie.«

War. Nicht *ist*.

»Mein Vater ist vor einigen Jahren gestorben, aber wir hatten natürlich noch eine lange Zeit zusammen, die uns ohne das Herz verwehrt worden wäre.«

»Das tut mir leid«, sagte ich wieder und meinte es aus tiefstem Herzen so. Wir standen eng beieinander, und ich griff unwillkürlich nach seiner Hand. Ich wollte ihn trösten.

Auch wenn das alles schon eine Ewigkeit her war, für mich fühlte sich sein Schicksal noch frisch an. Und wenn ich Maximilians Miene richtig deutete, dann erging es ihm gerade ähnlich.

Er zuckte wieder die Schultern. »Danke.« Er schien überrascht, als ich seine Hand drückte, aber er entzog sie mir nicht. Wir hielten uns einfach aneinander fest.

»Lebt deine Mutter auch hier?«

»Ja, sie kümmert sich um das Haus und um die Bestellungen für den Kiosk. Sie ist nicht mehr ganz so fit wie früher, als sie hier noch sehr viel mehr mithelfen konnte, aber das Ruder ganz aus der Hand geben möchte sie auch nicht.« Sein Lächeln war sanft, als er an seine Mutter dachte. Trotzdem wirkte er bekümmert. Das Gespräch über sein Schicksal hatte seine Spuren an ihm hinterlassen. Er war traurig, auch wenn er sich Mühe gab, es zu verbergen. Er ging schnurstracks in die Küche und bedeutete mir, nachzukommen.

Ich folgte ihm nur langsam, während er Wasser kochte und es in ein beschichtetes Glas mit einem Teebeutel goss. Er warf einen Blick auf die Uhr und presste die Lippen aufeinander, als hätte er in etwas Saures gebissen. Dann holte er sich selbst ein Glas und ließ Wasser aus dem Hahn hineinlaufen. Er stellte es auf der Anrichte ab und langte nach einer Packung Tabletten, möglichst unbefangen in seinen Bewegungen, als wolle er nicht, dass ich ihm dabei zusah. Er öffnete die Schachtel und nahm sich eine Tablette heraus, die er dann mit dem Wasser runterschluckte. Er griff nach der nächsten Packung, insgesamt lagen drei übereinander. Aus beiden zog er jeweils eine Tablette hinaus, eine davon brach er in der Mitte durch, weil sie so groß war. Alles schluckte er mit Wasser herunter. Bei der letzten verzog er das Gesicht. Sie schmeckte offenbar bitter.

»Musst du Medikamente nehmen?«, fragte ich möglichst

unbekümmert. Ich wollte ihn nicht wie einen Invaliden behandeln.

»Immunsuppressiva«, antwortete er und steckte die restlichen Tabletten fein säuberlich wieder in die Schachteln zurück.

»Wozu sind sie gut?«

»Sie schwächen mein Immunsystem und sorgen auf diese Weise dafür, dass das Herz nicht von meinem Körper abgestoßen wird. Auch ein Grund, warum ich gern draußen arbeite. Viel frische Luft, genügend Bewegung, um in Form zu bleiben, und möglichst wenig Menschen. Sie schaden dem Herzen vielleicht. Ich muss mich von möglichen Infektionen und Viren fernhalten.«

Dem Herzen. Nicht *meinem* Herzen.

Ich blickte wieder auf die Anrichte, wo die Tabletten wie ein Turm aufeinander aufgestellt waren.

»Aber … so viele …«, murmelte ich. Wie konnte ein einzelner Mensch so viele Medikamente nehmen müssen?

»Mit den Jahren sind es mehr geworden. Abends nehme ich noch mehr. Die Immunsuppressiva sind notwendig, aber sie richten auch viel Schaden an. Sie zerstören zum Beispiel meine Nieren, die nicht mehr richtig arbeiten können, und haben noch die ein oder andere unangenehme Nebenwirkung. Ich wünsche all das niemandem.«

Mit starrer Miene wandte er sich wieder dem Tee zu, den er für mich bereitete. Er wollte offenbar nicht weiter über seine Krankheit reden, das Kontingent an Vertrauen und Offenheit war ausgeschöpft.

Ich blickte mich verstohlen um. So alt das Gutshaus von außen sein mochte, innen erweckte nichts den Anschein, dass hier mehrere Jahrhunderte Geschichte verankert waren. Alles war modern und hell, weiße und graue Möbel zierten den Raum und alle weiteren, die ich während meines kurzen

Marschs durch den Gang durch Türspalte hindurch gesehen hatte.

Wir sprachen in der ganzen Zeit kein Wort. Als der Tee durchgezogen war, hatte ich die Kälte fast schon vergessen. Zu viele andere Gedanken kreisten durch meinen Kopf. Ich kam mir fehl am Platz vor, weil ich den Mund einfach nicht aufbekam, aber Maximilians Geschichte beschäftigte mich dennoch. Warum nur konnte er nicht glücklich über das Geschenk sein, das ihm das Leben im letzten, entscheidenden Augenblick noch gemacht hatte?

Er stellte den nun durchgezogenen Tee vor mir auf den Tisch. Es roch nach Rooibos und Vanille. Obwohl er mich nicht nach meinen Vorlieben gefragt hatte, hatte er meinen Geschmack getroffen. Er war ein besserer Beobachter, als ich gedacht hatte. Er sah zu und merkte sich Details.

Unmittelbar hob ich den Kopf und sah ihn an. Er hatte mir gegenüber auf einer Eckbank Platz genommen. Er starrte meine Teetasse an, die ich mit meinen Händen umschlossen hielt. Seine Miene war noch immer seltsam finster, aber mit jedem Wort, das ich über ihn erfuhr, lernte ich ihn ein bisschen besser kennen. Mir kam ein Gedanke, den ich unbedingt aussprechen musste.

»Nein«, sagte ich energisch und schüttelte heftig den Kopf.

»Nein was?«, fragte er überrascht.

Wir starrten uns an.

»Du bist nicht schuld«, sagte ich aus tiefster Überzeugung.

Einen Augenblick blickte Maximilian mich sprachlos an. Dann lachte er. Er lachte aus vollem Halse, sodass jeder im Haus es mitbekommen musste. Ich glaubte sogar, Tränen in seinen Augenwinkeln zu sehen, aber dann wischte er sich mit den Handrücken darüber.

»Das verstehst du nicht.«

»Was verstehe ich nicht?« Ich bohrte nach, weil ich es wissen wollte.

»Man ist nicht mehr derselbe.«

»Derselbe?«

Er stockte. »Man ist nicht mehr derselbe, wenn man ein neues Herz hat. Da ist so viel … da ist jemand anderes in einem drin.«

Ich schluckte. Was er sagte, klang – ganz rational betrachtet – abstrakt. Abstrus. Paradox. Nicht nachvollziehbar. Aber wir Menschen, wir waren eben nicht immer rational. Wir waren voller Emotionen, wir waren auf einer Achterbahn, wir stoben auf, und dann fielen wir ab, wir rappelten uns wieder auf und wankten und kämpften und fühlten, und nichts, aber auch gar nichts davon konnten wir erklären.

»Aber trotzdem bist du bestimmt immer noch du. Vielleicht ist ein Teil von dir nun anders, aber trotzdem … bist du noch du«, sagte ich hoffnungsvoll.

»Nein«, sagte er.

Nein, dachte ich. Wie könnte er auch noch derselbe sein, wenn ich es doch auch nicht mehr war, wenn meine Vergangenheit mich auch – gerade jetzt – veränderte, und ich besaß noch mein eigenes Herz mit meinen eigenen Sorgen und meinen eigenen Gefühlen?

21.

Ellen, 14. Februar 2003

Der Gang an deiner Seite. Vor einer Woche.

Dreihundertfünfundvierzig Schritte. Manchmal waren es mehr, manchmal weniger, aber im Grunde waren es doch irgendwie dreihundertfünfundvierzig Schritte. Ich zählte sie alle, jeden einzelnen, denn sie waren die Entfernung zu dir und dem Bett, in dem du so bleich lagst wie ein Novembermorgen. Sie waren die Entfernung von dem Parkplatz, an dem mich das Taxi rausließ, bis zum Stuhl neben deinem Krankenbett.

Dreihundertfünfundvierzig Schritte.

Ich hatte sie das erste Mal gezählt, als die Polizisten mich zum Krankenhaus gefahren hatten. Es war genau vor acht Tagen gewesen. Vor acht Tagen hatte ich mit den Briefen begonnen, denn vor acht Tagen hatte sich meine Welt binnen einer Sekunde komplett verändert.

Sie hatten mich auf dem Parkplatz aussteigen lassen anstatt direkt vor dem Eingang, weil dort bereits ein PKW stand und die Mitarbeiter des Krankenwagens eine alte Frau in einen Rollstuhl bugsierten. Sie hielt ihr Bein krampfhaft umklammert, als wäre sie gestürzt und hätte sich dabei etwas gebrochen.

Ich weiß nicht, warum ich mich so genau daran erinnere, wenn ich mit meinen Gedanken doch ganz bei dir war. Aber der Verstand ist eine eigenartige Sache, wenn er funktionieren muss. Er speichert Details ab, die unwichtig, ja, banal für uns sind, um die wesentlichen Dinge weit von sich fortzuschieben.

Die wesentlichen Dinge. Du. Dein Unfall. Der Baum. Scherben. Zerquetschte Türen, die mit den riesigen Scheren der Feuerwehr herausgeschnitten werden mussten. Die Polizisten. Ihre ernsten Mienen. Die Ärzte. Ihr Fachsimpeln, ihre Worte. Alles schien fern. Alles schien einfach keinen Platz in meinem Kopf zu haben.

Stattdessen war da diese arme, alte Frau, die kaum in dem Rollstuhl sitzen konnte. Der dreckige Schneematsch auf dem Weg zum Eingang. Das Salz, das unter meinen Schuhen knirschte. Ein Vogel, der auf einer Laterne saß. Patienten, die vor der Türe rauchten. Ihr Atem dampfte in der Kälte.

Dreihundertfünfundvierzig Schritte. Sie waren eine Ewigkeit, waren eine Pilgerreise durch die Wüste. Einfach kein Ende in Sicht. Und gleichzeitig waren sie viel zu schnell hinter mich gebracht. Stand ich eben noch auf dem Parkplatz und hielt die Tür des Polizeiwagens in der Hand, fand ich mich plötzlich in einem kahlen Gang im Krankenhaus wieder.

Wie war ich hierhin gekommen? Hatten meine Füße mich etwa getragen?

Der Gang war lang und Teil eines Labyrinths aus ineinander verflochtenen Korridoren. Die Wände waren allesamt weiß, aber es war ein schmutziges Weiß, eines, das einen neuen Anstrich vertragen könnte. Die Türen der Patientenzimmer waren aus hellem Holz und somit die einzige freundliche Farbe, die ich finden konnte. Hier und da hingen Fotografien der Mitarbeiter an den Wänden, ebenso steril hinter Glas verpackt wie die Patienten in ihren Zimmern.

Es gab außerdem ein Zimmer für das Pflegepersonal, das hinter einem Glasfenster verborgen war. Wenn man jemanden sprechen wollte, musste man davor warten, bis ein Gesicht hinter dem kleinen Glasfenster erschien.

Ich wartete also. Gefühlt tat ich seit Stunden oder Tagen nichts anderes. Ich lief auf und ab, weil ich nicht stillstehen konnte. Setzen wollte ich mich erst recht nicht, auch wenn es einen Wartebereich gab.

Am liebsten hätte ich dieses Glas eingeschlagen, damit endlich jemand zu mir kam und mir sagte, was mit dir los war.

Er hatte einen Unfall, hatten die Polizisten gesagt. Es ist ernst.

Mehr nicht. Vermutlich wussten sie einfach selbst nicht mehr, aber dennoch. Sie ließen mich dreihundertfünfundvierzig Schritte laufen, ohne dass ich auch nur irgendetwas wusste.

Dreihundertfünfundvierzig Schritte voller Horrorszenarien in meinem Kopf. Du mit Blut überströmt. Du voller Prellungen und Quetschungen. Du gelähmt.

Du nicht mehr du.

Und was war ich dann noch in der Gleichung?

Irgendwann – es fühlte sich nach Stunden an, waren aber, wenn man der Wanduhr Glauben schenken konnte, nur etwa zwanzig Minuten – kam eine Krankenschwester auf mich zu. Ihr Schritt war schnell, aber nicht hastig, und sie war etwa in meinem Alter, vielleicht etwas jünger.

Sie fragte mich, ob ich deine Ehefrau war, und ich nickte hastig. Sie hielt mir ihre Hand entgegen, und ich nahm sie. Ihr Griff war tröstend fest. Sie schien kein zimperlicher Mensch zu sein.

Sie entschuldigte sich dafür, dass ich warten musste und es noch weiterhin tun würde. Du warst noch im OP, man wüsste noch nichts Genaues. Sobald die Operation vorbei wäre, würde der Arzt zu mir kommen und mich informieren.

Stunden vergingen. Irgendwann kamen Freunde und saßen bei mir. Wir unterhielten uns und tranken Kaffee, wir redeten über dich, und manchmal lachten wir sogar. Aber die ganze Zeit hatte ich das Gefühl, nicht wirklich anwesend zu sein. Als stünde ein Teil von mir neben mir und betrachtete das Geschehen von außen.

Nach der Operation wurdest du auf die Intensivstation verlegt. Ein Arzt kam zu mir, um mich auf den neusten Stand zu bringen. Ein Neurochirurg. Er erklärte mir, dass es wirklich ernst sei. Du hattest ein paar Brüche erlitten, die zwar teilweise recht kompliziert waren, die aber alle heilen würden. Was den Ärzten hingegen Sorge bereitete, war deine Kopfverletzung. Du hattest Hirnblutungen, die nur schwer zu stoppen gewesen waren, und niemand wusste, wie hoch der Schaden an deinem Gehirn war.

Ich hatte so furchtbare Angst, Hannes. Ich habe sie immer noch. Ich kann nachts nicht zuhause schlafen, denn du bist der Einzige, der mir die Angst nehmen kann, und du bist hier, in diesem Bett, an tausend Maschinen angeschlossen, die piepen und jeden Herzschlag und jeden Atemzug, den du nimmst, dokumentieren. Ich sehe Zahlen, die ich nicht deuten kann, und Kurven, von denen ich nichts weiß.

Immer wieder sagen sie mir, ich solle nach Hause gehen. Nach Hause gehen und schlafen. Essen. Trinken. Mich ausruhen. Früher habe ich immer gesagt, ausruhen kann ich noch, wenn ich mal tot bin. Jetzt erscheint mir das makaber. Du würdest darüber lachen und mir sagen, dass ich doch sonst nicht alles so ernst nähme.

Ich will nicht von hier weg. Und wenn, dann nur mit dir an meiner Seite. Am liebsten will ich dich stehlen und mit dir den einen Ort auf dieser Welt finden, der magisch genug ist, damit du die Augen aufschlägst. Wenn Liebe nicht reicht, braucht es Zauber, nicht wahr?

Aber ich kann nicht mit dir weglaufen und dich stehlen. Du rührst dich nicht. Du liegst still da, bleiche Haut auf weißem Laken, deine Hände ruhen auf der Bettdecke, aber deine Finger regen sich nicht. Manchmal zucken deine Augenlider, glaube ich, aber die Ärzte sagen, das sei nur ein Reflex. Aber kann das sein? Deine Hände sind warm, wenn ich sie berühre, wenn ich meine Finger in deinen verschränke. Ich sehe, wie sich dein Brustkorb hebt und senkt, in einem beruhigenden Rhythmus. Es ist, als würdest du nur schlafen. Als würdest du jeden Augenblick blinzeln und deinen Arm heben, eine stumme Aufforderung, mich an deine Seite zu legen. Mit dir gemeinsam schlafen, ganz gleich für wie lange.

Ich warte darauf, dass du jeden Moment die Augen öffnest, und habe furchtbare Angst, es zu verpassen. Ich möchte bei dir sein, wenn du wach wirst.

Aber du wirst so schnell nicht wach, sagen die Ärzte. Du liegst im

Koma. Du sollst dich erholen. Du sollst keinen Schmerz spüren. Dein Körper muss zur Ruhe kommen. Unbedingt. Zweimal haben sie dich operiert, haben versucht, den Druck deines Gehirns zu mindern, der durch die Blutungen verursacht wird. Dein Kopf hat ziemlich viel abbekommen, Hannes. Dabei hast du doch so einen Dickschädel, das wissen wir beide. Warum hast du nicht mehr auf dich achtgegeben?

Ich habe mit meinen Freunden darüber gesprochen, ob ich Mathilde anrufen sollte. Sie sagen, dass es nur recht und billig wäre, angesichts des Ernstes der Situation. Es ist moralisch richtig, haben sie gesagt. Mir widerstrebt es, die Frau, die dir so viel Kummer bereitet hat, anzurufen, als wäre sie noch ein relevanter Teil deines Lebens. Sie ist es nicht mehr. Aber ich wusste, dass es einen anderen Grund gab, weshalb ich es tun musste.

Also tat ich es. Ich rief Mathilde an und erzählte ihr von deinem Unfall. Ich mochte den Klang ihrer Stimme nicht, er war kalt und abweisend, dabei war das, was ich ihr erzählte, doch so herzzerreißend.

Als ich fertig war, sagte sie erst nichts, dann bedankte sie sich für die Information und dass sie in Zukunft nicht weiter informiert werden möchte. Das alles, sagte sie, ginge sie nichts mehr an und ihre Tochter erst recht nicht. Sie beide legten keinen Wert mehr auf dich.

Und dann, dann legte sie einfach auf, als wäre ich ein leidiger Telefonvertreter, der ihr einen Staubsauger hatte verkaufen wollen.

Sie rieten mir, die Krankenhauswelt ein wenig zu deiner eigenen zu machen. So genau weiß schließlich niemand, was mit uns passiert, wenn wir uns in einem Koma befinden, was wir wahrnehmen und was nicht, was wir riechen, schmecken, hören, spüren. All das ist, trotz all der fortschrittlichen Wissenschaft, beinahe unerforschtes Gebiet.

Also habe ich den Rat befolgt. Ich habe mich daheim umgesehen und alles eingepackt, wovon ich glaubte, dass es dir vielleicht helfen könnte. Bilder von uns, eines meiner T-Shirts, das ich heimlich zu dir unter die Bettdecke schob, damit du meinen Geruch bei dir hattest, und eine Duftkerze, die nach Meer roch, auch wenn ich sie nicht anzünden durfte.

Außerdem lese ich dir aus deinen Lieblingsbüchern vor. Aus den Märchen von Hans Christian Andersen, besonders »Die kleine Meerjungfrau«, weil es das Lieblingsmärchen von dir und deiner Tochter ist, und irischen Sagen und Reiseberichten und T.C. Boyle und Charles Bukowski. Von Douglas Adams, J. R. R. Tolkien und Tad Williams, deren Helden Abenteuer erlebten, die mich selbst so sehr in den Bann ziehen, dass ich manchmal vergesse, dass ich nicht selbst auf einer Heldenreise mit dir bin, sondern wir nur in einem Krankenzimmer auf der Intensivstation sind. Ich habe deine Leidenschaft für Bücher nie wirklich mit dir teilen können, und jetzt, viel zu spät, entdecke ich sie mit dir und für dich.

Nun sitze ich wieder im Gang und schreibe all diese Zeilen, um mich abzulenken. Deine Maschinen haben eben wieder aufgeregt zu piepen begonnen, und jede Menge Menschen in weißen Kitteln sind ins Zimmer gestürzt. Sie haben mich mit energischer Stimme aus dem Zimmer verwiesen, weil sie nun Raum brauchen. Raum für dich.

Nehme ich dir deinen Raum? Fühlst du dich eingeengt von meinen verzweifelten Versuchen, dich bei mir zu halten, dich nicht, auf gar keinen Fall, gehen zu lassen?

Wir haben doch noch so viele Bücher zu lesen und Gemälde zu malen. Ich will dich zeichnen, in jedem Augenblick, damit du mir niemals wieder entwischen kannst.

Ein zweiter Arzt, souverän und mit ernster Miene, geht zu den anderen in dein Zimmer, die Tür schließt sich hinter ihnen. Ich wünschte, ich könnte ein Wort oder wenigstens ihre Stimmen hören, die Art, wie sie miteinander und über dich sprechen, aber die Türen verschlucken alles. Ich fühle mich so allein wie noch nie zuvor. Warum nur darf ich deine Hand nicht halten und nicht bei dir sein? Du hast nichts mehr bei dir außer dem Shirt, außer Fotos und Büchern, und vielleicht bist du zu tief in deinem Strudel gefangen, um all das überhaupt zu bemerken.

Ich habe Angst, Hannes, solche Angst, dass du diesen weißen Käfig niemals mehr verlässt. Wie soll ich mir jemals vergeben, dich auf diese Reise geschickt zu haben?

22.

Einige Tage zogen ins Land. Der Schnee kam und ging, wie es ihm passte, mal verschmolz er mit der Erde, nur um sie einige Stunden später wieder mit einer weißen Schicht zu überziehen. Manchmal wachte ich morgens auf, und alles, bis auf das Meer, war weiß, und selbst das schien heller zu sein als sonst, weil die dicken Flocken sich in seiner Oberfläche spiegelten.

Ich war ruhiger geworden, hatte viel über den Inhalt der Briefe nachgedacht, auch wenn ich die letzten beiden noch nicht angerührt hatte. Der Unfall meines Vaters ging mir nahe, und immer wieder dachte ich darüber nach, was gewesen wäre, wenn meine Mutter mir von Ellens Anruf erzählt hätte. Mein Leben hätte so anders verlaufen können. Hannes und ich hätten die Tatsache, dass wir nicht wirklich verwandt waren, vielleicht zusammen überstehen können.

Aber weiterlesen schaffte ich nicht. Ich konnte es einfach noch nicht. Stattdessen hatte ich viel Zeit draußen verbracht, war gelaufen, bis mir die Waden schmerzten, aber es war ein angenehmer Schmerz, der mich daran erinnerte, etwas getan zu haben. Überhaupt tat mir körperliche Anstrengung gut. Sie verhinderte, dass mein Kopf sich in ein Gedankenkarussell verwandelte, das sich drehte und drehte und drehte und einfach nicht aufhören wollte, bis selbst das Denken weh tat.

Stattdessen sammelte ich Erinnerungen, die mein graues

Stadtleben ein wenig auffrischten, und ganz allmählich fragte ich mich, warum ich mich all die Jahre so sehr hinter der Tür meines Büros verbarrikadiert hatte. Wie hatte ich so vor mich hin siechen können, ohne viel Leben?

Auch hatte ich mir angewöhnt, Henrietta zu helfen. Eigentlich wollte sie es nicht und widersprach beinahe jeden Morgen. Ich müsste mich doch ausruhen, sagte sie, ich machte doch Urlaub, aber ihr Widerspruch wurde irgendwann leise. Vielleicht sah sie ein, dass es nicht nur ihr half, sondern auch mir selbst. Je mehr ich mich einbrachte, desto wohler fühlte ich mich auch in der Pension. Ich machte sie mir ein wenig mehr zu eigen, machte sie mehr zu meinem Zuhause, indem ich mich mit all den Möbeln und Gegenständen vertraut machte, indem ich lernte, dass ich sie berühren konnte, ohne in Flammen aufzugehen, indem ich sie nutzte.

Ich lernte auch die Wanderwege kennen, die ich noch nicht ausprobiert hatte. Ich wanderte, ohne nachzudenken, manchmal querfeldein durch das Naturschutzgebiet, manchmal einfach nur am Meer entlang, wo ich versuchte, mich meinem Vater näher zu fühlen, aber so recht wollte es noch nicht klappen. Es gab da immer noch diese Barriere zwischen uns, diesen heimlichen, stillen, leisen Vorwurf, warum er mich trotz allem verlassen und nie zu mir zurückgekehrt war. Ich hatte noch nicht herausgefunden, wie ich diese Barriere überwinden sollte und ob es überhaupt möglich war, Frieden mit jemandem zu schließen, der tot war und seinen Teil dazu nicht mehr beitragen konnte.

Maximilian ging ich in dieser Zeit so gut es ging aus dem Weg. Einmal fuhren wir noch zusammen in die Stadt, um einige Dinge für Henrietta zu erledigen. Ich bemerkte, dass er versuchte, mit mir zu reden, dass er deutlich offener war als zu Beginn unseres Kennenlernens, aber in mir gab es eine

Sperre. Ich wusste nicht, wie ich mit ihm umgehen sollte. Ich mochte ihn sehr, aber für mich war er nie allein. Es gab immer den Schatten meines Vaters, der ihn einhüllte, und außerdem stand mein Schweigen zwischen uns. Ich hatte ihm immer noch nicht die Wahrheit gesagt, und ich ahnte bereits, dass die mit jedem Tag, an dem ich nicht mit ihr herausrückte, unangenehmer sein würde. Also war ich lieber in mich gekehrt und beschränkte mich auf banale Höflichkeiten. Ich spürte seine Unsicherheit mehr, als dass er sie ansprach.

In den letzten Tagen hatte ich mich auch mehr am Kiosk herumgetrieben und, in einer dicken Wolldecke über meinen Wintersachen, davor auf den Stühlen gesessen, ein Stück von Gertas selbstgebackenem gedeckten Apfelkuchen probiert oder einfach nur Kaffee getrunken und die vorbeiziehenden Touristen beobachtet, wie sie unbefangen und neugierig die Gegend erkundeten oder sich von Alexander führen ließen. Dabei hatte ich auch erfahren, dass es in der Nähe einen kleinen Bootssteg gab, von wo aus man sich ein Boot mieten und ein wenig umherpaddeln konnte. Heute nun überlegte ich, ob ich nicht genau das tun sollte, denn als Kind hatte mir Bootfahren unglaublich Spaß gemacht. Gerta allerdings erklärte mir, dass man bei diesem Wetter nicht ausfahren durfte. Das Meer sei zu unruhig und zu eisig, falls es einen über Bord warf. Also verwarf ich den Gedanken wieder. Der Wind war stürmisch, und die schweren dunklen Wolken zeugten vom nächsten Schnee.

Ich leerte meinen Kaffee, als sich von der anderen Seite eine laut schwatzende Wandergruppe näherte, die vor anderthalb Stunden zu einer kleineren Tour aufgebrochen war. An ihrer Spitze lief Alexander und sah kein bisschen müde aus, obwohl es laut Wanderplan bereits seine zweite Führung war. Sein Gesicht war von der kalten Brise gerötet, und nun blieb er vor dem Kiosk stehen und wartete, bis der ganze

Trupp sich um ihn herum versammelt hatte. Ich beeilte mich, den letzten Schluck meines Kaffees auszutrinken, denn die Wanderer hatten nun sicher Hunger und Durst und waren durchgefroren, sodass sie sich gleich auf Gerta, ihren Kuchen und die heißen Getränke stürzen würden. Dann wollte ich nicht mehr im Mittelpunkt des Geschehens sein.

Ich legte die Wolldecke über die Lehne des Stuhls und brachte meinen leeren Becher zu Gerta, die mir das Pfandgeld zurückgab. Alexanders Verabschiedung klang über den Parkplatz, ehe die Wanderer, wie erwartet, zum Kiosk stürmten, in dem Gerta und ihre Aushilfe bereits warteten.

Ich wollte zusehen, dass ich Land gewann, und steuerte auf die Hauptstraße des Naturschutzgebietes zu, als ich einen Arm am Ellenbogen spürte. Kurz setzte mein Herz einen Takt lang aus, so sehr erschrak ich mich vor dieser unerwarteten Berührung. Aber mehrere Lagen Kleidung lagen zwischen meinem Arm und der Hand, sodass ich mir befahl, mich zu beruhigen.

»Nela?«

Ich begegnete Alexanders fragendem Blick. »Hi«, sagte ich und lächelte etwas gezwungen.

»Haben Sie noch eine Minute oder sind Sie auf dem Sprung?«

»Ich mache hier Urlaub«, antwortete ich. »Klar habe ich Zeit.«

Alexander erwiderte mein Lächeln nun. »Ich habe gehört, dass Sie meinem Bruder mit den Pferden geholfen haben. Meinen Glückwunsch.«

»Glückwunsch?« Ich hob fragend die Augenbrauen. »Das verstehe ich nicht.«

»Normalerweise lässt er niemanden an seine heiligen Tiere dran, nicht einmal mich. Es ist eine Art Auszeichnung, wenn er das erlaubt.«

»Oh.« Ich wusste nicht, was ich sagen sollte.

»Wir suchen immer Leute, die uns hier draußen helfen *und* auch mit Maximilian gut klarkommen, das ist nämlich immer so eine Sache. Und da habe ich mich gefragt … ob Sie nicht vielleicht Interesse daran haben, uns zu unterstützen.«

Nun war ich wirklich überrascht. »Bieten Sie mir gerade einen Job an?«, fragte ich ihn.

Alexander zuckte die Schultern und grinste. »Sieht so aus.«

»Oh«, brach es zum zweiten Mal aus mir heraus. »Also … Ich habe einen Job.«

»Ja, das dachte ich mir.« Alexander fuhr sich über die gerötete Nase. »Ich dachte nur … Ach. Ich sehe Sie so oft hier draußen, und von Maximilian habe ich gehört, dass es Ihnen offenbar hier gefällt und dass Sie sich auch bei Henrietta nützlich machen.«

»Ja, das stimmt natürlich alles«, antwortete ich. »Mir gefällt es hier auch wirklich unheimlich gut. Aber über so etwas muss ich mir erst Gedanken machen. Zumal … Ich habe eigentlich überhaupt keine Ahnung von dem, was Sie hier tun. Ich bin ein Büromensch und habe von Landschaftspflege keinen blassen Schimmer.«

»Das kann man alles lernen, glauben Sie mir. Sogar ich habe es lernen können, zumindest das Nötigste.« Er lachte.

»Ich denke darüber nach. Vielleicht.« Ich fühlte mich etwas überfordert mit Alexanders Angebot. Ja, es gefiel mir hier, aber ich wusste nicht, ob ich in der Lage war, von heute auf morgen mein Leben umzukrempeln. Ob ich das überhaupt wollte. Und … hatte ich nicht erst noch andere Aufgaben zu bewältigen? Diejenigen, wegen denen ich eigentlich hier war?

»Das reicht mir als Antwort.« Alexander nickte, und plötzlich hatte ich das Gefühl, dass er müde aussah. Irgendwie ausgelaugt und erschöpft. Und plötzlich musste ich wieder an die Zeichnung im Flur denken, die von dem kleinen Jungen und der Familie und diesen zwei Worten: *Komm zurück.*

Wir gingen zusammen zur Straße zurück. Als wir sie erreicht hatten und eigentlich in unterschiedliche Richtungen weiterziehen würden, blieb er abrupt stehen und sah mich an.

»Du hast in der letzten Woche viel Zeit mit meinem Bruder verbracht, oder?«

Was war das denn für eine Frage? Oder vielmehr: Worauf wollte er hinaus? Außerdem fiel mir auf, dass er in eine vertraulichere Anrede gewechselt war, scheinbar ohne es zu merken.

»Ein wenig«, antwortete ich vorsichtig.

Alexander druckste herum. Er schien etwas auf dem Herzen zu haben, aber nicht zu wissen, wie er es aussprechen sollte.

»Warum?«, fragte ich daher.

»Na ja«, erwiderte er etwas verlegen. »Wir machen uns etwas Sorgen um seine Gesundheit. Er hat in den letzten Wochen und Monaten Probleme mit seinem Herzen gehabt und ist nicht zur letzten Vorsorgeuntersuchung gegangen, um seine Medikation überprüfen zu lassen. Er hat erzählt, dass du letztens bei uns daheim warst und ihr über seine Krankheit gesprochen habt.« Bei seinem letzten Satz klang Erstaunen mit, so als würde Maximilian das sonst nie tun. Dieser Gedanke hätte mich beinahe zum Lächeln gebracht, weil er mich irgendwie … berührte.

»Würde er es euch nicht sagen, wenn etwas los wäre?«, wollte ich wissen. Immerhin hatte Maximilian seine Familie. Wenn man ihr nichts anvertraute, wem denn dann?

Ein Schatten huschte über Alexanders Gesicht. »Früher vielleicht einmal. Jetzt nicht mehr.«

Ich dachte an all die Fotos und Bilder und das schwere Schicksal in Maximilians Vergangenheit. Und unwillkürlich musste ich daran denken, dass schlimme Tragödien immer nur auf zwei Szenarien hinausliefen: Entweder schweißten sie zusammen oder trieben auseinander. Dazwischen schien es wenig zu geben.

»Aber du bist sein Bruder«, sagte ich sanft. Am liebsten hätte ich ihn umarmt oder irgendwie getröstet, aber ich wagte es aus vielerlei Gründen nicht.

»Eigentlich sollte man meinen, dass es einen verändert, wenn man den Tod übersteht. Wenn man eine derart tödliche, schlimme Krankheit besteht. Wenn man leben darf. Ich hätte sogar gedacht, dass man … dankbar ist. Aber all das trifft bei meinem Bruder nicht zu. Ich habe nicht das Gefühl, dass er dieses Herz, das ihm das Leben gerettet hat, jemals wollte.«

»Ich … Ich kann nicht viel dazu sagen, aber geht mit so einer Situation nicht jeder anders um?«

Alexander zuckte nur die Schultern. »Vielleicht. Aber er sollte sich um seine Gesundheit kümmern. Es ist sowieso ein Wunder, dass das Herz so lange hält. Vielleicht macht es jetzt doch Probleme, und er sagt es niemandem.« Nun sah er mich direkt an. »Falls du etwas mitbekommst, sag mir bitte Bescheid. Oder Henrietta, sie hält engen Kontakt mit unserer Familie. Ach was, sie gehört mehr oder weniger schon lange dazu.«

»Natürlich«, versprach ich, und nach einem kurzen Nicken trennten sich unsere Wege.

Unterwegs sah ich noch einmal nachdenklich zurück. Alexanders Umrisse verschmolzen mit der nebligen, grauen Umgebung. Unwillkürlich fragte ich mich, warum er mir all das erzählt hatte. Warum er mir von den Sorgen um seinen Bruder berichtet hatte.

Und ich fragte mich, was Maximilian mir anvertrauen

sollte, das er seiner Familie nicht anvertrauen würde? Wir waren beide mehr Reisende, die zufällig für eine Weile einen ähnlich verlaufenden Weg nahmen, die eine Zeit lang nebeneinanderher spazierten und uns vielleicht sogar manchmal die Hand reichten, um uns zu stützen oder über ein Hindernis zu helfen.

Aber dann dachte ich: Wir waren Fremde, und vielleicht konnten wir genau deswegen die Hilfe des anderen annehmen.

23.

Ellen, 17. Februar 2003

Die Entscheidung für oder gegen dich.

Dieser Brief, Hannes, wird besonders lang, denn er ist der schmerzlichste, und genau deswegen muss ich jede Erinnerung, jedes Detail festhalten, denn selbst der Schmerz gehört zu meiner Zeit mit dir, und ich darf sie niemals vergessen, nicht einmal eine Sekunde davon. Heute fuhr ich früher als gewöhnlich zu dir, weil dein Arzt angerufen und mich gebeten hatte, zu kommen. Es gab etwas zu besprechen, und das wollte er nur persönlich tun.

Ich war nach diesen zwei Wochen bereits Teil des Klinikalltags und wusste daher, dass Dinge, die persönlich überbracht werden sollten, nie ein gutes Zeichen waren. Auf dem Weg zu dir hatte ich das Gefühl, einen schwarzen Raben auf der Schulter sitzen zu haben.

Der graue Krankenhauskomplex ragte wie ein Vorbote in den Himmel, ein Versprechen auf Heilung, auf Hoffnung, auf Wunder, und Todeszone zugleich. Die weißen Fenster wirkten steril und verstörend sauber, wenn man bedachte, welch schlimme Dinge einen in ein Krankenhaus brachten, bis man es, entweder gesund oder tot oder nur noch als Schatten seiner selbst, wieder verließ.

Einige Meter vor der Eingangstür blieb ich stehen, um noch einen Atemzug zu nehmen, einen einzigen, tiefen Atemzug voller Winterdüfte. Die keimfreie, trockene Krankenhausluft hatte systematisch meinen Geruchssinn zersetzt, bis ich kaum noch etwas anderes als pe-

netrautes Desinfektionsmittel und die säuerlichen Ausdünstungen von Erbrochenem wahrnahm.

Seit dem Moment, in dem ich von dem Unfall erfahren hatte, drehte sich die Welt für mich rückwärts. Sie hielt nicht einfach an, wie man es sprichwörtlich kannte, wie man es sonst in Büchern las. Mit Ächzen und Knarzen drehte sie sich um ihre Achse um mich selbst zurück, der Unmöglichkeit entgegen. Denn in diesem Moment hatte ich nur diesen einzigen Wunsch gehabt: der Welt ein paar Sekunden zu stehlen, um noch einmal der glückliche, sorgenfreie Mensch zu sein, der ich Atemzüge zuvor noch gewesen war, der das Wort Koma nur aus der Ferne kannte, aus der Zeitung, aus Filmen, aus den Tragödien entfernter Bekannter, um nur ein einziges Mal noch ein paar Schritte ohne diese Last auf meinen Schultern gehen zu können. Um ein paar Augenblicke mit dir zu haben, mit deinem Lachen, deiner Sprache, deinen Bewegungen, die keine Maschine und kein Reflex lenkten.

Ich straffte die Schultern und zog die Reisetasche zurecht. Ich hatte mir vorgenommen, nicht zu zeigen, wie sehr die letzten zwei Wochen mich belastet hatten. Ich war Schritt für Schritt an meine Grenzen gelangt, und ich wusste, dass ich noch weit darüber hinausgehen musste. Es gab keine Wahl, keinen Weg, der zurückführte oder der leichter war. Es gab nur das Vorwärts, das sich an den wenigen Stützpunkten Entlanghangeln.

Meine Absätze klapperten über den ebenen Asphalt, als ich an den Bänken vorbeiging, auf denen einige Raucher von der Krebsstation saßen, mit ihren kahlen Köpfen, in der Sonne vor Kälte schlotternd und ihre Kippen festhaltend, als hinge ihr Leben davon ab. Ich folgte einem älteren Ehepaar durch die Drehtür, bemüht langsam, um die alte Dame, die mit unsicheren, nervösen Schritten über den Korridor trippelte und ihren im Rollstuhl zusammengekauerten Mann schob, nicht zu drängen. Er sah aus wie ein Hundertjähriger, obwohl er sicher noch nicht so alt war. Der Krebs kostete Lebenszeit und Lebensjahre zugleich.

Ich passierte den Empfangsbereich, an dem die Mitarbeiterin mit regloser Miene etwas in den Computer tippte. Sie nickte mir kurz zu, dann kehrte ihre Aufmerksamkeit routiniert zu den Unterlagen hinter der Glasscheibe zurück. Es gab eine seltsame, schnelle Routine im Krankenhaus, die einem vorgaukelte, eigentlich noch weniger Zeit zu haben, als die Ärzte prophezeit hatten. Das Personal hastete über die Gänge, verteilte Medikamente und Verbände, teilte Essen aus, holte es oft unangerührt wieder ab, hielt Köpfe und wischte auf, was die Patienten nicht mehr zurückhalten konnten. Es gab Schmerzmittel und andere Medikamente aus. All dies taten die Mitarbeiter mit einer stoischen Freundlichkeit, die nicht bis zu den Augen reichte. Auf der Intensivstation war die Atmosphäre wieder anders als auf den anderen Stationen. Hier war alles stiller, bedächtiger, konzentrierter. Hier konnte ein Fehler oder ein falsch gelesenes Ergebnis den Tod bedeuten. Auch die Beziehung zu den Angehörigen war eine andere. Sie war etwas fürsorglicher. Persönlicher. Als wüssten die Pfleger, dass man wie auf Glas lief, dass man jeden Augenblick zusammenbrechen konnte, weil man nie wusste, was einen erwartete. Nirgends ist das Leben so siechend und vergänglich wie dort, und keine Ausbildung konnte einen so davor feien, dass man die Patienten aus dem Gefühlsleben völlig außen vor lassen konnte.

Trotz allem war ich froh, dass ich die Intensivstation besuchte und nicht jene Station dahinter. Es war die Station mit den dezenten Farben an den Wänden. Die Station, in der leise Musik aus den Zimmern drang, in der es besseres Essen und zusätzliche Betten und grüne Gardinen gab. Die Besucher betraten die Zimmer ihrer Angehörigen auf Zehenspitzen, und immer, immer war die skurrile Mischung aus Entsetzen und Erleichterung auf ihren Gesichtern abgezeichnet. Es war die Palliativstation. Der letzte Weg der Patienten führte dorthin und nie mehr heraus, nicht lebendig.

Als ich die Intensivstation erreichte, war dein Arzt noch in einer Besprechung. Also suchte ich eine Vase für die Blumen, die ich dir mitgebracht hatte. In einem Schrank des leeren Aufenthaltsraums fand ich noch eine Vase, die etwas zu klein für den Strauß ausfiel, also schnitt ich die Veilchen zurecht, bis sie hineinpassten. Dann füllte ich die Vase bis zur Hälfte mit Wasser und stellte sie auf die Mitte des Tischs. In der kleinen Küchenzeile stand eine Thermoskanne, die immer mit Filterkaffee gefüllt war. Ich goss mir eine Tasse ein und trank sie in wenigen Zügen leer. Mein Herz schlug mir bis zum Hals, und meine Hände waren schwitzig. Nachdem ich die Tasse geleert hatte, stellte ich sie auf den Essenswagen mit benutztem Geschirr und ließ kaltes Wasser aus dem Hahn an der Spüle laufen, das ich mir ins Gesicht spritzte. Die Kälte verdrängte die Müdigkeit, und ich spürte die ersten Anzeichen der Wirkung des Koffeins, das nervöse Flattern in der Magengegend. Oder war es wieder oder immer noch die Angst, die ein ständiger Begleiter geworden war?

Ich trat zurück in den Korridor und legte die wenigen Schritte bis zur Station zurück. In deinem Zimmer war es dunkel, die Vorhänge blendeten die trübe Wintersonne und die in dieser Jahreszeit nur schleichend vorhandenen Farben von draußen aus. Du liebtest den Herbst. Du warst immer noch gern in der freien Natur, um die zerbrechliche Schönheit der Vergänglichkeit mit einem Fotoapparat einzufangen, wenn der Herbst die Blätter rot färbte und sie schließlich von den Bäumen löste, damit sie fortgeweht wurden oder am Boden vermoderten, oder wenn der erste Schnee kam oder die ersten Blumen. Am liebsten fotografiertest du Pilze. Daheim hingen mittlerweile einige Fotos sämtlicher Pilzarten in Übergröße an den Wänden. Wäre ich noch ein Kind, hätte ich geglaubt, dass es sich nicht um Pilze handelte, sondern um die Häuser von Waldfeen, und ich hätte die Bilder heimlich zur Seite gerückt, um nach einem geheimen Zugang zu suchen. Manchmal juckte es mir in den Fingern, genau das zu tun, obwohl ich doch erwachsen war.

Vielleicht war es deswegen so schwer: Dich da so leblos liegen zu sehen, immer mit dem Wissen im Hintergrund, dass dein Leben am seidenen Faden hing. Es schien, als starbst nicht nur du, sondern alles um dich herum mit dir. Meine Wohnung, mein Leben, meine Gedanken.

So leise ich konnte, näherte ich mich dem Krankenbett. Wie eine zerbrechliche Puppe lagst du zwischen den weißen Kissen, die Haut trocken wie Pergament und ungesund grau verfärbt. Der schmale Spalt zwischen den beiden Vorhängen ließ einen einzigen Sonnenstrahl herein, in dessen Licht die von der Zugluft aufgewirbelten Staubpartikel auf einem unsichtbaren Seil tanzten. Die Luft war abgestanden und verbraucht, aber ich wagte es nicht, das Fenster zu kippen, um durchzulüften. Ich wollte keinen Lärm verursachen, ich wusste nicht mal, ob sich die Fenster überhaupt öffnen ließen, und außerdem glaube ich, dass du selbst in deinem Koma noch Lärm verabscheust.

Mit angehaltenem Atem zog ich den Vorhang am Fenster ein Stück weiter auf, bis ein sanftes Dämmerlicht von dem Morgen erzählte, der draußen ins Land zog und den Himmel in die Farben eines impressionistischen Gemäldes eintauchte. An der Fensterbank stand ein ausgesessener Sessel, der schon bessere Tage erlebt hatte. Vorsichtig ließ ich mich darauf nieder und zog das Buch auf meinen Schoß, das ich mir vorgestern für die Pausen vom Erzählen und mit dir in Erinnerung Schwelgen, von dich Ansehen und deine Hand Halten, mitgebracht hatte. Es war ein Roman von Paulo Coelho, in dem sich der Protagonist auf die Suche nach Erlösung oder dem Sinn des Lebens oder was auch immer machte. Beim Kauf hatte ich gedacht, dass ich vielleicht etwas davon gebrauchen konnte. Ich versuchte, mich auf die Lektüre zu konzentrieren, aber meine Gedanken schweiften immer wieder ab und schwankten zwischen Vergangenem und den Ängsten vor morgen oder dem Tag danach.

Der Sonnenstrahl wanderte langsam durch das Zimmer, kroch über das Bett, dann zur Tür und verschwand dann Zentimeter für Zentimeter im Zwielicht, je höher sie stieg und je weiter sie sich von unserem Fenster entfernte. Dein Atem war langsam, maschinell eingestellt und nicht dein eigener Rhythmus. Daran hatte ich mich immer noch nicht gewöhnt. Dass du nicht aus eigener Kraft atmen konntest.

Deine Haut fühlte sich wie raues Papier an, völlig ausgetrocknet und kalt. Ich warf einen Blick auf das Dokument, auf dem verzeichnet wurde, wie viel Flüssigkeit du bisher erhalten hattest. Die Liste an Medikamenten war länger als die Flüssigkeiten, die du brauchtest, um nicht zu dehydrieren.

Ich überlegte, ob ich noch einmal nach dem Arzt sehen oder eine Pflegekraft nach dem Grund des Anrufs fragen sollte. Ich war aufgeregt, kein Zentimeter meines Körpers konnte still sitzen. Am liebsten wäre ich wie ein eingepferchter Tiger am Gitter auf und ab gelaufen.

Beinahe hätte ich genau das getan, als die Tür aufschwang und Dr. Weiss eintrat. Seine Erscheinung war mir in den letzten beiden Wochen so vertraut geworden wie mein Spiegelbild. Dr. Weiss war ein warmherziger Mensch in den Mittvierzigern, der seine Patienten und deren Angehörige mit der nötigen Ruhe und Geduld durch die gesamte Behandlung führte. Er hatte einen sehr guten Ruf unter den Neurochirurgen, sodass ich seinem Urteil von Anfang an Glauben und Vertrauen geschenkt hatte. Ich wusste, dass er alles Menschenmögliche tat, um dir zu helfen. Und ich hatte furchtbare Angst, dass alles Menschenmögliche nicht ausreichend war.

Dr. Weiss' Blick wanderte, wie meiner zuvor, zu den Dokumenten und den Maschinen. Auf seinem Arm trug er außerdem eine Mappe, die er auf den Besuchertisch legte. Der Arzt kam rüber, legte mir den Arm auf die Schulter und bedeutete mir mit leichtem Druck, ihn ans Fenster zu begleiten. Er bat mich, sich dort zu ihm zu setzen, ein wenig abseits von dir, zu sehr abseits von dir, und holte dann den Stuhl, der immer neben dem Bett stand, um sich zu mir zu setzen.

Eigentlich führte man solche Gespräche in Büros, nur weit genug fern von Patienten, bei denen man nie wusste, was sie wirklich mitbekamen. Aber er hätte mich jetzt nie nach draußen gebeten, denn er wusste, dass mir jeder Moment innerhalb dieses Raumes wichtig war. Und ich verstand, dass unsere Anwesenheit hier auch etwas anderes bedeutete.

Aufgeben.

Ich weiß, dass ich den Arzt anstarrte, während er in seiner Mappe blätterte. Ich konnte beinahe hören, wie er Worte formte, wie er sie sich zurechtlegte, wie er es immer tat, weil er Erfahrungen in solchen Dingen hatte. Schlechte Nachrichten gehörten zu seinem Tagesgeschäft. Und ich, ich hatte ihn von Anfang an um Ehrlichkeit gebeten. Ich wollte keine Beschönigungen, keine vage Hoffnung, keine Ausflüchte, weil manche Familien nur langsam an die Wahrheit herangeführt werden konnten. Ich hatte schon immer ganz genau wissen müssen, was auf mich zukam. Nur dann konnte ich es vielleicht, ganz vielleicht, aushalten.

Und obwohl ich mir all das vorsagte, obwohl ich es mir predigte, verlor ich dennoch den Boden unter den Füßen.

Du seist nicht mehr du, sagte der Arzt. Du hattest jeden Tag ein Stück mehr von dir verloren, von deiner Persönlichkeit, deiner Besonderheit, deinem Charakter. Der Hannes, der du warst, der lag nicht länger in diesem Bett.

Hirntot. Du bist hirntot.

Dein zerbrechliches, so verwundbares Hirn hatte den Aufprall schlussendlich nicht überstanden. Die Blutungen waren zu stark, der Schaden irreversibel. Die wenige Hirnaktivität, die in den letzten Tagen noch da gewesen war, war nun fort, mehrfach geprüft durch unterschiedliche Ärzte, die allesamt alle Tests gemacht hatten, die vorgeschrieben waren.

Du warst am Leben und warst es doch nicht. Deine Haut war noch warm, dein Körper weich, du atmetest. Aber nichts davon konntest du noch aus eigener Kraft. Es waren Maschinen, einzig und allein Maschinen, die dich am Leben erhielten. Du warst nur noch eine Hülle, und der Gedanke, dass ich nicht bemerkt hatte, wie dein eigentliches Du fortgegangen war, wühlte in mir wie ein Messer.

Dr. Weiss war behutsam. Er berührte sanft meine nervösen Hände und hielt sie, bis ich mich wieder gefasst hatte, denn er wollte noch etwas anderes mit mir besprechen. Etwas, das keinen Aufschub vertrug, auch wenn ich Monate und Jahre für mich allein haben wollte, um Abschied von deiner Hülle zu nehmen und dich wieder hineinzuträumen.

Sie fragten mich, ob deine Organe zur Spende entnommen werden durften. Wir hatten einst darüber gesprochen, endlich eine Patientenverfügung zu machen, du und ich, damit wir unseren Willen kannten, aber wie so oft hatten wir es auf später verschoben, auf irgendwann, auf dann, wenn mehr Zeit dafür war. Wir waren doch noch so jung, und jetzt würde uns sowieso nichts passieren, erst wenn wir alt wären, ach, wenn überhaupt. Unfälle haben doch nur andere Menschen, dachten wir, und waren so leichtgläubig wie Kinder.

Und jetzt saß ich hier und konnte kaum atmen, weil ich nicht wusste, was ich tun sollte. Ich wusste nicht, was du an meiner Stelle getan hättest, bestimmt hättest du gewusst, was ich gewollt hätte. Ich aber war mir so unsicher wie noch nie in meinem Leben zuvor. Dr. Weiss erklärte mir alles; dass ich die Wahl hatte, dass ich zustimmen oder ablehnen konnte, dass ich, wenn ich einverstanden war, aussuchen durfte, welche Organe man dir entnehmen würde und welche nicht. Dass man deinen Körper solange künstlich am Leben erhalten würde, um die Organe nicht zu schädigen, denn sobald der Körper auch organisch tot war, wären deine Organe nicht mehr verwendbar. Dass man deinen Körper mit Bedacht und Respekt behandeln und danach aufbereiten würde.

Dr. Weiss drängte mich nicht. Er ließ mir Zeit, alles zu verarbeiten und Fragen zu stellen. Davon hatte ich so viele, und doch war jede einzelne ein Kampf, denn sie beinhalteten dein Verschwinden. In dem Augenblick, in dem ich zustimmte, würde man dich vorbereiten und mitnehmen, und dann war alles Leben endgültig vorbei.

Wie also sollte ich solch eine Entscheidung nur treffen?

Ich fragte Dr. Weiss, ob nicht ein Wunder geschehen konnte. Manchmal geschahen doch medizinische Wunder. Was, wenn ich entschied, dich gehen zu lassen, dabei warst du doch nicht ganz fort? Wie sollte ich damit leben, es nie ganz und gar zu wissen?

Dr. Weiss sagte, dass Wunder in der Tat manchmal geschahen. Es hatte in der Vergangenheit schon Patienten gegeben, die sich wundersamerweise wieder erholt hatten, obwohl sie für hirntot erklärt worden waren. Aber diese Fälle, sagte er ruhig, seien so selten, dass man nicht umsonst von einem Wunder sprach. Um eine Fehldiagnose zu vermeiden, wurde ein strenges Prozedere angewandt, bei dem mehrere Ärzte unabhängig voneinander Untersuchungen durchführten. Das Wichtigste dabei war, die Funktionsweise der Herz-Kreislauf-Funktion zu überprüfen. War selbst das Atmen aus eigener Kraft nicht mehr möglich und ein Herzschlag ohne künstliche Maschinen nicht aufrechtzuerhalten, ließ das, zusammen mit der nicht mehr vorhandenen Hirnaktivität, sehr sicher darauf schließen, dass der Hirntod eingetreten war.

Dr. Weiss erklärte mir, dass ich mir die Entscheidung auf keinen Fall leicht machen durfte. Da draußen gab es viele Menschen, die von Organspenden abhängig waren, denn wir in Deutschland gingen sparsam mit unseren Organen um, als würden wir sie nach dem Tod noch brauchen. Dennoch, sagte er entschieden, musste diese Entscheidung aus dem Herzen kommen, damit ich sie nicht später bereute. Er sagte mir auch, welche Möglichkeiten ich hatte, falls ich mich dagegen entschloss. Dass deine Überlebenschancen gering waren, und dass du, selbst wenn du es schaffen solltest, für den Rest deines Lebens in einem Pflegeheim untergebracht werden müsstest, nur noch ein Körper ohne Leben seiend.

Hätten wir doch nur … hätten wir nur darüber gesprochen, hätten mehr gelacht und mehr gelebt und mehr geredet, von allem mehr nur. Dann wäre es jetzt vielleicht einfach oder noch viel schwieriger.

Mühsam blätterte ich durch einige Broschüren, die Dr. Weiss mir auf den Tisch gelegt hatte, ehe er gegangen war. Sie fassten viele seiner Worte noch einmal zusammen, trotzdem wollte mein Verstand noch nicht begreifen, dass all dies etwas mit dir und mir zu tun haben sollte. War nicht alles bloß ein schrecklicher Irrtum? Was, wenn die Ärzte sich vertan, wenn sie einen Fehler gemacht hatten? Woher sollen sie denn wissen, dass dein Gehirn wirklich tot war, dass du längst fort warst?

Aber Dr. Weiss hatte mir alles genau erklärt. Ich ging im Geiste noch einmal das Prozedere durch, das strenge Protokoll dieser Untersuchungen, bei der die Gehirnaktivität gemessen wurde. Schlussendlich wurde geprüft, ob dein Körper überhaupt noch selbstständig atmen konnte.

Aber du, du konntest nicht mehr allein und ohne Hilfe atmen. Und sosehr ich Hoffnungen haben wollte, welche konnte ich dann noch hegen, wenn das Essentiellste bereits verloren gegangen war?

Dr. Weiss hatte mich darum gebeten, ihm bald meine Entscheidung mitzuteilen oder, wenn nötig, einen weiteren Termin zu vereinbaren, falls ich noch mehr Informationen brauchte. Oder mich mit meiner Familie besprechen wollte … oder mit deiner.

Einen Augenblick habe ich wirklich überlegt, Mathilde anzurufen, Hannes. Aber ich war so müde und so allein, und ich wusste nicht, wie ich es mit dieser Frau aufnehmen sollte, die dein Leben ohnehin nicht interessierte. Bin ich deshalb ein schlechter Mensch? Würde ich sie anrufen und an dein Sterbebett holen müssen? Musste ich aussöhnen, was zerbrochen war – dich und deine Familie?

Ich bin so rastlos in meinen Gedanken. So viele Entscheidungen liegen vor mir, die getroffen werden müssen. Aber eines beschäftigt mich am meisten.

Du.

Dein Arzt hatte mir gesagt, ich sollte mich heute Abend an dein Bett setzen und dir etwas erzählen. Unsere schönste, traurigste, einzigartigste Geschichte. Jene, die uns am meisten verband. Aber was sollte ich dir erzählen? Ich wollte nichts verschwenden, keine Sekunde mit dir.

Eine Viertelstunde später kam die Nachtschwester mit dem versprochenen Abendessen für mich. Sabrina war eine junge, rothaarige Frau, die gerade ihre Ausbildung beendet hatte und noch erfrischend fröhlich war. Sie war vom Hals bis zu den Fingerspitzen tätowiert, weswegen sie die Ausbildungsstelle fast nicht bekommen hätte. Das hatte sie mir in meiner ersten Nacht hier erzählt, als ich noch so durch den Wind war, dass ich immer nur an dreihundertfünfundvierzig Schritte denken konnte. Ich mochte die junge Frau. Sabrina schaffte es, durch ihre Anwesenheit etwas Licht auf diese Station zu bringen, und ich hoffte sehr, dass die Jahre, in denen die Pflegerin dem Sterben zusehen musste, das Licht nicht verdunkeln würden.

Sabrina stellte das Tablett auf dem Nachttisch ab und setzte sich für einen Moment zu mir. Ich war ihr dankbar dafür. Man konnte nicht solch eine Zeit zusammen verbringen, sie zusammen durchstehen, ohne die berufliche Grenze nicht ein, zwei Schritte zu übertreten. Am liebsten hätte ich sie gefragt, was ich tun sollte. Am liebsten hätte ich jeden hier gefragt. Aber das ging nicht. Die Entscheidung lag bei mir, nur bei mir. Ich konnte sie nicht abwälzen.

Ich hatte keine Ahnung, was ich aß, denn es schmeckte fad und metallisch. Ich aß wie ein Roboter. Meine Gedanken kreisten um Erinnerungen und Geschichten. Erinnerungen und Geschichten, hatte Dr. Weiss gesagt. Erinnerungen und Geschichten. Aber welche? Welche Erinnerungen waren schön genug, gut genug für solch eine Nacht? Welche Geschichte war es wert, wieder erzählt zu werden? Mit welcher Geschichte auf den Lippen konnte ein Mensch sterben? Mit welchen Worten konnte man ihn gehen lassen, wenn er doch längst gegangen war? Gab es eine Geschichte, die magisch genug war, dass er noch einmal zu einem zurückkehrte, wenigstens für ein paar Atemzüge? Dass du zu mir zurückkehrtest?

Die Verantwortung für diese Entscheidung lastete so schwer auf mir, dass ich für den Bruchteil einer Sekunde versucht war, sie einfach nicht zu treffen und mir Gesellschaft zu suchen, um nicht allein mit dir sein zu müssen. Aber ich wusste, dass ich es bereuen würde, dass es in diesem Augenblick nicht um mich und meine Sorgen ging, sondern um die letzten Stunden mit dir.

Mit dir, dem wichtigen Menschen in diesem Universum. Und ganz egal was die Ärzte mir erzählten, wenn ich nur fest genug daran glaubte, dass du bei mir warst, dann warst du es vielleicht auch.

Ich schluckte die Tränen, die in mir aufsteigen wollten, herunter und setzte mich auf die Bettdecke. Bisher hatte ich nie vor dir geweint, und das wollte ich nicht ändern. Ich wollte stark für dich sein, dein

Anker in deiner dunklen, nebligen Welt. Ich nahm deine kühle Hand zwischen meine und wärmte sie. Zart strich ich über deinen Handrücken und küsste ihn. Ich wollte deinen Fingern Leben einhauchen.

»Weißt du noch, ganz am Anfang unseres Weges, als ich unbedingt auf diese verrückte Mission wollte, einen Fuchs aus nächster Nähe zu fotografieren? Ich wollte ihn später malen, weil Füchse schon immer faszinierend für mich waren. Du warst nicht sehr begeistert davon. Viel zu gefährlich wäre das, hast du gezetert und damit vielleicht auch ein bisschen recht gehabt, nicht wahr?« Ich lächelte. »Aber wir haben unsere Rucksäcke gepackt, ich meinen riesigen, mit dem ganzen unnützen Zeug, das ich immer mit mir rumschleppe, und du deinen kleinen mit den pragmatischen Dingen. Du warst schon immer der Pragmatiker von uns beiden, richtig? Und ich die Träumerin. Wie unsere Wege sich verschlungen haben, ist mir manchmal heute noch ein Rätsel. Und ich wünschte, manchmal, ich hätte mehr von dir gelernt ... Jedenfalls weiß ich noch, dass es am Vorabend heftig geregnet hat und der ganze Wald ein einziges Schlammloch war. Nach einer Stunde sahen wir aus wie die Wildsäue persönlich, aber du hast dich natürlich köstlich über mich amüsiert. Weil ich die aus der Stadt war und mit all dem Dreck und Regen und Schlamm nicht gerechnet habe ... Du hast über mich gelacht, als ich in eine Pfütze gefallen bin, und irgendwann musste ich trotz meines Ärgers über mich selbst lachen. Wir sind stundenlang durch den Wald geirrt, bis du endlich zugegeben hast, dass wir uns hoffnungslos verirrt hatten, obwohl du doch derjenige mit der Karte warst, derjenige, der sich doch auskannte, der früher viel Zeit in Wäldern und der Natur verbracht hatte. Wir mussten unsere Freunde anrufen und ihnen diesen Rettungspunkt in der Nähe durchgeben, und während wir völlig durchnässt auf sie gewartet haben, hast du mir die Geschichte vom kleinen Prinzen erzählt. Weißt du noch? Du hast immer gesagt, es wäre deine Lieblingsgeschichte, obwohl sie für Kinder sei und wir nur Erwachsene waren. Erwachsene können davon lernen, hast du gesagt. Und während du mir die ganze Geschichte erzählt hast, lief ein Fuchs über den Weg. Mitten auf der Lichtung blieb er für einen Augenblick stehen und schaute zu uns herüber. Und ich war ganz still, und du, du warst auch ganz still, und niemand von uns hat nach der Kamera gegriffen. Und hinterher warst du so gerührt und so stolz auf mich, weil ich die Magie des Moments gesehen habe, ganz ohne Linse, ohne Filter. Einfach nur als Erinnerung. Es war großartig, nicht wahr?«

Ich spürte die Tränen erst, als sie auf die Bettdecke tropften. Ich war so sehr in meine Worte vertieft gewesen, dass ich nicht bemerkt hatte, dass ich, entgegen aller Vorsätze, zu weinen begonnen hatte. Ich war in der Zeit mit dir zurückgereist, war zurück in dem Wald, in dem wir zusammen ein Abenteuer gesucht hatten. Ich, mit dir an meiner Seite, der du eine andere Sicht auf die Dinge dieser Welt hattest.

Ich lauschte auf deinen Atem. Bildete ich es mir nur ein oder warst du ruhiger, losgelöster geworden? Deine Augen waren noch immer geschlossen und deine Hände kraftlos. Doch ich glaubte, eine Veränderung zu spüren, eine Leichtigkeit, die ich nicht greifen und nicht sehen konnte. Aber sie war da. Sie war da.

Ich machte mir nun keine Gedanken mehr darum, von welchen Begebenheiten ich dir erzählen sollte. Die Worte kamen von selbst, ungefragt und irgendwo tief aus meinem Inneren. Als hätte ich ein Fotoalbum aufgeschlagen, stiegen die Bilder der vergangenen Jahre vor meinem inneren Auge auf. Ich erzählte, was mich bewegte, wie ich von dir geprägt worden war, dass ich noch immer einen Helden in dir sah. Ich wollte, dass du, egal wie fern du in diesem Augenblick warst, meine Liebe spürtest. Nur die Liebe und nicht die mich zu verzehren drohende Traurigkeit und erst recht nicht das Bedauern, dass wir so wenig Zeit gehabt hatten, viel zu wenig Zeit, nicht einmal annähernd genug.

Ich erzählte die Nacht hindurch, bis meine Augen schwer wurden und mein Kopf neben deiner Hand zum Liegen kam. Ich ging nicht weg, wich nicht von deiner Seite, und in dieser Nacht verlangte das auch niemand. Niemand trennte uns, vielleicht nicht einmal der Tod selbst. In meinen Gedanken warst du voller Leben.

Am Morgen wachte ich auf und wusste, was ich tun würde.

Denn an diesem Morgen war die Stille da. Nach all den unendlich langen Tagen des Wartens war sie da. Und sie war so endgültig, dass ich wusste: Ich würde sie nie wieder brechen können.

24.

Nela

Die nächsten zwei Tage verbrachte ich wie in Trance, in der ich versuchte, Ellens Briefe zu verarbeiten. Ich war fast fertig, war fast am Ende. Darüber war meine letzte Woche längst angebrochen, und ich dachte, dass es bald so weit war. Genauer gesagt war heute der Tag. Der Tag für den letzten Brief. Ich hatte genug Zeit für eine Atempause gehabt, wenn es denn so etwas wie genug Zeit gab. Ich hatte viel darüber nachgedacht und war zu dem Entschluss gekommen, dass es nie einen richtigen Augenblick gab. Es gab immer nur jetzt und später und vielleicht und abwarten, aber der richtige Augenblick existierte nicht. Wir mussten ihn uns einfach nehmen, mussten rücksichtslos nach ihm greifen.

Außerdem wusste ich, dass ich diesen letzten Brief nicht am letzten Tag meines Aufenthaltes hier lesen konnte, der nicht mehr fern war. Das Ende des Urlaubs war absehbar. Dadurch dass ich die Buchungszeiten der erkrankten Familie übernommen hatte, musste ich am Sonntag abreisen. Alles in mir sträubte sich gegen eine Abreise. Ich wollte nicht zurück, noch nicht. Diese letzte Woche blieb mir also noch. Kostbare Tage, von denen ich nach dem letzten Brief zehren musste, in denen mich das Meer und die Mühle und die Wildpferde von den Emotionen, die mich ganz sicher überwältigen würden, ablenken mussten.

Ich war früh aufgewacht und hatte gebadet, aber seine

sonst so beruhigende Wirkung hatte das Bad heute verfehlt. Ich war nervös. Der Brief lag schwer auf dem Bett, als wäre er ein Fels, ein so unendlich schwerer Fels, der Gewicht hatte, und kein dünnes Stück Papier, das noch fragiler war als ich. Er rief nach mir, mit allen seinen schönen und schmerzlichen Worten und geschwungenen, manchmal brechenden Buchstaben, und wollte gelesen werden, weil das die Bestimmung von Geschichten war.

Also hatte ich mir dieses gewichtige Stück Papier in die Tasche gestopft und war losgezogen, unwissend, in welche Richtung ich überhaupt streifen konnte. Ich konnte mich nicht entscheiden, wohin ich gehen sollte, weil nicht einmal das Laufen ausreichte, meine Unruhe zu stoppen. In der Nacht hatte ich wieder wenig Schlaf gefunden, weil ich es irgendwann nach Mitternacht nicht mehr ausgehalten hatte: Ich hatte meinen Laptop aus seiner Tasche geholt und über Organspenden recherchiert. Ich hatte wissen wollen, was Ellen in dieser Zeit durchgestanden hatte und was andere Leute darüber schrieben. Und je mehr ich las, je mehr Erfahrungsberichte ich durchscrollte, desto zwiegespaltener wurde ich, wenn ich an Maximilian dachte. All das Leid, all die Fragen, all der Verlust, all das Habe-ich-richtig-entschieden, all die Dankbarkeit bei den Überlebenden, und er schien vom Letzteren gar nichts zu empfinden. Sah er nicht, wie groß das Geschenk war, das man ihm gemacht hatte? Konnte er sich nicht wenigstens *bemühen*, dem Leben etwas Gutes abzugewinnen, denn immerhin war er genau das: am Leben.

Der Schnee war fast vollständig verschwunden. Ein paar dünne Flöckchen schwebten hin und wieder durch die Luft, als wären sie verirrte Federn, die ihren Weg nicht fanden und hilflos dem Wind ausgeliefert waren. Ich folgte der Hauptstraße und hielt mich eng am Ufer. Ich konnte mich dem Meer heute nicht entziehen. Ich konnte nicht einmal die wenigen Schritte zum Kiosk zurücklegen. Heute hatte ich das Gefühl, ich gehörte nur zum Meer und könnte mich keinen Schritt davon entfernen. Es schien mir der einzige Ort zu sein, an dem ich meinem Vater auch nur irgendwie noch nahe sein konnte.

Bei dem Gedanken hielt ich inne. Natürlich! Mir fiel der perfekte Ort ein, an dem ich diesen letzten Brief lesen würde. Warum war ich nicht schon viel eher darauf gekommen? Ich atmete tief durch, als ich schneller ging, und sog die klare Luft in meine Lungen. Ich füllte mein Innerstes mit Meer, mit Salz, das schmerzte, mit Kälte, die wach rüttelte.

Ich musste eine Weile suchen, bis ich den Steg gefunden hatte. Die Jahreszeit, in der man hier Boote mieten und an der Küste entlangschippern konnte, war längst vorbei. Das Holzhüttchen, in dem im Sommer vermutlich der Vermieter saß, war geschlossen und verriegelt. Kein Leben weit und breit, kein Mensch, der daran dachte, sich kurz vor Winteranbruch in einem solchen Häuschen den Wind um die Nase wehen zu lassen.

Natürlich dachte niemand an so etwas. Es war schlichtweg zu kalt dafür. Ich wollte auch gar nicht aufs Meer hinaus, ich wollte einfach nur in ein Boot klettern und auf dem Meer sein. Auf ihm schaukeln, seine Bewegungen und seinen Wellengang spüren. Ich wollte nicht den Boden unter mir verlieren, wenn das letzte Wort erklang. Ich wollte Sicherheit haben, und der Ozean war in gewisser Weise so etwas wie Heimat.

Ich lief über den schmalen, sandigen Weg zum Steg. Der Sandstreifen war dünn und mit vielen Steinen und Muscheln gepflastert. An manchen Stellen wuchs dünner Strandhafer, der erst kurz vor dem Ufer gänzlich verschwand. Die wenigen Boote waren zugedeckt. Planen schützten sie vor Wind und Wetter und vor der Kälte. Es waren nicht viele, vielleicht eine Handvoll, die überhaupt noch am Holzsteg befestigt waren. Sie alle waren mit dicken Knoten angebunden.

Ich ging zu dem einzigen Tretboot, das ganz hinten am Steg ruhte, und schob die Plane vorsichtig zur Seite, wobei ich mich weit über den Steg lehnen musste, um das kleine Boot freizulegen. Die Pedale waren offenbar defekt, daher war es nicht so sorgsam verschnürt wie die anderen Boote. Ich faltete die laut raschelnde Plane zusammen und legte sie auf den Steg. Mit ein paar Steinen beschwerte ich sie, damit sie nicht fortfliegen konnte. Dann überprüfte ich, ob das Tau ordentlich am Steg befestigt war, und kletterte vorsichtig in das Boot.

Es war wirklich klein und bot Platz für zwei Personen. Paddel hatte ich keine gesehen, streng genommen gehörten sie trotz defekter Pedale ja auch nicht zum Boot. Die Paddel der anderen Schiffchen waren vermutlich in der Holzhütte weggesperrt, damit sie niemand stehlen konnte. Ich brauchte sowieso keine, ich wollte ja nicht vom Fleck. Ich wollte nur hier treiben und die Augen schließen und jede einzelne, sanfte Welle unter mir wahrnehmen.

Ich dachte an früher. Mein Vater war oft mit mir Boot gefahren, manchmal auf Flüssen, manchmal auch auf Seen, auf denen man sich in der Sonne treiben lassen konnte, und einmal sogar auf dem Meer, als es ruhig war und man unter den wachsamen Augen der Küstenwache hinausschwimmen durfte. Jedes einzelne Erlebnis hatte ich in meinem Herzen aufbewahrt und später, als ich nur noch Wut empfunden hatte, irgendwo vergraben. Aber vergessen hatte ich all das nie. Und jetzt war es gegenwärtiger denn je.

Das träge Plätschern des Meeres beruhigte meine flatternden Nerven. Es dämmerte meine nervösen Sinne ein. Aber es war zu kalt zum Schlafen. Der Wind war beißend kalt. Nicht stark, aber eisig. Es hatte seinen Grund, warum man nicht mehr aufs Meer hinausfahren durfte, selbst wenn es in einer Meerenge nicht so wild zuging wie an der Küste, an der man direkt aufs offene Meer befördert wurde. Aber auch hier konnten Wind und Strömung unglaublich stark sein.

Ich rieb meine Hände aneinander und regte die Durchblutung an, damit meine Finger warm blieben. Dann holte ich den letzten Zettel aus meiner Tasche. Der Umschlag war aus feinem, cremefarbenem Papier mit dünnen, geschwungenen Linien zur Dekoration gemacht. Vorsichtig öffnete ich diesen und zog das beschriebene Papier heraus. Ich faltete es auseinander und war froh, dass ich fernab jeglicher Zivilisation war. Was auch immer diese Worte mit mir anrichten würden, ich würde mich nicht verstellen müssen.

Und dieser Brief war anders als die anderen … Ihre Schrift war mir mittlerweile vertraut, so vertraut, dass ich an ihr ablesen konnte, wie Ellen sich fühlte, während sie schrieb. Wann sie traurig und wann sie beschwingt war. Bereits im letzten Brief war ihre Schrift ungelenk geworden. Uneben und mit Ausreißern versehen, als hätte sie weder ihre Gefühle noch ihre Finger unter Kontrolle.

Jetzt war ihre Schrift fast brutal. Sie war schnell und nachlässig und an manchen Stellen verschmiert. Als wäre das Papier mit Säure oder Wasser oder Tränen in Berührung gekommen.

Ich hielt unbewusst den Atem ab und blendete alles aus: den Himmel und die sich zuziehenden Wolken, die verschwindende Sonne, das wankelmütige Meer, das Tau, das im dunklen Wasser verschwand.

Ich war fokussiert auf diese eine letzte Erinnerung, denn sie würde auch meine letzte sein.

Ellen, 18. Februar 2003

Dein letzter Gang.

Sie ließen uns Zeit. Dir und mir. Zeit. Zu viel Zeit und gleichzeitig zu wenig. Zeit, die bedeutsam war, weil sie unser letzter gemeinsamer Augenblick war, und gleichsam unbedeutend, denn in den Augen anderer warst du nicht mehr da.

Ich weiß nicht, ob meine Entscheidung richtig war, Hannes. Ich glaube, du hättest gewollt, dass du mit dem, was du noch zu geben hast, anderen Menschen hilfst. Menschen in großer Bedrängnis, deren einzige Hoffnung es noch ist, Spenderorgane zu erhalten. Du warst ein stiller Mensch, manchmal rau und unhöflich, unbeholfen und in dich gekehrt, aber du warst nie ein schlechter Mensch. Man musste deine Fassade abkratzen, um deine Liebenswürdigkeit zu erkennen, um zu begreifen, dass dein Kern lavaweich war, verletzlich und feurig und warmherzig. Man musste sich nur die Zeit nehmen, all das kennenzulernen. Und wenn ich all das in Betracht zog, dann glaubte ich sicher, dass du das so gewollt hättest. Du hättest helfen wollen.

Sie hatten dich bereits fertig gemacht, als sie mich ein letztes Mal zu dir ließen. Eigentlich hatte sich nicht viel verändert. Du lagst blass und still im Bett, die weiße Decke lag über dir und verbarg deinen Körper, der an manchen Stellen immer noch blau oder bandagiert war. Mir fiel nur auf, dass man dir einen weiteren Zugang gelegt hatte, dieses Mal an der linken Hand. Die rechte lag zerstochen und zerschunden auf der Decke.

Ich zog einen Stuhl heran und schob ihn dann wieder weg. Stattdessen ließ ich mich auf die Kante des Bettes nieder und griff nach deiner Hand. Ich war vorsichtig und wollte dir nicht weh tun, auch wenn die Ärzte sagten, du würdest es nicht spüren.

Weil du nichts mehr spüren konntest. Gar nichts.

Ich hob deine Hand und legte sie an meine Wange. Der Gedanke, dass dies unser letzter Augenblick war, wollte mir das Herz zerreißen.

Und gleichzeitig war dieser Gedanke so absurd, so unrealistisch, so fernab jeglicher Vorstellungskraft.

Jemand klopfte gegen die angelehnte Tür, und Sabrina steckte ihren Kopf herein. Obwohl sie nichts sagte, war es ein unmissverständliches Zeichen. Ich hatte alle Papiere unterzeichnet, hatte deine Organe vergeben, deine Lunge, deine Leber, deine Nieren und dein Herz, dein verdammtes Herz, das mich verlassen wollte.

Aber mich tröstete der Gedanke, dass es in jemand anderem weiterschlagen würde, dass es das Leben eines Menschen rettete, der dich noch eine Weile weiter mit sich tragen würde, bis auch dein Herz eines Tages so verstummen würde, wie deine Gedanken es bereits getan hatten.

Ich wünschte, sie würden mir sagen, wer deine Organe bekommen würde. Ich wünschte, ich dürfte diese Menschen kennenlernen, dürfte herausfinden, wer und wie sie waren, aber das war nicht gestattet. Ich würde einen anonymisierten Brief bekommen, wenn der Empfänger es wollte, und ich durfte auch selbst einen Brief hinterlassen. Ohne Namen, ohne Anschrift, damit nichts darauf hindeutete, wer ich war. Wer du warst.

Uns blieb nicht mehr viel Zeit, der Operationssaal war fertig, das Ärzteteam bereit, die Empfänger warteten in ihren Krankenhäusern darauf, dass du ein letztes Mal atmetest. War das nicht paradox? Dass der eine Mensch darauf wartete, dass der andere das Leben aushauchte?

Nein, dachte ich, denn niemand hat Schuld. Niemand hat darum gebeten. Niemand möchte sterben oder todkrank sein. So konnte man wenigstens zum Ende hin noch etwas Gutes tun, ein Akt der Gnade, bevor man starb.

Sabrina trat leise ins Zimmer und legte die Hand auf meine Schulter. Es war eine federleichte Geste, doch sie fühlte sich tonnenschwer an. Sie hieß, dass es Zeit war, zu gehen.

Für uns beide.

Ich stand auf, ohne deine Hand loszulassen. Noch nicht, jetzt noch nicht. Ich beugte mich über das Bett. Ein Tubus war mit Klebeband an deinen Mundwinkeln befestigt, und nur ganz vorsichtig konnte ich deinen Mund mit meinen Lippen berühren. Ich fuhr mit den Fingerspitzen über deine Stirn, strich dir das Haar zur Seite und hauchte dir auch an diese Stelle einen Kuss auf. Ich flüsterte dir zu, was ich in Worte kaum zu formulieren mochte, aber ich wollte, dass du all meine Liebe mit an den Ort nahmst, an den du nun gehen würdest. Allein, ohne mich, ohne das endgültige Wissen, uns dort einmal wiederzusehen.

Nie war es so schwierig, meinem Körper zu befehlen, loszulassen. Sich umzudrehen und einen Fuß vor den anderen zu setzen, mit jedem Schritt weg von dir. Und kein Gang würde jemals wieder so schwierig sein.

Ich verließ den Raum. Ich konnte das nur, weil Sabrina mich an der Hand hielt und mich nach draußen begleitete wie ein Kind, das noch keinen Orientierungssinn besaß und blind durch Gänge stolperte, die es mehr an ein Labyrinth erinnerten.

Ich wollte noch nicht gehen. Ich wollte in diesem Krankenhaus verharren, bis sie mir sagten, dass es getan war. Ich wollte die Minute deines Todes wissen, damit ich Gewissheit hatte und nicht weiter auf ein Wunder wartete. Sabrina führte mich in die Cafeteria des Krankenhauses und fragte, ob sie jemanden für mich anrufen sollte.

Ich schüttelte den Kopf, weil ich nicht sprechen konnte. Die einzige Person, die ich in diesem Augenblick an meiner Seite wissen wollte, warst du, und ausgerechnet dich konnte ich nicht haben.

Ich bestellte mir einen Kaffee und starrte nach draußen aus dem Fenster. Der Kaffee kam und wurde kalt. Ich rührte ihn nicht an. Nur meine kalten Finger wärmte ich an der Tasse. Ob deine Finger nun ebenso kalt waren wie meine?

Irgendwann konnte ich nicht mehr sitzen. Ich bezahlte den unangerührten Kaffee und lief durch die Gänge, dann draußen über den Parkplatz und durch den kleinen Park. Dreihundertfünfundvierzig Schritte. Zwei Wochen hatte ich sie gezählt, jetzt gab es keine Schritte mehr zu zählen. Wenn ich heute das Krankenhaus verließ, würde ich nicht mehr zurückkommen. Sie würden mir deine Sachen geben, und das war's.

Danach kehrte ich wieder zur Station zurück und nahm im Wartebereich vor der mattierten Glastür Platz. Niemand hatte mir gesagt, wo ich warten sollte, und ich hatte vergessen, nachzufragen.

Ich legte die Hände auf meine Knie. Mein Hals war wie zugeschnürt. Mittlerweile waren drei Stunden vergangen. Oder mehr? Oder weniger? Ich hatte jedes Zeitgefühl verloren.

Irgendwann ging die Tür auf, und Dr. Weiss kam herein. Er hatte jemanden dabei, eine Frau in meinem Alter, mit einem professionell-gütigen Gesichtsausdruck, der jedem vermitteln würde, dass ja alles gut werden würde, dass alles irgendwie zu schaffen war, mit Zeit und Reden und noch mehr Zeit.

Und da wusste ich, dass es vorbei war.

Du und ich, das war nun Geschichte.

Wir waren nur noch Erinnerung.

25.

Das Meer war noch da.

Eigentlich hatte ich nicht damit gerechnet. Als ich den Kopf hob und die blassblaue, fast schon graue, verzerrte Fläche vor und unter und über mir sah, war ich fast erstaunt.

Das Meer war noch da, aber das Ufer … Das Ufer war fern.

Ellens kleine, schmerzhafte Welt hatte mich vergessen lassen. Sie hatte mich eintauchen und verschwinden lassen, hatte mich in ihre Welt gezogen, bis ich meine nicht mehr wahrgenommen hatte.

Mein Herz war voller Schmerz. Es war Ellens Schmerz, aber auch mein eigener. Und er betäubte. Er betäubte den Schrecken, der mir in diesem Augenblick durch die Glieder hätte fahren müssen. Offenbar hatte sich durch mein Einsteigen und meine Bewegungen der Knoten gelockert, offenbar war der Wellengang, den ich nur unterbewusst wahrgenommen hatte, stärker geworden und hatte an dem kleinen Boot gezogen und gezerrt, bis sich das Tau gelöst hatte.

Nun trieb das Boot auf den Wellen. Es trieb nicht einmal weit vom Ufer entfernt, ich konnte dort alles noch klar und deutlich erkennen, aber jeder Meter war einer zu viel. Ich hatte keine Paddel im Boot, nichts, womit ich zum Ufer zurückpaddeln konnte.

Verdammt.

Ich richtete mich auf, da ich zuvor in einer Kauerhaltung dagesessen hatte. Ich faltete Ellens Brief zusammen und schob ihn hastig in seinen Umschlag zurück. Ich wollte nicht, dass er nass wurde. Unter keinen Umständen durfte das Wasser das Letzte zerstören, was mir von meinem Vater geblieben war.

Aber wie sollte ich an Land zurückkommen, ohne dass genau das geschah? Ohne dass ich in das eisige Wasser springen und schwimmen musste, wobei ich binnen Sekunden völlig durchnässt und durchgefroren sein würde?

Panik durchflutete meinen Körper und vertrieb das dumpfe Gefühl, das mich bis zu diesem Augenblick in seinen Klauen gehalten hatte. Ich stellte mich vorsichtig auf, machte mich so groß, wie ich nur konnte, und hob beide Arme gen Himmel, um kräftig zu winken. Wenn nur jemand am Ufer entlangging und mich sehen würde … Ein Spaziergänger oder Fahrradfahrer, eine Familie, ein Touristenpärchen, irgendjemand nur, der Rettung holen konnte.

Ich rief um Hilfe. Mehrmals. Laut. Lauter. Bis es in meiner Kehle krächzte. Der Wind wurde stärker und ließ das Boot schwanken. Ich musste aufpassen, im Stehen nicht das Gleichgewicht zu verlieren. Das Gefährliche an der See war, dass man sie nie einschätzen konnte, manchmal selbst nach Jahrzehnten nicht. Man wusste nie, wann der Wind drehte, wann die Wellen wuchsen, ob das Ufer nun nahte oder nur noch ferner wurde. Ich hatte das Gefühl, das Land wurde unklarer, seine Umrisse schwerer zu erkennen, aber ich war mir nicht sicher. Ich konnte den Steg und die anderen Boote noch ausmachen, aber sie waren … trüb und milchig, als befände sich eine Scheibe aus Mattglas zwischen uns.

Verzweiflung wollte in mir aufsteigen. Dieser seltsame Anflug einer noch seltsameren Angst; zu sehen, was auf einen zukam, ohne etwas daran ändern zu können. Der einzelne Samen eines Löwenzahns zu sein, der in einen Sturm geraten war.

Dann sah ich einen Schatten hinter den Dünen. Jemand, der auf den dünnen Sandstreifen lief und dort stehen blieb. Ich wollte erleichtert sein, wollte rufen, dass ich hier war, hier, dass man mich nur holen musste, aber der Wind riss mir die Worte einfach aus dem Mund. Er war wie eine scharfkantige Klaue.

Wie wild gestikulierte ich mit den Armen, ehe eine Welle das Boot zum Schaukeln brachte. Für einen Augenblick setzte mein Herzschlag aus, und ich ruderte mit den Armen, aber es war zu spät. Ich fiel auf die rechte Seite. Meine Hüfte prallte gegen den Kunststoff des Bootes, dann umfing mich eisige Kälte.

Sie raubte mir den Atem und setzte sich tonnenschwer auf meine Brust, sodass ich einige Sekunden lang nicht in der Lage war, einzuatmen. Ich wusste nicht, wo oben oder unten war, wo der Grund des Meeres und wo seine Oberfläche. Alles, was ich spüren konnte, war die unbarmherzige Kälte.

Der Brief.

Ich begann mit hastigen Schwimmbewegungen, als mir bewusst wurde, dass jede einzelne Sekunde im Wasser Ellens letztem Brief den Todesstoß versetzte. Meine Kleidung war klatschnass, und mein Körper fühlte sich bleischwer an. Ich schwamm rasch zu der kleinen Leiter des Tretbootes. Ich wollte raus aus dem Wasser, sofort und auf der Stelle, bevor es noch mehr Schaden anrichten konnte. Es dauerte viel zu lange, mich endlich in die Höhe zu hieven und über den Rand des Bootes zurück in sein Inneres zu fallen.

Schwer atmend lag ich da. Meine Finger kamen mir taub vor, als sie in meiner Jackentasche wühlten, um den zusammengefalteten Umschlag beinahe panisch herauszuziehen.

Er war noch da, aber er war durchweicht. Wasser tropfte

auf den Boden und auf meine Schuhe, die ich nebenbei auszog, weil sie voller Meer waren. Fast schon hypnotisch starrte ich auf das Papier, als würde es unter meinem Blick trocknen, als würde plötzlich ein heißer Wüstenwind kommen und alles retten.

Vorsichtig zog ich den Umschlag mit zwei Fingern auseinander und spähte hinein. Ich sah Worte. Verschmiert und wie ein Labyrinth auf dem Papier verteilt, ineinander verlaufen, haltlose Linien.

Was ich gelesen hatte, war fort. Es war nur noch in meinem Kopf.

»Scheiße«, wisperte ich. Ich nahm gar nicht mehr wahr, wie kalt mir war. Dass ich erbärmlich fror, weil ich bis auf die Haut durchnässt war, weil der Wind meine Haut in eine Eisfläche verwandelte. Ich nahm es nicht wahr, weil ich nur auf das Papier starren konnte. Hilflos. So hilflos.

Was hatte ich getan? Warum war ich nur so dumm gewesen, das Tau nicht zu prüfen, bevor ich mich auf das Boot geschwungen hatte? Ich war doch sonst nicht so nachlässig, im Gegenteil. Wie konnte ich so dumm sein, dass ich das kräftige Schaukeln des Bootes nicht mitbekommen hatte?

Ich glättete das Papier und legte es auf die Sitzbank neben mich. Mit den Schuhen beschwerte ich die Ränder, damit es nicht fortflog. Ich traute mich nicht, einen genaueren Blick hineinzuwerfen und das Ausmaß der Zerstörung zu betrachten. Vielleicht sollte ich ihn nun einfach in Ruhe lassen, bis er wieder trocken war und eine einzelne Bewegung nicht noch mehr kaputt machen würde.

Mittlerweile hatte es zu regnen begonnen. Ich war also nicht nur vom Meer durchtränkt, auch von oben fiel Wasser auf meinen ungeschützten Körper, der im Minutentakt mehr zu zittern begann. Mein kleines Boot trieb immer weiter ab und folgte einer Strömung, die ich nicht erkennen konnte.

Du und ich, das war nun Geschichte.

Ich legte die Hände auf mein Gesicht und bedeckte meine Augen, während Herz und Kopf miteinander rangen. Das Herz, das traurig und bekümmert sein wollte und sich nicht um ein wildes Meer unter mir scherte, es sogar noch als Ausdrucksform seines Schmerzes begrüßte, und der Kopf, der mich davor warnte, jetzt aufzugeben. Ich musste mich warm halten, meine Hände aneinanderreiben, meine Beine bewegen. Und obwohl ich müde und meine Glieder erschöpft waren, tat ich das. Ich tat es, während ich die Augen zusammenkniff und zum Ufer spähte. Dünner Nebel war aufgezogen und trübte meine Sicht. Die wenigen kahlen Bäume und Sträucher am Ufer wirkten wie Schattenspiele einer Zwischenwelt. Selbst die Flügel der Mühle verschwanden in der Welt dahinter.

Vielleicht, dachte ich, war ich kurz vor Avalon.

Doch da … Ich richtete mich auf und spitzte die Ohren. Ich konnte etwas hören, ein leises, beständiges, surrendes Geräusch, das sich immer näher an mich heranpirschte. Es wurde immer lauter, sodass ich es mir kaum einbilden oder mit dem Wind verwechseln konnte. Es klang wie das Tönen eines Motors.

Ich kniff die Augen zusammen und tatsächlich: Da bewegte sich etwas zielstrebig und zügig direkt auf mich zu. Vor Erleichterung sprang ich auf, wobei das Boot wieder gefährlich schwankte und ich sofort stillhielt. Nur nicht bewegen, nicht erneut fallen.

Ein kleines Motorboot näherte sich nun zügig. Anhand des Weges, den es vom Ufer bis zu mir zurücklegte, erkannte ich erst, wie weit ich bereits vom Ufer abgetrieben worden war, so trügerisch nahe es mir auch noch erschien. Das war die Tücke des Meeres: Seine Gefährlichkeit erkannte man erst, wenn es schon viel zu spät war.

Ich schlang die Arme um mich. Meine Zähne klapperten leise aufeinander, ich konnte das Zittern in meinen Gliedern nicht mehr zurückhalten. Es war einfach wahnsinnig kalt. Die Kälte hatte sich bis in jede Faser meines Körpers durchgefressen, wie Krähen, die sich durch Sehnen und Muskeln bis auf den Grund hakten.

Jetzt erkannte ich auch die Person, die das Motorboot lenkte, und mir stockte der Atem vor Erleichterung.

Kurz vor meinem treibenden Boot wurde Maximilian langsamer. Das Motorboot trieb nun neben mir.

»Nela?«, rief er ungläubig, als er mich erkannte. »Was zur Hölle tust du hier draußen?« Er musste laut reden, um gegen den Wind anzukommen. Ich war so froh, ihn zu sehen, dass ich an den Rand des Bootes rutschte und am liebsten meine Arme nach ihm ausgestreckt hätte. Er sollte mich hier rausholen.

Stattdessen warf er mir ein dickes Tau zu, das ich nach seiner Anweisung an der Vorderseite des Bootes befestigte. Dann erst kletterte ich mit seiner Hilfe zu ihm hinüber, nicht ohne zuvor den Brief eingesteckt zu haben.

Noch immer starrte Maximilian mich so verwirrt an, dass ich wider Willen lachen musste.

»Lesen«, sagte ich.

»Lesen?«, fragte er irritiert.

Ich winkte ab, denn … ich wollte ihn nicht anlügen müssen. Nicht noch mehr. Die Wahrheit, die ich nicht auszusprechen wagte, stand schließlich immer noch zwischen uns. Er hatte keinen Schimmer, warum ich hier war und seine Nähe suchte.

Er reichte mir eine dieser Rettungsdecken aus einem Erste-Hilfe-Kasten. Offenbar sah man mir an, wie durchgefroren ich war. Mittlerweile zitterte ich wie Espenlaub. Ich hatte das Gefühl, in Eis getränkt worden zu sein. Selbst mein Herz schien von einer fragilen Schicht aus Eis umfangen zu sein. Doch ich begrüßte sie. Sie nahm mir den Abschiedsschmerz, den ich zu spät empfand, sie nahm mir die große Frage nach dem Was-wäre-wenn-er-es-zu-mir-geschafft-hätte, sie nahm mir das wachsende schlechte Gewissen gegenüber Maximilian. In mir war es still. Still wie unter der Oberfläche des Ozeans, wenn man unter Wasser trieb und die Geräusche der Welt einen für den Augenblick nicht länger belasteten.

Maximilian warf mir einen besorgten Blick zu. Ich konnte mir denken, was er sah: einen bebenden Haufen Elend.

»Geht es?«, fragte er. »Du zitterst ja ganz erbärmlich.«

Ich nickte tapfer, da ich kein Wort herausbrachte.

»Wie ist das überhaupt passiert?«

»Ich … ich wollte nur lesen«, sagte ich wieder mit klappernden Zähnen. »Ich hatte mich in das Boot gesetzt, aber das Tau war am Steg befestigt. Dachte ich.«

»Und dir ist nicht aufgefallen, dass du plötzlich vom Ufer forttreibst?«, wollte er wissen.

Ich schüttelte den Kopf, ehe ich die Schultern zuckte. »Na ja«, murmelte ich mit einem schiefen Lächeln. »*Irgendwann* schon.«

Maximilian steuerte das Motorboot gen Ufer zu. »Und warum bist du so nass?«

Ich spürte, wie ich rot wurde. »Ich habe versucht, am Ufer auf mich aufmerksam zu machen. Dabei bin ich über Bord gegangen.«

Obwohl er sich sichtlich Mühe gab, es zu unterdrücken, musste Maximilian lachen. Er hörte aber sofort auf, als ein Schauer meinen Körper erbeben ließ, und bremste das Motorboot ab. Wir waren am Ufer angekommen. Jetzt erst bemerkte ich, dass wir an einem anderen Steg waren. Vermutlich hatte er dort auch das Motorboot geholt, mit dem er mich aus dem Meer gefischt hatte.

Er sprang aus dem Boot und befestigte beide am Steg. Mit steifen Gliedern rappelte ich mich derweil auf und versuchte, aus dem Boot zu klettern, doch das Wackeln und die Kälte waren zu viel für mich. Ich musste auf Maximilian warten, der mir auf den Steg half.

»Komm«, sagte er drängend. »Ein paar Meter weiter ist ein kleines Häuschen mit einem Kamin, dort wärmen wir dich erst mal auf. Bis ein Wagen hier ist, bist du längst erfroren.«

»Ich kann nach Hause laufen«, sagte ich kopfschüttelnd. Ich hatte ihm bereits genug Umstände bereitet.

»Um Himmels willen«, rief er aus. »Bis zur Pension ist es ein gutes Stück. Das schaffst du niemals, ohne dir eine Lungenentzündung zu holen.«

Ich gab nach. Vermutlich hatte er recht. Wir folgten einem geschlängelten Pfad, der tatsächlich zu einem kleinen Holzhaus führte, das sich hinter den Dünen hier befand. Es wirkte ein wenig wie ein verwunschenes Hexenhäuschen aus einem Märchen mit seinen Holzbalken, der kleinen Veranda vor der Tür und den grün angestrichenen Fensterläden. Über die Wände wucherte Efeu.

Maximilian schloss die Tür mit einem Schlüssel des gewaltigen Schlüsselbundes, den er immer mit sich trug, auf und knipste das Licht an. »Komm«, sagte er. »Hier gibt es zwar nicht den größten Luxus, aber es wird reichen. Die Hütte gehörte mal meinem Großvater, der sich fast jedes Wochenende hier niedergelassen hat, um zu angeln.«

Er dirigierte mich ins Innere des Häuschens und deutete auf einen Sessel, den er vor einen mit alten Kacheln überzogenen Ofen schob. Ich setzte mich, zog die Schuhe aus und zog die Beine an. Doch alles Zusammenkauern half nichts. Ich schlotterte am ganzen Körper. Der Stoff der Kleidung, der an meiner Haut klebte, war immer noch nass und klamm, und solange ich sie an mir trug, würde ich nicht warm werden.

Maximilian war nach draußen verschwunden und kam nun wieder. Unter dem Arm trug er einige Holzscheite, die er zügig im Ofen aufeinanderschichtete. Aus einer Schublade holte er ein Feuerzeug und zündete damit das kleinste Stück Holz an, das er dann in die Mitte des Ofens steckte. Er schloss die Glastür und regulierte die Luftzufuhr.

»Ich hole dir Handtücher und eine Decke« sagte er. »Das Bad ist nebenan. Du musst aus den nassen Klamotten raus. Eine heiße Badewanne wird dir guttun und dich aufwärmen. Gleich wird auch der Ofen sein Übriges tun. Magst du Tee? Dann koche ich uns einen.«

Ich nickte, denn mittlerweile war ich nicht mehr fähig, zu sprechen. Mir war so kalt, dass ich glaubte, von innen heraus langsam an einem Eisfeuer zu verbrennen. Mit steifen Fingern griff ich nach Handtüchern und Decke und lief damit ins Badezimmer. Ich konnte die versprochene heiße Badewanne kaum erwarten. Die Holzdielen knarzten laut unter meinen Fußsohlen.

Das Bad war alt und mit hellblauen und weißen Fliesen belegt. Der Spiegel war trüb, als wäre er schon lange nicht mehr gewischt worden. Oder, dachte ich, vielleicht schaute auch einfach niemand mehr hinein.

Ich schälte mich aus meinen Klamotten und ließ sie nach und nach zu Boden fallen. Ich hörte dabei den Brief. Er fühlte sich noch immer nass und schwer an, was mein Herz wieder höherschlagen ließ und meine Hände dazu zwingen wollte, danach zu greifen und zu prüfen, wie groß der Schaden war.

Doch nicht jetzt. Nicht jetzt. Erst einmal war ich dran, danach die Vergangenheit.

Meine Haut fühlte sich an wie kühler Marmor. Ich drehte den Wasserhahn der Badewanne auf und steckte den Stöpsel ein. Ein Durchlauferhitzer sprang leise surrend an. Dampfendes Wasser strömte laut rauschend in die Wanne, während ich zögernd in der kleinen Kommode nach einem Badeschaum suchte. Ich fand einen mit winterlichen Motiven, der nach Zimt und Orange duftete. Er war nicht mehr neu, vielleicht wurde diese Hütte nicht regelmäßig genutzt. Offenbar war diese Hütte kein richtiges Ferienhaus, sondern mehr ein Behelf. Vielleicht auch ein Überbleibsel älterer Tage.

Ich rieb die restliche Nässe von meiner Haut. Ich rieb so fest, bis das Blut darunter wieder zu zirkulieren begann und sie rot wurde, weil der Stoff leicht kratzig war. Die Wanne war mittlerweile bis zur Hälfte gefüllt, sodass ich schnell hineinstieg und in dem heißen Wasser versank. Im ersten Augenblick hatte ich das Gefühl, nur noch mehr zu frieren. Es dauerte eine Weile, bis die Wärme sich durch meinen Körper gearbeitet hatte und die Hitze mir den Atem verschlug. Dann aber breitete sie sich wohltuend in meinem Körper aus und vertrieb die steife Kälte, die mich fast bewegungsunfähig gemacht hatte. Doch mit ihr verschwanden auch Schock und Adrenalin, und ich spürte, wie sich ein Kloß in meiner Kehle breitmachte.

Dieser letzte Brief. Ich hatte noch keine Zeit gehabt, mich mit ihm auseinanderzusetzen. Ihn zu verinnerlichen. Ihn zu verarbeiten. All das schlummerte noch unter der Oberfläche.

Ich hörte das Pfeifen von kochendem Wasser, das Maximilian nebenan in der Küche vorbereitete. Der Gedanke an ihn beruhigte mich. Er war da. Er hatte mich gerettet. Er hatte mich nicht in der Pension oder in einem Krankenhaus oder sonst wo abgesetzt. Er war hier.

Wir waren hier.

Ich lehnte mich zurück und schloss die Augen. Ich versuchte, mich auf die einschläfernde Wirkung des Badewassers zu konzentrieren und alles andere zurückzudrängen.

Irgendwann fühlte sich mein Körper wieder warm und lebendig an, meine Wangen waren erhitzt und glühend, und ich traute mich, aus dem Wasser zu steigen und mich rasch abzutrocknen. Dann rubbelte ich meine Haare halbwegs trocken, band mir das größere Handtuch fest um den Körper und hüllte mich zudem in die riesige Wolldecke, die Maximilian mir gegeben hatte. Der Stoff war viel weicher und schmiegte sich angenehm an meine Haut. Ich griff nach meinen Klamotten und wrang sie in der Badewanne aus. Auf nackten Füßen lief ich mit den nassen Klamotten unterm Arm zurück in das Wohnzimmer mit dem Kamin. Das Feuer loderte mittlerweile hell auf, und seine Wärme hatte den kühlen Raum bereits durchdrungen. Jetzt erst hatte ich Zeit, mich umzusehen. Das Haus schien alt zu sein. Die Schränke, der Tisch und die Bücherregale waren mit einer feinen Staubschicht bedeckt. Der bunte Teppich auf dem Boden war ausgeblichen. Die Gemälde an den Wänden waren mit Öl gemalt und sahen aus wie jene in der Wohnung meiner Großeltern.

Maximilian hatte zwei Sessel zum Kamin geschoben und in einem davon Platz genommen. Auf dem Couchtisch zwischen den beiden Sesseln standen zwei Tassen. Ich konnte den fruchtigen Tee darin schon riechen. Eine feine Note aus Beeren. Mit der Hand deutete er auf jenen Sessel, der ihm nun gegenüberstand.

»Warte«, sagte er und sprang auf. Energisch nahm er mir das Bündel aus dem Arm. »Setz dich«, fügte er streng hinzu.

Er zog erst einen Stuhl heran und stellte ihn nahe ans Feuer, ehe ich seinem Befehl Folge leistete und er währenddessen meine Kleidung darüberhängte. Dann nahm auch er Platz. Seine Miene war etwas angespannt, und seine rechte Hand lag auf seinem Brustkorb, die Finger bohrten sich kaum merklich in den Stoff seines Pullovers, als wollten sie etwas darunter … festhalten.

»Ist alles okay?«, fragte ich und blieb vor ihm stehen. Sein Blick folgte meinem, der noch immer auf seine Hand gerichtet war. Einen Augenblick sagte er nichts, aber ich hatte das Gefühl, dass er etwas unterdrückte. Eine Geste, einen Laut, ein Wort, einen Hilferuf, irgendetwas. Aber dann lächelte er nur, und es wirkte gequält und besorgt zugleich.

»Geht es dir besser?«, fragte er, ohne zu antworten. Sein Blick wanderte rasch über mich, als wollte er feststellen, ob es mir wirklich gut ging und ich keine äußeren Verletzungen hatte. Wie hatte ich ihn am Anfang nur nicht mögen können? Er war vielleicht ruhig und in sich gekehrt, aber er war freundlich und hilfsbereit und keiner dieser Menschen, die man mühsam aufknacken und denen man eine unendlich dicke Maske aus Abwehr und Kälte vom Gesicht schaben musste, um dahinter nur noch mehr davon zu finden.

Ich setzte mich und zog die Beine an, damit ich sie unter der Decke platzieren konnte. Das Feuer im Ofen prasselte angenehm, das Holz knisterte und knackte. Die Hitze, die durch das Glas auf mich abstrahlte, war so eindringlich, dass ich das Gefühl hatte, von allen Seiten von ihr eingeschlossen und umarmt zu werden.

»Ja«, sagte ich aufrichtig. »Und danke. Für die Rettung.«

Maximilian winkte ab. »Es gibt nichts, wofür du dich bedanken musst. Das hätte jeder getan.«

»Trotzdem«, beharrte ich. »Ich möchte mich einfach bedanken. Du hast mich gesehen. Am Ufer. Und du hast kein Video für Facebook gedreht, sondern mich gerettet. Es war sicher nicht ungefährlich, bei dem Wind aufs Meer rauszufahren.«

Maximilian musste lachen. »Mit einem Motorboot ist die Gefahr nicht so groß. Aber ich nehme deinen Dank natürlich trotzdem gern an. Und füge hinzu, dass ich glaube, dass das jeder getan hätte. Aber … mit dem Video hast du mich für das nächste Mal auf eine Idee gebracht … So ein viraler Hit ist nicht zu verachten.«

Wir lachten beide. Ich widersprach nicht weiter. Wieder kam mir das Papierknistern in den Sinn. Ich starrte in die Flammen. Ich hatte auf dem Meer lesen wollen, um seinen Halt und seine Ablenkung und seinen Trost zu haben, wenn ich über den Tod las. Und in gewisser Weise hatte das Meer mich abgelenkt. Es hatte mich geschluckt und wieder ausgespien, wie jene Zeilen auf dem Papier, das ich nun vielleicht für immer in eine dünne Leinwand mit schwarzen Tintenflecken verwandelt hatte, ohne Leben und ohne Geschichte und erst recht ohne Erinnerungen.

Ich griff nach der Tasse Tee. Die Flüssigkeit war nicht mehr kochend heiß, sodass ich einige Schlucke trinken und meinen Durst stillen konnte.

»Also«, sagte ich und musterte ihn aufmerksam. »Was ist los?«

Maximilian hob fragend die Augenbrauen. »Was meinst du?«

»Ich meine«, sagte ich leise und lehnte mich langsam nach vorne, »dass ich gesehen habe, wie du dein Herz festgehalten hast. Genau das hast du getan, nicht wahr? Dein Herz festgehalten.«

Maximilian sah nicht weg. Er war auch nicht peinlich berührt oder beschämt oder wütend. Er blickte mir ohne Umschweife in die Augen und suchte keine Ausrede und keinen Ausweg aus der Situation.

»Ja«, sagte er.

Das Feuer flackerte auf. Draußen war es so neblig, dass ich das Gefühl hatte, die intime Atmosphäre eines anbrechenden Abends läge auf uns, dabei war dieser noch so fern.

»Warum?«, fragte ich. »Bereitet es Probleme?«

Es. Warum bezeichnete ich das Herz so? Es war kein Es.

Es hatte einmal jemandem gehört, der einen Namen trug, und so war es auch jetzt noch.

Maximilian beugte sich ebenfalls ein Stück nach vorne, obwohl niemand da war, der unsere Worte belauschen konnte. Es gab nur uns und das Feuer, und vielleicht befand es sich nicht nur im Ofen, sondern auch zwischen uns.

»Ja«, sagte er wieder. »Es hatte furchtbare Angst um dich.« Seltsamerweise sah er dabei ganz gelassen aus, viel ruhiger, als ich es wäre, wenn in meiner Brust ein Spenderherz mit ungewisser Lebensdauer stecken würde. »Und wenn es Angst hat, spielt es noch verrückter als sonst.«

Ich starrte ihn abwartend an, doch mehr kam nicht.

»Was bedeutet das?«, hakte ich nach.

»Dass ich Angst um dich hatte?« Er verzog die Lippen zu einem spöttischen Lächeln. »Dass mir etwas an dir liegt, vermute ich.«

Ich wurde rot. »Nein, ich meine … Ich meine, dass es verrücktspielt.« Ich war doch tatsächlich ins Stottern geraten. Maximilian brachte mich aus dem Konzept.

»Es bedeutet, dass es hin und wieder sticht und ziept und aus dem Takt gerät.«

»Aber … Warst du damit nicht beim Arzt?«

»Nein«, sagte Maximilian kurz. »Schon länger nicht mehr.«

Mir kam Alexander in den Sinn, der sich um seinen Bruder sorgte, der Angst um ihn ausstand, der eine langsame Veränderung in ihm gesehen hatte. Diese Veränderung kannte ich nicht, ich kannte nur den Maximilian von jetzt. Und diesen Maximilian hätte ich am liebsten geschüttelt.

»Warum nicht?«, fragte ich. Ich gab mir Mühe, nicht laut zu werden, denn am liebsten hätte ich ihn angeschrien. In seiner Brust schlug das Herz meines Vaters. Er sollte gefälligst darauf aufpassen.

Maximilian musterte mich schweigend. Unsere Knie berührten sich beinahe, auch wenn meins unter einer dicken Wolldecke vergraben war.

»Das … ist etwas Persönliches«, sagte er leise.

»Jemanden zu retten«, erwiderte ich, »ist auch etwas Persönliches. Es wird mich, in gewisser Weise, für immer an dich binden. Eine Schuld, die ich nie ausgleichen kann. Willst du mich so wieder nach Hause zurückkehren lassen? Mit einer Schuld an einen Fremden, die ich nie tilgen kann?« Ich lächelte vorsichtig.

Etwas in Maximilians dunklen Augen leuchtete auf. Ein zartes Glimmen aus Traurigkeit, aber auch Hoffnung und einem gewissen Knistern, das zwischen uns bestand. Und ich erkannte, dass es bei ihm vielleicht so war wie bei mir selbst: Irgendwo in uns schlummerte das Unausgesprochene, das nur auf die eine Person wartete, die das Unausgesprochene verstand. Die es, wenn wir es dann endlich aussprachen, nicht missverstand, die auch die Zeilen dazwischen lesen konnte, die am Klang unserer Stimme erkannte, was wir wirklich sagen wollten und was wir vielleicht schon seit Jahrzehnten in uns schwären ließen.

»Von dieser Seite aus betrachtet magst du möglicherweise recht haben.« Maximilian neigte den Kopf. Er schien über meine Worte nachzudenken und sie Buchstabe für Buchstabe abzuwägen. »Aber wie schaffen wir jetzt einen Ausgleich?«

»Ganz einfach«, warf ich ein. »Persönliches gegen Persönliches.«

Maximilian deutete ein Lächeln an. »Das Spiel spiele ich aber nicht allein.«

Ich zuckte mit den Schultern und lehnte mich wieder zurück. Nun endlich war mir richtig warm, innerlich wie äußerlich. Ich hatte mich vom eisigen, rauen Meer erholt.

»Du fängst an«, sagte Maximilian und erhob sich. »Ich schaue derweil, ob es hier noch etwas Essbares gibt.«

Als er von Essen sprach, begann mein Magen lauthals zu knurren. Erschrocken presste ich die Hände auf meinen Bauch. »Ups.«

»Da braucht es wohl jemand auch dringend.« Maximilian zog aus einem Schrank einige Schokoladenriegel und eine Keksschachtel hervor und stellte sie zwischen uns auf den Tisch.

Ich dachte nach. Etwas Persönliches. Etwas *ungefährlich* Persönliches. Etwas, das mich nicht als die Lügnerin entlarvte, die ich doch war, selbst jetzt noch.

»Ich würde am liebsten auf Neustart drücken«, sagte ich schließlich, als Maximilian wieder auf seinem Platz saß.

»Inwiefern?«

Ich seufzte. »Na ja, die Uhr zurückstellen, Entscheidungen nochmal neu treffen, andere Leute kennenlernen, Orten und Menschen zu anderen Zeiten begegnen, weil Sekunden oder Minuten ein Leben vielleicht verändern können. Deswegen bin ich hier. Weil ich dachte, ich muss mein Leben … verlagern.«

Maximilian starrte mich so lange wortlos an, bis ich peinlich berührt errötete. »Was?«, fragte ich ein wenig ungehalten.

»Dein Leben verlagern? *Hierhin?* Ans Ende der Welt? Du kommst auf seltsame Ideen, Nela. Aber das war mir in dem Augenblick bewusst, als du dich in eine dunkle Stallgasse verirrt hast. Oder du lesend über das offene Meer geschifft bist.« Er prustete leise. Wenn er lachte, dann konnte er so unbeschwert wirken. Unwillkürlich fragte ich mich, wie er wohl wäre, wenn er immer so war. Wie sich sein Lächeln wohl unter meinen Fingern anfühlte?

»Vielleicht nicht hierhin«, gab ich zu. »Aber irgendwohin.

Und irgendwo muss man dann beginnen, wenn man den einen Ort sucht, an dem alles anders werden soll, richtig?«

Maximilian nickte langsam. »Vielleicht.«

Er hielt mir die Keksschachtel hin, und ich klaubte mir zwei Plätzchen raus, die ich hungrig verspeiste. Er wartete, bis ich noch einige Male zugelangt hatte. Binnen Minuten hatte ich die halbe Packung verputzt. Aber wirklich satt war ich nicht. In meinem Mund schmeckte noch alles nach Salz.

»Du bist dran«, sagte ich auffordernd.

»Als Kind wollte ich auswandern. Nach Amerika. Ich wollte Cowboy werden und mit wilden Pferden über die Prärie preschen.«

Ich konnte mir Maximilian gut als solchen vorstellen. Trotzdem schnalzte ich leise mit der Zunge. »Etwas Persönliches«, schalt ich und warf ihm einen gespielt tadelnden Blick zu.

Maximilian wurde unruhig, und es hielt ihn nicht länger auf seinem Platz. Er lief zu den Küchenschränken zurück und beschäftigte seine Hände, indem er tat, als würde er nach mehr Essbarem suchen.

»Mir fällt nichts ein«, sagte er. »Ich fürchte, ich bin eine furchtbar langweilige Persönlichkeit. Das macht das Landleben aus uns, schätze ich. Es formt uns zu öden, eigenwilligen Einsiedlern.«

»Das stimmt nicht«, widersprach ich. »Ich habe dich und Henrietta nicht als öde kennengelernt. Und dein Bruder ist sicher alles, aber kein Einsiedler.«

Ein Schatten huschte über Maximilians Gesicht, als ich auf Alexander anspielte, und er hielt in der Bewegung inne. Dann wandte er das Gesicht ab, bis es weder vom Feuer noch vom nebligen Tageslicht beleuchtet wurde.

Ich schlang die Wolldecke um meinen Körper, bis ich bis

zum Kinn eingehüllt war, und lief über Teppiche und Dielenboden zu ihm. Selbst der Boden war nun warm unter mir.

»Tut es weh?«, fragte ich. »Jetzt gerade?«

Ich blieb vor ihm stehen und beobachtete sein Mienenspiel. Schatten, Licht, Schatten, Licht, je nachdem, woran er dachte.

»Ja. Ein wenig.«

»Und warum«, hakte ich ganz behutsam nach, »bist du dann hier bei mir und nicht bei einem Arzt?« Ich dachte an Alexander, der so verzweifelt war, dass er eine Fremde nach dem Befinden seines Bruders fragen musste. Das war nicht richtig. So sollte Familie nicht sein.

»Weil du dich Richtung Meer davonmachen wolltest«, entgegnete Maximilian trocken, ehe er ein leises Seufzen ausstieß. »Das ist schwer zu erklären und noch schwerer zu begreifen.«

»Versuch es«, bat ich, »dann versuche ich es auch.«

Er fuhr sich in einer fast hilflosen Geste über das Haar, das widerspenstig in seine Stirn zurückfiel. »Ich habe dir ja bereits erzählt, was ich in meiner Kindheit erlebt habe.«

Ich nickte. »Die Geschichte deines Wunders.«

Er schnaubte. »Was sie Wunder *nannten.* Und vielleicht ist es sogar eins. Vielleicht ist unsere ganze fortschrittliche Medizin ein Wunder, ich weiß es nicht. Aber eins weiß ich …« Er starrte mich an, unmaskiert und offen und verletzlich, und mir wollte mein Herz stehenbleiben, weil es so viel Mitgefühl bei der Traurigkeit empfand, die in Maximilians Gesicht geschrieben stand.

Ich hob die linke Hand und legte sie federleicht auf seinen Oberarm. Ich wollte damit sagen: *Ich bin hier, du kannst nicht fallen, spuck die Worte jetzt aus.* »Was weißt du?«

Maximilian neigte den Kopf, bis sein Blick auf meine Hand fiel. Er schien unsicher zu sein, schüttelte sie aber nicht ab, im Gegenteil. Langsam legte er seine Hand auf meine. Vielleicht brauchte er Halt, weil nun er es war, der auf einem wilden Wellenmeer schaukelte und ankerlos war. Vielleicht war es aber auch das leise Surren zwischen uns.

»Dass ich nicht mehr derselbe bin, seit dieses verfluchte Herz in mir wohnt«, flüsterte er rau. »Dass es etwas mit mir gemacht hat, dass es mich mit einer Schwere erfüllt, die ich nicht erklären kann. Die mir kein Mensch glauben würde, denn alles, was ich empfinden darf, ist Dankbarkeit.«

Ich musste den Atem anhalten. Bei seinen Worten wurde ich von einer Welle an Gefühlen überrollt. Mitgefühl, weil ich wusste, wie es war, wenn man sich anders fühlte, als man sollte … oder wollte. Zuneigung, weil er sich mir gegenüber öffnete. Aber auch Zorn, eben weil ein Teil von mir, jener Teil, der Hannes' Tochter war, seinen Worten unumstößlich recht gab; dass er Dankbarkeit empfinden sollte. Immerhin lebte er, und mein Vater war tot, und irgendwie hing beides miteinander zusammen.

Ich wollte ihn an den Schultern schütteln, regte mich dennoch nicht. Stattdessen nahm ich ein, zwei tiefe Atemzüge und dachte nach, während meine Fingerspitzen unbewusst damit begonnen hatten, zart über seinen Arm zu streichen. Vielleicht wollte ich uns beide beruhigen. Und vielleicht war eine einfache Berührung eine Brücke, die Worte nicht schafften.

»Inwiefern hast du dich verändert?«, fragte ich.

Ich hatte das Gefühl, Maximilians Gesicht verdunkelte sich noch mehr, dabei war es schon abwehrend und nachtkalt. Als würde er einen innerlichen Kampf gegen sich selbst ausführen.

Er zuckte die Schultern. »Keine Ahnung, das können andere besser beurteilen. Ich kann nur sagen, dass sich seit … seit der Transplantation alles anders anfühlt. Schwerer. Als wäre nicht nur ein Herz in meiner Brust, sondern ein Zementblock, der mich runterzieht.« Er hatte auf meine Hand auf seinem Arm geblickt, doch nun richtete er den Blick höher, begegnete mit ihm meinen Augen.

»Sag es«, forderte er mich leise auf.

»Was?« Ich verstand nicht.

»Dass du denkst, ich wäre ein schlechter Mensch.«

»Das denke ich nicht«, widersprach ich und schüttelte den Kopf. »Natürlich gibt es Menschen, die schlechte Dinge tun, aus welchen Gründen auch immer, aber das bedeutet nicht, dass man von Grund auf schlecht ist. Den meisten von uns anderen begegnet einfach nur das Leben. Manchmal mit Achtsamkeit und Güte und manchmal mit voller Fahrt, wild und brutal und überhaupt: Du bist kein schlechter Mensch, da bin ich mir sicher.« Mir wollten Tränen in die Augen steigen, als ich zitternd die andere Hand hob und sie auf Maximilians Brust legte. Sanft und behutsam, als würde er sonst unter meinem Griff zersplittern, ließ ich sie dort ruhen, auf seinem rasch schlagenden Herz.

Ich berührte ihn und gleichzeitig Hannes' Vermächtnis. Mein Kopf war voller Gedanken, und ich wollte sie alle aussprechen, sie Maximilian alle entgegenwerfen. Endlich weg mit den verborgenen Worten, endlich Wahrheit zwischen uns.

Aber … etwas bremste mich aus. Die Fragilität in seiner Miene hielt mich davon ab, auszusprechen, was in mir tobte und meinen Hals zusammenziehen ließ.

Wenn ich es kaum ertrug, wie sollte er es dann? Ich musste einen besseren Augenblick erwischen. Einen, in dem er stärker als jetzt war, einen, in dem ihm das Herz nicht so schwer wog.

»Das kannst du nicht wissen«, riss er mich aus meinen Gedanken. »Du kennst mich nicht.«

»Ach«, sagte ich mit belegter Stimme. »Es fühlt sich aber so an, als täte ich das.«

Ohne darüber nachzudenken, schlang ich die Arme um ihn. Ich wollte ihn trösten und halten und die Schwere leichter machen und ihm auch ein wenig nahe sein.

Wirklich ihm, stellte ich überrascht fest. Nicht den Überresten meines Vaters. Ihm selbst.

Maximilian versteifte sich, aber nur für einen Moment. Dann legte er seine Arme zögernd um mich, und ich spürte seinen Blick auf mir ruhen, spürte die Fragen darin.

Seine Haarspitzen berührten meine Wangen, als er sich nach vorne lehnte und sein Kinn auf meinem Kopf abstützte. Ich atmete ein und sog seinen Duft, den ich bisher immer nur erhascht hatte wie einen fernen Geruch im Wind, tief ein. Er roch nach Salz und Meer und Kälte und Pflanzen und ein wenig nach den Tieren, um die er sich kümmerte. Ganz schwach nahm ich eine Note seines Aftershaves wahr.

»Ja«, sagte er, und Erstaunen lag in seiner Stimme, »seltsamerweise geht es mir auch so.«

Seine Finger strichen sanft über meine Haare und wanderten dann langsam tiefer über meinen Hals, um auf meiner Schulter liegen zu bleiben. Die Wärme seiner Hand konnte ich auch durch den dicken Stoff der Decke fühlen.

Und so blieben wir stehen, wie zwei Statuen voreinander, kannten uns kaum, sprachen noch weniger, aber hatten beide dieses Gefühl, dass uns etwas miteinander verband: ihn und mich, stumm webend zu einem Wir, das auf einer instabilen Brücke stand, die leicht zu zerbrechen war.

Aber jetzt, in diesem stillen Augenblick, hielt sie.

26.

Und da wusste ich, dass es vorbei war.
Du und ich, das war nun Geschichte.
Wir waren nur noch Erinnerung.

Ich wachte auf, schreiend und um mich schlagend. Ich war so gefangen in meinen Träumen, dass ich den Morgen und die Realität nicht erkannte, ich hing in einer Zeitschleife, fünfzehn Jahre rückwärts. Was ich am Tag verweigert hatte, war nun in der Nacht zu mir gekrochen und hatte sich in meinem Kopf eingenistet: Verarbeitung. Die Verarbeitung des letzten Briefes.

Ich schreckte hoch und war orientierungslos. Wo war ich? Wann war ich? Draußen hämmerte ein Regenfall vom Himmel und prasselte erbarmungslos auf die Erde. Das Hämmern setzte sich hinter meiner Schläfe fest, in der es schmerzhaft pochte.

Wir waren nur noch Erinnerung.

Ich presste die Fäuste auf meinen Mund, um nicht länger einen solchen Lärm zu verursachen. Mittlerweile wusste ich wieder, dass ich in der Hütte von Maximilian und seiner Familie war. Aber als ich mich suchend umsah, stellte ich fest, dass Maximilian weit und breit nicht zu entdecken war.

Ich richtete mich auf und lehnte mich gegen das Sofa, während ich einige Male durchatmete. Meine Träume waren noch immer kristallklar in meinem Gedächtnis. Ich war Ellen gewesen und hatte an Hannes' Totenbett gewacht, und dann auf einmal war ich wieder ein kleines Mädchen gewesen, das mit seinem Vater am Meer gespielt hatte, ehe er urplötzlich verschwunden war und ich allein im Sturm dagestanden hatte. Ich drückte die Hände auf meinen Brustkorb und versuchte, mein rasendes Herz zu beruhigen.

Etwas Kühles strich über meine Haut, und ich drehte mich erschrocken um. Maximilian war gerade zur Tür hereingekommen und trug einen riesigen Beutel hinein.

»Guten Morgen«, sagte er. »Du bist ja schon wach.«

Ich nickte, weil ich kein Wort rausbekam. Mein Hals war trocken. Staubtrocken, und er verschluckte Worte.

Maximilian schloss die Tür hinter sich und runzelte die Stirn, als er näher kam und meine Miene sah. »Was ist los? Du siehst aus, als hättest du ein Gespenst gesehen.«

»Habe ich auch«, wisperte ich. Ich zog die Decke höher, unter der ich nur die Unterwäsche und mein T-Shirt trug. Der Rest war am Vorabend noch nicht getrocknet.

»Spuken sollte es hier eigentlich nicht.« Maximilian stellte den Beutel ab und kniete sich neben mich. »Ich habe ein paar Dinge zu essen besorgt. Außerdem mit Henrietta telefoniert, die sich schon Sorgen um dich machte. Und Instant-Kaffee habe ich dabei. Hilft dir das?«

Kaffee. Ich blinzelte. Kaffee war immer gut. »Ja … bitte.«

Maximilians Blick war besorgt. Trotzdem wandte er sich ab und räumte den Inhalt der Tasche auf den Esstisch, der sich in der anderen Ecke des Wohnraums neben der winzigen Küchenzeile befand. Er hatte ein paar Flaschen Wasser dabei, das angesprochene Instantpulver, eine Packung Milch, frische Croissants und ein Glas Marmelade.

Er stellte den Wasserkocher für den Kaffee an. Während er den Tisch für das Frühstück deckte, ging ich mit meinen

Sachen ins Bad, um mich frisch zu machen, Zähne zu putzen und in meine mittlerweile getrockneten Klamotten zu steigen. Dann kehrte ich in den Wohnraum zurück, in dem es nun unaufdringlich nach Kaffee und Croissants roch.

Wir setzten uns gegenüber, als Maximilian zwei Becher gefüllt und sie vor uns auf den Tisch gestellt hatte. Ich rührte Milch und Zucker unter und trank dann ein paar Schlucke, obwohl der Kaffee brühend heiß war. Es war mehr eine Ablenkungstaktik, da Maximilians Blick noch immer fragend auf mir ruhte.

Ich nahm mir ein Croissant aus der Tüte und bestrich es mit Marmelade. Hunger hatte ich keinen, aber nach dem gestrigen Tage, das wusste ich, war es besser, etwas zu essen. Ich war müde und ausgelaugt, und diese Geheimniskrämerei machte mich noch müder. Ich wusste, dass es nicht richtig war, sich in Unwahrheiten zu verlieren.

Ich legte das Messer weg und blickte Maximilian direkt in die Augen. »Verjag mich nicht«, bat ich leise.

»Was?«, fragte er verständnislos. »Wieso sollte ich dich verjagen?«

Weil ich eine Heuchlerin bin, dachte ich. Weil ich jetzt hier sitze und dich gestern festgehalten habe und morgen auch noch bei dir sein will. Ganz genau deswegen.

»Ich war nicht ganz aufrichtig, was den Grund meiner Reise betrifft.«

Ich bemerkte das irritierte Zucken an seinen Augenbrauen. Die Stirn, die sich in Falten legte.

»Wovon redest du?« Seine Stimme war betont ruhig. Aber ich hörte das erste Misstrauen heraus. Er witterte die Lügen hinter meinem Nicht-Sagen vielleicht schon.

Wir waren nur noch Erinnerung.

Ein dicker Kloß im Hals hinderte mich am Sprechen. Er zog alles in mir zu. Verbarrikadierte mein Sprachrohr. »Mein

Vater ist weg«, wisperte ich. »Wir waren immer am Meer. Er hat mich verlassen. Ich dachte, ich könnte ihn hier wiederfinden.« Ich wusste, dass ich zusammenhanglos stammelte. Aber genau das war mein Innerstes: ein zusammenhangloses Chaos aus Vergangenheit und Unwissen, aus neuen Informationen, die ich erst bewerten und ineinandersetzen musste.

Maximilian rutschte mit seinem Stuhl näher zu mir. Langsam und vorsichtig, als wäre er ein Auto mit grellleuchtenden Lichtern, vor dem ich davonrennen könnte.

»Weißt du denn, wo er ist?«, fragte er sanft und nahm meine Hand, die ich neben dem Teller zu einer Faust geballt hatte.

Nicht weg. Tot. »Begraben ist er.«

»Das tut mir leid, Nela.« Ich konnte sehen, dass seine Worte aufrichtig waren. Er fuhr mit seinen Fingern meinen Handrücken nach, ohne es bewusst wahrzunehmen. Sein Blick war ernst und auf mich gerichtet. »Ist er hier begraben?«

Ich sah all die Fragen, die hinter seiner Stirn entstanden. *Kommt sie etwa von hier? Ist sie keine Reisende? Wer ist sie überhaupt?*

Ich wollte nicht, dass er glaubte, mich nicht zu kennen. Er kannte mich. Er wusste vielleicht nicht, wer ich war, aber wie. Und war das nicht wichtiger?

»Nein«, sagte ich. »Aber …«

Nun wäre der richtige Zeitpunkt. Der richtige Augenblick für die Wahrheit. Aber die Wahrheit war manchmal so schwer und drückend, und viel leichter wäre es, sich nach vorne sinken zu lassen, meinen Kopf an die Stelle seines Schlüsselbeins zu lehnen und zu atmen. Einfach atmen. Seinen Geruch einatmen. Den Dreck in mir ausatmen. Gegenwart einatmen. Vergangenheit ausatmen.

Ich tat es, weil es das war, das wir in den letzten Tagen geschehen ließen; offen für den anderen sein, nur blind und rebellisch zu vertrauen, und Maximilian blieb dort; seine Arme waren geöffnet für mich und sein Körper beruhigend warm und empfänglich.

Wir blieben an diesem Tag in der Hütte versteckt, ohne Smartphones, ohne Außenwelt, nur Maximilian, der Wind, der keifend über das Meer heulte, und ich. Und wir erzählten, er von seiner Krankheit und der Transplantation und ich von Tod und Vätern. Nur das Bindeglied zu alldem, nämlich dass das Herz meines Vaters in seiner Brust schlug, kam nicht über meine Lippen, weil ich es genoss, zu zweit zu sein, weil ich es so verzweifelt genoss. Mehrmals war ich kurz davor, aber jetzt … Jetzt hatte ich Angst. Angst, ihn zu verlieren, weil ich bereits viel zu lange geschwiegen hatte. Und mein Verstand wusste, dass jede Sekunde, die nun verging, es schlimmer machte.

Irgendwann war ich müde, und mir fielen immer wieder die Augen zu, nachdem Maximilian alles mit Kissen und Decken präpariert hatte und die Hütte weich und einladend wirkte. Dann deckte er mich zu, als wäre ich ein kleines Kind, dabei waren die Rollen doch kurz zuvor noch vertauscht gewesen. Ich schloss die Augen, und die bleierne Erschöpfung in meinen Gliedern schlug sofort zu. Noch bevor ich einen klaren Gedanken fassen konnte, war ich weggedämmert und fiel in einen tiefen Schlaf, in dem ich von Herzen träumte, die im Meer verloren gingen. Und von Maximilian, der nun ein Loch in der Brust hatte und wieder lachen konnte.

Als ich am nächsten Morgen aufwachte, wusste ich für einen kurzen Augenblick wieder nicht, wo ich war. Die nächtlichen Träume verwirrten mich. Alles fühlte sich fremd an, alles sah fremd aus, selbst die Gerüche konnte ich nicht direkt zuordnen. Doch mitten im Raum gab es einen Fixpunkt, auf den ich mich stützen konnte und der alles erklärte; Maximilian lag, selbst in eine Wolldecke gehüllt, neben mir.

Er hatte sich die ganze Nacht nicht von seinem Wachposten fortbewegt. Ich wollte lächeln und mein Herz aufgehen lassen, wollte ihn vielleicht sogar berühren, seine Finger oder seine Wange, irgendwas nur, doch das Lächeln blieb mir im Hals stecken.

Ich stand leise auf und zog mich an, ohne ihn dabei zu wecken. Ich schrieb einen Zettel, bedankte mich für seine Rettung und vielmehr noch für alles, was wir miteinander geteilt hatten. Dann zog ich mich geräuschlos zurück. Ich hatte noch etwas zu erledigen.

27.

Ich schlich mich durch den Flur der Pension. Auf Zehenspitzen und mucksmäuschenstill stieg ich die Treppe nach oben in mein kleines Apartment, in mein Zuhause auf Zeit. Ich zog mir frische Klamotten an und warf die nach Salz und Meer riechenden Sachen achtlos auf den Boden. Ein paar Sandkörner rieselten auf die Dielen und verschwanden in den dünnen Ritzen des alten Holzes.

Ich hob die Kiste von Herrn Louie vom Nachttisch und holte alle Briefe raus, um den allerletzten, vom Meer bearbeiteten auf seinen Grund legen zu können. Die übrigen, alten Briefe legte ich dann wieder obendrauf. Ganz oben lagen die beiden Zeitungsausschnitte und Ellens Brief an mich. Genau diesen bzw. den zweiten, kleineren Umschlag mit der Aufschrift *Später*, der noch ungeöffnet darin steckte, hatte ich gesucht.

Ich kramte den blütenweißen Umschlag heraus. Ellens Handschrift war mir mittlerweile beinahe so vertraut wie meine eigene. Ich konnte sogar die kaum merkliche Veränderung erkennen, die sich über die Jahre eingeschlichen hatte.

Liebe Nela,

wenn du an diesem Punkt angelangt bist, hast du es geschafft. Du warst mutig und hast dich durch Jahre und Tage und Sekunden gekämpft, die mich unendlich bereichert und mir zugleich alles abverlangt haben.

Ich glaube und hoffe, dass dieses kleine, unscheinbare Paket viele Fragen beantwortet hat. Hannes hat viele Fehler gemacht. Auch ich habe welche gemacht, und der größte von ihnen waren fünfzehn lange Jahre, in denen ich es nicht übers Herz bringen konnte, mich von diesen Briefen und Erinnerungen zu trennen. Ich hätte dort anknüpfen sollen, wo Hannes aufgehört hat, und früher Kontakt zu dir aufnehmen sollen. Ich wünsche mir sehr, dass es dafür nicht zu spät ist und die Zeit uns nicht schon wieder einen bösen Streich spielt.

Ich hoffe, dass du die Briefe dort gelesen hast, wo auch ich sie hin und wieder gelesen habe; irgendwo die Fluten beobachtend, dem leisen Wind, der über das Meer streicht, lauschend. In Erinnerungen schwelgend und mich manchmal darin vergessend.

Nela, ich weiß, dass du nicht mehr das Meermädchen von einst bist. Du hast dich verändert, ebenso wie dein Vater es getan hat. Ich weiß, dass seine Absichten dir gegenüber bis zuletzt gut waren, dass er sich überwunden hat und sich mit dir aussöhnen wollte. Er wollte für seine Fehler büßen, und in gewisser Weise hat er das all die Jahre getan. Doch ich weiß, wie weh Trennungen sein können. Trennungen, die man nicht erwartet hat, die einen mitten aus dem Leben reißen, die Wunden schlagen, die immer wieder aufgehen und sich nur notdürftig stopfen lassen.

Ich hoffe, dass diese Reise, so du sie unternommen hast, Linderung verschafft. Linderung und Antworten. Erinnerungen, die vielleicht schmerzen, aber auch heilsam sind. Denn man kann erst dann wirklich heilen, wenn man sich durch den Schmutz gewühlt und alles in sich selbst ausgerissen und durcheinandergewirbelt und wieder zusammengesetzt hat. Dann vielleicht geht es.

Und manchmal liegt die Heilung auch in jenen Punkten in unserem Leben, an denen sich Vergangenheit und Zukunft begegnen.

Ich würde mich sehr freuen, wenn sich unsere Wege eines Tages kreuzen. Aber das obliegt ganz allein deiner Entscheidung.

Ellen.

An denen sich Vergangenheit und Zukunft begegnen. Ich war mir nicht sicher, ob Ellen genau das gemeint hatte, aber sofort hatte ich Maximilians Gesicht vor Augen, und etwas in mir zog sich fast schon freudig zusammen.

In dem Umschlag lag noch etwas anderes. Farbe blitzte zwischen den weißen Papierfalten hervor. Ich zog heraus, was sich dazwischen versteckte: ein Foto.

Ich erkannte meinen Vater sofort. Es musste kurz vor seinem Tod aufgenommen worden sein, und neben ihm stand eine Frau, die in seinem Alter war, mit dunklen, wilden Locken und einem strahlenden Gesichtsausdruck. Sie trug ein weißes, schlabbriges T-Shirt, das über und über mit Farbklecksen übersät war, und einen langen, bunten Faltenrock. Es war so viel Farbe an ihr, an ihrer Kleidung und ihrer Ausstrahlung, dass ich, auch wenn ich mir lange eingeredet hatte, dass Ellen die Ursache allen Übels gewesen sein musste, nicht umhinkam, anzuerkennen, was mein Vater an ihr gemocht haben musste. Sie war das blühende Leben.

Tränen liefen über meine Wangen. Dieses Mal ließ ich sie ungehemmt rinnen. Ich ließ alles raus, weil es keinen Sinn machte, sie unterdrücken zu wollen. Man konnte sich eine Weile gegen sie stemmen, aber irgendwann, irgendwann übermannten sie uns. Es machte keinen Sinn, etwas zu leugnen, was sich längst in uns manifestiert hatte. Was uns prägte, während wir noch dachten, wir könnten es verdrängen und verbergen wie schlechte Schauspieler.

Ich vermisste meinen Vater. Ich vermisste ihn beinahe so sehr wie am ersten Tag. Auch wenn ich erwachsen war, wollte ich diese Sicherheit zurück, sich immer wie ein Kind fühlen zu dürfen, wollte um Rat fragen und in den Arm genommen werden, wollte dieses unerschütterliche Gefühl der Geborgenheit, dass man, selbst wenn man die größte Dummheit machte, immer einen Hafen besaß, zu dem man zurückkehren durfte. Ich wollte geliebt werden, ganz egal wie ich war, ganz unverstellt, ganz einfach nur ich selbst. Ich vermisste meinen Vater und war gleichzeitig so wütend auf ihn, dass er gegangen war, dass er nicht früher zurückgekehrt war, dass er gegen einen verfluchten Baum gekracht war, gerade, als er endlich wieder zur Vernunft gekommen war. Wie hatte er in diesem wichtigen Augenblick so unachtsam sein können? Warum war Ellen nicht mit ihm gefahren, wo er doch so aufgeregt war? Dann wäre vielleicht alles anders abgelaufen, und ich … Ich wäre nicht so schrecklich traurig.

Ich sah mich suchend nach einem Blatt Papier um und fand schließlich eins auf dem Schreibtisch. Dort lag ein Block der hiesigen Touristeninformation neben dem Werbematerial und einem Kugelschreiber. Ich riss ein Blatt davon ab und begann hastig etwas zu kritzeln. Dann zog ich mich dick an, denn draußen lagen schon wieder winzige Schneeflocken in der Luft. Dieses Mal würde ich zu Fuß zum Briefkasten gehen. Und dieses Mal würde er seinen Weg zu Ellen finden.

Nichts würde mich davon abhalten.

28.

Der nächste Tag bedeutete gleichzeitig Fortschritt und Rückschritt.

Ich wachte auf und konnte das erste Mal in meinem Leben richtig frei atmen. So traurig meine Träume auch waren, so wund mein Herz noch war, weil ich glaubte, eine winzige Zahnraddrehung im Gefüge der Zeit hätte mein Leben umschreiben können, so hatte ich doch zum ersten Mal das Gefühl, dass ich eines Tages frei sein konnte. Frei von Zorn und frei davon, meinen Vater für alles Übel dieser Welt verantwortlich zu machen. Noch war es zu früh, aber ich glaubte, dass ich, wenn ich mir nur ganz große Mühe gab, in der Lage sein konnte, ihm zu vergeben. Dass wir beide wieder miteinander im Reinen sein konnten, zumindest in meinen Gedanken, wenn schon nicht mehr im Leben.

Ich ging nicht runter, um zu frühstücken. Ich hatte keinen Hunger. Stattdessen holte ich meinen Laptop zu mir ins Bett, weil mir etwas nicht aus dem Kopf gehen wollte.

Maximilian.

Es fühlte sich nicht richtig an, dass ich mich auf einem guten Weg wähnte, während er so … verbittert war. Also öffnete ich den Internetbrowser und gab in der sich öffnenden Suchmaschine einige Begriffe ein. Ich hatte mich bereits vorab über Organspenden informiert, weil ich wissen wollte, was mit meinem Vater passiert war, und begriffen, dass das

Thema für viele nicht so einfach war. Es gab kein Schwarzweiß, keine leichte Entscheidung. Organspende war eines der emotionalsten Themen, die wir in unserer Gesellschaft hatten, denn sie ging immer mit dem Tod unserer Geliebten einher. Am einfachsten war es, sich zu Lebzeiten selbst über das Thema eingehend zu informieren und sich bewusst für oder gegen eine Organspende auszusprechen und dies auch schriftlich festzuhalten. Das ersparte den Angehörigen und Ehepartnern Entscheidungen, die zu treffen sie manchmal kaum in der Lage waren.

Doch wir Menschen sind nicht so, wir denken oft nicht an das, was morgen passieren könnte, haben nicht im Hinterkopf, dass wir nicht unverwundbar und nicht unsterblich sind. Wir sind fragile Wesen, doch das verdrängen wir immer wieder, denn sich mit dem eigenen Tod auseinanderzusetzen bedeutet ja schon ein wenig, ihn herbeizurufen, meint man. Das bringt Unglück, also schieben wir es auf und schieben es noch weiter nach hinten auf unserer Lebensliste, machen es auf jeden Fall morgen oder vielleicht doch lieber nächste Woche. Wir sind doch noch so jung und lebendig, keine Spur von Krankheit und Tod in Sicht. Eigentlich berührt uns das alles ja doch nicht.

Und so enden wir wie Hannes und Ellen, der eine muss für den anderen entscheiden, muss abwägen, ob er das Richtige tut, muss hoffen, es im Sinne der Person zu tun, die nicht mehr klar denken, die gar nicht mehr denken kann.

Ich nahm mir vor, dass, sobald ich wieder daheim war, ich es wirklich angehen würde. Kein guter Vorsatz, den man gleich nach Silvester wieder vergaß, nein. Ich würde Informationsbroschüren und einen Ausweis anfordern, und dann würde ich ihn ausfüllen. Bewusst und aus freiem Willen. Wenn ich ohne mein Gehirn doch sowieso nichts mehr war, dann konnte ich noch Gutes tun für jene Menschen, die voller Angst und Hoffnung darauf warteten, ein Organ zu erhalten, das sie dem Tod von der Schippe springen lassen würde.

Ich gab einen anderen Suchbegriff ein. Worüber ich mir aber keine Gedanken gemacht hatte, war, was *danach* geschah.

Wenn das Organ seinen Empfänger erreicht hatte und dieser sich durch verschiedene Phasen kämpfen musste. Es gab, wenn man nur mal ein wenig genauer recherchierte, viele Erfahrungsberichte von Organempfängern. Berichte über die medizinischen Folgen und Nachsorge nach einer Transplantation, Berichte über glückliche, dankbare Menschen, die der gängigen Ansicht waren, dass ihnen ein zweites Leben geschenkt worden war. Aber bei all dem Glück gab es auch Schattenseiten; Medikamente, an die man gebunden war und die dafür sorgten, dass andere Organe geschädigt wurden, ein andauerndes Schuldgefühl, dass man nur leben konnte, weil jemand anderes tot war, und was manchmal dafür sorgte, dass man das Organ nicht akzeptieren konnte. Einige Menschen spürten sogar eine Verbindung zu den Spendern. Sie glaubten, Emotionen oder Eigenarten an sich wahrnehmen zu können, die ursprünglich zu den Spendern gehörten.

Hier hielt ich inne. Passte das nicht zu Maximilian? War das nicht genau der Punkt, den er selbst und auch sein Bruder beschrieben hatte? Dass er seit der Transplantation nicht mehr derselbe war, sondern dass er eine Schwere in sich fühlte, die er nicht erklären konnte? Ich hielt den Atem an, während ich den Gedanken weiterspann. Was, wenn … wenn es bei ihm auch so war? Ellens Briefe hatten ein sehr genaues Bild von meinem Vater zeichnen können, und ich war mir sicher, dass die Reue über seinen Abschied von mir ihn schwermütig und zurückgezogen hatte werden lassen.

Ich wusste, dass es ungeheuerlich klang. Dass es nicht sein

konnte. Ich war ein Kopfmensch, ich musste mir alles mit dem Verstand erklären können, sonst war es einfach nicht greifbar für mich. Und das hier, das war alles andere als greifbar. Aber was, wenn … Was, wenn Maximilian noch spüren konnte, was Hannes vor seinem Tod empfunden hatte? Er kannte die Ursache für diese Schwere seines Herzens nicht, ich aber schon. Meine Hände begannen zu schwitzen, als ich den Laptop schnell zuklappte. Meine Gedanken drehten sich aufgeregt im Kreis. Weil ich mich ablenken musste, ging ich runter und aß mit Henrietta zu Mittag. Ihr war die Neugier ob den beiden Tagen, die ich nicht hier, sondern bei Maximilian gewesen war, anzusehen, aber sie hielt sich tapfer zurück, bis ich ihr ein wenig davon erzählte. Sie strahlte, offenbar verbuchte sie unsere immer enger werdende Verbindung als Erfolg, denn, so verriet sie mir wispernd, Maximilian sei schon viel zu lange allein. Ich errötete, aber trotzdem freute ich mich. Ich schickte Maximilian eine Nachricht, ehe ich zu einem Spaziergang aufbrach. Ich brauchte Bewegung und nahm noch an einer weiteren geführten Wanderung teil, die dieses Mal jemand anderes als Alexander begleitete.

Unterwegs vibrierte mein Smartphone. Es war mittlerweile draußen dämmrig geworden, die Nacht schien fast übergangslos in den Abend einzubrechen, obwohl sie noch fern war. Ich holte es raus und sah, dass Maximilian mir geschrieben hatte.

In einer Stunde. In der Mühle. Es gibt etwas auf den Wellen zu sehen.

Mein Herz begann vor Freude und Aufregung schneller zu schlagen. Es führte keinen Weg daran vorbei.

Ich musste es ihm sagen.

29.

Auf dem Weg nach unten traf ich Henrietta. Ich hatte mich ein bisschen schick gemacht, meinen unfreiwilligen Ausflug ins Meer und mein Gedankenkarussell mit Schminke übertüncht und mich in die feinsten Klamotten geworfen, die ich dabeihatte: eine dunkle Jeans, eine schwarze, lockere Bluse und eine schlichte, silberne Kette mit einem Anhänger, der wie ein Lebensbaum geformt war. Meine Haare fielen auf die Schultern und waren dank des Glätteisens heute nicht so widerspenstig.

Trotzdem fühlte ich mich unsicher. Unsicher und vorfreudig. Eine Mischung, die aus meinem Magen einen nervösen Klumpen formte, der sich anfühlte wie der Steinhaufen im Bauch von Rotkäppchens Wolf, kurz bevor er in den Brunnen fiel.

Ich wollte mich klammheimlich davonstehlen, wie die Teenager in den 90er-Jahre-Filmen, einfach heimlich und verboten auf und davon, weil ich sowas noch nie gemacht hatte. Ich war nach Hannes' Weggang immer ein braves und zurückgezogenes Kind gewesen, hatte mehr mit Büchern abgehangen als mit Gleichaltrigen, und das hatte sich selbst im Studium und danach nicht mehr geändert.

Aber klammheimlich war nicht. Als ich aus der Haustür schlüpfen wollte, stand Henrietta neben mir. In der Hand hielt sie einen Kochlöffel, während es aus der Küche nach

Eintopf roch. Mir lief das Wasser im Munde zusammen. Bis auf ein paar Kekse hatte ich noch nichts gegessen.

»Nela!«, rief Henrietta aus.

»Hi.« Ich lächelte zaghaft.

»Du willst doch nicht etwa wieder vor dem Abendessen verschwinden?« Sie wirkte ein wenig beleidigt.

»Ich, ehm …«

»Schmeckt dir mein Essen etwa nicht?« Sie riss ob der Vorstellung, ich könnte diese Frage bejahen, beinahe entsetzt die Augen auf.

Ich beeilte mich, den Kopf zu schütteln. »Natürlich schmeckt es mir«, sagte ich schnell. »Ich war nur in letzter Zeit viel … unterwegs.«

Henrietta kniff die Augen zusammen, als müsste sie erst abwägen, ob sie mir Glauben schenken konnte oder nicht. Den Kochlöffel schwang sie dabei wie einen Dirigentenstab.

»Hm«, kam es dann. »Hm. Na gut. Aber heute Abend erwarte ich deine Anwesenheit! Maximilian ist ebenfalls eingeladen, außerdem ein paar Freunde aus dem nächsten Dorf. Das wird ein reizender Abend, du wirst schon sehen!«

Kurz spürte ich einen Stich der Enttäuschung. Wenn Maximilian ebenfalls eingeladen war, dann hatte er keinen langen Abend mit mir geplant. Aber ich schob die Enttäuschung zur Seite. Henrietta war in manch schwachem Moment für mich da gewesen. Strahlende Ritter auf einem weißen Ross war nämlich nicht, wie man uns Frauen manchmal in Filmen und Büchern einredet, nur der männliche Teil der Schöpfung, sondern die Menschen, die in den richtigen Augenblicken für uns da sind. Es sind Fremde, die uns aufhelfen, wenn wir zu Boden fallen, es sind die Finder, die unseren Geldbeutel unangetastet zurückgeben, sind die Busfahrer, die auf uns warten, wenn wir einige Sekunden zu spät sind; es sind die Freunde, mit denen wir alt werden, es sind die

Lauten, die sprechen, wenn sich sonst niemand traut. Es sind die Mutigen, die sich vor uns stellen, obwohl sie selbst Angst haben. Es sind die Familien, die uns lieben, wenn es sonst niemand mehr tut. Es sind jene, die uns anlächeln, statt auf ihr Smartphone zu schauen.

Das sind die Ritter. Das sind unsere wahren Helden.

»Ich freue mich schon drauf«, sagte ich also. Ohne darüber nachzudenken, trat ich einen Schritt nach vorne und schlang meine Arme um die adrette, alte Dame, die das Herz am rechten Fleck hatte. Ich spürte erst ihre Überraschung, dann aber eine herzliche Erwiderung, ehe sie sich wieder in die Küche verzog.

»Keine Zeit für Rührseligkeiten«, hörte ich es zwischen dem Scheppern von Töpfen, das »Abendessen kocht sich nicht von allein«. Aber ich hatte ihr Lächeln gesehen, und das war Antwort genug.

Ich schlüpfte nach draußen und stapfte durch den Schnee zur Mühle. Es war bereits dunkel, die Sonne ließ nicht einmal mehr erahnen, in welche Himmelsrichtung sie untergegangen war. Der Mond war heute nicht sichtbar, zu viele Wolken verdeckten sein blasses Antlitz.

Ich war noch immer nervös, aber ich freute mich darauf, Maximilian wiederzusehen, und fast noch ein wenig mehr freute ich mich darauf, endlich die Mühle von innen sehen zu können. So lange hatte ich sie von außen bewundert, dass ich nun fast rannte, weil ich es kaum abwarten konnte, sie entdecken zu dürfen. Ich fühlte mich wie ein Kind, das an Heiligabend vor der verschlossenen Tür zum Wohnzimmer stand und von einem Bein aufs andere hüpfend auf das bedeutsame Klingeln der Glocke wartete.

Bisher hatte ich sie nur bei Tageslicht gesehen, und da war sie schon eine Augenweide gewesen. Aber Maximilian verstand es, sie nachts zum Leuchten zu bringen. In allen Fenstern glomm Kerzenschein und brachte die Fenster so zum Schimmern, dass man den Hauch einer Ahnung erhaschen konnte, was wohl dahinter vor sich ging. Die Eingangstür war mit Laternen geschmückt, zu jeder Seite der Tür eine aus weißem Holz. Auch in ihnen brannten dicke Stummelkerzen, das Wachs tropfte hier und da auf den Bodenschutz.

Als ich die Mühle erreichte, öffnete ich das Gartentörchen, das hinter mir quietschend wieder ins Schloss fiel, und klingelte schließlich an der Tür. Es dauerte einen Moment, dann öffnete Maximilian. Hinter ihm war es dämmrig, sodass ich auf den ersten Blick nicht viel erkennen konnte. Nicht viel außer ihm, was, streng genommen, genug war.

»Hi«, sagte ich.

Maximilian beugte sich zu mir und hauchte mir einen Kuss auf den Mundwinkel, der meine Haut sofort zum Prickeln brachte. »Komm rein, es ist ja eisig draußen«, murmelte er. Er hatte dezentes Parfum aufgelegt und trug einen schwarzen, an den Armen hochgekrempelten Pullover, der gut zu seinen braunen Haaren passte, die sich um sein Gesicht wellten.

Und dann trat ich ein in eine fremde Welt; eine magische Welt, mittendrin in der Realität, die ich jetzt, für einen Augenblick zumindest, ganz und gar vergessen durfte.

Im Inneren der Mühle war es dämmrig. Hauptsächlich wurde sie von all den Kerzen beleuchtet, die auf den Fensterbänken standen oder sich in Laternen auf dem Boden oder in den Schränken befanden. Selbst die Wendeltreppe nach oben war damit erleuchtet. Die Mühle war ein einziges Leuchtfeuer, ein Fackeln, ein Schattengewirr, wohin man sah, und jedes Mal sah es anders aus, jede Ecke anders beschienen, jeder Schatten anders gewandet. Die Möbel waren größtenteils dunkel und geschnörkelt, als wären sie einem früheren Zeitalter entsprungen. Der Raum, in dem ich stand, schien das Wohnzimmer zu sein. Ein wuchtiges Gefüge zog sich neben der engen Wendeltreppe mitten durch das Zimmer und schien Teil des Mahlwerkes zu sein, das sich einst am oberen Ende der Mühle im Küstenwind gedreht hatte. Außerdem war der Raum rund. Er war wahrhaftig rund. Wo man meinen sollte, dass man in so einem Raum unmöglich Möbel hinstellen konnte, bewies Maximilian das Gegenteil. Der vielleicht dreißig oder vierzig Quadratmeter große Raum war bis in den letzten Zentimeter ausgenutzt. Kurvige, maßgeschneiderte Regale hingen an den Wänden und trugen so viele Bücher, wie ich sie, abgesehen von Bibliotheken und Buchhandlungen, noch nie zuvor gesehen hatte. Wenn ich es im Dämmerlicht richtig einschätzte, waren es mindestens ein paar Hundert, wenn nicht sogar noch mehr. Alles war ordentlich und sorgsam gepflegt, nur eben voller Zeit und Erinnerungen. An den Wänden hingen unzählige Bilder, manche erinnerten mich vom Stil an jene aus Henriettas Pension. Wilde Meere, felsige Abgründe, in der Nacht schimmernde Leuchttürme, einsame Menschen vor der Wucht eines Meeressturms. Auf den Regalen gab es zudem gerahmte Fotografien seiner Familie, einige Generationen zurückreichend. Der Kleidung nach zu urteilen musste es sich bei den ältesten Fotos um die ersten Jahrzehnte des 19. Jahrhunderts handeln.

Auf dem Boden standen außerdem Töpfe mit den unterschiedlichsten Pflanzen. Sie alle verliehen dem sonst so dunklen, hölzernen Raum neben der salzigen Ozeannote etwas Wildes und gleichzeitig Süßes und zudem unglaublich viel Farbe. Hinter dem Mühlengetriebe und der Treppe entdeckte ich eine Küchenzeile, in der man kaum Platz hatte, sich um die eigene Achse zu bewegen. Je mehr ich mich umsah, desto mehr entdeckte ich, wie viel Arbeit man auch in diese Art

Wohnen stecken musste. Alles war auf Maß getischlert, perfekt auf diese Mühle zurechtgestutzt.

»Wie viele Etagen gibt es hier?«, wollte ich staunend wissen. Ich konnte meinen Mund kaum geschlossen halten, so viel gab es zu entdecken. Egal wohin ich blickte, irgendetwas Außergewöhnliches sprang mir immer ins Auge. Ich entdeckte auf einem der Wandregale eine uralte Schreibmaschine, außerdem gab es einen antik anmutenden Heizofen mit einer gusseisernen Platte und einem Kessel darauf, und als ich den Kopf neigte und die Wendeltreppe hinaufsah, entdeckte ich sogar die Umrisse eines Teleskops, mit dem man den Himmel erforschen konnte. Wie musste es sein, von der oberen Etage einer Mühle aus hinauf auf das Meer oder zu den Planeten selbst sehen zu können? War man der Freiheit dann nicht so nahe, dass man sie beinahe schmecken konnte, dass man, wenn man ihren Geschmack dann einmal nur gekostet hatte, gar nicht mehr zurückwollte in das, was wir Zivilisation nannten? Maximilian schien hier in einer eigenen Welt zu leben, eine Welt, die wir nicht mehr kannten, und irgendwie beneidete ich ihn darum. Er hatte sich etwas Exotisches geschaffen, seinen kleinen Planeten mit allem, was ihm etwas bedeutete. Er war wie der kleine Prinz, der einen Planeten nur für sich und seine Rose besaß, aber eben auch allein war.

»Drei«, antwortete Maximilian. »In der nächsten Etage gibt es ein winziges Bad und Platz für ein Bett und einen Schrank, und ganz oben befindet sich dann der technische Bereich.«

»Läuft die Mühle denn noch?«, fragte ich.

Maximilian stieß ein Lachen aus. »Das würde ich mitbekommen. Nein, sie läuft schon lange nicht mehr. Mein Bruder und ich haben sie vor ein paar Jahren instand gesetzt, haben uns dabei aber mehr darauf konzentriert, sie bewohnbar und zumindest von außen für Touristen interessant zu machen.« Er hielt inne und grinste dann. »Vermutlich würde der ein oder andere einen Schock bekommen, wenn er einen Blick ins Innere werfen würde. All das Durcheinander hier.«

Durcheinander? Ich sah mich noch einmal um. Ich, die Durcheinander und Unordnung hasste, liebte die Unordnung hier. Sie wollte mich dazu antreiben, auf Abenteuerjagd zu gehen und zu erkunden, was sich hinter der nächsten Pflanze oder dem nächsten Regal verbergen konnte. Hier hatte ich nicht den zwanghaften Drang, alles gerade zu rücken, es systematisch anzuordnen und kontrolliert aufzubewahren. Ich wollte alles genau so lassen, wie es war, mit einem Schimmer Magie darauf, einem Schimmer Magie und Meer und Vergangenheit.

»Aber nicht doch«, antwortete ich, und meine Stimme triefte beinahe vor Entrüstung. »Ich finde alles genauso perfekt, wie es ist. Bitte nichts dran verändern.«

Er schüttelte langsam den Kopf und beugte sich zu mir herab. Als er sprach, war seine Stimme leise, und sein Atem stieß gegen meine Stirn. Es war ein angenehmes Gefühl. Der Atem eines anderen Menschen schuf auf eigenartige Weise Nähe, denn er bewies, dass diese beiden Menschen sich in diesem Augenblick eine außergewöhnliche Intimität teilten.

»Es bedeutet mir viel, dass es dir bei mir gefällt. Ich hatte schon die Befürchtung, dass es … zu viel ist.«

Ich wollte entsetzt die Luft einsaugen, hielt mich aber zurück. »Natürlich gefällt es mir!«

Plötzlich zupfte etwas tief in mir, es ziepte und schmerzte ganz leicht, ganz sachte, so als wollte der Schmerz sich als guter Schmerz tarnen, als einer, der nicht daran erinnerte, was man durchlebt hatte, sondern daran, was einem fehlte. Ein Schmerz, der sich als Sehnsucht tarnte. Eine Sehnsucht, die ich schon lange nicht mehr gefühlt hatte.

»Ihr habt es gut«, sagte ich unvermittelt. »*Du* hast es gut.«

Maximilian runzelte die Stirn. Er konnte mir nicht folgen. »Wie meinst du das?«

»Du kannst mit deiner Familie hier leben. Mit Menschen wie Henrietta. Mit Charakteren, die mit dieser Gegend verwachsen und verwurzelt sind. Das ist Heimat.«

»Ich bin auch dankbar dafür.« Aber etwas in seinem Blick flackerte. Oder war es nur ein Kerzenschein, der etwas in den dunklen Augen aufglimmen ließ? »Aber Heimat besteht aus mehr als nur den Menschen, die dort leben.«

Da war ich anderer Meinung. »Ich finde, genau und ausschließlich daraus besteht Heimat. Man kann sich überall zuhause fühlen, wenn nur die richtigen Menschen dabei sind. Wenn sie uns umringen, uns zur Seite stehen, wenn sie die Mauern eines Hauses sind, das uns vor der Welt da draußen beschützt. Das ist für mich Heimat.« Irgendwie musste ich lachen. Ich sprach wie ein Experte, und war alles andere als das. Was wusste ich schon von Heimat? Ich hatte beides nicht: Keine Menschen und keinen Ort mehr. Und war ich nicht sogar eine Heuchlerin, dass ich hier stand und mit Maximilian über solche Themen redete, ohne ihm auch nur ein Wort über meine wahren Beweggründe verraten zu haben?

Maximilian wippte unruhig mit der Schuhspitze auf dem Boden. »Aber was, wenn es andersrum ist? Wenn man Menschen um sich herum hat, die genau das nicht sind, und die einzige Heimat ist die Luft, die man atmet, und das Meer, von dem man sich umspülen lässt?«

»Dann«, sagte ich aus tiefstem Herzen. »hast du nicht die richtigen Leute um dich herum.«

»Oder aber man besitzt keinen Sinn für Heimat und hat ein Herz aus Stein«, sagte er leichthin.

Oder, dachte ich, man besitzt vielmehr ein fremdes Herz, das die Heimat nicht mehr erkannte.

Doch ich wollte jetzt nicht an fremde oder vertraute Herzen denken. Ich wollte einmal Kopf und Gewissen ausschalten. Ein Abend noch. Nur ein Abend, an dem es ihn und mich gab, ohne den Geist meines Vaters dazwischen. Und morgen gab es dann die Wahrheit zum Frühstück. Ohne Wenn und Aber.

Ich stellte mich auf die Zehenspitzen und schlang die Arme um Maximilians Hals. Ich hatte keinen Schimmer, wer von uns beiden überraschter war, aber ich wollte die aufblitzende Überraschung auf seinem Gesicht nicht sehen, am Ende verwandelte sie sich noch in Abwehr, und die wollte ich noch weniger sehen. Schnell schloss ich die Augen, ehe ich Maximilian küsste.

Zuerst war sein Körper angespannt und versteift. Vielleicht war er genauso ungeübt darin, jemanden zu berühren, den Atem verschmelzen zu lassen. Ganz allmählich entspannte er sich und legte seine Arme um meine Taille. Seine rechte Hand wanderte höher, berührte meinen Hals, mein Kinn, hielt es, bis sich der Kuss nicht mehr anfühlte wie ein Alleingang.

Sein Griff wurde fester. Beinahe verzweifelt war er, und ich fragte mich, ob der Stich, der in mein Herz fuhr, nur der Schmerz war, weil ich die furchtbarste Lügnerin auf Erde war, oder ob mein Herz mich in diesem Augenblick verriet. Hätte Maximilian mir nicht gleichgültig sein sollen? Und jetzt war er alles andere als das. Ich war dabei, mich Hals über Kopf zu verlieben.

Oder vielleicht, vielleicht war das auch schon längst geschehen.

30.

Für einen Augenblick waren wir in Sprachlosigkeit gefangen, er und ich zusammen in einer Filterblase aus verstummten Wörtern, obwohl unsere Blicke ineinander verhakt waren und aussprachen, was unsere Lippen noch nicht wagten. Schließlich lachte Maximilian. Tief und warm drang sein Lachen durch den Raum.

»Na komm, ich zeig dir die oberen Stockwerke.«

Das kurze Schweigen fiel von uns ab, und ich nickte begeistert. Ich folgte ihm zu der Wendeltreppe, die das Zentrum der Mühle war und eigentlich mehr wie ein Leuchtturm wirkte, den man bis zu seiner Spitze erklimmen konnte.

Vor der Treppe blieb ich stehen, denn sie war so eng, dass man sie nur hintereinander hinaufsteigen konnte. Maximilian ging voran. Mein Blick wanderte über den Boden, und ich musste mehrmals blinzeln. Überall lagen feine Erde und Erdklumpen verteilt.

»Warum liegt hier denn Erde?«, fragte ich verwundert. Das passte nicht so recht in meine Vorstellung von Wohnraum.

»Ich pflanze Blumen für den Vorgarten um, die ich über den Winter hier lagern muss, damit sie nicht eingehen«, erwiderte er. »Sie müssen in größere Töpfe. Ich hatte gehofft, du würdest mir vielleicht helfen.«

»Klar«, nickte ich. Trotzdem gefiel mir die Erdschicht auf

dem Boden nicht. Die Unordnung hier war für mich in Ordnung, sie passte zu der Atmosphäre. Aber Erde?! Bei mir zu Hause lag kein Krümel auf dem Boden.

Mitten auf der Treppe blieb Maximilian stehen und musterte mich. Offenbar wartete er darauf, dass ich nachkam. Er beobachtete mich, sah zu, wie ich mit mir kämpfte, einen Fuß vor den anderen zu setzen, mit meinen bloßen Socken durch die Erde hindurch. In meinen Augen war es nicht bloß eine dünne, zarte Schicht, die man wegpusten konnte, wenn man nur wollte, sondern ein Sumpf aus Schlamm und Schmutz.

Jetzt werde nicht neurotisch, Nela, dachte ich.

Dennoch war ich gespannt, was mich in der mittleren Etage erwartete, also lief ich weiter. Die Fenster waren hier etwas schief, folgten dem Mauerwerk der Mühle, und eine leichte Schneeschicht lag auf ihnen. Sie tauchte das Zimmer in ein mattes Licht. Der Boden war, wie unten auch, mit dunklen Holzdielen belegt, die bei jeder Bewegung knarzten und jeden Schritt ankündigten.

Zum Meer hin stand vor dem Fenster ein Bett. Es war aus dunklem Holz und schien mir kein Produkt einer Möbelfirma zu sein, sondern vielmehr selbst gezimmert. Auf ihm lag eine Decke, die aus unzähligen Stoffresten zusammengenäht war. So viele Muster waren darauf, dass ich mich kaum sattsehen konnte. Insgeheim wünschte ich mir auch ein Bett zum Meer hin. Morgens die Augen öffnen, und wenn man wollte, konnte man sich aufsetzen und das Meer sehen, und nichts war zwischen einem selbst und dem Wasser.

Es gab eine Kommode, in der ich Kleidung vermutete. Der Rest des Raumes bestand ebenfalls aus Büchern. Bücher, Bücher, Bücher, so weit das Auge reichte. Der ein oder andere Antiquar wäre hier blass vor Neid geworden. Ich entdeckte uralte Ausgaben von Klassikern, und am liebsten hätte ich sie alle in die Hand genommen, um herauszufinden, wie sie sich anfühlten. Ob das Gewand der Zeit ihren Inhalt veränderte, ob *Sturmhöhe* und Goethes *Faust* sich mit dem wunderschönen, vergoldeten Einband anders anfühlten als meine Schulbuchausgaben?

»Das ist nur ein Teil der Bücher, die sich im Besitz meiner Familie befinden«, sagte Maximilian. »Die meisten stehen in der kleinen Bibliothek des Gutshauses. Aber selbst da herrscht schon Platzmangel.«

Ich staunte. »Das ist … beeindruckend.«

Ein Ort, der Bücher und Meer verband. War das vielleicht nur ein Traum?

Maximilian wollte nicht verweilen, auch wenn ich es liebend gern getan hätte. Es sollte noch weiter nach oben gehen, bis zum höchsten Punkt der Mühle. Ich spürte, wie ich aufgeregt wurde. Genau dort hatte ich doch neulich bereits hingewollt, dorthin hatte es mich gezogen.

Ich kletterte die Treppe hoch. Ich hielt mich dabei gut fest, denn das Geländer aus Metall war kühl und rutschig, und auf diesen engen Stufen konnte man schnell den Halt verlieren. Ein wenig fühlte ich mich wie Aschenputtel aus dem Märchen, die gerade dabei war, das Schloss des Prinzen zu erkunden. Überall gab es etwas zu sehen, das mich dazu einladen wollte, zu verweilen und zu träumen und auszukundschaften, alles auf einmal.

Und dann erreichten wir schon die Spitze der Mühle.

Als Erstes fiel mir das Teleskop ins Auge, das zum einzigen, runden Fenster der Etage gerichtet war. Es kribbelte mir in den Fingern, tagsüber die Meerenge und in der Nacht die Sternenflut zu beobachten.

Maximilian bemerkte meinen neugierigen Blick und stieß ein zufriedenes, fast schon selbstgefälliges Lachen aus. Das Teleskop selbst beachtete er nicht weiter. Stattdessen nahm er meine Hand, verschränkte seine Finger in meine und zog mich sanft, aber bestimmt mit sich. Ich musste hier oben aufpassen, denn die Etage war vollgestellt mit altem Gerümpel. In der Mitte des engen Raumes befand sich außerdem die alte Achse, mit welcher der Wind die Mühle neben dem Fluss betrieben hatte. Der Wind, der hier zu Sturm werden und so effizient für den Mühlenbesitzer arbeiten konnte.

Die Achse selbst erkannte man aber nicht mehr als solche. Sie war nur noch Beiwerk. Nur noch ein Hilfsmittel für all die Regale und Pflanzentreppen, die Maximilian rings um sie herum aufgebaut hatte. So viele Kräuter hatte ich zuletzt in einem Gewächshaus gesehen. Der Duft war so präsent, dass ich mich in einen Wald versetzt fühlte, ins Herz der Natur. Auf dem Boden stand ein Sack mit Blumenerde, der eingerissen war. Daneben, wo Maximilian offenbar bis gerade gearbeitet hatte, lagen Handschuhe auf einem kleinen Hügel aus Erde. Er bedeutete mir, die Sachen zu nehmen, während er selbst in verschiedenen Regalen kramte. Er schien etwas zu suchen.

Ich hockte mich auf den Knien vor das Kräuterregal, an dem er beschäftigt war, wagte es aber nicht, die Handschuhe anzuziehen, die voller Dreck und Erde waren. Die Erde roch frisch und irgendwie stechend.

Maximilian kam zurück, als er schließlich ein zweites Paar Handschuhe gefunden hatte und es neben sich legte. Die Handschuhe waren zerfleddert. Ihre ursprüngliche Farbe war kaum mehr zu erkennen.

Er setzte sich ruhig neben mich und langte nach den Blumentöpfen, die noch zu bearbeiten waren. Seine Bewegungen waren langsam und bedächtig, aber sehr präzise. Er schaufelte eine kleine Blume frei, bis er sie samt Wurzeln hinausziehen konnte.

»Gib mir deine Hand«, befahl er sanft.

Zögerlich streckte ich beide Hände aus. Er machte eine

kreisartige Bewegung, und ich drehte meine Hände so, dass ihre Innenseiten nach oben zeigten. Er ließ seine über meinen schweben, hielt dabei gerade so viel Abstand, dass sie sich zwar nicht berührten, wir aber die Wärme des anderen fühlen konnten. Meine Haut kribbelte, und plötzlich war ich froh, die Handschuhe nicht angezogen zu haben.

Maximilian berührte mit den Fingerspitzen meine Handinnenseite. Es war nur eine flüchtige Berührung, dennoch zuckte ich zusammen, als hätte ich einen Stromschlag erlitten. Die Sehnsucht selbst nur nach einer flüchtigen Berührung war so präsent, dass ich mich fast wie erschlagen fühlte.

Er nahm meine Hand so vorsichtig, als wäre sie aus Glas, als wäre sie so kostbar wie ein Diamant, und nahm etwas Erde, die er dann langsam auf meine Hand rieseln ließ. Meine Finger formte er dabei zu einem Hohlraum, damit ich die Erde festhalten würde. Ich hielt den Atem an. Reglos und gebannt saß ich da und sah zu, wie Maximilian sich zur Seite drehte und eine grüne Pflanze in Augenschein nahm, an deren Blättern unzählige Setzlinge wuchsen. Ihre Blätter waren schwer und hingen leicht herunter, vielleicht, weil das Gewicht ihres Samens so gewaltig war, dass sie es kaum noch tragen konnte. Unendlich behutsam pflückte er einen Setzling davon ab. Seine Wurzeln waren so fragil wie Seidenfäden, so dünn und winzig, dass man sie mit dem bloßen Auge nur erkennen konnte, wenn man nahe mit dem Gesicht rankam, so wie er es nun mit mir tat. Wieder lächelte er, und das Lächeln war so voller Wärme, dass es schmerzte. Nun nahm er den Setzling und bohrte mit den Fingern ein kleines Loch in den Erdhügel auf meiner Hand. Den Setzling setzte er zart hinein und stützte ihn dann mit Erde zu allen Seiten, damit er nicht umfiel.

Dann klopfte er sich die Erde von den Händen und lehnte sich ein Stück zurück. Ich selbst wagte kaum zu atmen oder mich zu bewegen. Dabei wusste ich nicht einmal, ob es wegen all der überbordenden Zuneigung in meinem Herzen war, die mich lähmte, oder wegen des Setzlings in meiner Hand, der noch so ungeschützt und zerbrechlich war, dass ich ihn mit einer einzigen groben, nachlässigen Bewegung zerstören konnte. Aber das wollte ich nicht. Ich wollte das Leben in meiner Hand nicht zerstören.

»Er gehört jetzt dir«, sagte Maximilian. »Du bist für das winzige Leben verantwortlich.«

Ich hielt seltsam andächtig still, während ich abwechselnd Maximilian und dann den Setzling in meiner Hand betrachtete, als würde er jeden Augenblick Wurzeln in meine Hand schlagen. Irgendwann stand Maximilian in aller Ruhe vom Boden auf und kramte wieder in seinen Regalen. Ich hörte Poltern und Rumpeln, hörte ihn räumen und schieben. Dann hatte er offenbar gefunden, was er gesucht hatte. Mit einem kleinen Töpfchen, das kaum größer als meine Handfläche war, kam er zurück. Achtsam nahm er den Setzling wieder aus meiner Hand und hielt das kleine Blumentöpfchen unter meine Hand.

»Da rein«, sagte er.

Ich begriff, dass ich die Erde, die ich noch immer festhielt, dort hineinrieseln lassen sollte, also tat ich es, ohne dass viel zu Boden fiel. Dann pflanzte er den Setzling ein und überreichte mir, bevor ich wusste, wie mir geschah, das Töpfchen mit feierlicher Miene.

»Bitte sehr«, sagte er mit einem Grinsen. »Damit du ein Souvenir hast, das dich an deine Zeit hier erinnert.« Er schien noch mehr sagen zu wollen, vielleicht, dass er das baldige Ende meines Urlaubs bedauerte – jedenfalls wünschte ich mir das. Und vielleicht, vielleicht war der Setzling auch ein Symbol für das kleine Körnchen, das wir waren und das erst noch wachsen musste, das man zwar kaum sehen konnte, das aber da war: hier, zwischen uns. Aber dann schüttelte er nur kaum merklich den Kopf.

»Danke«, sagte ich leise und sah auf den kleinen Topf in meinen Händen hinab. Ich würde den Setzling mit nach Hause nehmen und ihn pflegen und hüten. Er war mein winziger Keim der Hoffnung.

Maximilian zeigte mir auch das Teleskop und wie man es benutzte, und bald schon blickte ich auf die unendliche Weite der Ostsee hinaus, beobachtete die Küste und die Wellen und das, was ich manchmal unter ihnen zu sehen glaubte. Ich konnte nicht weit sehen, weil das sanfte Schneetreiben die Sicht trübte, aber das war nicht schlimm. Der Ausblick, der sich mir bot, das Gewicht des Himmels und das Branden des Meeres waren mir genug.

Ich konnte das Meer sehen, mehr davon als jemals zuvor, und während ich das Teleskop Millimeter für Millimeter bewegte und Maximilian hinter mir stand und mich wie ein unsichtbarer Halt aus meiner Trauer aufrichtete, sah ich mich und Hannes im Spiegel des Ozeans und begann zu verstehen, was ich bislang nie richtig verstanden hatte, selbst vor seinem Grabstein nicht. Ich sah das Meer und wurde mir seiner Anwesenheit unendlich intensiv bewusst, und damit wurde mir ebenso bewusst, was fehlte, oder vielmehr wer …

Mein Vater war fort. Er war *wirklich* fort.

Und er würde niemals wiederkommen.

31.

Es waren viele Leute auf Henriettas Party, ein Umstand, der normalerweise nicht dazu beitrug, mich wohlzufühlen. Viele Menschen auf einem Fleck, das war ein Grauen für mich, selbst auf der Arbeit, und wollte mich immer dazu bringen, mich irgendwo zu vergraben wie ein blinder Maulwurf unter der Erde.

Aber trotz der Geschwätzigkeit, trotz des Lärmpegels war ich zufrieden. Ich saß in der Küche, in der hintersten Ecke von Henriettas Küche, und zwischen ihr und Maximilian eingezwängt. Um mich herum saß gefühlt das halbe Dorf. Henrietta hatte Freunde eingeladen, die meisten von ihnen kannte sie schon ihr Leben lang. Herr Louie war da, und obwohl er nicht sprach, war ihm anzusehen, dass er glücklich zwischen den Leuten war. Er saß zurückgelehnt und hielt die Augen geschlossen, als würde er jedes Wort genüsslich aufsaugen.

Mehrmals wollte ich aufspringen und Henrietta dabei helfen, das Essen aufzutragen, aber sie wollte partout keine Hilfe. Lediglich ihre Freundin Helga durfte mit anpacken. Helga war vor ihrer Rente Konditorin gewesen und hatte eine Torte für den Nachtisch mitgebracht, der Maximilian hin und wieder verstohlene Blick zuwarf. Er schien eine Vorliebe für Naschereien zu haben.

Henriettas Eintopf war köstlich. Würzig und schmackhaft,

und ich schaffte zwei Teller voll, ehe mir Helga zum Nachtisch ein riesiges Stück Torte vor die Nase stellte. Maximilian fragte sich höchst amüsiert, wie ich das bloß noch in meinen Bauch quetschen sollte, und ich hatte selbst keinen Schimmer. Bertram, ein früherer schnöder Bänker, der ein Auge auf Henrietta geworfen hatte, wie Maximilian mir ins Ohr wisperte, half ihr mit spitzen Fingern, die Spülmaschine einzuräumen, und erklärte lautstark die aktuellen Aktienkurse und komplizierte, wirtschaftliche Zusammenhänge zu den Fonds, in die er gerade investierte. Er wollte vor ihr offenbar furchtbar klug erscheinen.

Ich verstand kein Wort, aber das war nicht schlimm. Ich war einfach nur froh, neben Maximilian zu sitzen und ihn dabei zu beobachten, gelöst und entspannt zu sein. Die ewige schwarze Wolke, die ihn sonst immer zu verfolgen schien, war draußen geblieben.

Irgendwann waren wir satt, und ich hatte das Gefühl, zu platzen, so sehr hatten Henrietta und Helga unsere Bäuche vollgestopft. Die Wärme der Küche, die durch die vielen Leiber aufgeheizt wurde, machte mich träge. Ich versuchte, den lebhaften Gesprächen zu lauschen, als Bertram und Henry, ein alter Fischer, in eine Diskussion über das Verhalten einer seltenen Fischart, die Henry neulich an der Küste entdeckt zu haben glaubte, verfielen.

Irgendwann spürte ich Maximilians Hand schwer auf meinem Knie, und seine Lippen fanden ihren Weg zu meinem Ohr. »Lass uns verschwinden, okay?«

»Wohin denn?«

Ich spürte sein Lachen. »Ich hörte, du hast ein Zimmer hier.«

Natürlich. Ich musste grinsen.

Es fiel kaum auf, als wir uns aus unserer Ecke rausschoben und unauffällig die laut diskutierende Runde verließen. Nur

Henrietta folgte uns mit ihren Blicken, und ich glaubte, ein wissendes Lächeln auf ihrem Gesicht zu sehen.

Im Treppenhaus schaltete ich das Licht an, denn es war stockfinster. Draußen war das Schneetreiben wilder geworden. Der Fensterausschnitt, den ich im Vorbeigehen erhaschen konnte, zeigte weiße Felder, ein glitzerndes Meer und einen schwarzen Himmel.

Maximilian ging beharrlich hinter mir. Das tat er oft, war mir aufgefallen. Vielleicht hatte er Angst, ich könnte fallen. Und der Gedanke wärmte mich irgendwie, auch wenn ich auf mich aufpassen konnte. Wenn ich nicht gerade auf dem Meer umhertrieb, verstand sich.

Oben schloss ich die Tür meines Zimmers auf und ließ Maximilian rein. Ich schaltete nur das dämmrige Licht der Nachttischlampe an. Zu viel Licht würde nur zerbrechen, was wir hatten; dieses Kribbeln, das Herzklopfen, das Ausmalen heimlicher Gedanken, die wachsende Erwartung. Zu viel Licht würde das Mysterium, das am Anfang noch zwischen zwei Fremden stand, erleuchten und vielleicht ein wenig zu früh vernichten, und das wollte ich auf keinen Fall. Ich wollte, dass das Mysterium noch eine Nacht anhielt. Nur noch diese Nacht, bevor Tageslicht und die Wahrheit kaputt machen würden, was das Dämmerlicht noch zu verbergen im Stande war. Eine Nacht, in der wir sein konnten, wie wir uns sahen, nur mit dem Blick auf das gerichtet, was wir von uns preisgegeben hatten, ohne Alltag, ohne die Tiefen unserer Dämonen, die uns zerfraßen.

Maximilian schloss langsam die Tür hinter uns, ohne dabei den Blick von mir abzuwenden. Er hielt ihn auf mein Gesicht gerichtet, ehe er auf mich zuging. Schritt für Schritt, die Handflächen in einer Geste erhoben, die Abwehr und Verlangen zugleich war. Er wollte mich, wollte zu mir, und ahnte im gleichen Augenblick vielleicht schon, dass ich ihm das Herz brechen würde. Das Herz, das an dem Schlamassel hier schuld war.

Wir standen voreinander. Er und ich, und obwohl wir einander vertrauter geworden waren, hielt ich dennoch den Atem an, als er sich leicht nach vorne beugte. Der Schnee hatte aufgehört, wie ein weißes Durcheinander durch die Luft zu segeln, und den Himmel klar und strahlend mit all seinen weißen Sternpunkten zurückgelassen.

Ich hatte Angst, und ich konnte sehen, dass es Maximilian ebenso erging. Ich fürchtete mich nicht vor seiner Berührung. Vielmehr davor, was eine einzige Berührung auslösen könnte, wenn sie zu zart war, zu liebevoll. Was, wenn sie mich in tausend Splitter zerspringen ließ? Was, wenn er mich wie eine zu starke Welle in die Tiefe riss? Was, wenn ich zuließ, mein Herz zu verlieren, obwohl ich es mit aller Gewalt festhalten wollte und ich doch diejenige war, die ein verlorenes Herz suchte?

Ich hob die Hand und legte sie auf seine Wange. Die Anspannung in seinem Körper war spürbar.

»Was für ein mieses Karma«, flüsterte er.

Ich blinzelte. »Was meinst du?«

»Dass du ausgerechnet hier auftauchst. In einer verfluchten Stallgasse.«

Ich verstand immer noch nicht, was er meinte. Er langte nach meiner Hand und hielt sie mit seiner umklammert. Ich sah Verzweiflung in seinen Augen.

»Du bringst so vieles ins Wanken.«

»Was bringe ich ins Wanken?«, fragte ich. Ich wollte ihn berühren, aber er ließ mich nicht. Er hielt meine Hände fest, machte mich bewegungslos, während er mich zugleich mit seinem Körper rückwärts zum Bett dirigierte.

»Die Gleichgültigkeit. Die Entscheidung, einfach aufzugeben.«

Ich schnappte nach Luft. Hinter mir spürte ich die Bettkante in meinen Kniekehlen. Ich ahnte, worauf er anspielte, endlich ahnte ich es. Ich schüttelte heftig den Kopf. »Ich werde nicht zulassen, dass du aufgibst«, erwiderte ich lauter als beabsichtigt. »Ich werde dir Gründe geben, warum du nicht aufgeben kannst.«

»Ich habe schon Gründe«, sagte er.

»Dann eben noch einen Grund mehr. Einen einzigen verdammten Grund mehr, der das Ruder rumreißt.« Ich entriss ihm meine Hand, als er es nicht kommen sah, und zerrte grob an seinem Hemd, bis einige Knöpfe absprangen und den oberen Teil seines Oberkörpers entblößten. Da war die riesige, über all die Jahre verblasste Operationsnarbe, die fein säuberlich über die Mitte seines Brustkorbs verlief. An ihrer Seite waren winzige Pünktchen, wo einst Nähte die Wunde zusammengehalten hatten. Dahinter, dachte ich, war Hannes' Herz, zwischen ihm und mir gab es nur noch eine Schicht aus Haut und Muskeln und Sehnen.

Aber das Herz gehörte nicht länger meiner Vergangenheit und meiner Erinnerung an. Es gehörte Maximilian, der noch einen Nachhall dieser Vergangenheit spüren konnte.

Maximilians Blick folgte meinem, und ich bemerkte sein wachsendes Unbehagen. Seine Finger zuckten, als wolle er die Narbe am liebsten bedecken.

»Nicht«, sagte ich sanft.

»Sie …« Er rang nach Luft, nach Worten. »Sie fühlt sich nach all der Zeit immer noch fremd an.«

»Ich weiß«, sagte ich. Meine Stimme klang erstickt. »Aber sie gehört zu dir. Sie macht dich zu dem Menschen, der du heute bist. Sie macht aus dir einen Kämpfer, Maximilian.«

»Ich fühle mich nicht wie ein Kämpfer.«

Ich zog ihn näher zu mir, bis seine glühend warme Haut fast gegen meine Wangen stieß.

»Kämpfer fühlen sich nie wie Kämpfer«, sagte ich, »weil sie nicht mit Fanfaren und Trompeten durch die Straßen ziehen und ihre Siege in die Welt hinausschreien. Wahre Kämpfer sind leise und vernarbt, und die Siege, die sie errungen haben, haben ihnen einen Preis abverlangt. Du hast dem Tod ins Auge geblickt, Maximilian, und du hast ihn besiegt. Das Herz war der Preis für diesen Sieg, und ich … ich kann nur erahnen, wie hoch dieser Preis gewesen sein muss: das eine Leben für das andere. Aber lass mich dir eins sagen: *Du* hast nicht mit dem Tod verhandelt, du hast ihn nicht ausgelöst, du hast dir das Herz nicht erschlichen. Das Herz war einfach die einzige Waffe, die du gegen den Tod zur Hand hattest. Und es anzunehmen zeugt von verdammt großem Mut.«

Meine Stimme brach weg. Diese Worte auszusprechen schien auch etwas in mir zu lösen. Etwas, das mich sehr lange umschlungen und eingeengt hatte. Ich versuchte, Maximilian anzulächeln, ihm Zuversicht und Kraft zu geben, aber seine Miene war reglos. Meine Worte arbeiteten in ihm, sein Körper zitterte kaum merklich.

»Wie du sagtest«, antwortete er, »noch ein Grund mehr.«

Irgendwann löschten wir das Licht. Wir brauchten das grelle, künstliche Licht nicht, wenn das Sternenlicht unsere Haut in weißen Marmor verwandelte, wenn es sich in unseren Nachtaugen spiegelte, und wir uns mehr erahnen als mit dem bloßen Auge erspähen konnten. Wir brauchten keine Musik und keine Worte, wenn doch der Takt unserer Körper aussprach, was wir wirklich empfanden, wenn der Verlauf unserer Fingerspitzen eine Karte war, an der wir uns entlanghangelten, um den Weg zum anderen zu finden. Unsere warmen Körper fanden in dieser klaren Nacht zueinander. Wir zerbrachen, was gebrochen war, rieben unsere Scherben gegeneinander und setzten sie, ein wenig mehr gerade gerückt als zuvor, wieder zusammen.

32.

Das heiße Wasser wusch Maximilians Geruch von meiner Haut, nicht aber die Erinnerung seiner Hände auf meinem Körper. Sie war eingebrannt, in Gedächtnis und Haut zugleich, und rief ein wohliges Gefühl in mir wach, als ich nach dem Handtuch griff und mich abtrocknete. Ich summte leise, was ein untrügliches Zeichen dafür war, dass ich glücklich war. Als ich aufgewacht war, war es schon hell gewesen, daher war ich auf Zehenspitzen, um Maximilian nicht zu wecken, aufgestanden und ins Bad geschlichen.

Selbst in der beschlagenen Scheibe konnte ich das Lächeln auf meinem Gesicht sehen, auch wenn ich wusste, dass es nur geborgt war, ein Lächeln auf Zeit, hinterlistig geliehen mit dem Vertrauensvorschuss eines Mannes, der nicht wusste, dass ich ihm heute die Wahrheit sagen musste. Die Wahrheit würde die Magie der Nacht und der Tage davor in Luft auflösen. Aber vielleicht, dachte ich, vielleicht hatte die Magie auch etwas gewebt, das der Wahrheit standhalten konnte. Das ihn von den Füßen reißen, aber nicht in einen unendlichen Abgrund stoßen würde.

Ich zog mich an und atmete ein letztes Mal durch. Ich würde runtergehen und Frühstück für uns machen. Ich würde es ihm ans Bett tragen und mich neben ihn setzen. Ich würde ihm dabei zusehen, wie er aß, würde selbst einen Kaffee trinken, würde ihn dabei beobachten, wie er noch müde und verschlafen war und langsam in den Tag hineinwachsen musste und wie seine Augen vielleicht funkelten, wenn er an unsere Nacht dachte, und dann … dann würde ich auf den richtigen Augenblick warten. Möglicherweise würde er sich ganz von selbst zeigen und dann gar nicht so furchtbar ausfallen, wie ich ihn mir ausmalte.

Ich zog mich an. Legte die Hand an die Klinke der Badezimmertür. Drückte sie runter. Ich spürte leisen Widerstand, als wäre die Klinke nicht richtig geölt, nicht richtig funktionsfähig. Wollte sie mich am Gehen hindern? Ich drückte fester, bis die Tür sich schließlich öffnen ließ.

Maximilian lag nicht mehr im Bett. Er stand davor, gänzlich angezogen, nicht verschlafen und verträumt, sondern mit glasklarem Blick und verkniffenem Mund. Ich glaubte, dass seine Hände zitterten, dass sein Körper bebte, dass er am liebsten schreien und toben wollte, aber …

Auf dem Bett lag das Päckchen, einige Briefe lagen wahllos auf dem Laken verteilt herum. Zu Maximilians Füßen, auf dem Boden, lag der Zeitungsausschnitt, der ihn mit den Pferden zeigte.

Wir standen beide wie angewurzelt da. Wie zwei Statuen, gefangen in Glas, durch das man sehen, aber nicht atmen konnte, in dem selbst ein Wimpernschlag eine Kraftanstrengung war, in dem ein vulkanartiger Ausbruch unmöglich war. Er verzog das Gesicht, seine Hand wanderte kurz zu seiner Brust, sein Atem ging schnell, schneller, irgendwas schien mir vollkommen falsch. Ich kam nicht drauf, was es war, war so sehr gefangen in meinem Schrecken, den ich hätte kommen sehen müssen.

Bitte geh nicht.

Ich öffnete den Mund, ohne einen Ton herauszubringen.

Und Maximilian ging.

Ich war ihm nicht einmal ein einziges Wort mehr wert.

33.

Ich war zerrissen.

Maximilian war so schnell verschwunden, dass ich fast geglaubt hatte, er wäre nie da gewesen. Nichts hatte davon gezeugt, dass er vor einer Minute noch vor dem Bett gestanden hatte, kein Kleidungsstück, nicht einmal sein Duft, der von dem Geruch meiner heißen Dusche, der aus dem Badezimmer drang, übertüncht wurde.

Die Stunden schlichen dahin und flogen zugleich, als hätten die grauen Herren die Zeit gestohlen und sie mir irgendwie demontiert zurückgegeben.

Meine Abreise stand vor der Tür. In vier Tagen war Sonntag, und dann würde ich gehen müssen. Aber so, dachte ich, so konnte ich nicht abreisen. Ich konnte doch nicht gehen, ohne beendet zu haben, wofür ich gekommen war. Ich konnte nicht alles zwischen Tür und Angel stehen lassen, eingeklemmt zwischen Lügen und Verschwiegenheit.

Ich packte meine Sachen, warf alles wahllos in den Koffer. Hektisch, als würde ich nicht schnell genug von hier verschwinden können, hektisch, weil ich darauf wartete, dass Maximilian endlich an sein Handy ging. Dass er einen meiner zahlreichen Anrufe entgegennahm. Ich hatte doch keine Chance gehabt, mich zu erklären. Ich hatte es ihm sagen wollen, ganz sicher, aber irgendwie war eine Welle gekommen und hatte die passenden Worte fortgetragen.

Gerade eben noch hatte ich seine Wärme gespürt, und im nächsten Augenblick hatte er mich mit eisigem Schweigen und noch eisigeren Blicken hinausgejagt, hinaus aus seinem Leben. Dafür brauchte er keine Worte und erst recht keine Berührung.

Er war verletzt, das hatte ich in seinem Blick gesehen, und ich wusste, dass er jedes Recht dazu hatte.

Ich hatte sein Vertrauen gehabt und hatte es einfach gebrochen. Und das Schlimmste daran war: Ich hatte es die ganze Zeit kommen sehen.

Aber noch war ich nicht fort, noch gab es keinen Zug, der mich wieder nach Hause tragen würde, und selbst wenn, ich musste nicht in ihn einsteigen. Ich könnte tausend Züge nach Hause fahren lassen und müsste keinen einzigen von ihnen betreten.

Ich lief im Zimmer auf und ab und starrte immer wieder auf mein Smartphone, als würde ich es mit reiner Willenskraft dazu bewegen können, aufzuleuchten oder zu klingeln. Aber nichts geschah.

Irgendwann hielt ich die Stille in dem Raum nicht mehr aus und verließ das Zimmer. Ich ging nach unten zu Henrietta, die gerade ein Apartment aufräumte, dessen Bewohner wohl am Morgen abgereist war. Ein Stapel Bettwäsche und Handtücher lag im Flur.

»Hallo«, rief ich durch die Tür des Apartments. »Kann ich helfen?«

Henrietta steckte den Kopf aus dem Badezimmer. »Helfen?«, fragte sie fröhlich. »Immer willst du helfen, Nela. Du hast doch Urlaub! Vergisst du das ständig?«

»Ja«, sagte ich, »es fühlt sich nicht wie Urlaub an.«

Henrietta nickte und kam mit einer weiteren Handvoll Handtücher in den Flur. »Es ist eher eine Mission, die dich hergebracht hat, nicht wahr?«

Eine Mission. Ja, das war es. Ich seufzte zustimmend.

»Dann solltest du nicht mithelfen«, sagte Henrietta sanft, »sondern es anpacken.«

Ich starrte Henrietta einen Augenblick lang sprachlos an, ehe ich in Gelächter ausbrach. Es anpacken. Natürlich. Warum war ich nicht selbst auf die Idee gekommen, anstatt in meinem Zimmer zu sitzen und vor mich hin zu grübeln? Ich musste einfach tätig werden. Warum hatte ich es mir so schwer gemacht, wenn es doch so einfach ging? Ich lachte, bis mir die Tränen kamen und ich in die Hocke gehen musste, weil mein Bauch weh tat.

»Henrietta«, sagte ich irgendwann japsend, als ich wieder sprechen konnte. »Sie haben mir gerade den besten Tipp gegeben.«

Henrietta tätschelte mir den Kopf. »Und der ist sogar ganz umsonst, meine Liebe. Aber manchmal ist das so. Manchmal sehen wir den Wald vor lauter Bäumen nicht.«

Ja, dachte ich, manchmal ist das so. Manchmal verstecken wir uns vor uns selbst, schieben Ausreden und Lügen vor, wollen nicht unbequem mit uns sein, wollen es nicht angehen, das Leben und seine verdammten Tücken, wollen einfach den leichten Weg gehen, auch wenn er nicht ans Ziel führt.

Aber das war jetzt vorbei. Ich würde es angehen.

In der Küche klingelte das Telefon. Henrietta, die nun die Hände voller Putzzeug hatte, bat mich, dranzugehen. Voller neu gewonnener Entschlossenheit stapfte ich in die Küche und hob das schnurlose Telefon aus der Ladestation.

»Hallo?«

»Hallo, hier ist Alexander. Wer spricht da?«

»Hallo Alexander. Hier ist Nela.«

»Oh. Hi.« Er schien überrascht, dass ich am Telefon war. Klar, dachte ich, das wäre jeder, schließlich war das nicht mein Telefon.

»Du möchtest sicher Henrietta sprechen, warte einen Augenblick. Sie ist gerade beschäftigt, aber ich bringe das Telefon zu ihr.« Ich drehte mich mit dem Telefon in der Hand um.

»Ich wollte nur fragen, ob Maximilian bei Henrietta ist.« Er zögerte. »Oder … bei dir.«

Mein Herzschlag beschleunigte sich augenblicklich. Dass Alexander davon ausging, sein Bruder könnte bei mir sein, ließ mich davon ausgehen, dass Maximilian etwas von uns hatte verlauten lassen. Dass es in seinen Augen ein Uns gegeben hatte.

»Nein«, sagte ich, während ich in den Flur zurückging. »Ich habe ihn seit heute Morgen nicht mehr gesehen.« Ich knetete nervös den Saum meines Pullovers.

»Aber heute Morgen hast du ihn noch gesehen?«, bohrte er nach.

»Ja.« Ich spürte, wie ich hektische rote Flecken im Gesicht bekam, und war froh, dass er das nicht sehen konnte.

»Er war nämlich seit gestern nicht mehr in der Mühle. Seine Tablettendose liegt unangerührt auf dem Nachttisch, inklusive der Tabletten, die er heute Morgen hätte nehmen müssen.«

Mir wurde unwohl zumute. Ich erinnerte mich an Maximilian, wie er heute früh vor dem Bett gestanden und sich an die Brust gegriffen hatte. Sein Gesichtsausdruck hatte mich zu sehr von allem anderen abgelenkt, aber nun erinnerte ich mich wieder klar.

»Geht er nicht an sein Handy?«

»Nein. Es ist ausgeschaltet. Oder der Akku ist leer, ich weiß es nicht.«

Ich biss mir unruhig auf die Innenseite der Wange, während ich nachdachte. »Vielleicht hatte er seine Tabletten dabei?«

»Ich … ich weiß es nicht. Kann sein. Kann auch nicht sein. Ich wäre mir gern sicher. Sein Herz ist in letzter Zeit problematischer geworden, deswegen bin ich ständig so in Sorge und kontrolliere ihn, auch wenn er das natürlich nicht möchte, aber … ich kann nicht anders. Ich habe ihn seit gestern nicht erreicht, deshalb bin ich zur Mühle rübergefahren und habe nach dem Rechten gesehen.«

»Ich verstehe das«, sagte ich sanft, um ihn zu beruhigen. »Soll ich draußen nach ihm suchen? Vielleicht ist er bei den Pferden. Und hat einfach alles um sich herum vergessen.«

Diese verdammte Lüge zwischen uns zum Beispiel. Dass ich ihm das Herz gebrochen hatte, das ihm ohnehin schon weh tat.

»Ja, bitte«, antwortete er flehend. »Sicher übertreibe ich in meiner Sorge, aber … verflucht, ich drehe sonst noch durch.«

Henrietta kam mit gerunzelter Stirn und hochgekrempelten Ärmeln aus dem Apartment und stellte einen Eimer mit schaumigem Wasser im Flur ab.

Ich hielt das Telefon ein Stück weit von mir weg. »Es ist Alexander. Er fragt, ob jemand Maximilian kürzlich gesehen hat.«

Henrietta schüttelte verwundert den Kopf. »Stimmt, jetzt wo du es sagst, er wollte eigentlich heute Mittag vorbeikommen, um mir Getränke mitzubringen. Ich hatte ihn darum gebeten, mir ein paar Kisten mitzubringen.«

Ich hörte Alexanders Schweigen durch die Leitung. Es dauerte nur ein paar Augenblicke an, in denen ich seinen gepressten Atem hören konnte.

Aber in diesen Augenblicken, da war ich mir sicher, teilten wir beide die gleiche Angst.

34.

Ich hatte gehofft, Maximilian in der Hütte zu finden, dass er sich dorthin zurückziehen würde, dass er vielleicht Ruhe brauchte, wo ein Stück Heimat und Wärme war.

Aber die Hütte war verschlossen und dunkel, und als ich durch die Fenster hineinspähte, entdeckte ich niemanden. Wo konnte er dann sein? Es war bitterkalt, der Boden war gefroren, auf den Wiesen lag eine fragile, weiße Schicht aus Schnee, der zu Eis gehärtet war.

Ich war alles abgegangen, was mir eingefallen war, und ich war mir sicher, dass Alexander schon an denselben Orten und noch weiteren gewesen war: am Kiosk, an dem Geräteschuppen, bei der Mühle. Aber nirgends war auch nur eine Spur von Maximilian zu finden gewesen. Wo ich mich zuvor noch zur Gelassenheit gemahnt hatte, machte sich nun doch Unruhe breit.

Es ist ihm nichts passiert, flüsterte ich mir zu. *Und es ist nicht deine Schuld.*

Aber ich wusste es besser.

Unter mir knirschte Eis. Ich war mittlerweile von den Wegen abgekommen und lief querfeldein. Lief jeden Platz ab, den ich kannte und an dem wir uns getroffen hatten, als wir die Pferde beobachtet hatten. Ich suchte die Herde. Vielleicht war Maximilian bei den Pferden und ließ sich von ihnen zur Ruhe bringen. Aber selbst als ich die Herde nach einer halben

Stunde endlich fand, war weit und breit nichts von ihm zu sehen. Am liebsten hätte ich meine Frustration lauthals hinausgeschrien, doch ich wollte die Tiere nicht verschrecken, die auf dem vereisten Boden nach dürren Grashalmen suchten.

Ich folgte schließlich orientierungslos der Hauptstraße, bis ich das Gutshaus passierte. Mir war klar, dass Alexander hier alles abgesucht hatte, trotzdem warf ich einen Blick in den Stall, in dem wir uns zum ersten Mal begegnet waren. Doch auch dort war alles leer und dunkel.

Draußen hatte es wieder leicht zu schneien begonnen. Flocke für Flocke segelte vom Himmel herab und bedeckte den Boden mit einer weichen, trügerischen Decke. Ich war seit drei Stunden unterwegs, ich war durchgefroren, mein Gesicht fühlte sich taub an, und die Kälte fraß sich mittlerweile durch meine Handschuhe.

»Wo zur Hölle bist du nur?«, fragte ich, und niemand antwortete.

Plötzlich blieb ich stehen. Ich hatte noch nicht überall nachgesehen, das stimmte nicht. Einen Ort gab es noch. Einen hatte ich vergessen.

Ich lief los und ignorierte den Wind, der umso eisiger gegen meine Haut schlug, desto schneller ich rannte. Die Kälte machte mir nichts aus, meine Gedanken kreisten nur darum, dass Maximilian nichts passiert sein durfte. Ich rannte, obwohl mir die Beine schon weh taten und ich erschöpft war, aber all das zählte jetzt nicht. Mein Körper hatte mir zu gehorchen.

Ich sah den Steg von weitem. Den Steg mit den Booten. Sogar das verlorene war wieder an seinem Platz. Es war sorgsam angebunden, damit es nicht noch einmal entwischen konnte.

»Maximilian!«, rief ich laut und in wilder Hoffnung, ihn hier zu finden.

Bitte lass ihn nur irgendwo sein, betete ich. Er konnte doch nicht verloren gegangen sein.

Der dürre Strandhafer bog sich im Wind und entblößte keine hochgewachsene Gestalt, niemanden. Es gab nur mich und die Boote und die hinterlistige Einladung, noch einmal aufs Meer hinauszuschippern.

Ich blinzelte gegen die Schneeflocken, die meine Aussicht erschwerten. Eine feine Schicht, die mehr an Staub als an Schnee erinnerte, bedeckte den dunklen, schweren Sandstreifen. Ich ließ den Blick sinken. Und stockte.

Da waren Spuren. Fußspuren, aber so schwer als solche zu erkennen, dass ich sie erst jetzt bemerkte, weil sie aussahen, als hätte derjenige keine Kraft mehr gehabt, seine Füße richtig anzuheben. Die man fast für eine zarte, sandige Verwehung hätte halten können oder für eine Auswirkung des starken Windes.

Dann entdeckte ich weiter hinten, direkt vor den Dünen, eine Gestalt, die zusammengekauert auf dem Boden lag. Ich stieß einen Fluch aus, als ich lossprintete, obwohl meine steifen Glieder gegen diese ruckartigen Bewegungen protestierten.

»Maximilian«, rief ich atemlos, als ich neben ihm auf den Boden fiel.

Er lag auf der Seite, seine Augen waren geschlossen. Ich hatte furchtbare Panik, als ich meine Hand an seinen Hals hielt, um nach einem Puls zu fühlen.

Aber er war da. Zart flatternd wie ein Vogelkind, zu unruhig, zu schwach, zu schnell, als könnte das Herz seine Last nicht mehr tragen, aber er war noch da.

»Maximilian«, sagte ich drängend und rüttelte an ihm. Er durfte nicht schlafen, nicht hier in der Kälte. Mit der anderen Hand zerrte ich mein Handy heraus und rief Alexander an, um ihm zu sagen, dass ich Maximilian gefunden hatte und er einen Krankenwagen hierherlotsen musste, sonst würde er uns nie finden. Dann wählte ich den Notruf. Beeilung, Beeilung. Ich schrie fast in das Gerät. Ich schilderte die Situation, mit der ich doch heillos überfordert war. Irgendwas war mit Maximilians Herzen, das wusste ich instinktiv. Der Mann am anderen Ende der Leitung beruhigte mich. Ich folgte den Anweisungen. Wärmen musste ich Maximilian. In Schnee und Eis sollte ich ihn wärmen, das Unmögliche möglich machen, aber wie nur? Ich stellte den Lautsprecher an und legte das Handy neben mich. Ich musste beide Hände frei haben, aber ich wollte den Mann am anderen Ende auch nicht loslassen, weil ich Angst hatte, allein zu sein, falls sich Maximilians Puls plötzlich verlangsamte oder ganz erstarb. Ich zog meine Jacke aus und legte sie über ihn. Ich rückte so dicht an ihn heran wie möglich und legte seinen Kopf in einer leicht erhöhten Position auf meine Knie.

Durchhalten, sagte der Mann freundlich, gleich ist jemand da.

Gleich ist jemand da, dachte ich. Aber gleich ist eine Ewigkeit, wenn jetzt viel dringender ist.

Immer wieder versuchte ich, Maximilian zu wecken. Ich strich über seine kühle Haut, atmete gegen sie, wenn ich in sein Ohr flüsterte, dass er durchhalten musste, dass jetzt ein denkbar beschissener Augenblick zum Aufgeben war, jetzt und später erst recht.

Irgendwann, es fühlte sich wie Stunden an, bis ich mich wunderte, dass die Nacht noch nicht längst angebrochen war, irgendwann dann regte er sich unter meinen Händen.

»Nela?« Aus seinem Mund kam nur noch ein Flüstern, das ich zwischen Wellenschlag und Windgang kaum verstand. Ich beugte mich vor, bis unsere eisigen Atem sich vermischten und ich Kälte schmeckte. Eisige, metallische Kälte.

»Ja, ich bin's«, wisperte ich gegen seine Wange. »Gleich kommt Hilfe. Halt nur noch ein bisschen durch, ja? Nur noch ein bisschen.«

Ein Beben ging durch Maximilians Körper, und er stöhnte schmerzerfüllt auf, während seine Hände zuckten und an seine Brust griffen, als wollten seine Finger sich durch sie hindurchgraben.

»Bitte … Geh nicht fort.«

»Ich bin hier«, sagte ich und hielt ihn fest. Ich hielt ihn so fest, wie ich nur konnte, in meinen Armen, um ihn gegen den anbrechenden Winter und sein schwaches Herz zu verteidigen. Niemand würde ihn in seine Klauen kriegen, solange ich bei ihm war. Ich würde ihm all die Wärme geben, die ich hatte, und ich würde sein Herz halten. Ich würde es sogar für ihn schlagen lassen, wenn es das nicht mehr allein konnte.

»Ich bin bei dir. Und ich gehe nirgendwohin. Ich bleibe bei dir.« Noch leiser fügte ich hinzu. »Wo sollte ich auch sein, wenn nicht da, wo du bist?«

Ich glaubte, zwischen Tränen und Salz und Schnee ein Lächeln an meiner Haut zu spüren. Dann aber stöhnte er wieder. Sein Körper krampfte sich zusammen. Ich hielt die Hand an seine Halsschlagader, zählte seinen Puls, zählte, zählte, viel zu wenig, viel zu schwach. Ich nahm den Mann am Telefon kaum noch wahr, seine Stimme war undeutlich und verschwand. Schnee und Wasser waren in mein Smartphone gedrungen und machten es untauglich. Ich rollte Maximilian auf den Rücken, meine Jacke rutschte von ihm runter.

»Es tut weh.« Seine Stimme war nur noch ein Flüstern, ein überraschtes Flüstern, in dem ein Schmerz mitschwang. Schmerz und noch etwas anderes, das mir durch Mark und Bein ging.

Es war Todesangst.

Sein Kopf fiel zur Seite, der Herzschlag unter meinen Fingern verebbte. Ich legte beide Hände auf die Stelle, an der sein Herz lag, und drückte zu.

35.

Diese Ungewissheit war ein Déjà-vu und irgendwie auch nicht.

Ich hatte das Gefühl, diesen Augenblick des beängstigenden Wartens bereits erlebt zu haben, aber ich hatte ihn nicht selbst erlebt. Ich hatte ihn nur erlesen, hatte ihn in Buchstaben begleitet und mit meiner Fantasie nacherschaffen. Erlebt hatte ihn jemand anderes.

Ich saß im Wartebereich der Intensivstation, die ich nicht betreten durfte. Ich war keine Angehörige, und Angehörige hatten Vorrang, denn es durfte nur eine gewisse Anzahl an Besuchern zu Maximilian. Jeder war furchtbar beschäftigt, ich hatte noch nie eine solche Eile und Hektik gesehen wie hier. Jede Menge Menschen in weißer Kleidung liefen durch die Gänge, manchmal schoben sie Patienten in Betten oder Rollstühlen von einer Station in die nächste, manchmal rannten sie auch.

Ich war unruhig. Ständig stand ich auf und ging ein paar Schritte, nur um mich dann wieder hinzusetzen. Hin und her, auf und ab, ein Jonglieren der Angst zwischen Magengegend und Herzbeben, ein Zustand zwischen Wartenmüssen und Losrennenwollen.

Weil ich selbst so durchgefroren war, als der Krankenwagen endlich mit Alexander an der Straße nahe dem Steg angekommen war und wir ins Krankenhaus gefahren wurden, hatte man auch mich untersucht. Man hatte mich in Decken gehüllt, bis mein Körper wieder warm und durchblutet war, und mir warmen, bitteren Kaffee mit viel Zucker und Milch in die Hand gedrückt. Dann hatte ich mich endlich in den Wartebereich setzen dürfen. Und seitdem wartete ich dort.

Ich fragte mich, ob es im Krankenhaus Regeln gab. Ob ich hier überhaupt warten durfte, ob ich ein Anrecht darauf hatte. Vielleicht war ich sogar an Maximilians Zustand schuld. Vielleicht sollte ich ihm und seiner Familie gar nicht mehr unter die Augen treten.

Die milchige Glasfront, auf der in großen, geraden Lettern *Intensivstation* stand, öffnete sich mit einem automatischen Surren. Eine Pflegerin steuerte direkt auf mich zu. Sie trug grüne Kleidung und rieb sich die Hände, die sie offenbar gerade mit Desinfektionsmittel eingerieben hatte. Ihre braunen Haare waren wildlockig und kurz.

»Frau Harolds?«, fragte sie. Ich war die Einzige, die auf den unbequemen, am Boden festmontierten Stühlen saß.

»Ja, das bin ich«, sagte ich. Ich erhob mich und nahm die dargebotene Hand.

»Ich bin Melanie«, sagte die Pflegerin. Ihre Miene war ernst. »Herr van Dorff bat mich, Sie auf dem Laufenden zu halten.«

»Welcher?«, fragte ich völlig durcheinander.

Melanie lächelte. »Herr Alexander van Dorff. Sein Bruder schläft gerade.«

Ich nickte. »Wie … Wie geht es ihm?«

»Ich darf Ihnen leider keine Details verraten, da Sie keine Angehörige sind, aber Herr van Dorff kommt später zu Ihnen, falls Sie so lange noch warten möchten.«

»Natürlich warte ich«, sagte ich sofort.

Die Pflegerin nickte kurz. Sie wirkte müde, erschöpft. Ich

konnte mir vorstellen, dass sie einen harten, anstrengenden Job hatte, der einem alles abverlangte.

»Maximilian ist außer Lebensgefahr, aber er ist noch sehr angeschlagen.«

»Es ist sein Herz, nicht wahr?«

»Ja«, stimmte sie zu. »Aber die Einzelheiten erfahren Sie dann gleich von Herrn van Dorff. Wir wollten nur, dass Sie sich erst einmal keine Sorgen mehr machen müssen. Sie waren sehr tapfer, Frau Harolds. Ohne Sie hätte Maximilian vielleicht nicht überlebt.«

Ich schluckte, weil sich meine Kehle zusammenzog. »Dass ich ihn gefunden habe, war nur Zufall.«

»Das meine ich nicht«, sagte sie sanft und drückte meine Hand, die sie noch immer festhielt. »Sie haben ihn warm und am Leben erhalten. Das war heldenhaft.«

Sie schenkte mir ein aufmunterndes Lächeln und kehrte auf die Intensivstation zurück. Die Türen öffneten und schlossen sich, und dann hatte das matte Glas sie wieder verschluckt.

Heldenhaft. Ich hatte nur getan, was jeder getan hätte. Daran war nichts Heldenhaftes. Ich sank auf den Stuhl zurück und schloss die Augen.

Du und ich, das war nun Geschichte.

»Nela?«

Erschrocken fuhr ich hoch. Sogleich fuhr mir ein stechender Schmerz durch den steifen Nacken. Ich war auf meinem Stuhl eingeschlafen, mein Kopf war in einer Schieflage gegen die Wand gelehnt. Ich rieb mir über die Augen. Auf meinem Handrücken setzte sich verschmierte Wimperntusche ab.

»Es tut mir leid, ich wollte dich nicht erschrecken«, sagte Alexander schuldbewusst. Er kniete vor mir. Sein Gesicht war aschfahl, die Augen waren dunkel unterlaufen und gerötet. Er hatte einen Becher mit Kaffee in der Hand, den er mir wortlos hinhielt. Automatenkaffee. Besser als nichts. Ich nahm ihn wortlos. Ich hatte Angst vor den Worten, die möglicherweise folgen würden.

»Alles gut«, erwiderte ich. »Ich wollte nicht einnicken. Ich habe keine Ahnung, wie … egal. Wie geht es Maximilian?«

Alexander fuhr sich mit der Hand über das erschöpfte Gesicht. »Besser. Sein Körper hat starke Abstoßungsreaktionen gegen das Herz gezeigt. Die Ärzte haben ihn aber so weit stabilisiert.«

»Was bedeutet, sie haben ihn stabilisiert?«

»Sie stellen seine Medikamente nun neu ein. Er hatte offenbar schon länger Probleme, ist aber nicht zu seinen Checks gegangen. Ich weiß nicht …« Obwohl Alexander leise sprach, war der Zorn in seiner Stimme nicht zu überhören. »Ich weiß nicht, wie er so dumm sein und es so weit hatte kommen lassen können. Er kennt sich doch am besten mit seinem Körper aus, er weiß seit fünfzehn Jahren, auf welche Signale er hören muss.«

»Vielleicht hatte er Angst. Oder er war müde.«

Alexander starrte mich verständnislos an. »Wie meinst du das?«

»Ich meine«, sagte ich und erwiderte seinen Blick so fest ich konnte, »dass es viele Gründe haben kann. Rede mit ihm, ehe du ihn verurteilst. Mit einem Spenderorgan zu leben ist manchmal auch nicht so leicht. All diese Medikamente, die gesunde Organe schädigen, all die Ängste, dass es möglicherweise trotzdem versagt und man wieder dem Tod gegenübersteht, all die Schuldgefühle … Ich meine nur: Denk daran, bevor du etwas sagst, was du vielleicht bereust.«

Der Plastikbecher in Alexanders Hand knackte leise, als seine Finger zu heftig zudrückten. Etwas Kaffee schwappte auf den grauen Boden, der vor Jahrzehnten einmal verlegt worden war.

»Ich muss zurück«, sagte er barsch und erhob sich abrupt. »Du kannst nach Hause gehen und dich ausruhen.«

Mein Mund wurde trocken, und auch ich stand rasch auf. »Ich möchte zu ihm.«

»Heute nicht mehr.«

»Bitte. Ich möchte wirklich gern zu ihm.«

Alexander sah aus, als hätte er mich am liebsten rausgeworfen, aber er hielt sich zurück. Immerhin war ich die Heldin des Tages in den Augen der anderen.

»Komm morgen vorbei«, sagte er, »aber mach dir keine Hoffnungen. Ich weiß nicht, ob er überhaupt irgendjemanden sehen will.«

Ich lächelte leicht. Alexander wusste ja nicht, dass ich Maximilian ein Versprechen gegeben hatte.

Und ich hatte nicht vor, es zu brechen.

36.

Ich hatte das Meer mitgebracht.

Keine Blumen, keine Genesungskarte, keine Schokolade, nichts, das man noch schnell im Kiosk oder an einer Tankstelle besorgte, bevor man jemandem im Krankenhaus einen Besuch abstattete. Ich wollte nichts Gewöhnliches mitbringen, nichts Belangloses, das man in eine Vase aus einem Schrank des Stationsflurs stellte und vergaß, mit nach Hause oder mit ins Grab zu nehmen, wenn man die Intensivstation auf die eine oder andere Weise verließ.

Also hatte ich das Meer mitgebracht.

Ich war zum Steg gelaufen und hatte ein Glas mit Salzwasser gefüllt. Ich brauchte keinen Sand, der transportierte das Wesen des Meeres nicht annähernd so präzise wie das Wasser selbst, wie sein Geruch, wie sein Schimmern, wenn das Licht von allen Seiten darauf fiel. Auf dem Boden des Glases lag eine Muschel, die ich am Ufer gefunden hatte. Eine Kante war abgebrochen, aber ich fand, dass gerade diese gebrochene Schönheit sie und ihre weißgerillte Oberfläche vollkommen machte. Ein paar Sandkörner waren dabei mit hineingefallen, und sie stoben nun glänzend bei jeder kleinsten Bewegung auf, als wäre das Glas eine Schneekugel und nicht nur ein gewöhnliches Glas mit einem Deckel aus Plastik.

Den ganzen Tag hatte ich im Wartebereich gesessen, hatte Menschen kommen und gehen sehen und mir ihre Geschichten dabei ausgemalt. Irgendwann waren Maximilians Großeltern und seine Mutter zu mir gekommen. Auch sie hatten sich bedankt, diese hölzern lächelnden Menschen, denen die Angst ins Gesicht geschrieben stand und die sich an die Hand des anderen klammerten, als würden sie ohne einander untergehen.

Als sich der Tag dem Abend neigte und ich kaum noch Hoffnung hatte, Maximilian sehen zu dürfen, verließ die ganze Familie van Dorff die Intensivstation. Alexander kam zu mir hinüber.

Seine Miene war nicht mehr so wütend wie gestern. »Du kannst zu ihm«, sagte er.

»Ist er bereit?«, wollte ich wissen.

»Nein«, antwortete er. »Aber geh trotzdem.«

Ich presste das Glas mit Meer an mich, während er mich in die Intensivstation geleitete. Sobald ich durch die milchige Tür getreten war, fühlte ich mich, als hätte ich eine Raumstation betreten – oder zumindest das, was ich mir als solche vorstellte. Alles war ruhig, unnatürlich still.

Vor uns befand sich eine Art Schleuse, durch die wir gehen mussten. Als Erstes wies Alexander mich an, meine Hände zu desinfizieren. Ich nahm mir etwas Desinfektionsmittel aus dem dafür vorgesehenen Behälter und rieb meine Hände damit ein. Mehrere Durchgänge bitte, sagte die Anleitung neben dem Behälter, und bloß sorgfältig. Keime sind Gift. Aus diesem Grund säuberten wir auch das Glas gründlich, und ich versprach dem Pfleger, der uns beobachtete, hoch und heilig, das Glas auf keinen Fall zu öffnen.

»Muss ich etwas anderes anziehen? So einen Umhang oder Schuhe?«, fragte ich.

»Nein, aber bitte zieh einen Mundschutz an. Maximilians Immunsystem ist durch die Medikamente geschwächt.«

Alexander gab mir einen, und ich zog ihn über meinen

Mund und band ihn an meinem Hinterkopf zusammen. Das Atmen durch den dünnen Filter fühlte sich seltsam an.

»Ich komme nicht mit. Von hier aus kannst du allein zu ihm. Ich habe den Pflegern Bescheid gegeben, dass du kommst. Er ist auf Zimmer 134.«

Einen Augenblick wallte Panik in mir auf. Ich kam mir vor wie in einer Zeitreise gefangen, sodass ich kurz keine Luft bekam.

Alexander legte mir eine Hand auf die Schulter. »Er wartet auf dich, auch wenn er das Gegenteil behauptet.«

»Okay«, presste ich heraus. »Danke.«

Alexander kehrte zu seiner Familie zurück, und ich verließ die Schleuse voller Mundschutze, steril riechendem Desinfektionsmittel, Hauben und grünen Anzügen. Ich wollte zu keinen Planeten reisen. Meine Galaxie kreiste heute nur um Maximilian, und das war genug.

Das Meerglas stellte ich auf den Nachttisch, bevor ich auch nur einen Ton sagte. Ich war durch das Zimmer gegangen, sein Bett war hinten am Fenster und mit einem Vorhang von einem anderen, schlafenden Patienten getrennt.

Maximilian war wach, und sein Gesicht hatte er zum Fenster gewandt, hinaus in die Dunkelheit, die man hinter dem sich spiegelnden Zimmer nicht sehen konnte. Sein Körper war an Maschinen angeschlossen, Schläuche führten unter die Bettdecke und zu Monitoren, die seine Vitalfunktionen überwachten. Es piepte. Stetig. Andere hätten sich von diesem Piepen vielleicht beunruhigen lassen, aber ich war dankbar dafür. Es bedeutete, dass Maximilian am Leben war.

Sein dunkles Haar wirkte auf dem weißen Laken noch dunkler, beinahe schwarz, während er selbst sehr blass war. Auf seinen Armen konnte ich die Adern sehen, ein blauer Schimmer unter einer Schicht zu fahler Haut.

»Hi.« Ich blieb beinahe unschlüssig neben dem Bett stehen. Ein Stuhl für Besucher stand dort, aber ich hatte Hummeln im Hintern. Ein Kribbeln überall, als krabbelten tausend Spinnen auf mir, die mich in Panik versetzen wollten.

»Du bist hier.« Das war keine Begrüßung. Maximilian drehte seinen Kopf nicht einmal zu mir.

»Natürlich«, sagte ich schlicht.

»Sie haben gesagt, du warst gestern und heute den ganzen Tag hier.«

»Ich wollte dich sehen. Ich musste dich sehen. Ich musste ... sichergehen, dass es dir gut geht.«

»Jetzt hast du mich gesehen.« Endlich wandte er seinen Kopf zu mir. Ich sah so viel Erschöpfung und Abwehr und Mutlosigkeit, dass ich kaum wusste, wie ich ihn ansehen und das ertragen sollte. Aber dafür war ich hier.

»Nein, Maximilian«, widersprach ich sanft und hielt seinem Blick stand. »Richtig sehen.« Ich zog den Stuhl näher an sein Bett. Nicht zu nahe, um ihm nicht die Luft abzuschnüren, aber nahe genug, um ein Zeichen zu setzen.

Maximilian verfolgte mein Tun mit Argusaugen, als ich mich setzte und meine Handtasche an mich drückte, um mich an etwas festhalten zu können. »Du musst nicht bleiben«, sagte er hart. »Ich will dich nicht hier haben.«

»Ich weiß. Aber du liegst in diesem Bett und kannst mich nicht rauswerfen. Ich meine, du könntest es versuchen ...«

Ich hätte schwören können, dass Maximilian sich ein Grinsen verkneifen musste. Ich sah etwas in seinem Gesicht aufblitzen, auch wenn es nur ganz kurz war.

»Der Wille zählt«, murmelte er bissig.

»Wenn du dich so besser fühlst ...« Ich zog den Stuhl ein Stück weit näher zum Bett heran. Zentimeterarbeit war das zwischen uns, aber jeder gewonnene Zentimeter war es wert. Eine Weile sagte niemand etwas. Unsere Worte waren noch in der Findungsphase und fernab davon, ihren richtigen Klang zu finden.

»Was hast du da mitgebracht?«, fragte er schließlich und starrte auf den Nachttisch.

»Ein bisschen von dir.«

»Was?«

»Ich meine, ein bisschen von deiner Leidenschaft. Deiner Heimat. Das ist Meerwasser.«

»Meerwasser?«, wiederholte Maximilian ungläubig. »Ernsthaft?«

»Klar«, sagte ich. »Ein Pferd passte nicht rein.«

Er lachte, aber es war ein leidenschaftsloses Lachen. Ich vermisste die vertraute Wärme darin.

Ich lehnte mich ein Stück nach vorne, bis ich auf der Kante saß. Noch ein Zentimeter, vielleicht auch zwei oder drei. Dann schlug ich meine Handtasche auf und holte etwas heraus.

Maximilians Augen verengten sich. »Was ist das?«, fragte er.

Ich zog und schob an dem Nachttisch, bis seine ausgeklappte Auflagefläche sich neben meinem Kopf befand. Auf die glatte Oberfläche legte ich den Stapel Briefe, der von einem Gummiband zusammengehalten wurde.

»Das«, sagte ich, »ist eine besondere Geschichte.« Ich atmete tief ein und aus, ehe ich fortfuhr. »Die Geschichte von Ellen und Hannes, die auch ein wenig unsere Geschichte ist, denn es gibt einen Knotenpunkt, an dem sie alle zusammenlaufen.«

Maximilian musterte den Stapel finster und mit sichtlichem Abscheu. »Ich kenne diese Geschichte bereits.«

»Du kennst nur einen Bruchteil davon«, korrigierte ich ihn, »aber nicht ihr Ende und erst recht nicht ihren Anfang.«

»Ich will ihren Anfang nicht kennen.«

»Vielleicht nicht. Aber du wirst ihn hören.«

Maximilian versuchte, sich aus seiner liegenden Position aufzurichten, doch er war zu geschwächt dafür. Ich hätte ihm am liebsten geholfen, wagte es aber nicht, ihn anzufassen.

»Nela …«, begann er warnend.

»Nein«, unterbrach ich ihn bestimmt. »Du lehnst dich zurück und entspannst dich und ruhst dich aus, dafür bist du schließlich hier. Nicht um dich mit mir zu streiten. Ich werde dir einfach nur etwas vorlesen. Und wenn du danach nicht mit mir reden willst, wenn du willst, dass ich rausgehe und aus deinem Leben verschwinde und niemals mehr zurückkomme, dann werde ich genau das tun. Aber vorher wirst du mir zuhören. Vorher werde ich nicht gehen. Einverstanden?«

Maximilian sagte lange nichts. Nur das stete Piepen seines Herzschlages aus dem Monitor blieb zwischen uns.

Irgendwann nickte er langsam. »Einverstanden«, sagte er leise.

Ich zog das Gummiband ab und nahm den obersten Brief, holte ihn aus dem Umschlag und faltete ihn auseinander. Ohne Maximilian noch einen weiteren Blick zu schenken, begann ich zu lesen.

Unser erstes Treffen. September 2001.

Hannes,

ich schreibe dir, damit ich dich und mich nicht vergesse. Ich gehe in Gedanken unsere Zeit durch, damit ich auch in zehn Jahren oder in fünfzig kein Detail vergessen habe. Kein einziges, noch so winziges.

Als ich dir das erste Mal begegnet bin, dachte ich, keinen Mann auf dieser Welt könnte ich wohl weniger leiden als dich. Ich war nicht jung, das waren wir beide nicht, aber dafür ausgelassen und voller Vorfreude auf einen Abend mit Freunden, auf eine Sommernacht, auf ein Feuer nach Sonnenuntergang. Du hast in dieser Ecke des Gartens, die Sonne im Nacken, gesessen, deine Miene war so mürrisch, als würde der Schatten nicht nur dein Gesicht, sondern gleich dein ganzes Wesen einnehmen …

Ich hielt kurz inne, als mich eine Welle von vertrautem Schmerz überrollte. Ich kannte diese Worte nun, und ich wusste, was folgen würde, und dieses Wissen war wie eine lange Treppe, von der man glaubte, sie niemals bis ganz nach oben schaffen zu können. Aber zwischen den Zeilen stand auch Liebe, und zwar so viel davon, dass ich es versuchen wollte. Für Ellen und Hannes. Für Maximilian.

Und nicht zuletzt für mich.

37.

Die Fensterscheibe schloss die Dunkelheit noch immer aus und porträtierte Maximilian und mich so, wie wir waren. Zwei Statuen, die sich voreinander aufgebaut hatten und dann, mitten in der Bewegung, zu Eis gefroren waren. Der eine wartete auf den anderen, wartete auf die erste Bewegung, den ersten Schritt gar oder die erste Schmelze, aber solange es so frostig war, dass jeder Atemzug beschlug, warteten wir umsonst.

Ich war müde und durstig und heiser vom Vorlesen. Ich wollte aufstehen, ein Glas und frisches Wasser suchen, aber ich war noch immer erstarrt, meine Füße am Boden festgefroren, als wäre unter mir ein See aus Eis, unberührt von menschlichen Schritten.

Ich ordnete die Briefe, die ich nacheinander auf die Platte des Nachttischs abgelegt hatte, und bündelte sie wieder. Einen auf den anderen, achtsam und meine Konzentration nur darauf gerichtet. Auch der letzte Brief war dabei, der nur noch schwer leserlich war. Solange ich damit beschäftigt war, war ich nicht in der Versuchung, von Maximilian eine Reaktion einzufordern. Oder ein Wort. Eine Silbe.

Aber irgendwann war alles sortiert und geordnet und meine Hände rastlos. Ich saß so dicht neben dem Bett, dass ich meine Hände einfach auf die Decke legte, genau dorthin, wo Maximilians linker Arm ausgestreckt dalag. Ein Verband war um sein Handgelenk gewickelt. Ein Zugang führte zu einer Infusion.

»Kannst du etwas sagen?«, fragte ich schließlich, als ich die Stille nicht mehr aushielt.

»Ich … Ich weiß nicht. Mir fehlen die Worte.«

Das grelle Neonlicht hinter Maximilians Bett beleuchtete sein Gesicht und warf zugleich auch Schatten darauf. Er war vollkommen reglos. Ich hatte keine Ahnung, was er wohl denken mochte.

»Dir?«, fragte ich und versuchte zu lachen.

Er erwiderte es nicht. »Mir fehlen sie nicht. Aber ich finde nicht die richtigen. Ich wünschte, du hättest früher mit mir geredet.«

Das verstand ich. »Ich wollte es«, antwortete ich. »Ich wollte es wirklich. Jeden Tag dachte ich, dass heute der Tag sein würde, an dem ich es dir sage. Und dann war der Tag so schön, dass ich ihn nicht verderben wollte, oder so schlimm, dass ich deine Gesellschaft genossen habe. Oder sie sogar … gebraucht habe.«

»Du hättest es mir sagen müssen«, beharrte er.

»Ich weiß«, flüsterte ich. »Es tut mir leid. Ich meine, ich habe tausend Ausreden gefunden. Dass ich gar nicht sicher weiß, ob du es überhaupt bist, dass ich dich nicht verletzen wollte, dass ich doch gar nicht wegen dir hier war, sondern wegen mir, dass … Es gab so viele Gründe, die ich mir zurechtgelegt habe. Aber am Ende wollte ich vor allem eines nicht: diese Situation, in der wir uns jetzt befinden.«

»Aber genau in dieser Situation stecken wir jetzt. Weißt du, Nela, wenn ich Bücher lese oder einen Film schaue, in denen die Helden versuchen zu vermeiden, dass ein ganz bestimmtes Ereignis eintritt, führen sie es meistens mit diesem Verhalten herbei. Und als Zuschauer sitzt du da und schüttelst den Kopf, weil du es doch besser weißt und im echten

Leben nie so handeln würdest … Genau solch eine Situation ist das.«

Ich schlug die Augen nieder. Seine Worte trafen mich, denn er hatte recht damit. Trotzdem taten sie weh. Ich hatte nie aus böswilliger Absicht gehandelt, und irgendwie versuchte ich doch, es wiedergutzumachen.

Ich musste raus aus dem Zimmer. Ich sprang auf. Doch ich kam nicht weit. Maximilians Finger schlossen sich um mein Handgelenk.

»Warte. Bitte bleib.« Seine Stimme klang gepresst, aber sanfter als zuvor.

Ich verharrte.

»Danke, dass du mir die Briefe vorgelesen hast. Wirklich. Ich weiß das zu schätzen.« Plötzlich sah er furchtbar müde aus. »Und ich glaube, ich verstehe jetzt.«

»Was verstehst du?«, fragte ich leise.

»Mehr über mich.«

»Und was genau?«

Ein Pfleger auf quietschenden Sandalen kam herein, auf dem Arm trug er ein Tablett. Darauf war ein Teller mit einem Deckel und eine Tasse Tee.

»Guten Abend«, sagte er zu uns beiden und stellte das Tablett ab, nachdem ich hastig den Nachttisch freigeräumt hatte. »Einmal das Abendessen für Sie, Herr van Dorff.« Dann wandte er sich an mich. »Die Besuchszeit ist gleich leider vorbei, daher muss ich Sie bitten, sich langsam zu verabschieden. Sie können morgen ab 11 Uhr gern wiederkommen, dann sind die Visiten vorbei.«

Wir beobachteten den Pfleger, der einen schnellen Blick auf den schlafenden Patienten neben Maximilian warf, bis er den Raum wieder verlassen hatte. Dann klappte ich den Deckel des Tablettes hoch und legte ihn auf die Fensterbank, ehe ich den Nachttisch so zu Maximilian schob, dass er sich aufrichten und daran essen konnte. Aber er rührte das Abendessen nicht an. Sein Blick hing einzig und allein an mir.

»Ich verstehe, warum ich von Anfang an dachte, dich zu kennen«, flüsterte er. »Ich hatte keinen Schimmer, woher, wie auch, aber irgendwas war an dir, das mir vertraut vorkam, wie aus einem anderen Leben. Etwas, das mich sofort dazu brachte, dich zu mögen, obwohl ich eigentlich menschenscheu bin, obwohl ich lange Zeit brauche, um mit jemandem warm zu werden. Vielleicht klingt das jetzt alles total verrückt oder ich bilde es mir nur ein, aber … jetzt macht es alles Sinn. Auf eine schräge Art und Weise.«

Ich musste über seine Worte nachdenken, sie verdauen. Wenn man sie sich auf der Zunge zergehen ließ, waren sie schwere Kost. Sie ließen Fragen aufkommen, die nur weitere Fragen, aber keine endgültigen Antworten mit sich brachten. Sie ließen uns wieder an die Grenze des Menschseins rennen und uns an ihr verzweifeln, wenn wir nur zu viel über sie nachdachten.

Konnte so etwas wirklich sein? Konnte eine Verbindung zwischen Spender und Empfänger bestehen? Konnten Spender Gefühle oder Eigenarten mit dem Organ übernehmen? Niemand konnte das sicher wissen oder bestätigen, aber ich hatte im Internet Geschichten darüber gelesen. Erfahrungsberichte von Menschen, denen es genauso ging. Also vielleicht … vielleicht war einfach viel mehr möglich, als wir uns mit unserem Verstand vorstellen konnten.

Ich wusste, dass ich gehen musste. Aber ich wäre so gern geblieben, eine Weile nur noch, damit wir das alles zusammen aufarbeiten konnten. Aber vermutlich war die Intensivstation nicht der passende Ort dafür.

»Ich sollte jetzt gehen, bevor ich rausgeschmissen werde.« Ich lächelte schief. Maximilian konnte meinen Mund zwar nicht sehen, das Lächeln aber doch, denn endlich erwiderte er es.

»Ja, das wollen wir doch nicht.« Mir fiel ein Stein vom Herzen. Vielleicht würde es nun leichter, wieder zusammenzufinden, wenn das überhaupt noch möglich war.

Ich zog meine Jacke an und steckte die Briefe in meine Handtasche zurück. »Schlaf gut, Maximilian.«

»Gute Nacht, Nela.«

Ich ging zu der Tür, die nur angelehnt war, und legte die Hand an die Klinke.

»Nela?«

Ich hielt in der Bewegung inne und drehte mich noch einmal um. Maximilian saß beinahe aufrecht im Bett, seine Miene war unergründlich.

»Ja?«, fragte ich leise.

Maximilian setzte zum Sprechen an, einmal, dann noch einmal. Es fiel ihm sichtlich schwer, die passenden Worte zu finden.

»Hast du ihm verziehen?«, fragte er nach einer Ewigkeit. Sein Blick dabei war seltsam, ängstlich und flehend und traurig zugleich.

»Wie bitte?«, fragte ich überrumpelt.

»Hast du deinem Vater verziehen? Deswegen bist du doch eigentlich hier, oder?«

Ich starrte ihn an und spürte, wie mein Herz in meiner Brust stolperte. Verzeihen war ein großes Wort, ein so unendlich hoher Berg an Arbeit, dessen Bewältigung man nicht erzwingen konnte. Verzeihen war etwas, das man wirklich wollen musste, sonst würde man es nie schaffen.

Ich öffnete die Tür und flüchtete aus dem Zimmer.

38.

Drei Tage später wurde Maximilian entlassen.

Sie hatten ihn auf neue Medikamente eingestellt, fortan würde er unter schärferer Beobachtung leben und sich regelmäßiger untersuchen lassen müssen. Ich wusste es, weil er mir Textnachrichten schickte, obwohl ich nicht antwortete. Seine Frage hatte etwas ins Rollen gebracht, und ich hatte ein paar Tage gebraucht, um mir über seine Antwort klar zu werden.

Nun stand ich im Flur der Pension und hatte meinen Koffer gepackt und ihn die Treppe heruntergewuchtet. Gleich würde ich ein Taxi rufen müssen, das mich zum Bahnhof bringen würde, denn heute ging es wieder nach Hause.

Der Gedanke daran zerriss mir das Herz. Ich war mit hohen Ansprüchen und großen Wünschen hierhergekommen, und nun fühlte es sich so an, als hätte ich versagt. Ich hatte meinen Vater kennengelernt, auf vielerlei Art, ich war ihm nahegekommen, aber der letzte, entscheidende Schritt war noch nicht gegangen. Und nach Hause zu fahren, in eine Stadt, die nicht wirklich mein Zuhause war, würde mich Rückschritte kosten. Viele Rückschritte.

Immer wieder warf ich einen Blick auf die Uhr, die viel zu schnell tickte, als würde die Zeit darauf warten, dass ich in diesen verdammten Zug stieg. Aber ich konnte mich noch nicht dazu überwinden, Henrietta Lebewohl zu sagen und das Taxi zu rufen.

Noch nicht.

Ich ließ meinen Koffer im Gang stehen und schlüpfte leise aus dem Haus. Es war früh, die Dämmerung brach gerade über die Küste hinein, und ich wollte zur Mühle. Einmal noch. Einmal noch in Maximilians warme, dunkle Augen sehen, einmal noch seinen Duft nach Meer und Pferden und ihm selbst einatmen.

Einmal noch hier sein. Hier bei ihm.

Ich lief über die Straße. Die Mühle erhob sich dunkel vor der Sonne, die gemächlich aus der Wasseroberfläche und dem Horizont dahinter in die Höhe wanderte. Sie hüllte die Mühle in mystische Schwärze, in ein Gegenlicht, das mich glauben ließ, ich befände mich in einem anderen Jahrhundert, unter anderen Menschen, in einer anderen Zeit.

Der Gedanke, dass ich diese Mühle vermutlich niemals wiedersehen würde, ließ mich einen Augenblick innehalten, weil er mir so unwirklich vorkam. Ich war drei Wochen hier gewesen, hatte das Meer und Hannes und Maximilian und selbst Ellen an mich rangelassen, und alles zurückzulassen, fühlte sich so falsch an. Als wäre meine Mission gescheitert. Als wäre ein Teil von mir hier festgekettet und ich würde unvollständig nach Hause reisen.

Unvollständig und so einsam, wie ich hergekommen war.

Aus dem Schatten der Mühle löste sich ein weiterer, kleinerer Schatten, der sich erst auf die Straße und dann auf mich zubewegte. Der Schatten wuchs, je weiter er auf mich zukam, und irgendwann lief ich einfach auf Maximilian zu, als sei er ein Magnet, der mich am Meer entlang direkt zu ihm zog. Seit jenem Tag auf der Intensivstation, seit *jener* Frage hatten wir uns nicht mehr gesehen. Ich hatte nicht gewusst, wie ich ihm antworten sollte, hatte ich die Antwort doch nicht einmal für mich gefunden, und wie sollte ich ihm dann Worte entgegenschleudern, mit deren Bedeutung er fallen könnte.

Meine Antwort war für ihn von Bedeutung, das wusste ich mittlerweile. Es bedeutete vielleicht sogar, dass er aufatmen konnte, dass die Last auf seiner Brust, die nicht seine war, nicht mehr so schwer wog.

Das alles konnte ich ausrichten, mit ein paar Worten nur. Doch Verzeihen war so … so schwer.

Wir gingen aufeinander zu, und jeder Schritt in Maximilians Richtung ließ mich nach Atem ringen. Ich vermisste ihn bereits jetzt, dabei war ich noch hier, kaum ein paar Meter von ihm entfernt. Aber ich konnte mir nicht vorstellen, zu gehen, in den Zug zu steigen, ratternd und quietschend Richtung Heimat. Es fühlte sich vielmehr so an, als könnte er meine Heimat sein, irgendwann, in ein paar Tagen oder Wochen oder auch nur in ein paar Atemzügen.

Zuletzt rannte ich fast. Mein stoßweise gehender Atem warf Dampfwölkchen in die Luft.

»Hey«, sagte ich und legte den Kopf in den Nacken.

Ich wollte ihn ansehen. Ich wollte jedes Detail in mich aufsaugen, es wie eine Erinnerung in ein Album kleben, das Zeit und Alter überdauerte, in dem ich immer wieder blättern konnte, in dem ich seine wirren Haare gegen das Licht schimmern sah, in dem ich den Blick seiner dunklen Augen sah, die sich in der Ferne verloren, in dem ich das Zucken seiner Mundwinkel sah, wenn sich mal ein Lächeln zwischen Ernsthaftigkeit und Pflichtgefühl stahl, wenn sich seine Umrisse vor dem Meer und dem Horizont und unendlichen Weiten abhoben.

All das wollte ich mir für die Ewigkeit merken, denn sosehr ich auch wollte, ich konnte nicht bleiben. Zwischen uns standen meine Lügen und mein Schweigen und meine gescheiterte Mission.

»Du reist heute ab, nicht wahr?«

Ich konnte nur nicken.

Maximilians Kiefer verspannten sich. »Holen wir deine Koffer.«

Ich runzelte die Stirn. »Ich rufe ein Taxi. Du musst mich nicht fahren.«

»Ich will dich auch nicht fahren.«

»Sondern?«

»Du kannst noch nicht gehen.«

Ich atmete tief ein. Meine Hände zitterten. »Ich muss.«

»Nein.« Er sagte nicht mehr als dieses eine Wort, als wäre das Erklärung und Argumentation genug.

»Maximilian …«

»Du kannst noch nicht gehen«, wiederholte er stur. Er konnte so dickköpfig sein wie seine Pferde.

»Ich muss übermorgen wieder zur Arbeit. Mein Chef dreht sowieso schon durch, weil ich so kurzfristig Urlaub genommen habe.«

»Und wenn ich sonst durchdrehe?«

Ich blinzelte. »Was?«

»Ich will nicht, dass du gehst, Nela«, sagte er abrupt. Er nahm meine Hand, meine eiskalte Hand, und umschloss sie mit seinen warmen, großen Händen, bis sich ein Prickeln auf meiner Haut ausbreitete. »Lass mich nicht betteln.«

»Ich will nicht, dass du bettelst.«

»Dann bleib. Ein paar Tage noch. Du und ich, wir haben Geheimnisse zwischen uns. So viel Unausgesprochenes. Lass es uns aussprechen. Lass es uns versuchen. Lass uns diese eine Chance haben. Ich habe nicht ewig Zeit, Nela.«

In mir gefror etwas, als er das sagte. »Wie meinst du das?«

Seine Hand wanderte höher und ruhte dann auf meiner Wange. Sein Daumen streichelte mich dort ganz zart. »Mein Herz ist alt. Für ein Spenderorgan ist es alt. Ich lebe schon so lange damit, länger als der Großteil von Spenderherzen. Es wird allmählich schwächer, das spüre ich schon lange. Aber ich will nicht mehr davonlaufen. Ich will den Mann kennenlernen, der dein Vater war. Ich will, dass du mir mehr von ihm erzählst. Ich will, dass wir uns kennenlernen, viel besser als bisher. Ich will jede Sekunde nutzen, Nela, und ich will sie mit dir nutzen, solange ich kann.«

Wieder blinzelte ich. Tränen verschleierten meine Sicht und machten sie trüb und matt. Maximilians Worte waren ein Schock, obwohl ich sie, wenn ich ehrlich war, bereits geahnt hatte. Ich hatte davon gelesen. Hatte gelesen, wie lange man mit einem Spenderherz leben konnte, wie lange man dieses zweite Leben genießen durfte, ehe auch dieses einem langsam und unaufhaltsam entglitt. Manchmal, wenn man zu den wenigen Menschen gehörte, die das Glück für sich gepachtet hatten, dann bekam man vielleicht noch ein zweites Herz, wenn es einen passenden Spender gab und der eigene Körper es noch aushielt. Aber das war selten. Und ich musste Maximilian nicht fragen, um herauszufinden, ob er zu dieser Sorte Patient gehörte. Ich wusste bereits, dass dem nicht so war.

»Natürlich bleibe ich«, brachte ich heraus. »Ich erzähle dir alles, was du wissen willst. Aber nur unter einer Bedingung.«

»Welche?«, fragte Maximilian, und seine Augen funkelten auf.

»Du gibst dir verdammt nochmal Mühe, so lange zu leben, wie du kannst. Ich rette dir nicht noch einmal den Hintern.«

Wir lachten beide, lauthals und hoch und gequält und glücklich zugleich, weil wir einander hatten und doch nicht wussten, was wir einander wirklich geben konnten.

39.

Wir saßen ein paar Minuten da, Seite an Seite, auf dem unbequemen Untergrund einer der Liegen am Hintereingang. Am Ufer vor dem leise rauschenden Meer. Unter uns, unter der geteilten Liege, lag eine Wolldecke, ebenso wie um uns, während wir eng aneinandergeschmiegt dem Flüstern des Meeres lauschten, das unser eigenes Flüstern übertönte.

Wir warteten darauf, dass Henrietta Pause hatte. Sie hatte soeben den Gästen das Frühstück serviert. Wir hatten uns ein Brötchen mit Käse und eine Kanne Kaffee stibitzt und beides mit nach draußen genommen. Unsere Gesichter waren rot vor Kälte, aber ich war trotzdem zufrieden. Die Kälte fror ein, das Gute und das Schlechte.

»Worüber denkst du nach?«, fragte Maximilian. Sein Atem vermischte sich mit dem Kaffeedampf.

»Wie verrückt das ist.«

»Was?«

»Dass ich hierbleibe. Nur weil du mich darum gebeten hast.«

»Ist eine Bitte etwa nicht Grund genug?«, neckte er.

»Doch«, lachte ich. »Aber ich hätte nie gedacht, dass du mich hier haben willst.«

»Warum denn nicht?«

Es gab so viele Gründe. So unendlich viele. »Hmhm«, murmelte ich ausweichend.

»Sag schon«, drängte er und stupste mich leicht an.

»Du kennst mich noch nicht richtig«, sagte ich betont leichthin, »das erklärt einiges.«

»Das verstehe ich nicht.« Er schüttelte verständnislos den Kopf.

Ich machte eine wegwerfende Handbewegung und kickte einen Stein fort, der fast bis ins Wasser kullerte.

»Aus der Sache kommst du jetzt nicht raus«, bemerkte er trocken.

»Nicht?«, fragte ich hoffnungsvoll.

»Auf keinen Fall!«

Ich ließ die Schultern hängen, was ihm nicht entging. Wir klebten ja förmlich aneinander. »Ach … ich weiß nicht, ob ich jemand bin, den du wirklich hier haben willst.«

Ich sprach es nicht aus, aber ich meinte nicht *jetzt*. Ich meinte, *bald wieder und wieder* und irgendwann vielleicht *permanent*.

»Wie, um Himmels willen, kommst du auf so einen Unsinn?« Ich erkannte ehrliches Entsetzen in Maximilians Miene, als ich ihm einen Seitenblick zuwarf. Also wandte ich den Blick wieder nach vorne, dorthin, wo die Sonne sich langsam über dem Meer emporreckte. Ich fühlte mich zurückversetzt an meinen ersten Morgen hier, als ich allein und hadernd auf dieser Liege gesessen hatte. In vielerlei Hinsicht hatte sich in diesen Wochen viel geändert. Aber ich, ich war immer noch dieselbe.

»Ich meine, dass ich an diesen Ort gekommen bin, weil ich etwas ändern und mich mit meinem Vater und meiner Vergangenheit auseinandersetzen wollte. Weil ich etwas von meinem Leben ändern musste, damit es nicht immer so trist und grau vor sich hin vegetiert. Ich wollte einfach … anders werden. Jemand, der frei und liebenswert und nicht so strukturiert und ein Gewohnheitstier ist, der nichts Neues und kein Durcheinander zulassen kann. Ich habe dir weh getan und dich verletzt, obwohl es das Letzte war, was ich tun wollte. Und wenn ich das alles so rückblickend betrachte, dann habe ich jeden Punkt auf meiner To-do-Liste gründlich vermasselt.«

Ich stockte beinahe erschrocken. Jetzt war es raus. Ich schlug die Hand vor den Mund. Das alles hatte ich so nicht sagen wollen, aber irgendwie war es dennoch rausgeplatzt.

Maximilian drehte sich ein wenig, sodass er mich ansehen konnte. Sein kantiges, bärtiges Gesicht wurde vom warmen Sonnenschein bedeckt und weicher gezeichnet, als es eigentlich war. Er nahm die Hand von meinem Mund und hielt sie fest. Seine Fingerspitzen malten dabei Zeichen auf meinen Handrücken, die keinen Sinn ergaben und vielleicht auch keinen ergeben sollten.

»Nela, hör auf, dich zu entschuldigen«, sagte er bestimmt. »Ich hätte ebenfalls genügend Gründe, mich zu entschuldigen. Ja, ich war verletzt, dass du mir nicht sofort die Wahrheit gesagt hast. Aber im Krankenhaus hatte ich genügend Zeit, darüber nachzudenken, und weißt du was? Ich verstehe es jetzt. Auch wenn diese Briefe und das, was du über sie über mich herausgefunden hast, eine Bedeutung für mich haben, so ist ihr Inhalt doch für dich viel schwerwiegender gewesen. Es ging um deinen Vater, um deine Vergangenheit. Ich hatte kein Recht, dich deswegen so zu behandeln, und es tut mir leid.«

Er hielt inne, und seine dunklen Augen musterten mich besorgt, fast so, als befürchtete er, dass ich seine Entschuldigung ausschlagen könnte. Ich hingegen starrte ihn sprachlos an, und in diesem Augenblick wünschte ich mir so sehr, ich könnte die drei Worte sagen. *Ich verzeihe ihm.* Ich hatte noch nie einen Mann getroffen, der so selbstlos und gütig wie Maximilian war, und ich wünschte mir plötzlich so sehr, dass ich ihn jeden Tag ein Stück mehr kennenlernen und ihn für mich haben durfte und wir uns vielleicht irgendwann ein Hafen sein konnten.

Ich brauchte keinen Mann, den man erst knacken und brechen musste, ich wollte einen wie Maximilian.

Einen, der ganz einfach nur … gut war.

Ohne darüber nachzudenken, lehnte ich mich nach vorne und legte die Arme auf seinen Brustkorb. Er wusste genau, was ich vorhatte, und lächelte, ehe er seine Arme um mich schlang. Die Wolldecke rutschte von meinen Schultern, als er sich zu mir beugte und seine Lippen auf meine presste, drängend und zärtlich zugleich, alles von mir verschlingend, aber genauso wollte ich es.

Irgendwo klingelte etwas durchdringend. Ich zuckte zusammen und wollte zurückschrecken, doch Maximilian ließ mich nicht los. Unsere Atem vermischten sich mit dem Dunst der Kälte, und ich wusste, dass ich nur noch wenige Schritte davon entfernt war, glücklich zu sein.

Es läutete wieder. Es war die Türschelle, doch die ging uns nichts an.

40.

Ich schob die Terrassentür einen Spalt auf, gerade breit genug, um hineinschlüpfen zu können. In der Hand hielt ich die beiden leeren Tassen, der schlierige Kaffeerest klebte am Tassenboden. Ich wollte sie in der Küche in die Spülmaschine stellen, und danach hatten wir vor, meine Koffer endlich zur Mühle zu bringen, und dann … dann würde weiß Gott was passieren, ich hatte keine Ahnung, aber dafür ein bisschen Angst und noch mehr Zufriedenheit. Das Gespräch mit Maximilian hatte gutgetan, doch es hatte mir auch gezeigt, dass er mir bereits so viel bedeutete und dass diese Bedeutsamkeit zwischen uns gefährlich war, denn sie war so unglaublich verwundbar. *Er* war verwundbar. Er lebte schon so lange mit dem Herzen meines Vaters. Erst langsam begriff ich, was das bedeutete: dass unsere gemeinsame Zeit beschränkt war, und zwar auf unbestimmte Dauer. Ich konnte diese Zeit nicht kontrollieren, sie nicht messen und nicht planen, weil sich das Herz nicht planen ließ, in vielerlei Hinsicht nicht.

Der nächste Schmerz in meinem Leben würde also vorprogrammiert sein, wenn ich diesem Weg weiterhin folgte, und wenn ich ehrlich war, wusste ich bereits, dass ich genau das tun würde. Maximilian war mein Kompass, er navigierte mich in seine Richtung, er hatte mich aufgesammelt, als ich verloren gegangen war.

Ich lief in den Flur, wo mich bereits lautes Gelächter empfing. Neue Gäste, vermutete ich, oder vielleicht noch die alten, die einfach nur sehr gut gelaunt waren.

Henrietta kam mir entgegen, sie trug eine kleine Tasche, während ihr eine Frau mit einem Koffer folgte. Ich trat zur Seite und drückte mich an die Wand, um den beiden Platz zu machen. Es kribbelte in meinen Füßen und Händen, ich wollte endlich wieder raus.

»Guten Morgen, Nela«, rief Henrietta gewohnt fröhlich.

»Hallo«, sagte ich. »Entschuldige, dass mein Koffer noch im Eingangsbereich steht. Ich räume ihn gleich weg, ich bleibe noch für den Rest des Wochenendes bei …«

Ich warf der zweiten Frau einen Blick zu und stockte. Im ersten Augenblick war ich furchtbar verwirrt, weil ihr Anblick vertraut war, ich sie aber in meinem Kopf nicht sofort zuordnen konnte. Es dauerte einige Sekunden, bis die Erkenntnis zuschlug.

Wir starrten uns beide an, unsere Blicke verhakten sich ineinander, während jeder von uns nach den passenden Worten suchte, nach irgendetwas Gewaltigem, nach mehr als nur einem schnöden *Hi*.

Aber was sollte man zu der Frau sagen, die man jahrelang aus seinem Leben auszuschließen versucht hatte?

41.

»Du bist hier«, sagte Ellen, und ihre wachen Augen blinzelten für einen Augenblick.

Ich schluckte. Mein Hals war trocken. Ich traute meiner Stimme nicht.

»Die größere Überraschung ist, dass *du* hier bist, nicht wahr?«, fragte ich.

»Da muss ich dir wohl beipflichten«, sagte sie und lächelte mich an.

Es war lange her, dass ich Ellen zum ersten und einzigen Mal gesehen hatte. Es war auf der Beerdigung meines Vaters gewesen, und da ich dort mehr aus Pflichtgefühl denn aus tatsächlichem Willen gewesen war, konnte ich mich an die Einzelheiten nur noch verschwommen erinnern.

Ich wusste aber, dass Ellen vorne in der ersten Reihe gesessen hatte, mit offenen, wilden, schwarzen Locken, die von grauen Strähnen durchzogen waren, einem wallenden Rock, der mehr nachtblau als schwarz gewesen war, und Händen, an denen trotz aller Mühe noch Farbreste klebten. Ellen hatte schlecht ausgesehen, ihre Wangen waren eingefallen, ihre Augen ohne Glanz und Leuchten. Sie lächelte jeden an, der ihr sein Beileid bekundete, aber es war ein blechernes, mechanisches Lächeln gewesen. Wir hatten keine drei Worte miteinander gewechselt, ehe ich vom Friedhof geflohen war.

Henrietta schaute von einem zum anderen. Man konnte ihre Verwirrung förmlich in ihrem Gesicht geschrieben sehen. »Nanu, kennt ihr euch?«

»Ja«, sagten wir zeitgleich, ehe wir verstummten. Unsere Stimmen zusammen, das ergab keine rechte Harmonie.

»Oh, wie schön«, rief Henrietta aus und klatschte die Hände auf eine ganz feine Art und Weise zusammen, wie sie sonst niemand hinbekommen hätte.

»Wie schön«, sagte sie noch einmal, »das hat ja gleich etwas Familiäres.«

»Ja«, stimmte Ellen ihr erstaunlich ruhig zu. Ich bewunderte sie um diese Gelassenheit, war ich selbst doch zittrig und aufgeregt.

Eigentlich hätte mich ihr Kommen nicht wundern dürfen, und doch tat es das. Ich hatte ihr vor einigen Tagen einen Brief geschickt und sie darum gebeten, zu kommen. Ich konnte nicht genau erklären, warum es so war, aber ich hatte das Gefühl, dass wir vielleicht alle zu einem Abschluss finden konnten, wenn wir erst zusammen waren und über alles reden konnten. Wir beide hatten das noch nie getan, und allmählich wurde es Zeit.

Eine kalte Brise strich mir über den Nacken. Maximilian war hereingekommen. Sicher wunderte er sich, warum ich so lange fernblieb. Mir wurde heiß und kalt zugleich. Ich hatte Maximilian davon nichts erzählt, weil ich es in der ganzen Aufregung um unseren Streit und seinen Zusammenbruch schlichtweg vergessen hatte. Außerdem hatte ich nicht wirklich erwartet, dass Ellen meiner Bitte folgen würde. Aber sie hatte es getan, und das rechnete ich ihr an.

»Ist alles okay?«, fragte Maximilian, als er mich sah und auf mich zukam. Er lächelte Henrietta an, Ellen hingegen nickte er kurz zu.

»Ja«, begann ich und griff nach seinem Arm. Seine Jacke

war kalt von draußen. Ich wollte mich sicherheitshalber an ihm festhalten. »Wir haben Besuch.«

»Wir?«, wiederholte er fragend.

»Ja«, sagte ich wieder. »Das ist Ellen.«

Maximilian starrte erst mich und dann Ellen mit offenem Mund an. Ich konnte sehen, wie es in ihm arbeitete.

»*Die* Ellen?«

»Genau«, antwortete Ellen, ehe ich ansetzen konnte, »die furchtbar berühmte Ellen, die jeder im Lande kennt. Also, nicht … Aber schön wär's.« Sie lachte offen. Trotzdem war nicht zu übersehen, dass sie nervös war.

Maximilian fuhr sich übers Haar. »Puh, also ich … Damit habe ich jetzt nicht gerechnet.«

»Ich auch nicht«, gestand ich. »Gehofft habe ich es. Aber nicht erwartet.«

Henrietta hatte mittlerweile die Arme in die Seite gestemmt. Ihre Stirn war gerunzelt. »Wenn sich also jeder hier gerade überrumpelt fühlt, warum stehen wir dann noch? Ab in die Küche mit euch, ich mache euch einen Tee!«

Wir saßen kurze Zeit später in Henriettas Küche und tranken Tee und Kaffee, mehr krampfhaft schweigend als uns wirklich unterhaltend. Ellen erzählte von der Reise und den Verzögerungen der Züge. Sie berichtete auch davon, dass sie vor sechs Wochen ein neues Kniegelenk bekommen hatte, was sie für einige Zeit an Haus und Reha gefesselt hatte. Ich verstand nun also besser, warum Ellen mich zu Maximilian vorgeschickt hatte, auch wenn ich mir nicht sicher war, ob ihre Unpässlichkeit der wahre Grund dafür gewesen war. Henrietta berichtete von den Ausflugszielen der Umgebung und den touristischen Sehenswürdigkeiten. Die brennenden Themen jedoch umgingen wir.

Irgendwann schlug Maximilian einen Spaziergang vor. Er wollte uns beide zum Strand führen, weil er aus den Briefen wusste, dass Hannes und Ellen gern am Meer gewesen waren, und irgendwie war mein Vater doch unser aller Knotenpunkt. Er hatte uns hier zusammengeführt, also fühlte sich Maximilians Idee richtig an. Auch Ellen schien etwas entspannter zu sein, als sie einen dicken Schal und eine knallbunte Mütze überstreifte, ehe sie ihren Mantel anzog. Sie entschuldigte sich dafür, dass sie nicht so weit und schnell gehen konnte, aber wir versicherten ihr, alle Zeit der Welt zu haben, auch wenn das streng genommen eine Lüge war.

Wir gingen raus, Maximilian und ich hielten uns an den Händen, und hin und wieder spürte ich Ellens verstohlenen Blick auf unsere ineinander verschlungenen Finger. Ich konnte ihre Gedanken förmlich hören, aber ich wollte nicht verstecken, was ich empfand, denn die Stunden waren gezählt, ehe ich wieder zurück zur Arbeit fahren und mein Leben daheim klären musste.

Maximilian führte uns an der Mühle vorbei und erzählte Ellen dabei die Geschichte von deren Bau sowie einige Dinge über das Gut und das Naturschutzgebiet. Ich ließ meine Gedanken schweifen, ich kannte das alles schließlich schon. Stattdessen konzentrierte ich mich darauf, seinen Handrücken, der zwischendurch unruhig zuckte, mit meinem Daumen zu streicheln. Wir liefen fast eine halbe Stunde, bis wir eine Bank fanden, auf der wir eine kurze Pause einlegten. Wir saßen eine Weile da, trauten uns noch immer nicht, und genossen den Wind und die Wellen, die heute wild gegen den rauen Strand schlugen, und hin und wieder wischte Ellen sich eine Träne aus den Augen.

Der Wind, sagte sie dann, es war nur der Wind, der die Tränen brachte.

42.

Maximilian hatte mich in die Stadt gefahren und vor der überschaubaren Fußgängerzone rausgelassen. Ellen und ich hatten uns bei Herrn Louie verabredet. Ich musste morgen wieder zurück. Morgen war Sonntag, also ganz offiziell mein letzter Urlaubstag. Wenn ich nicht heute all meinen Mut zusammennahm und mich mit Ellen auseinandersetzte, dann würde ich es nicht mehr tun. Wir waren beide quer durch Deutschland gereist.

Jetzt war der Augenblick gekommen, und es gab keine weiteren Ausreden mehr.

Das Café hatte sonntags nur zwischen 14 und 16 Uhr geöffnet, dementsprechend gut besetzt war es. Am Fenster saß ein älteres Ehepaar, das gerade bezahlte, also wartete ich, bis sie sich angezogen hatten und vom Tisch weggetreten waren, ehe ich dort Platz nahm. Eine Aushilfe kam sogleich und räumte das benutzte Geschirr weg.

Zögernd zog ich meine Jacke aus und hängte sie hinter mich über die Lehne, ehe ich einen Kaffee bestellte. Ich hatte außerdem meine Umhängetasche mitgebracht, in welcher die Schachtel steckte, die ich eben an diesem Ort ausgesucht hatte.

Ich sah mich um und versuchte, Herrn Louie irgendwo zu entdecken, aber von ihm war weit und breit keine Spur zu sehen. Ob er heute nicht arbeitete? Ich hatte so sehr gehofft, dass er da war und mich seine Anwesenheit in diesem besonderen Café ein bisschen erden konnte.

Das kleine Glöckchen über der Tür klingelte leise, als diese aufgestoßen wurde. Ellen kam herein, ihr Mantel glänzte dunkel und nass vom Regen, und ihre Haare waren von der Feuchtigkeit noch ungebändigter als sonst.

Sie hatte mich sofort entdeckt und kam auf mich zu. Sie humpelte etwas, vielleicht war der Spaziergang doch zu viel des Guten gewesen. Falls sie aber Schmerzen hatte, zeigte sie es nicht.

»Hallo Nela«, sagte sie warm. Sie trug eine knallrote Brille, die gut zu ihrem schwarzgrauen Haar passte, das nicht mehr so lang war wie früher. Ihr Bob reichte nur noch bis zu ihren Schultern.

»Hallo Ellen.« Ich lächelte ein wenig verkrampft. Ich war nervös. Das war das erste Mal, dass wir uns allein gegenübersaßen. Ohne andere Menschen, ohne blinden Zorn, ohne ein Grab dazwischen.

»Wie schön, dass du mich hierher eingeladen hast. Dieses Café ist wirklich nett.«

»Ja«, stimmte ich zu, »der Besitzer ist auch ein außerordentlicher Mann. Aber leider scheint er heute nicht da zu sein.«

»Schade«, meinte Ellen. »Aber vielleicht ist das gar nicht so schlecht. Wir haben sicher viel zu bereden.«

»Das haben wir.« Ich atmete tief durch und legte die Kiste mit den Briefen auf den Tisch.

Ellen betrachtete die Kiste, als ich den geschnitzten Deckel öffnete. »Das ist aber eine schöne Verpackung, um sie aufzubewahren.«

»Ich habe die Kiste in meinem Urlaub hier geschenkt bekommen«, erklärte ich. »Vom Besitzer dieses Cafés.«

In diesem Augenblick wurden wir von der Kellnerin unterbrochen. Wir bestellten mehr Kaffee, Tee und Kuchen, nachdem wir einen schnellen Blick in die Kuchenauslage geworfen hatten. Überraschenderweise teilten wir eine tiefe Liebe für Schokoladentorte.

Eine Weile schwiegen wir und blickten abwechselnd aus dem Fenster. Draußen war es trist, es hatte sich eingeregnet, und der Niederschlag prasselte mit regelmäßiger Heftigkeit auf den Erdboden hinab.

Schließlich holte ich tief Luft und dachte an Maximilians Worte, mit denen er mich versucht hatte, aufzumuntern, bevor er mich auf dem Parkplatz rausgelassen hatte.

Mach dir keinen Druck, für dich nicht und für mich erst recht nicht. Du hast nichts zu verlieren und sie auch nicht. Ihr habt beide vor langer Zeit schon etwas Wichtiges verloren, und vielleicht … vielleicht könnt ihr etwas davon zurückgewinnen, wenn ihr euch zusammentut.

»Ellen«, sagte ich dann zögernd und schob die Briefe zur Mitte des Tisches. »Ich habe mich noch gar nicht dafür bedankt, dass du meiner Bitte gefolgt bist.«

Ellen musterte mich offen. »Ich musste nicht lange überlegen, Nela. Ehrlich gesagt habe ich nicht damit gerechnet, jemals von dir zu hören. Deswegen habe ich mich sehr gefreut. Mir ging es besser, ich konnte wieder reisen, also habe ich den ersten Zug gebucht, den ich bekommen konnte.«

»Aber du hättest es nicht tun müssen«, beharrte ich. »Ich war in all den Jahren nie … freundlich zu dir. Im Gegenteil. Ich habe dich verteufelt. Ich habe dich für vieles verantwortlich gemacht, dabei traf dich keine Schuld, das weiß ich. Jetzt noch viel mehr als vor drei Wochen noch.«

Ellen lehnte sich nach vorne, und ihre Hände griffen nicht nach den Briefen, sondern nach meinen. »Du warst noch ein Kind, als Hannes starb, und ich war zu sehr mit meiner Trauer beschäftigt. Ich hätte mit dir in Kontakt treten können, spätestens als du volljährig warst. Aber ich hatte auch Angst, Nela. Ich habe mir all die Jahre die Schuld für die Tragödie gegeben.«

»Warum?«

»Weil ich deinen Vater ermutigt hatte, dich mit dir auszusöhnen. Dich in sein und vielleicht sogar unser Leben zurückzuholen. Ich habe ihn auf den Weg gebracht, auf dem er verunglückt ist.«

Ich schüttelte entschieden den Kopf. Ellens Griff um meine Hände wurde fester. Vielleicht war sie emotional, vielleicht brauchte sie Halt, vielleicht … Vielleicht brauchten wir beide Halt. Halt aneinander.

»Du hast so viel Größe bewiesen, Ellen«, wisperte ich. »Das ist mir klar geworden, als ich deine Briefe gelesen habe. Ich werde nie vergessen, dass mein Vater mich verlassen hat, aber ich weiß nun, dass er nicht kaltherzig war. Dass er mich nie vergessen hat, dass er immer zurück zu mir wollte und nur nicht wusste, wie. Dass er in einer Sackgasse war, aus der er kein Entrinnen sah, keine Vergebung mehr.«

Ellens kluge Augen glänzten, und auch ich spürte, wie meine Kehle sich zuzog. Sie rutschte mit ihrem Stuhl näher zu mir. Wir schlossen die übrigen Menschen im Raum einfach aus, es gab nur noch uns beide und meinen Vater irgendwo dazwischen. Nicht da, aber auch nicht fern.

»Er war in einer Sackgasse«, sagte sie und lächelte zittrig. »Ich wollte nur, dass er irgendwie einen Weg hinausfand. Dass er dieses Kapitel in seinem Leben noch einmal öffnen konnte.«

»Du hast das geschafft«, sagte ich fest. »Du hast ihn dazu gebracht, die Hoffnung nicht aufzugeben. *Mich* nicht aufzugeben. Du hast ihn wieder kämpfen lassen. Du warst gut zu ihm, Ellen. Und du hast Gutes in ihm geweckt. Ich gebe dir keine Schuld, und du solltest das auch nicht. Am Ende war es seine Entscheidung. Du hast ihm bei dieser Entscheidung geholfen, aber getroffen hat er sie. Du hast ihm seine Stärke und seinen Willen zurückgegeben, und alles andere war … Schicksal.«

»Ein grausames Schicksal«, sagte Ellen bitter.

»Ja«, sagte ich traurig. Ich war dankbar, als die Kellnerin unsere Bestellung brachte. Ich musste einen Schluck trinken, mein Hals brachte kaum noch ein Wort heraus, ohne dass Tränen folgen wollten.

Trotzdem ließen wir uns nicht los.

»Du hast mir das Bild von meinem Vater wiedergegeben«, sagte ich. »Von ihm, wie er am Ende wirklich war: Er war innerlich zerrissen, aber er hat mich dennoch geliebt. Er hat bereut, dass er gegangen ist. Und in Gedanken war er immer bei mir. Das habe ich gebraucht, Ellen, um das Bild eines egoistischen, rücksichtslosen Mannes, das all die Jahre in meinem Kopf herrschte, endlich berichtigen zu können.«

»Ich bin unendlich froh, dass du das so siehst«, antwortete Ellen, »und ich wünschte, ich wäre schon zu einem früheren Zeitpunkt so mutig gewesen, dir diese Briefe zu schicken. Aber sie waren lange Zeit mein Halt, von dem ich nicht lassen konnte. Und ich hatte Angst vor deiner Reaktion. Ich hatte Angst, dass du einfach alles verbrennen würdest, ohne die Briefe zu lesen.«

Ich musste auflachen. »Ich war kurz in Versuchung«, gab ich zu. »Aber du hast einen guten Zeitpunkt getroffen. Mein Leben war sowieso eine Verkettung unglücklicher Umstände, und diese Reise … Ich konnte sie gut gebrauchen. Wie hast du eigentlich Maximilian gefunden?«

»Ich habe von Anfang an versucht herauszufinden, an wen die Organe gespendet wurden«, erklärte Ellen. »Aber aus gutem Grund verraten sie es einem nicht. Die Verfahren sind anonym, denn sie sind mit vielen starken Emotionen verbunden. Nur so kann gewährleistet sein, dass die Angehörigen des Spenders und die Organempfänger ihr Leben weiterleben können. Aber das Thema ist so einschneidend, so gewaltig, dass ich mich fortan viel damit beschäftigt habe. Ich habe mir selbst einen Organspendeausweis zugelegt und bin viele Jahre in eine Selbsthilfegruppe für Angehörige gegangen, um Erfahrungen auszutauschen. Ich habe viele Bücher und Berichte gelesen, weil ich immer in dem Wissen leben wollte, die richtige Entscheidung getroffen zu haben. Und irgendwann bin ich dann über den neusten Artikel über Maximilian gestoßen. Ich habe das Bild und die Details gesehen und musste sofort an den Brief denken, der mir nach der Transplantation über die Deutsche Stiftung Organtransplantation zugesandt wurde. Sie haben die Namen von Empfänger und Familie geschwärzt, aber da waren so viele Gemeinsamkeiten. Außerdem haben sie in dem alten Artikel das Datum der Transplantation veröffentlicht. Alles passte für mich. Einfach alles. Natürlich wird man nie einen hundertprozentigen Beweis bekommen, aber es fühlte sich einfach so an, als müsste er es sein.«

»Und dann?«, hakte ich nach. »Wolltest du nicht selbst hinfahren?«

Ellen nickte. Wir hielten uns noch immer mit einer Hand fest, während wir mit der anderen Torte aßen, uns beschäftigt hielten, damit wir nicht in einem vollen Café an einem Sonntag zu zwei Wasserfällen wurden.

»Ich wollte so gern, ja«, gab sie zu. »Aber meine Operation war da erst drei Wochen her. Ich konnte noch nicht schmerzfrei laufen, und ach, vielleicht war das auch eine Ausrede, endlich mit dir in Kontakt treten zu können, wie ich es schon längst hätte tun sollen.«

»Dann hat das Schicksal nun vielleicht etwas für uns übrig«, mutmaßte ich und lachte.

Ellen stimmte ein. Ihr Handgriff war nun entspannter, nicht mehr so klammernd wie vorhin, als sie möglicherweise noch dachte, ich würde aufstehen und weglaufen.

Aber eine Frage beschäftigte mich noch. »Hast du es jemals bereut?«

»Dass ich seine Organe gespendet habe?«

»Ja, genau.«

Ellen schüttelte entschieden den Kopf. »Nein, auf keinen Fall«, erwiderte sie nachdrücklich. »Wenn ich mir über etwas sicher war, dann darüber. Ich weiß, dass Hannes gewollt hätte, dass er andere Menschenleben retten kann. Ich wünschte nur, wir hätten vorher einmal richtig darüber sprechen können.« Ellen lachte leise. »Ich bin so erleichtert, dass wir uns aussprechen konnten. Ich möchte dich noch so viel besser kennenlernen und alles über dich und dein Leben erfahren. Und über deine Zeit mit Maximilian.« Sie lächelte verschwörerisch. »Ganz besonders davon. Von jetzt an verlieren wir uns nicht mehr aus den Augen. Wir haben ja noch uns. Wir sind nicht ganz allein.«

»Ja«, sagte ich. Ich lächelte und weinte zugleich, und es fühlte sich noch nie so richtig an. »Wir haben noch uns. Und Maximilian … Er würde sich sehr freuen, wenn du ihn ebenfalls besser kennenlernen würdest. Er ist ein wunderbarer Mensch mit liebenswerten Macken, aber ich glaube, du wirst meinen Vater trotzdem ein bisschen in ihm wiedererkennen.«

Ich hielt einen Augenblick inne, ehe die Tränen heiß rannen und all meine Schminke verfließen ließen. Es waren Tränen der Traurigkeit, der Verletzung, aber auch des Glücks und aus dem Gefühl geboren, endlich etwas gefunden zu haben, das vielleicht irgendwann zu dem werden konnte, was einer Familie sehr nahekam.

Und dieses Gefühl ließ etwas in mir schmelzen, von dem ich nie gedacht hätte, dass es schmelzen konnte, war es doch bislang härter und widerstandsfähiger als jeder Stahl gewesen.

Maximilian wartete auf dem Parkplatz auf mich. Als ich auf den schwarzen Wagen zuging und seine Umrisse durch die sich spiegelnde Frontscheibe erkannte, musste ich lächeln.

Wie er mehr und mehr mein Zuhause wurde, ebenso wie diese Gegend. Ich fühlte mich, als wäre ich endlich angekommen. Als hätte mein Vater mich durch seinen Tod und sein Herz an diesen Ort geführt, als wäre dies seine letzte Geste gewesen, sein letztes Vorhaben, seine Entschuldigung dafür, dass er selbst nicht bei mir angekommen war.

Er konnte sich nie bei mir entschuldigen, aber vielleicht, vielleicht war das seine Art gewesen, mir nun doch endlich Frieden und Liebe zu schenken. Er konnte nicht mehr bei mir sein, aber er hatte mir jemanden geschenkt, der es tun konnte. Er hatte jemanden für mich auf der Erde gelassen. Damit ich nicht allein war, allein in einer Welt aus Einsamkeit und Akten und Papier und Vorwürfen.

»Danke«, flüsterte ich gen Himmel. Ich wusste nicht, ob er es dort oben hören konnte. Ob meine Nachricht, auf diesem Wege oder auf einem anderen, bei ihm ankommen würde, aber ich wollte es glauben. Ich wollte so sehr glauben, dass wir beide, er und ich, uns endlich wieder versöhnt hatten.

Maximilian stieg aus dem Wagen, als er mich kommen sah. Die Scheinwerfer blinkten auf, als das Auto sich verschloss. Maximilian kam mir entgegen und streckte die Arme aus, als könnte er es kaum erwarten, mich zu sehen, mich zu berühren, Worte an mich zu richten.

»Ist alles okay?«, fragte er sofort, als er mein völlig verschmiertes und verheultes Gesicht sah. Er strich vorsichtig über meine Wange und nahm mich in den Arm, weil er dachte, das Gespräch musste mich erschüttert haben.

Und das hatte es auch … aber auf eine andere Weise als gedacht.

Ich nickte, während ich seinen immer vertrauter werdenden Geruch inhalierte. Dann blickte ich in Maximilians Augen, die warm und dunkel waren. Und plötzlich wusste ich, dass Verzeihen nicht so schwer war; dass es doch eigentlich ganz einfach war.

Vielleicht konnte man nie, niemals vergessen. Aber verzeihen und vergeben, das konnte man, wenn man über seine Schatten sprang und sein Herz öffnete, egal wie ramponiert und zerkratzt es war. Denn das war es, was Verzeihen ausmachte: Man vergab eine zweite Chance, obwohl uns die erste so sehr verletzt hatte, wir öffneten uns neu, wo wir wund waren und der Schorf wieder aufbrechen konnte. Wir gingen dieses Risiko bewusst ein, weil es das manchmal wert war.

»Ja«, sagte ich unvermittelt.

»Ja was?«

»Ja«, flüsterte ich und trat zu ihm und presste meine Hand auf sein Herz, fest und jeden Schlag inhalierend. »Ja, ich habe ihm verziehen.«

Ein Lächeln breitete sich auf Maximilians Gesicht aus, ein Lächeln, unter dem er nun nichts anderes mehr verbarg.

ZEHN MONATE SPÄTER.

Die Zeit ist ein merkwürdiges Gefüge. Noch nie in meinem Leben hätte ich sie so gern ergriffen, sie festgehalten, sie gezwungen, langsamer voranzuschreiten, ein bisschen langsamer doch nur. Ich hätte Verträge mit ihr ausgehandelt: alles, was sie wollte, gegen mehr Zeit. Mehr Zeit, mehr Stunden, mehr Jahre.

Eine Ewigkeit mit Maximilian.

Eine Weile war die Zeit mir wie ein Feind erschienen. In meinem Kopf tickte ständig eine Uhr, sie tickte rückwärts, doch ich kannte die Vielzahl ihrer Umdrehungen nicht. Ich wusste nicht, wann ihr Ticken verstummen würde, wie lange sie rückwärts auf null zuraste, und das wollte mich schier wahnsinnig machen.

Doch Maximilian war da. Er war da, um mich zu erden, um mich zur Ruhe zu bringen, er war mein Kompass, der mich in die richtige Richtung drängte, der mir zeigte, wo das Leben lag.

Das Leben mit ihm.

Ich war von der Großstadt ans Meer gezogen, zu Maximilian hin und somit auch näher zu meiner Mutter, die wir nun regelmäßig besuchten, denn Verzeihen … das umfasste am Ende uns alle. Auch meine Mutter, die so vieles vor mir verschwiegen hatte und sich nun nicht mehr erklären konnte. Sie hatte es versucht. In ihren seltenen klaren Augenblicken hatte sie versucht, mit mir über die Vergangenheit zu reden. Sie konnte mir keinen Namen geben, weil sie ihn selbst nicht kannte, aber ich hatte meinen Frieden mit der Angelegenheit gemacht. Ich brauchte keinen Namen und keinen biologischen Vater, wenn ich meine Erinnerung an Hannes hatte.

Mit jedem Tag wuchs die Liebe, die ich zu Maximilian empfand. Jeder Tag am Meer, jeder Abend in den Höhen der Mühle, jede Stunde auf kalten, nassen Wiesen, wo wir Pferde beobachteten und hüteten, Sommerabende mit seiner Familie oder manchmal auch mit Ellen, Sommernächte unter freiem Himmel, all das stärkte uns.

Ich liebte ihn um seiner selbst willen, nicht wegen des Herzens in seiner Brust. Ich liebte ihn, weil er ein Einzelgänger war, der mich um sich herum ertrug, der mich zum Lachen bringen konnte, der die einfachen Dinge schätzte.

Ich wusste nicht, wie lange unser gemeinsames Leben andauern würde, ich wusste nicht, ob uns noch Jahrzehnte blieben oder Jahre oder gar nur Monate. Ich hatte mich mit der Angst abgefunden, die wie ein wilder Tiger in meiner Magengegend lauerte, jederzeit bereit zuzuschlagen. Denn etwas anderes war größer als die Angst.

Es war das Wissen, dass die Zeit nicht nur mein Feind war, sie war auch mein engster Vertrauter. Jede Sekunde mit Maximilian war kostbar, denn sie schuf Erinnerungen, die man mir niemals wieder wegnehmen konnte.

Und damit … genau damit war jeder Augenblick unsterblich.

ENDE

DANKSAGUNG

Dieser Roman beschäftigt sich mit dem wichtigen Thema *Organspende.* Ich habe viele Stunden damit verbracht, zu recherchieren und mich mit der Homepage der DSO (»Deutsche Stiftung Organspende«) sowie diversen Reportagen auseinanderzusetzen. Die Recherchearbeit war für mich eine emotionale Zeit, in der ich gemerkt habe, wie wenig ich mich zuvor eigentlich informiert habe – und ich glaube, so geht es vielen von uns.

Mir war es ein Anliegen, dieses Thema literarisch so zu verarbeiten, dass der Roman alle Aspekte umfasst, die wir mit Organspenden verbinden: den Unwillen, das Thema, ähnlich wie Ellen und Hannes, anzugehen, die Angst, die Unsicherheit, aber eben und vor allem auch das Gute, das man unter Umständen bewirken kann. Wir blenden *Organspenden* viel zu oft aus unserem Alltag aus, denn wir verbinden sie mit unserer eigenen Sterblichkeit und vergessen darüber, dass wir doch eigentlich Menschenleben retten könnten.

Die Entscheidung, sich einen Organspendeausweis zuzulegen, muss am Ende jeder für sich selbst treffen. Wichtig ist nur, *dass* wir sie treffen, und zwar nach bestem Wissen und Gewissen.

Bedanken möchte ich mich bei allen, die dazu beigetragen haben, dass ich dieses Buch in seiner jetzigen Form in die

Welt hinauslassen darf: meinem Verlag Bastei Lübbe und meiner Lektorin Martina Wielenberg, der ich ganz besonders für die immer hilfsbereite und verständnisvolle Zusammenarbeit danke!

Auch meinen wunderbaren Testlesern danke ich sehr, besonders Susanne Bloos, Miriam Johanntokrax und Lena Wilczynski. Danke für konstruktive Kritik und Begeisterungsstürme!

Zuletzt danke ich meinem Partner, meiner Familie und meinen Freunden. Ihr wisst ja: Liebeliebeliebe!

Ein Roman voller Zuversicht: »Inspirierend«
ROBBIE WILLIAMS

Alice Peterson
EIN SONG BLEIBT FÜR IMMER
Roman
Aus dem Englischen
von Sylvia Strasser
432 Seiten
ISBN 978-3-404-17708-0

Es ist Liebe auf den ersten Blick zwischen Alice und Tom. Alice ist nicht nur wunderschön, sondern eine mitreißende Persönlichkeit. Aber ihr Leben ist unvorhersehbar und kompliziert, denn sie leidet unter einer unheilbaren Erbkrankheit. Gerade darum kämpft Alice für ihren Traum, Sängerin zu werden. Tom liebt sie von ganzem Herzen, doch kann er die Vorstellung ertragen, dass er sie in wenigen Jahren verlieren wird? Und plötzlich gibt es die Chance auf eine Lungen-Transplantation und ein Leben ohne Krankheit ...

Ich wusste nicht, wann ich mich zuletzt so gut gefühlt hatte – so leicht, so wach, so lebendig. Vielleicht fühlte Glück sich so an?

Gail Honeyman
ICH, ELEANOR OLIPHANT
Roman
Aus dem Englischen
von Alexandra Kranefeld
528 Seiten
ISBN 978-3-404-17679-3

Eleanor Oliphant ist anders als andere Menschen. Auf Äußerlichkeiten legt sie wenig Wert, erledigt seit Jahren klaglos einen einfachen Verwaltungsjob und verbringt ihre Freizeit grundsätzlich allein. Ein Leben ohne soziale Kontakte oder nennenswerte Höhepunkte – Eleanor kennt es nicht anders. Doch das ändert sich schlagartig, als Eleanor sich verliebt. Veränderungen müssen her! Nur wie? Der neue Kollege Raymond erweist sich als unerwartete Hilfe … und plötzlich findet sich Eleanor mittendrin im Leben.

»Witzig, bewegend, unvorhersehbar.« JOJO MOYES

Bastei Lübbe